KJB

Ich danke all meinen Fans, eure Liebe und Unterstützung ist wundervoll!

Cristina Chiperi

Mein Dilemma bist du!

Aber ich denke nur an dich

Aus dem Italienischen
von Ulrike Schimming

KJB

MIX
Papier aus verantwortungsvollen Quellen
FSC® C083411

Erschienen bei FISCHER KJB

In Italien erschienen
unter dem Originaltitel ›My Dilemma is you‹

Satz: Dörlemann Satz, Lemförde
Druck und Bindung: CPI books GmbH, Leck
Printed in Germany
ISBN 978-3-7373-4099-1

Prolog

Okay, ich bin mega nervös. Noch nie in meinem Leben bin ich geflogen. Bis jetzt.

Ich setze mich und schließe den Sicherheitsgurt. Mama lässt sich neben mir nieder und lächelt mich an: »Sei unbesorgt, Schatz. In wenigen Stunden sind wir in Miami.«

In fünf Stunden und dreiundzwanzig Minuten, um genau zu sein. 3757 Kilometer, von einem Ozean zum anderen.

Und alles wegen eines blöden Jobs.

Noch vor zwei Wochen war mein Leben absolut perfekt: zwei beste Freunde, viele Bekannte, jeden Samstag eine Einladung zu einer Party und eine Familie, die … tja, eben eine ganz normale Familie ist wie alle anderen auch. Was sollte ich mir also mehr wünschen?

Doch dann komme ich eines Freitagnachmittags von der Schule nach Hause und weiß sofort, dass etwas Unangenehmes passieren wird. Wenn meine Eltern mir eine schlechte Nachricht verkünden müssen, backt Mama immer einen Schokoladenkuchen, mit dem sie mich hinterher trösten kann. Und genau danach riecht es: Schokoladenkuchen.

Ich stelle den Rucksack ab und gehe in die Küche. Mama steht am Herd.

»Hallo«, sage ich.

»Hallo, Schatz. Ich habe dich gar nicht reinkommen hören.«

Auch an ihrem Blick erkenne ich, dass etwas nicht stimmt.

»Ist alles in Ordnung?«, frage ich.

»Ja, warum?«

»Du siehst so, ich weiß auch nicht … gestresst aus.«

»Nein. Alles ist gut, Liebes. In einer Stunde essen wir.«

»Okay. Dann räume ich solange mein Zimmer auf«, sage ich, während ich die Küche verlasse. Rasch laufe ich die Treppe hoch.

Ich mache den Computer an und lasse Musik laufen. *Misery Business* von Paramore dröhnt in voller Lautstärke. Ich räume im Zimmer herum, damit ich nicht an diesen Blödi Seth denken muss. Acht Monate waren wir zusammen! Es ist schrecklich, wenn du herausfindest, dass der Junge, den du liebst, dich betrügt. So ein verdammter Mistkerl!

»Essen ist fertig!«, reißt mich Mamas Stimme aus meinen Gedanken.

In der Küche sitzen sie, Papa und Kate schon auf ihren gewohnten Plätzen. Ich plumpse auf meinen Stuhl und kann es kaum erwarten, etwas zwischen die Zähne zu bekommen. Ich sterbe fast vor Hunger.

»Wisst ihr, die neue Schule gefällt mir richtig gut«, sagt

meine Schwester in die Stille hinein. Kate ist vierzehn und gerade auf die Highschool gekommen.

Ich beobachte die Gesichter von Mama und Papa. Sie werfen sich merkwürdige Blicke zu und sehen besorgt aus. Dann nickt Papa, und Mama versteht es sofort.

Was ist hier los?

»Kinder, euer Vater und ich müssen euch etwas Wichtiges sagen.«

O nein! Ich wusste es.

»Wir werden nach Miami ziehen, weil euer Vater dort einen besseren Job angeboten bekommen hat. In zwei Wochen ist der Umzug«, sagt Mama.

Ich glaub es einfach nicht! Das kann nicht wahr sein! Das ist doch Wahnsinn! Los Angeles ist doch das reinste Paradies! Wir haben ein schönes Haus, viele Freunde, die Schule ist zwar manchmal ätzend, aber meine Mitschüler sind echt cool. Außerdem verdienen Mama und Papa doch schon ziemlich viel.

»Aber wir haben es doch gut hier!«, sage ich.

Papa sieht mich an und lächelt krampfhaft weiter. »Ja, Cris, ich weiß. Aber ich habe ein Angebot bekommen, das ich nicht ablehnen kann. John Dearing will mich bei wichtigen Geschäften an seiner Seite haben. Und überleg mal, du und Kate, ihr gewinnt auch eine ganze Menge durch den Umzug: ein Haus, das doppelt so groß ist wie dieses, eine erstklassige Schule, neue Freunde und noch viele andere neue Dinge. Außerdem ist Miami eine zauberhafte Stadt, ihr werdet sehen.«

»Wer ist John Dearing?«, fragt Kate.

»Ein alter Freund von uns, den wir noch von der Uni kennen. Er ist der Chef eures Vaters«, erklärt Mama. »Miami wird euch bestimmt gefallen.«

»Darum geht's doch gar nicht«, erwidere ich. »Auch wenn es die schönste Stadt der Welt wäre: Meine Freunde sind nunmal hier!«

»Ja, unsere Freunde sind hier!«, wiederholt Kate.

»Das stimmt. Aber Freunde kommen und gehen. Ihr findet bestimmt schnell neue.«

Ich höre wohl nicht richtig! Wie kann man nur so unsensibel sein? »Ich will keine neuen!«, rufe ich wütend und mit Tränen in den Augen. »Ich will Cass und Trevor nicht verlieren! Du weißt genau, dass wir zusammengehören. Ohne sie kann ich nicht leben!«

»Also wirklich, Cris, du übertreibst. Außerdem gibt es das Internet. Darüber könnt ihr in Kontakt bleiben.«

Mama beendet Diskussionen immer auf diese Weise: Für jedes Problem findet sie die einfachste Lösung. Dabei ist es richtig schwierig, Freundschaften zu halten, wenn man so weit auseinanderwohnt, das weiß doch jeder. Wie wird das Leben ohne Cass und Trevor wohl sein? Wie werde ich mich fühlen, wenn ich sie nicht jeden Tag sehe und nicht alles mit ihnen teilen kann?

Und Seth … Ich hatte gehofft, genug Zeit zu haben, damit wir unsere Probleme aus der Welt schaffen können und er wieder zu mir zurückkehrt.

Stattdessen ist alles zu Ende.

Und jetzt hocke ich in diesem verfluchten Flugzeug, das mich von den einzigen Menschen wegbringt, die meinem Leben einen Sinn geben. Wieso muss das alles bloß sein?

Ich sitze am Fenster. Das Flugzeug dröhnt und beschleunigt. Es wird immer schneller, schießt voran wie eine Rakete. Ich halte die Luft an, während wir abheben. Eine Kraft presst mich in den Sitz, mir wird flau im Magen. Ich habe Angst, und gleichzeitig, das muss ich zugeben, durchzieht mich ein angenehm aufregendes Gefühl.

Keine Ahnung, wie ich das schaffe, aber ich schaue aus dem Fenster. Unter uns liegt Los Angeles, so wie ich es noch nie gesehen habe: ein Netz aus geraden Linien und geometrischen Formen, die sich immer weiter entfernen. Ich erkenne nichts von meiner Stadt.

Das werden vermutlich die längsten fünf Stunden meines Lebens. Ich schaue mich um. Vor mir sind zwei Kinder, die mit ihren Eltern reisen. Sie sind etwa vier und fünf Jahre alt und so entspannt und fröhlich, als wäre Fliegen für sie das Normalste der Welt.

Ein bisschen beneide ich die beiden. Ich deute ein Lächeln an, dann schließe ich die Augen. Hoffentlich kann ich mich trotz des Lärms, den die beiden machen, etwas entspannen.

Irgendwann schlafe ich tatsächlich ein und träume. Es ist der merkwürdigste Traum, der mir je untergekommen ist: Ich heule und umarme einen Jungen. Sein Gesicht erkenne ich nicht, aber im rechten Ohr trägt er einen Stecker, eine Art Halbmond.

Wer ist das bloß? Ich habe das sonderbare Gefühl, ihn schon ewig zu kennen. Nein, ich bin mir sogar ganz sicher. Es hat den Anschein, dass auch er ziemlich traurig ist. Aber warum nur?

Er bewegt die Lippen, und das ist echt seltsam, denn er sagt: »Schatz, wach auf!«

Ich blinzle verschlafen. Dann bin ich mit einem Schlag wach. Das ist Mama.

»Wir sind in Miami«, sagt sie.

1

Ich strecke mich im Sitz, schüttle Arme und Beine aus. Dann schnalle ich mich ab. Könnte ich nur endlich aus dieser Blechkiste raus.

Wie es scheint, geht es allen Passagieren so wie mir. Sie drängen ungeduldig zum Ausgang. Vielleicht ist es ihnen hier drin auch zu stickig. Kate saust an mir vorbei, drängt sich durch die Leute, und als ich sie nicht mehr sehe, vermute ich, dass sie es nach draußen geschafft hat. Ich hätte gern so ein Stückchen von ihrer Unverfrorenheit und ihre Fähigkeit, sich ganz leicht an neue Situationen anzupassen. Sie hat die Nachricht von unserem Umzug sehr viel besser aufgenommen als ich. Fast glaube ich, dass sie sich sogar darüber freut.

Nach etwa einer Stunde haben wir all unsere Koffer wieder. Endlich verlassen wir das Flughafengebäude und schleppen unser Gepäck zu einem Taxi. Ich, Mama und Kate quetschen uns auf die Rückbank, Papa setzt sich nach vorn neben den Fahrer.

Durch das Fenster betrachte ich die Stadt, die an uns vorbeizieht und die nun mein neues Zuhause sein soll: Hochhäuser, Meer, Palmen, Strände, Villen und noch mehr

Meer. Wir wohnen in Miami Beach. Das ist aber auch das Einzige, was mir nicht missfällt. Ich liebe das Meer und hoffe, dass ich jeden Nachmittag an den Strand gehen kann.

Die Straßen, durch die wir fahren, sind voller Teenager in meinem Alter. Sie sausen auf Skateboards oder Rollerblades über die Gehwege oder laufen in Bermudashorts und mit Surfbrettern unterm Arm zum Strand. So schlecht scheint es hier nicht zu sein, jedenfalls nicht zu dieser Jahreszeit.

Hoffentlich finde ich gleich am ersten Schultag ein paar neue Freunde. Als Kind habe ich fürchterlich unter meiner Schüchternheit gelitten. Ich kam mir unsichtbar vor und begriff nicht, dass ich mich selbst isolierte. Zum Glück hatte ich Cass und Trevor. In meinem ersten Highschooljahr änderte ich dann mein Verhalten: Ich nahm allen Mut zusammen und ging selbst auf die Leute zu. Deshalb habe ich jetzt ganz viele Freunde. Ach ja, richtig: hatte. Ich *hatte* ganz viele Freunde.

Der Taxifahrer macht eine Vollbremsung, und ich werde gegen den Sicherheitsgurt gedrückt.

»Was hat der denn für Probleme?«, knurre ich.

Der Fahrer streckt den Kopf aus dem Fenster. »Leute, schaut gefälligst auf die Straße, wenn ihr schon bei Rot rüberlauft! Ich hätte euch fast umgefahren!«, brüllt er jemandem nach.

Ich recke ebenfalls den Kopf. Wen er wohl so anmacht? Ich entdecke eine Gruppe Teenager. Einer von ihnen lacht dem Taxifahrer wie ein Hirni ins Gesicht.

Die sind ungefähr in meinem Alter. Drei Jungs und ein Mädchen. Alle cool gekleidet und sehr gutaussehend. Vielleicht gehen die ja auf meine neue Schule.

Der Taxifahrer entschuldigt sich bei uns für das Bremsmanöver und fährt weiter. Wir kommen an einem Park vorbei und biegen in ein Viertel mit riesigen Wohnhäusern ein. Das Taxi hält, und Papa lädt die Koffer aus.

Ich lasse den Blick schweifen. Da stehen lauter majestätische Villen mit mehreren Etagen, Swimmingpools und unglaublichen Gärten. Ich rieche das Meer, also kann der Strand nicht weit weg sein.

»Ist das etwa unser Haus?!«, frage ich und zeige auf die Megavilla vor uns.

Papa nickt, und mir bleibt der Mund offen stehen. Ich hatte das Haus schon auf Google Street View angesehen, aber da kam es mir längst nicht so groß vor, ganz im Gegenteil! Aber es ist riesig, hat zwei Etagen und tatsächlich einen Pool. Den muss ich umgehend einweihen!

»Wow!«, rufe ich.

Kate schnappt sich ihr Gepäck und rennt zum Eingang. »Papa, komm schon!«

Mama und ich folgen ihnen, und als sich die Tür öffnet, bleibt mir die Spucke weg. Vor uns liegt ein lichtdurchfluteter Eingangsbereich mit einer Glastür am anderen Ende, die in den Garten hinausführt. Dahinter schimmert das Meer durch die Büsche. Rechts von uns führt eine geschwungene Treppe in den ersten Stock. Links geht es durch einen Bogen in das Wohnzimmer mit zwei riesigen

Terrassentüren, durch die man direkt in den Garten gelangt.

Alles ist sehr geschmackvoll und ultramodern eingerichtet. Selbst die kleinsten Details passen perfekt. In einer Ecke des Wohnzimmers stehen unsere Kartons aus Los Angeles. In ihnen steckt alles, was von unserem alten Leben übriggeblieben ist.

Ich lasse mein Gepäck in der Eingangshalle stehen und steige die Treppe in den ersten Stock hoch. Wow, hier gibt es ewig viele Zimmer! Der große Korridor endet in einer riesigen Glasfassade, durch die man aufs Meer schauen kann. Davon gehen ein saalartiges Badezimmer und vier Schlafzimmer ab. Jedes Zimmer hat zusätzlich sein eigenes Bad, aber keines gefällt mir. Entweder ist es zu groß oder zu klein. Außerdem hasse ich es, morgens schon Treppen laufen zu müssen. Ich kehre ins Erdgeschoss zurück und erkunde, ob es dort auch noch Schlafzimmer gibt.

Glücklicherweise finde ich eines, und es ist wie für mich gemacht. Es hat die richtige Größe, und vor dem Fenster liegt der Pool, *unser* Pool.

»Wie fühlst du dich, Schatz?«, fragt Mama, als sie ins Zimmer kommt.

»Gut, glaube ich.«

»Willst du hier schlafen?« Sie sieht sich um.

»Wenn das geht?«

»Sicher doch.« Sie lächelt.

Ich nicke und betrachte noch mal genau, wo ich meine Sachen unterbringen kann.

»Denk dran, Montag fängt für dich die Schule an. Heute Abend und morgen solltest du alles einräumen, Schatz«, sagt sie und ruiniert mir endgültig den bereits vermurksten Tag.

»Ach ja, die Schule.« Ich hole mein Gepäck und schleppe es in mein Zimmer.

Ich habe noch keine Schulbücher und weiß auch nicht, wie weit sie hier mit dem Stoff schon sind. Im Grunde weiß ich überhaupt nichts. Es wird nicht einfach sein, im Oktober in einer neuen Schule anzufangen. Die Kurse laufen schon längst, und im Jahrgang haben sich bereits alle zusammengefunden.

Am Ende des Abends habe ich mein Zimmer eingerichtet. Es sieht schon fast wieder nach mir aus. Nicht schlecht, auch wenn mein altes Zimmer in Los Angeles völlig anders war.

Aus einem Umschlag ziehe ich ein paar Fotos, die ich noch vor dem Umzug ausgedruckt habe. Mit Klebeband befestige ich sie an den Schranktüren.

Das eine stammt vom Geburtstag der zickigen July: Cass und ich lachen und sind komplett mit Sahne verschmiert. An jenem Abend haben wir ein fürchterliches Chaos angerichtet, aber alle hatten richtig viel Spaß dabei. Cass schubste mich ausgerechnet, als gerade die Mutter des Geburtstagkindes mit der Torte an uns vorbeiging. Ich rempelte die Mutter an, die Torte flog durch die Luft und landete auf dem Kopf eines Gastes. Das war der Auftakt für eine amtliche Tortenschlacht. Das Zeug flog überall herum, danach haben Cass und ich dieses Selfie geschossen.

Auf dem nächsten Foto umarmen Trevor und ich einander. Ich lächle. Was würde ich jetzt für eine Umarmung meines besten Freundes geben.

Das letzte Foto haben wir gestern Nachmittag nach der Schule geschossen. Es ist ein Selfie von uns dreien auf unserer Bank. Es scheint eine Ewigkeit her zu sein, dabei sind noch nicht einmal vierundzwanzig Stunden vergangen. In mir steigen Tränen auf.

Cass war total traurig. Sie hat die Nachricht von meinem Umzug von uns dreien am ärgsten getroffen. Ich hätte nicht gedacht, dass sie so niedergeschlagen sein würde. Es ist schwer für uns alle, aber für sie ist es noch ein bisschen schlimmer. Sie hat mir einen Anhänger geschenkt, den ich jetzt trage. Ein halbes Herz. Die andere Hälfte hat sie. »Dann erinnern wir uns immer daran, dass wir für die andere da sind«, hat sie gesagt.

Trevor hat etwas blöd gekuckt, weil er bei dem Geschenk außen vor blieb. Aber Cass hat uns beide mit noch einem Geschenk überrascht: drei Armbänder mit unseren Initialen, CCT. »Das erinnert uns daran, dass wir die drei Musketiere sind, jetzt und für immer«, hat sie gemeint und gekichert.

Als der Moment des Abschieds kam, hat Cass mich so fest an sich gedrückt, als wollte sie mich nie gehenlassen. »Verlass mich nicht, bitte«, hat sie unter Tränen gefleht. Das war der traurigste Moment meines Lebens.

Trevor hat nicht geweint, aber seine Augen glänzten.

Ich sitze auf dem Bett, nehme das Handy und schaue mir die anderen Fotos an. Dann schicke ich den beiden eine Nachricht: ›Ihr fehlt mir jetzt schon.‹

2

Der intensive Geruch von frischen Pfannkuchen lockt mich sanft aus dem Schlaf. Ich will noch nicht aufwachen und halte die Augen geschlossen. Doch diesen köstlichen, bekannten Duft sauge ich tief in mich ein.

Als ich endlich die Augen öffne, brauche ich ein paar Sekunden, bis ich begreife, wo ich eigentlich bin. Der Pfannkuchenduft leitet mich zu meinem neuen Ziel: der Küche.

Mama, Papa und Kate sitzen schon am Tisch, an ihren gewohnten Plätzen, die sie auch in unserer alten Küche in Los Angeles immer hatten. Es sieht überhaupt nicht so aus, als wären wir Tausende Kilometer von zu Hause entfernt. Ich setze mich an den Tisch und warte auf meine Portion Glück.

»Guten Morgen, Schatz. Hast du gut geschlafen?«, fragt Mama. »Was willst du zu deinen Pfannkuchen?«

»Guten Morgen, Mama. Ja, ich habe gut geschlafen«, antworte ich und lächle. »Ich hätte gern einen Tee, bitte.«

Sie reicht mir eine dampfende Tasse.

Ich puste hinein, damit ich mir nicht gleich die Zunge verbrenne.

»Probier mal.« Papa hält mir einen Teller mit seinen weltberühmten Pfannkuchen mit Ahornsirup hin. Nur seine schmecken mir richtig gut. Alle anderen Pfannkuchen der Welt können da nicht mithalten.

Nach dem Frühstück gehe ich an den Strand. Ich schlendere ein bisschen durch das Viertel und suche ein Schild, das mir die Richtung weist. Aber es gibt keines. Schließlich frage ich eine ältere Dame, die mir den Weg beschreibt.

Nach wenigen Minuten säumen immer mehr Palmen den Straßenrand. Die Bürgersteige sind voller Teenager in jedem Alter auf Skateboards oder Rollerblades. Dann endlich sehe ich das Meer.

Ich suche mir ein schönes Plätzchen, breite mein Handtuch auf dem Sand aus und lege mich in die Sonne. Es ist echt nett hier, und vielleicht ist das Leben in dieser Stadt doch nicht so übel.

Da trifft mich etwas am Arm. Ein Volleyball inklusive Sandwolke. Ich schnelle hoch und reiße mir die Sonnenbrille runter, die voller Sand ist.

Ein Typ kommt angerannt. Seine Augen sind blauer als der Himmel, und seine braunen Haare vom Wind völlig zerzaust. »Entschuldige, das war Cams Schuld«, sagt er und greift sich den Ball.

»Oh, schon gut! Ist nicht schlimm«, sage ich und streiche mir den Sand vom Arm.

Der Junge grinst und mustert mich ein paar Sekunden. »Man sieht sich.«

Ich nicke und lächle zurück, während er schon fortläuft.

Dieser ›Cam‹ hätte aber auch etwas besser aufpassen können! Der Sand klebt überall an mir. Und überhaupt, wie peinlich! Ich rede total ungern mit Jungs, die ich nicht kenne. Dann weiß ich nämlich nie, wie ich mich verhalten soll.

Ich blicke dem Typ mit den blauen Augen hinterher. Er kehrt zu seinen Freunden zurück.

Sie sehen genauso aus wie die, die gestern bei Rot über die Straße gelaufen sind. Ich könnte schwören, dass sie es sind.

Ich lege mich wieder hin und lausche dem Rauschen der Wellen. Doch die Magie von eben ist verpufft. Vielleicht sollte ich shoppen gehen. Was gibt es Besseres, wenn man down ist? Außerdem könnte ich neue Klamotten für die Schule brauchen. Das wäre fein.

Ich packe meine Sachen zusammen und gehe zurück zur Straße. Den vielen Geschäften und den hetzenden Leuten zufolge müsste das hier das Zentrum der Stadt sein.

Ich betrete den Laden meiner Lieblingsmarke. Bereits nach einer Nanosekunde finde ich ein total cooles Kleid. Guter Auftakt! Ich stöbere weiter. Als ich den Laden nach einer Weile wieder verlasse, bin ich hochzufrieden: Ich habe drei T-Shirts, ein Kleid und zwei Leggins in meiner Tüte. Jetzt muss ich mich nur noch entscheiden, was davon ich morgen an meinem ersten Schultag anziehe. In Gedanken probiere ich die möglichen Kombinationen durch, damit ich das nicht wie üblich auf den letzten Drücker machen muss.

Plötzlich rempelt mich ein Typ auf Skates an und reißt mich zu Boden. Was ist denn heute bloß los? Ist heute der ›Alle-auf-Cris‹-Tag, oder was?

»'tschuldigung«, sagt der Skater sofort.

Ich schaue hoch. Er muss ungefähr in meinem Alter sein, mit unordentlichen blonden Haaren und samtig braunen Augen.

Er hebt meine Tüte auf und reicht sie mir. »Entschuldige bitte. Hast du dir weh getan?« Er schaut mir in die Augen.

»Äh, schon gut, alles okay.« Ich nehme ihm die Tüte ab und lächle ihn an.

»Ja, äh … also …« Er fährt sich durch die Haare.

Was hat er denn? Irre ich mich, oder ist er verlegen?

»Matt! Alles klar?«, ruft ein Junge, der auf uns zukommt. Es ist derselbe, der sich am Strand den Ball wiedergeholt hat. »He, du schon wieder!?« Er klingt belustigt.

»Ja, alles okay«, sagt der Blonde. »Kennt ihr euch?«

»Nein. Aber vorhin hat Cam sie mit dem Ball getroffen«, erklärt der Typ mit den blauen Augen. Beide lachen.

Haben die sie noch alle? Das ist nicht lustig. Ich will hier weg.

»Freut mich. Ich bin Nash«, sagt er dann zu mir.

»Cris.« Ich zwinge mich zu einem Lächeln.

»Ich habe dich hier noch nie gesehen. Bist du neu?«, fragt der Junge, der, glaube ich, Matt heißt.

»Ja, ich bin gestern hergezogen.« Ich versuche, ruhig zu bleiben und nicht nervös zu werden.

»Also, dann seh ich dich hoffentlich bald wieder. Ich bin

sicher, dass sich da jemand sehr drüber freuen würde«, sagt Nash und schlägt seinem Freund auf die Schulter. »Gehen wir, Matt! Cam, Taylor und die Prinzessin warten auf uns.«

»Also, tschüs, Cris«, sagt der Blonde.

»Ciao.« Ich lächle verschämt und schaue ihnen nach, während sie verschwinden.

Warum muss immer mir so was passieren? Was stimmt denn nicht mit mir?

Seit ich in dieser Stadt bin, geht aber auch alles schief! Und als ob das alles nicht schon nervig genug wäre, verlaufe ich mich auf dem Weg nach Hause auch noch. Nur mit Hilfe eines Polizisten finde ich schließlich unsere Straße wieder – gut, dass ich mir wenigstens die neue Adresse schon gemerkt habe.

Nach diesem vermurksten Vormittag brauche ich erst mal etwas Ruhe und chille den Nachmittag, den letzten freien vor Schulbeginn, an *meinem* Pool. Und das ist das Entspannendste, das man sich auf Erden vorstellen kann!

Um mich herum gibt es nur Grün und Stille. Einfach schön. Trotzdem muss ich die ganze Zeit darüber nachgrübeln, was dieses Jahr wohl in meiner neuen Schule alles passieren wird. Ich schließe die Augen und genieße die Ruhe, damit auch meine Gedanken mal schweigen.

»Hör endlich auf!«, kreischt plötzlich ein Mädchen.

Ich schrecke hoch, aber es ist nichts passiert. Auf der Straße neben dem Garten necken sich zwei Verliebte verspielt.

Er sieht cool aus, mit seinem durchtrainierten Körper. Sie hat gelocktes blondes Haar und ist von Kopf bis Fuß in Fuchsia gekleidet. Ihr Anblick bereitet mir augenblicklich Kopfschmerzen.

Das Glück der beiden versetzt mir einen Stich ins Herz. So war es am Anfang mit Seth und mir auch. Wir sind oft zusammen ausgegangen, haben abends Filme geschaut und uns großartig amüsiert.

Dann hat Cindy uns auf ihre Geburtstagsparty eingeladen. Ich wollte nicht hin, aber Seth verbrachte dort den Abend mit seinen Rugbykumpels. Schließlich habe ich doch noch vorbeigeschaut, aber nur weil es Cass schlechtging und sie meine Gesellschaft brauchte. Und während ich sie im Partygetümmel suchte, fand ich Seth im Badezimmer, wo er mit einer anderen rummachte.

Sie waren so miteinander beschäftigt ... Selbst jetzt grüble ich immer noch darüber nach, wie lang da schon was zwischen den beiden lief.

Von dieser Sekunde an war es aus. Es war vorbei mit uns.

Ich kehre mit meinen Gedanken wieder in den Garten in Miami zurück. Die Sonne geht gleich unter, und ich weiß, dass der Tag morgen heftig wird. Eigentlich möchte ich mich nur noch unter meine Bettdecke verkriechen und für ein paar Stunden den Stecker ziehen.

3

Wie üblich ist viel zu schnell Morgen, und das Klingeln meines Handyweckers reißt mich aus dem Schlaf.

Ich will noch nicht aufstehen, also stelle ich den Wecker auf zehn Minuten später ein, damit ich noch etwas dösen kann.

Als es wieder klingelt, vergrabe ich meinen Kopf unter dem Kissen und halte mir die Ohren zu. Doch das Licht, das durch die offene Tür fällt, weckt mich trotzdem.

Mit halbgeöffneten Augen sehe ich Mamas Umriss im Türrahmen. Zuerst verstehe ich nicht, was sie sagt. Doch dann höre ich es ganz deutlich.

»Du bist noch im Bett?!«, fragt sie laut.

Warum dieser besorgte Ton? Gibt es ein Problem?

Ich setze mich auf, nehme das Phone und sehe nach der Uhrzeit.

O nein! Verfluchtes Teil! Statt nach zehn Minuten wieder zu klingeln, hat es erst eine halbe Stunde später gebimmelt! Ich komme zu spät! An meinem ersten Schultag!

Ich springe aus dem Bett und greife mir die ersten Klamotten, die ich im Schrank zu fassen kriege.

»Wie viel Zeit haben wir?«, rufe ich, während ich ein T-Shirt überstreife.

»Zehn Minuten. Beeil dich!«

Ich schnappe mir meinen Rucksack, flitze ins Bad, um wenigstens ein bisschen Make-up aufzulegen, und stürze dann raus. Mama sitzt schon im Auto und wartet.

»Wie weit ist es bis zur Schule?«, frage ich und schnalle mich an.

»Etwa fünfzehn Minuten im Auto.«

»Vielleicht zwanzig, wenn viel Verkehr ist«, fügt Kate hinzu, die auf dieselbe Schule gehen wird wie ich und auf der Rückbank sitzt.

»Das ist keine Hilfe.« Ich funkle sie böse an.

Nach genau einer Viertelstunde sind wir da. Kate und ich stürzen aus dem Auto, so dass Mama uns nur noch hinterherwinken kann.

»Wir sehen uns zu Hause!«, ruft mir Kate zu und rennt zu den Schülern des ersten Jahrgangs.

Ich schaue ihr kurz nach, dann drehe ich mich zum Schulgebäude: Verdammt, ist das groß! Ich atme tief ein und trete durch das Eingangstor.

Im Hof schlängele ich mich durch die anderen Mitschüler, die auf das Klingeln zur ersten Stunde warten. Viele stehen allein herum, andere unterhalten sich angeregt. Ich muss fürchterlich aussehen, wie ein Alien: Ich habe das Gefühl, dass alle mich anstarren, und das geht mir ziemlich auf die Nerven. Ich wollte doch so wenig wie möglich auffallen, aber ich fürchte, das habe ich richtig schön vergeigt.

Es klingelt, und die Schüler drängen in die Unterrichtsräume. Ich muss zuerst zur Direktorin und werde die ersten Minuten verpassen.

Ich frage ein rothaariges Mädchen höflich, wo ich das Büro der Direktorin finden kann. Sie erklärt es mir rasch.

Hoffentlich hat sie mich nicht veräppelt, denke ich, während ich ihrer Wegbeschreibung folge. Doch wenig später stehe ich vor der blendend weißen Tür der Direktion, genau wie das Mädchen es gesagt hat.

Ich klopfe und trete ein. »Guten Tag.«

»Guten Tag. Ich vermute mal, Sie sind die Neue«, sagt die Direktorin mit einem Lächeln.

Ich nicke etwas verschüchtert.

»Cristina Evans, richtig?« Sie schaut auf ein Blatt Papier.

Ich nicke wieder.

»Ihre Schwester war vor fünf Minuten hier.« Sie lächelt. »Setzen Sie sich.« Sie zeigt auf einen Sessel vor ihrem Schreibtisch.

Ich lasse mich nieder und schweige.

»Herzlich willkommen an unserer Schule, Miss Evans. Wir haben geprüft, welche Kurse Sie in Los Angeles belegt haben, und wenn Sie daran nichts ändern möchten, können Sie diese hier weiter besuchen. Wie Sie sicher wissen, haben die Kurse bereits vor einem Monat begonnen. Es wird vielleicht nicht ganz einfach für Sie werden, den Stoff aufzuholen. Aber ich bin sicher, dass Sie sich schnell eingewöhnen und sich bei uns wohl fühlen werden.«

Ihren Optimismus hätte ich gern! Hoffentlich hat sie recht.

Es klopft an der Tür. Ein Junge tritt ein, und sofort erkenne ich diese unglaublich blauen Augen wieder.

Mir verschlägt es die Sprache! Er schon wieder!

»Miss Evans, das ist Nash Grier«, sagt die Direktorin und lächelt. »Er wird Ihnen die Schule zeigen und Sie in Ihren neuen Englischkurs bringen.«

»So schnell sieht man sich wieder«, sagt er, als wir nach ein paar Minuten vor dem Büro der Direktorin stehen, und grinst. »Dann gehst du also hier zur Schule. Na, herzlich willkommen an dem Institut, das dein Leben zerstören wird.« Er grinst schräg.

Kurz darauf beginnt er mit der kurzen Besichtigungstour: Er zeigt mir die Unterrichtsräume, die Bibliothek, die Mensa, die Cafeteria, das Krankenzimmer.

»Das war's!«, sagt Nash plötzlich. »Wir haben zwar nur einen kleinen Teil gesehen, aber jetzt müssen wir auch mal in den Unterricht. Du willst ja schließlich nicht die ganze Englischstunde verpassen, oder?« Er zwinkert mir zu.

»Wie viele sind wir?«

»Vierhundert«, scherzt er.

»Sehr witzig«, sage ich und tue, als wollte ich lachen.

»Wir sind siebenundzwanzig«, erklärt er, während wir einen Korridor voller roter Spinde durchqueren. »Ah, ich zeige dir vorher noch deinen Schrank. Er hat die Nummer 672. Den Zahlencode kannst du dir selbst aussuchen.«

Nash dreht mir den Rücken zu, und ich gebe mein Geburtsdatum ein. Das ändere ich bei nächster Gelegenheit, wenn mir etwas Besseres einfällt.

Wir gehen noch ein paar Meter, dann klopft Nash an eine Tür, und wir treten ein. Der Raum ist definitiv zu groß für siebenundzwanzig Leute. Es gibt lauter Einzeltische, was ich überhaupt nicht mag.

»Guten Morgen, Mr Grier. Und Sie sind die neue Schülerin?«, fragt der Lehrer.

Nash nickt und setzt sich auf seinen Platz. Ich stehe allein neben dem Lehrertisch, während lauter Unbekannte mich von oben bis unten begutachten. Am liebsten würde ich im Boden versinken. Mein Blick huscht über meine Mitschüler. Da ist der Skater von gestern Morgen, Matt. Schon fühle ich mich ein bisschen besser.

»Gut, Leute, ich stelle Ihnen Ihre neue Mitschülerin vor. Das ist Cristina Evin«, sagt der Lehrer.

»Evans«, korrigiere ich ihn. Wie kann man so einen Allerweltsnamen bloß falsch aussprechen?

»Ach ja, Evans.« Er nimmt einen Stift und vermerkt etwas im Klassenbuch.

Ein paar Mädchen schauen mich an und lachen. Warum lachen die jetzt? Ich glaube, die eine ist die Blondine, die gestern mit dem durchtrainierten Typen vor meinem Garten rumgealbert hat.

»Gut, Miss Evans, dann setzen Sie sich auf den Platz vor Mr Dearing«, sagt der Lehrer.

Schade, dass ich nicht weiß, wer Mr Dearing ist.

»Na da.« Er zeigt auf die dritte Reihe, und ich setze mich.

Nash sitzt ganz in der Nähe, während Matt auf der anderen Seite des Raumes in der letzten Reihe hockt. Ich bin froh, dass wenigstens ein paar Leute in meiner Klasse sind, die ich vom Sehen schon kenne. Ich drehe mich zu Mr Dearing um, und erwische ihn, wie er mich anstarrt. Er lächelt mir zu. Ich hebe die Hand zum Gruß. Er tut das Gleiche.

Der Lehrer macht mit dem Unterricht da weiter, wo wir ihn mit unserem Eintreten unterbrochen haben.

»Pssst! He!«, flüstert der Junge hinter mir.

Ich drehe mich um. Hoffentlich merkt der Lehrer nichts. Vor mir sehe ich zwei so durchdringend braune Augen, strahlend und tief, und ein Gesicht, das ich schon mal irgendwo gesehen zu haben meine. Ich bin fast sicher, dass es sich um denselben Typen handelt, der gestern mit der Blonden zusammen war. Sein Blick ist magnetisch, seine Lippen zu einem fiesen Lächeln verzogen.

»Du hast was auf dem Kopf«, sagt er.

Ich reiße die Augen auf. »Was?!« Ich fahre mir durch die Haare.

»Miss Evans, ich wusste nicht, dass Sie mit dem Stoff auch schon so weit sind. Dann mal raus mit Ihrer Antwort«, fordert der Lehrer mich auf.

Erst jetzt merke ich, dass ich meine Hand gehoben habe. Na toll, ich werde mich gleich in der ersten Stunde so richtig schön blamieren. Offensichtlich hat der Hirni mich auf den Arm genommen. Ich hasse ihn jetzt schon.

»Ähm«, sage ich. Der Typ hinter mir lacht. »Ich habe vergessen, was ich sagen wollte.«

Der Lehrer schaut die anderen an und wiederholt die Frage.

Ich bin echt sauer, aber zum Glück bleibe ich ruhig. Ich drehe mich auch nicht um und jage diesen Depp zum Teufel, der immer noch hinter meinem Rücken lacht.

Nash hingegen starrt ihn mit zusammengezogenen Augenbrauen an und schüttelt missbilligend den Kopf.

Ich konzentriere mich wieder auf den Unterricht und mache mir Notizen, denn wie es scheint, hänge ich mit dem Stoff noch viel weiter hinterher, als ich dachte.

4

In den nächsten Unterrichtsstunden schreibe ich wie verrückt mit, und als es zur Mittagspause läutet, bin ich erleichtert. Selbst meine schmerzende Hand braucht Erholung.

Am liebsten würde ich während der Pause hier sitzen bleiben, denn sonst verlaufe ich mich garantiert und finde nicht in den Raum zurück.

Alle quatschen und lachen. Genau jetzt hätte ich gern meine besten Freunde um mich.

»Hallo«, sagt ein Mädchen und kommt an meinen Tisch. Sie hat lange Locken, ein süßes Gesicht und ein echt entwaffnendes Lächeln.

»Hallo«, antworte ich.

»Ich bin Sam. Freut mich.« Sie streckt mir die Hand hin.

»Cris.« Ich lächle ebenfalls und drücke ihre Hand.

»Es tut mir leid wegen vorhin. Ich hab gesehen, was mein Bruder mit dir gemacht hat. Du musst Cameron verzeihen, er ist ein echter Spacko«, sagt sie scherzhaft.

»Schon gut. Ist nicht so wild.«

»O doch, das ist es.« Sie setzt sich an den Platz vor mir. »Seit er mit dieser Zickentruppe zusammen ist, ist er echt unausstehlich geworden. Daher ein kleiner Tipp: Halte dich von Susan und ihren Freundinnen fern.«

»Du und dein Bruder, ihr seht euch echt ähnlich«, sage ich. Äußerlich ist das tatsächlich nicht zu übersehen, doch einen Unterschied gibt es: Sie ist nett, er nicht.

»Das sagen alle. Aber das ist eben nur unser Aussehen. Ansonsten behandeln sie uns völlig unterschiedlich.«

»Wie meinst du das?«

»Na ja, er gehört zu den beliebtesten Schülern auf der Schule … ich nicht. Cam ist der Kapitän der Fußballmannschaft und für viele Mädchen der Mr Darcy. Aber er trifft sich nur mit der blonden Susan und ihren Freundinnen, weil die richtig scharf sind.«

»Und die Blonde ist natürlich Cheerleaderin, oder?«, frage ich.

»Genau. Und ist mit meinem Bruder zusammen, leider. Ach, der Teufel soll …«

Wir brechen in Gelächter aus. Sam ist echt nett.

»Kannst du mir was über die anderen erzählen?«, frage ich und sehe mich neugierig um.

»Tja, Cameron ist nicht der einzige beliebte Junge der Schule. Es gibt eine Clique von echt süßen Jungs, und alle Mädchen lieben sie. Siehst du den da?« Sie zeigt auf den Jungen mit den blauen Augen.

»Nash? Der scheint nett zu sein.«

»Du kennst ihn?«, fragt sie.

»Ja, ein bisschen. Er hat mir die Schule gezeigt.«

»Wow, du Glückspilz! Das ist der beste Freund meines Bruders. Aber mit mir hat er noch nie ein Wort gewechselt.«

»Und was weißt du über Matt?«, frage ich, während der gerade Nash angrinst.

»Woher kennst du jetzt schon wieder Matthew Espinosa?« Sams Stimme wird lauter.

»Gestern Morgen war ich ein bisschen shoppen, und da hat er mich aus Versehen umgerannt.«

Sie schnappt nach Luft. »Du weißt gar nicht, was du für ein Glück hast! In unserer Schule träumen alle Girls nur davon, wenigstens dieselbe Luft wie die Jungs zu atmen, und du kennst sie beide …«

»Ich kenne sie doch gar nicht. Wir haben gerade einmal ein paar Sätze miteinander geredet. Außerdem lebst du mit einem zusammen. Was soll ich denn davon halten?«

»Stimmt. Aber ich wünschte, es wäre nicht so«, sagt sie und senkt den Blick.

Ich will sie fragen, warum, da unterbricht uns Nash.

»Cris«, sagt er und lächelt, »du hast also schon eine Freundin gefunden.«

Sam wird rot.

»Ja.« Ich lächle zurück.

»Wollt ihr mit mir und Matt mittagessen?«

Sam und ich sehen uns kurz an. In ihrem Blick liegt etwas Flehendes, und ich verstehe, dass ich keine Wahl habe.

»Klar«, sage ich.

Ich stehe auf, und zu viert verlassen wir den Unterrichtsraum. Die Augen all unserer Mitschüler sind auf uns gerichtet.

Wir gehen in die Cafeteria und holen uns Sandwiches.

»Seht ihn euch an! Ganz allein, ohne seine Prinzessin!«, sagt Matt kichernd.

Von wem redet er? Ich folge seinem Blick und entdeckte Sams Bruder, der wie wir in der Schlange steht.

»Weißt du, ob es bei ihm und Susan schon richtig zur Sache gegangen ist?«, fragt Nash Sam.

»Keine Ahnung. Aber ich glaube, sie knutschen nur«, sagt sie. Offensichtlich ist ihr Nashs Frage peinlich.

»Wow! Dann ist es also ernst!«, spottet Matt.

Ich verstehe kein Wort.

»Warum wundert ihr euch darüber?«, frage ich.

»Cameron geht mit allen hübschen Mädchen ins Bett, deshalb. Es ist merkwürdig, dass mit Susan noch nicht mehr gelaufen ist. Das letzte Mal, als er sich so verhalten hat, war er mit Charly zusammen«, erklärt Matt.

Das muss ja nun gar nichts heißen, oder?

Wir setzen uns auf eine Bank im Hof und essen unsere Sandwiches.

»Freitagabend ist Susans Geburtstagsparty. Kommt ihr?«, fragt Nash plötzlich.

Ich weiß noch nicht mal, wer diese Susan eigentlich ist.

»Sie hat mich nicht eingeladen, und Cris ist ja ganz neu«, antwortet Sam für uns beide.

»Kommt doch einfach mit uns mit. Ich wette, sie hat nichts dagegen«, sagt Nash.

»Oh, glaub mir, das hat sie mit Sicherheit«, entgegnet Sam.

»Warum?«, frage ich.

»Sie mag mich nicht.«

»Und wir mögen sie nicht. Los, kommt schon mit. Wir haben keinen Bock, uns den ganzen Abend anhören zu müssen, wie schön sie aussieht und wie toll es mit Cameron ist«, sagt Matt und sieht mich an.

»Na gut«, sage ich. Die Idee ist eigentlich gar nicht so schlecht. Das ist immerhin eine gute Gelegenheit, neue Leute kennenzulernen.

»Dann komm ich auch mit«, sagt Sam.

»Super. Wir werden uns mega amüsieren. Darauf könnt ihr euch verlassen!«, ruft Nash und zwinkert uns zu.

»Oh-oh, seht mal, wer da kommt.« Matt dreht sich nach links.

Eine Mädchenschar rauscht auf uns zu.

»Matt«, sagt die Blonde, die die Truppe anführt. »Nash.« Sam und mich übergeht sie einfach. Ihre Stimme ist nervtötend hoch. »Ich wette, dass ihr Freitag auf meine Party kommt.«

Das ist dann also Susan.

Matt sieht mich an, dann wendet er sich zu ihr: »Ja, und wir bringen ein paar Freundinnen mit.«

Sie hat Sam und mich immer noch nicht angesehen. Ich muss zugeben, dass mich das ein bisschen stört.

»Und wer sind die Glücklichen? Damit das klar ist, ich will keine peinlichen Szenen auf dem Klo des Clubs.«

»Wir bringen diese beiden hier mit«, sagt Nash und zeigt auf uns.

Susan dreht sich zu uns. Ihr Gesicht verzieht sich zu einem angewiderten Ausdruck. Sie und ihre Freundinnen mustern uns von oben bis unten.

»Nee, echt? Jetzt mal ernsthaft. Wen bringt ihr mit?«

»Die beiden«, erwidert Nash lächelnd.

»Was? Diese beiden Pussys?« Sie reißt die Augen auf. »Habt ihr die mal angesehen? Komm schon, Nash, du willst mir doch nicht wirklich sagen, dass du Sam Dearing und die Neue mitbringen willst. Geht's noch?«

Ich halt's nicht aus. Ich kenne die Bitch keine zwei Minuten, und schon hasse ich sie. »Wie hast du uns genannt?« Ich stehe auf und schaue ihr direkt in die Augen.

»Bist du taub? Ich habe gesagt, dass ihr zwei Pussys seid«, erwidert sie und kichert.

»Und warum sollten wir das sein? Du kennst uns doch gar nicht«, sage ich.

Das Lächeln auf ihrem Gesicht verschwindet, und plötzlich wirkt sie total angespannt.

Ich hasse es, wenn Leute Urteile über andere fällen, ohne sie zu kennen.

»Ich sehe euch aber. Also … kuck dich doch an, Schätzchen, was du nur anhast und dein Make-up …«

Ihre Augen verraten mir, dass es das Erste ist, was ihr einfällt.

Sie trägt ein rosa T-Shirt und einen roten Rock. Ihre Haare sind blondiert – das verrät der dunkel nachgewachsene Haaransatz –, und ihr Gesicht ist ein einziges Make-up-Massaker: dicker schwarzer Eyeliner, knallroter Lippenstift, pinkfarbenes Rouge, ganz zu schweigen von der Grundierung, die mindestens einen Ton dunkler ist als ihre Haut.

»Ich bin lieber ich selbst anstatt eine schlechte Kopie von Barbie«, sage ich.

Die Mädchen hinter ihr können sich das Lachen kaum noch verkneifen.

Susan sieht mich mit offenem Mund an. Dann dreht sie sich um und funkelt ihre Begleiterinnen böse an.

»Was lacht ihr so?«, frage ich die anderen hinter ihr. »Ihr seid auch nur billige Kopien von ihr. An eurer Stelle fände ich das nicht so witzig.«

Sofort hören sie auf zu lachen und sehen mich angesäuert an.

»Dafür wirst du büßen«, zischt Susan. Grün vor Wut, schiebt sie ab.

Ich setze mich wieder und atme tief durch. Manche Leute gehen mir echt unglaublich schnell auf die Nerven.

»Wow!«, ruft Nash. »Der hast du's aber gegeben.«

»Du musst immer bei mir bleiben!«, sagt Sam.

»Das war doch nichts Besonderes«, erwidere ich, während mein Puls wieder runterfährt.

»Nichts Besonderes? Du weißt aber schon, mit wem du dich da angelegt hast, oder? Susan ist das meistgefürchtete Mädchen der Schule. Das ist also sehr wohl was Besonderes«, bemerkt Matt.

»Sie ist unerträglich«, sage ich.

»Wenn nur alle so denken würden wie du«, sagt Nash und schaut auf sein Essen. Bestimmt meint er Cameron damit, seinen besten Freund.

Es klingelt. Die Pause ist zu Ende, und die nächsten Stunden beginnen.

Wir verlassen den Hof und gehen zurück in den Klassenraum. Bevor ich eintrete, sehe ich, dass Susan am Ende des Korridors steht und heult. Cameron tröstet sie. Sicher beschwert sie sich gerade bei ihm über das, was vor ein paar Minuten passiert ist. Aber es interessiert mich nicht. Wie kann dieser Cameron nur in so ein oberflächliches und unsympathisches Mädchen verliebt sein?

Ich setze mich auf meinen Platz, als der Lehrer kommt und seine Sachen auf dem Pult ausbreitet. Auch die beiden Turteltauben treten ein, und Susan wirft mir einen kalten Blick zu.

Die nächsten Stunden vergehen schnell. Doch am Ende des Tages ist meine Hand vom vielen Schreiben definitiv hinüber. Über eine Sache freue ich mich allerdings: Fast alle meine Kurse habe ich mit Sam, Nash und Matt. Wenigstens dabei hatte ich Glück!

Sam kommt mit einem strahlenden Lächeln an meinen Platz. »Also, hast du den ersten Schultag gut überstanden?«

»Ja, ich lebe noch!«, sage ich und stecke die Hefte in meinen Rucksack.

Wir quatschen über alles Mögliche, während wir den

Raum verlassen. Im Korridor überholt uns Cameron und rempelt Sam mit der Schulter an. Er entschuldigt sich nicht und beachtet uns überhaupt nicht. Sams Gesichtsausdruck verändert sich, und in ihren Augen breitet sich eine tiefe Traurigkeit aus.

Vor der Tür verabschiede ich mich mit einer Umarmung von meiner neuen Freundin und mache mich auf den Heimweg. Ich biege in eine Straße ein, von der ich hoffe, dass sie eine Abkürzung ist. Ich umrunde die Schule und entdecke auf der anderen Seite drei riesige Sportplätze.

»He, du«, ruft jemand hinter mir.

Ich drehe mich um. Cameron kommt mit schnellen Schritten auf mich zu.

»Wir beide müssen reden«, sagt er, packt mich an den Schultern und drückt mich gegen eine Wand.

In diesem Moment sind wir uns so nah, dass sich mein Atem mit seinem vermischt.

»Was hast du denn für ein Problem? Lass mich in Ruhe!«, fauche ich und will mich aus seinem Griff befreien.

Doch er greift fester zu. Mit seinen unergründlichen Augen schaut er mich so eindringlich an, dass mir die Luft wegbleibt.

Wie kann er es wagen, mich so zu behandeln? Erst veräppelt er mich und jetzt das!

»Hör gut zu«, sagt er.

Ich muss auf seine Lippen schauen.

»Wenn du sie noch einmal schlecht behandelst, bekommst du es mit mir zu tun.«

Ich sehe ihm wieder in die Augen. Macht er Spaß, oder meint er das ernst?

»Von wem redest du? Von der Bitch?«, frage ich ironisch.

»Nenn sie nicht so! Bleib weg von ihr, oder du wirst es bereuen, verstanden?«

»Schon gut. Wie du willst.«

Er starrt mich noch ein paar Sekunden an. Vielleicht will er herausfinden, ob ich lüge. Langsam wird er lästig.

»Lässt du mich jetzt endlich mal los?«, frage ich.

Er nickt und nimmt die Hände von meinen Schultern. Dann dreht er sich um und geht ohne ein weiteres Wort.

Ich lehne immer noch an der Wand und massiere mir die schmerzenden Schultern.

5

Wie schnell die Zeit vergeht ... Meine erste Woche in Miami Beach ist fast vorbei. Es ist Donnerstagvormittag, und zum ersten Mal, seit ich hier bin, habe ich die Augen vor dem Weckerklingeln aufgeschlagen. Vielleicht schaffe ich es heute mal pünktlich in die Schule. Das wäre ein echter Fortschritt.

Es ist 6.30 Uhr, und das ganze Haus schläft noch. In der Küche setze ich erst mal Teewasser auf. Zurück in meinem Zimmer begutachte ich die Klamotten im Schrank und suche in aller Ruhe aus, was ich heute anziehen werde: eine der neuen Leggins, dazu eins meiner Lieblings-Shirts – ein blaues Maxi-Shirt mit U-Boot-Ausschnitt. Das hat Cass mir zu meinem sechzehnten Geburtstag geschenkt. Sie sagt, dass es die Farbe meiner Augen hat und das Aschblond meiner Haare betont.

Unwillkürlich fasse ich mir an den Hals und berühre die Kette mit dem halben Herzen.

Cass.

Seit Dienstagabend habe ich sie nicht mehr gehört. Wir haben nur ein paar Minuten im Videochat zugebracht, um uns wenigstens kurz zu sehen. Danach haben wir ein paar

Bilder hin- und hergeschickt. Ich habe ihr ein paar von meinem neuen Zuhause, von meinem Zimmer und unserem großartigen Pool gemailt. Von ihr kamen ein paar Selfies, auf denen sie mit meinen alten Mitschülern in lustigen Posen zu sehen ist. Sie fehlt mir so! Ich habe ihr versprochen, dass ich ihr auch noch ein paar Fotos von meiner Schule schicke. Ich muss dran denken, nachher ein paar zu machen.

Tausende Kilometer von Los Angeles entfernt ist es echt schwierig, über das Leben meiner Freunde auf dem Laufenden zu bleiben. Vielleicht wäre es einfacher, wenn ich ein Facebook-Profil hätte, aber darauf habe ich keine Lust.

Mit Trevor habe ich nur kurz gesimst. Auf meine Nachrichten antwortet er ziemlich einsilbig, im Telegrammstil: ›Ja‹, ›Nein‹, ›Alles o.k.‹, ›Du fehlst mir auch‹. Er verrät überhaupt nicht, wie es ihm geht oder was er macht. Aber so ist er eben: schwer zu greifen und wortkarg. Schriftliche Kommunikation ist nicht gerade seine Stärke. Ach, was würde ich für eine Umarmung von ihm geben!

Der Wasserkocher pfeift und reißt mich aus meinen trüben Gedanken. In der Küche frühstücke ich entspannt und ausgiebig.

Um 7.30 Uhr sitzen Kate und ich im Auto, und nur fünfzehn Minuten später suche ich in der Schule verzweifelt nach meinem Spind. Irgendwie finde ich mich in diesem Gebäude immer noch nicht zurecht. Die Korridore sehen für mich alle gleich aus, lange rote Wände kreuzen sich und sind durch nichts zu unterscheiden. Auch die Nummerierung der Spinde folgt einer geheimnisvollen Logik, die ich noch nicht begriffen habe. Am Ende ist es immer nur eine Frage des Glücks, ob und wann ich meinen Schrank finde.

Und heute, fürchte ich, ist nicht gerade mein Glückstag! Jetzt biegen auch noch Susan und ihre Freundinnen um die Ecke und kommen auf mich zu.

Mist, dieser Tag wird höchstwahrscheinlich in einer Katastrophe enden.

Seit Montag habe ich weder mit ihr noch mit ihrem dämlichen Freund gesprochen. Ich habe mich an das gehalten, was er von mir verlangt hat: Ich habe mich ferngehalten. Und das mit Freude.

Susan aber hat mir die ganze Zeit fiese Blicke zugeworfen. Ich habe sie so gut wie möglich ignoriert. Doch immer, wenn sie und ich nur ein paar Meter voneinander entfernt waren, habe ich gleich den Blick von Cameron auf mir gespürt, als wollte er mich kontrollieren.

»Cris«, ruft Susan.

»Hier ist kein Platz für uns beide. Lass mich in Ruhe.« Ich gehe an ihr vorbei.

»Ich wollte dir nur sagen, dass du heute noch schlimmer aussiehst als sonst.« Sie kichert, zusammen mit ihren Freundinnen.

Ich bleibe stehen und drehe mich um. Langsam mustere ich sie von Kopf bis Fuß. »Wir sind hier nicht auf einem Schulball«, sage ich so sachlich wie möglich. Heute trägt sie ein sehr kurzes rosafarbenes Kleid mit einer großen

Schleife um die Taille. An den Füßen hat sie weiße High Heels.

Ihr Grinsen verschwindet.

Cameron taucht hinter ihr auf. Ich habe absolut keine Lust auf Ärger, also drehe ich mich wieder um und suche weiter nach meinem Schrank.

Hinter der nächsten Ecke finde ich ihn, ein paar Meter weiter auf der rechten Seite. Ich hole Hefte und Bücher heraus und stecke sie in meinen Rucksack. Während ich noch überlege, was ich einpacke und was ich dalasse, tippt mir jemand auf die Schulter. Erschreckt drehe ich mich um.

Es ist Matt. »He, alles okay?«, fragt er.

»Ja, entschuldige, ich war in Gedanken.« Ich schließe den Spind und sehe ihn an.

Er lächelt. »Bereit für den Unterricht?«

»Klar. Du?«

»Könnte man so sagen.« Er schaut auf sein Phone. »Noch fünf Minuten. Hast du Lust, mit zu Nash zu kommen?«

Wie kann ich nein sagen, wenn er mich so süß anlächelt?

»Sicher, wo ist er denn?«

»In seinem Zimmer.«

Hä? »Wie … in seinem Zimmer?«, frage ich verwirrt.

»Ja, in diesem Flügel der Schule gibt es ein paar Schlafräume. Und Nash wohnt da«, erklärt er.

Wow! Es ist bestimmt toll, in der Schule zu wohnen! Da

hat man seine Ruhe, die Eltern nerven einen nicht, man kann jeden Morgen ausschlafen und muss nur ein paar Treppen runter zum Unterricht.

Wir gehen in den ersten Stock hinauf und landen in einem Korridor, der genauso aussieht wie der im Erdgeschoss, mit den gleichen kleinen schwarzen Fliesen, den roten Wänden und vielen Holztüren.

Es sieht wohnlich aus. Aber irgendwie ist es merkwürdig, dass unter uns die Unterrichtsräume sind.

Wir treten vor eine Tür, und Matt klopft zwei Mal.

Als Nash öffnet, werde ich rot: Er steht mit nacktem Oberkörper da und trägt nur Boxershorts. Ja doch, ich habe natürlich schon öfter Jungs ohne T-Shirt am Strand gesehen, aber irgendwie ist das hier viel intimer. Und das Intimste, was ich bis jetzt erlebt habe, war, dass ich bei Seth zu Hause auf dem Sofa gesessen habe und wir geknutscht haben. Er hat dabei seine Hand unter mein T-Shirt geschoben und mich am Bauch gestreichelt.

»Du bist noch nicht angezogen?«, fragt Matt.

»Nee. Ich habe den Wecker nicht gehört«, erwidert Nash und zieht sich ein T-Shirt über.

Matt und ich treten ein und bleiben neben dem Bett stehen, während er sich fertigmacht.

»Also Cris, ich habe von Cameron gehört, dass Susan sich über dich beschwert hat.« Nash gluckst, während er einige Bücher in seinen Rucksack steckt.

War ja klar, dass sein bester Freund ihm alles haarklein erzählt.

»Ja, und er ist zu mir gekommen und hat mich bedroht.«

»Dich bedroht?«, fragt Matt.

»Ja. Er hat mir geraten, einen großen Bogen um Susan zu machen, sonst würde ich es mit ihm zu tun bekommen.«

»So ein Arsch!«, sagt Matt.

»Ach, das ist nur halb so schlimm«, beruhigt mich Nash. »Cam übertreibt gern mal. Er bellt, aber er beißt nicht.«

Es klopft, und Nash öffnet.

Ein hübscher Junge, der ihm sehr ähnlich sieht, stürmt herein und verschwindet in einer anderen Tür, die vermutlich zum Bad führt. Nach fünf Sekunden kommt er wieder heraus und hält eine merkwürdige Dose in Händen.

»Wenn du ihn mir noch mal klaust, bist du tot!«, sagt er und zeigt mit dem Finger auf Nash. Dann rennt er wütend aus dem Zimmer.

Wow!

»Hayes, ich bin älter als du! Du kannst mir nicht sagen, was ich machen soll!«, schreit Nash ihm über den ganzen Korridor hinterher.

Ich muss lächeln. »Dein Bruder?«, frage ich.

»Ja, leider.«

Es läutet, und Matt schaut auf sein Handy. »Mist!«

Wir rennen aus dem Zimmer und stürzen die Treppen hinunter.

Wir schlittern durch den Korridor. Die anderen Schüler, die gerade in ihre Räume gehen, starren uns an.

Matt und Nash sind viel weiter vor mir. Obwohl ich

noch schneller laufe, hole ich sie erst vor unserem Raum ein. Die Tür ist zu.

»Verdammt«, sagt Nash und atmet tief ein.

»Sind wir zu spät?«, keuche ich.

Matt nickt und klopft an der Tür.

Schon wieder zu spät. Und das, obwohl ich zum ersten Mal rechtzeitig in der Schule gewesen bin!

6

»Ihr seid zu spät«, sagt der Lehrer vorwurfsvoll.

Mit gesenktem Kopf gehe ich zu meinem Platz, aber aus dem Augenwinkel sehe ich, dass mich alle anstarren. Offensichtlich sind sie erstaunt, dass ich zusammen mit Nash und Matt auftauche.

Bevor ich mich setze, blicke ich kurz zu Cameron. Er grinst mich schräg an.

Wie peinlich! Verdammt! Und alles nur wegen Nash, der den Wecker nicht gehört hat.

Während des Unterrichts versuche ich, aufmerksam zu sein und mir Notizen zu machen. Zwischendrin sehe ich mich um, und mein Blick kreuzt den von Sam. Sie macht merkwürdige Gesten, und ich brauche eine Weile, bis ich kapiere, dass sie auf mein Fach unter dem Tisch zeigt, wo mein Handy liegt.

Mit den Fingern zeige ich ihr meine Nummer an, damit sie mir simsen kann. Sie beugt sich über ihr Phone.

Eine Minute später leuchtet mein Display auf. Ich schalte den Bildschirm frei und lese: ›Was hast du mit den 2 gemacht?‹

Ich schiele zum Lehrer, und kaum dass er sich umdreht,

schiebe ich das Handy halb unter mein Buch, damit ich ihr unbemerkt antworten kann.

›Matt & ich haben Nash in seinem Zimmer abgeholt. Haben uns verquatscht.‹

Ich beobachte, wie sie die SMS liest und erstaunt den Mund aufreißt.

›Was??? Du warst in Nashs Zimmer?!‹

Der Lehrer dreht sich wieder zu uns, und ich tue so, als machte ich mir Notizen. Als ich den Kopf senke, um im Buch was zu lesen, antworte ich Sam rasch: ›Ja.‹

›Du Glückliche! Habt ihr was gemacht?‹, schreibt sie sofort.

Äh, wie jetzt? Was hätte ich denn bitte mit den beiden machen sollen?

›Nein. Was denkst du denn?‹, antworte ich.

›Nichts. Aber es gibt einige merkwürdige Gerüchte über die 2.‹

›Echt? Merkwürdige Gerüchte also. Aber die sind dir egal, weil Nash dir trotzdem gefällt ;-)‹

Sie wird rot, während sie die SMS liest. Dann schüttelt sie lächelnd den Kopf.

›Ist das so offensichtlich?‹

›Nur ein bisschen.‹

»Handys sind im Unterricht verboten«, zischt Cameron hinter mir.

Ich drehe mich nicht um, weil ich fürchte, dass es wieder so peinlich wird wie am Montag. »Kümmer dich um deinen Kram!«, flüstere ich stattdessen zurück.

Zum Glück liest der Lehrer gerade irgendetwas laut vor und hört mich nicht.

Nach vier unendlichen Stunden läutet es zur Mittagspause. Ich stehe auf, und Sam kommt sofort zu mir.

»Hunger?«, fragt sie.

Ich nicke.

»Komm mit«, sagt sie, und wir verlassen die Klasse.

Sie bringt mich in einen überfüllten Raum, wo man sein eigenes Wort nicht mehr versteht. Hier war ich noch nicht. Unzählige Schüler drängen sich an Automaten und ziehen sich Speisen und Getränke. Ich stelle mich in die Schlange und kaufe mir schließlich ein Sandwich.

Als ich mich umdrehe, nähert sich schüchtern ein Mädchen.

Sie ist sehr klein, die schwarzen Haare sind zu zwei Zöpfen geflochten, vor den hellbraunen Augen trägt sie eine große Brille.

»Darf ich dich was fragen?«, sagt sie leise.

Was wird das jetzt? Ich nicke.

»Wie hast du Nash und Matt kennengelernt?«

Ganz schön neugierig, dafür, dass wir uns nicht kennen. Ich antworte trotzdem. »Ich habe sie am Strand getroffen.«

Sie zieht einen Notizblock aus der Tasche und schreibt auf, was ich sage.

»Äh, was machst du da?«, frage ich.

»Lexy, du brauchst deine Zeit nicht mit dieser Pussy zu vergeuden«, sagt Susan, die plötzlich hinter mir steht. »Ich habe schon was Neues für dich. Setz es auf die erste Seite, verstanden?«

»Erste Seite?«, frage ich verwirrt.

»Ja. Ich betreue die Schülerzeitung und die offizielle Gossip-Site im Netz«, erklärt das Mädchen, das anscheinend Lexy heißt.

Ich glaub es nicht. Sie wollte mich interviewen!

»Also, schreib alles auf, was ich dir sage«, befiehlt Susan ihr und schiebt sich zwischen Lexy und mich. Sie redet total schnell.

Ich suche Sam, denn ich habe keine Lust, mir Susans Lästereien über Leute anzuhören, die ich nicht mal kenne.

Aber ich sehe meine Freundin nirgendwo. Ich laufe durch die Korridore, doch Sam ist verschwunden.

»Hast du dich verlaufen?«, fragt ein Junge hinter mir.

»Ich glaube schon.«

»Hallo, ich bin Carter«, sagt er und lächelt. »Wir haben uns schon am Strand gesehen, Sonntagmorgen.«

Daher kam er mir so bekannt vor. Ich wusste nur nicht mehr, wo ich ihm schon mal begegnet bin.

»Ich bin Cris.« Ich lächle. »Dann bist du also ein Freund von Nash.«

»Ja. Suchst du ihn?«

Ich nicke.

»Na, dann komm mit«, sagt er und geht voraus. »Ich wollte grad zu ihm.«

Wir laufen im Zickzack durch die Gänge und treten dann in den Hof, wo Nash, Matt und Cameron mit einem blonden Jungen zusammensitzen, den ich noch nicht kenne. Von Sam keine Spur und zum Glück auch nicht von Susan.

»Hey«, sagt Carter, als wir uns der Gruppe nähern.

Ich begrüße alle, und der blonde Junge sagt: »Ich bin Jack.«

»Cris.«

Sie hocken auf einer Bank und im Gras. Ich gehe zu Matt, setze mich neben ihn und beiße in mein Sandwich.

»Also Cam, was ist mit Susan?«, fragt Nash.

Haben die echt kein anderes Thema als Susan und ihren bekloppten Freund? Gibt es nichts Interessanteres?

Cam lächelt. »Alles gut. Morgen, an ihrem Geburtstag, tun wir es.«

Seine Freunde grinsen und beglückwünschen ihn, als ob er etwas total Ehrenhaftes vorhätte.

Zwischen diesen blöden Machogesprächen fühle ich mich fehl am Platz. Und ehrlich gesagt, ekeln sie mich auch ein bisschen an. Warum muss man allen erzählen, dass man mit seiner Freundin Sex haben wird?

»Also, hast du dich entschieden? Kommst du auf die Party?«, fragt Matt mich.

Mist! Ich habe vergessen, Mama und Papa zu fragen.

»Ähm, klar.« Hoffentlich merkt er nicht, dass ich lüge.

»Cool! Dann können wir uns besser kennenlernen.« Carter zwinkert mir zu.

»Carter, vergiss es«, fährt Matt ihn an und runzelt die Stirn.

»Oh-oh, ist da etwa jemand eifersüchtig?«, scherzt Jack.

Matt funkelt ihn böse an.

Und ich muss über seine Reaktion lächeln.

»Matthew Espinosa, sag mir nicht, dass du auf die da stehst!« Cameron lacht höhnisch.

»*Die da* hat einen Namen, du Blödmann!«, sage ich. So wie er mich am Montag behandelt hat, bin ich immer noch sauer auf ihn.

»Ach wirklich?«, sagt er.

Stille breitet sich aus. Ich fühle mich unwohl und will weg. Als ich aufstehe, hält Nash mich zurück. »Wohin willst du?«

»So weit weg von *dem da* wie möglich«, sage ich und zeige auf Cameron.

»Oh, damit würdest du mir und Susan einen großen Gefallen tun!«

Jetzt würde ich natürlich gern bleiben und ihn weiter nerven, aber so viel Aufmerksamkeit hat er einfach nicht verdient.

»Cris, lass gut sein«, sagt Nash und schüttelt den Kopf.

»Ja, Cris. Lass sie einfach in Ruhe. Ist besser so.«

Ich rücke etwas von Nash ab, um Cameron direkt in die Augen schauen zu können. »Erklär mir doch mal bitte, was ich getan habe, dass du mich so behandelst?«

»Sagt dir der Name Susan vielleicht etwas?«, erwidert er und hält meinem Blick stand.

Es läuft mir kalt den Rücken hinunter.

»Cris, ernsthaft, lass es bleiben. Sein Geist ist besessen von dieser Bitch. Mit ihm zu diskutieren bringt gar nichts.«

»Danke, mein Freund, wie schön, dass du auf meiner Seite bist!«, zischt Cameron ironisch.

Nash dreht sich um und wirft ihm einen schrägen Blick zu. Dann schaut er wieder zu mir.

»Halte dich von ihm fern, wenn dir deine geistige Gesundheit lieb ist.« Er kichert, und da muss ich ebenfalls lachen.

»Ach, wie niedlich!«, sagt Cameron.

Ich ertrag ihn nicht. Besser gesagt, ich hasse ihn!

Die Mittagspause ist vorbei, und ich bin froh, wieder in den Unterricht zu gehen.

»Also, das mit der Party geht klar?«, fragt Matt mich noch einmal.

»Nein, ich weiß nicht … Ich habe keine Lust, mir den ganzen Abend die Beleidigungen von Cameron und seiner Freundin anhören zu müssen.«

Das denke ich wirklich. Warum sollte ich also hingehen?

»Was? Nein, nein, du kommst!«, drängt er. Wir betreten den Raum. »Wir reden später noch mal drüber«, sagt er und setzt sich auf seinen Platz.

Auch Cameron kommt rein, und ich schaue demonstrativ in eine andere Richtung. Er hat doch überhaupt keinen Grund, mich nicht zu mögen. Natürlich habe ich mich gegenüber Susan fies benommen, aber das war reine Selbstverteidigung. Ich kann es mir doch nicht gefallen lassen, dass sie über mich und Sam herzieht!

Aber eines ist beschlossene Sache: Ich gehe nicht auf diese Party. Das wäre überhaupt keine gute Idee, denn ich wäre nicht willkommen.

Wenn nur Cass und Trevor hier wären … dann wäre alles viel einfacher. Zusammen sind wir unschlagbar!

Als es nach der letzten Stunde klingelt, stürze ich nach draußen.

Im Korridor reden Sam und Nash miteinander. Ich freue mich wirklich für sie.

Vielleicht irre ich mich, aber zwischen den beiden könnte echt was laufen … vielleicht nur eine Freundschaft, vielleicht aber auch mehr. Sie sehen sehr süß zusammen aus. Sam strahlt jedes Mal, wenn Nash bei ihr ist. Und er ist so aufmerksam und nett zu ihr.

Während ich noch weiter fantasiere, taucht Lexy mit Block und Stift bewaffnet vor mir auf. Verfolgt die mich etwa?

»Was ist?«, frage ich. Ich bin müde, ich will nicht mit ihr quatschen und auch mit keinem anderen. Ich will nur noch nach Hause und eine Runde schwimmen, um wieder locker zu werden.

»Also, du und Matt, seid ihr nun zusammen, oder habt ihr gerade Schluss gemacht?«, fragt sie in einem Atemzug.

»Was?!« Ich bin fassungslos. Wo hat sie denn die Story her? Und selbst wenn sie wahr wäre, warum kümmert sie sich nicht um ihren eigenen Kram?

Ich schüttle den Kopf, schiebe Lexy wortlos beiseite und trete in den Hof hinaus.

7

Das Klingeln beendet die letzte Stunde am Freitag und somit meine erste Woche an dieser Schule. Ich bin richtig mies drauf.

Gestern Nachmittag habe ich zu Hause die Kopfhörer in mein Handy gestöpselt und wollte etwas Musik hören. Doch als ich es entsperrte, zeigte es mir zehn verpasste Anrufe an.

Zehn Anrufe von Trevor!

Ich habe ihn sofort zurückgerufen, aber natürlich ist er nicht rangegangen. Typisch Trevor! Wie ätzend!

Dann habe ich ihm eine SMS geschickt: ›Ruf mich sofort an.‹ Aber er hat nicht geantwortet. Also habe ich Cass angerufen, mehr als einmal, aber auch sie ist nicht rangegangen. Und so habe ich den Rest des Abends auf ein Lebenszeichen von meinen besten Freunden gewartet, das nie kam.

Ich mache mir Sorgen und habe eine schreckliche Vorahnung. Vielleicht ist ja etwas Schlimmes passiert. Seit gestern Nachmittag kann ich an nichts anderes mehr denken.

Ich räume gerade meine Bücher in den Spind, als jemand mich antippt. Matt.

»Hast du zwei Minuten? Wir müssen reden.«

»Können wir das woanders machen?«, erwidere ich und sehe mich um. Eben ist Lexy noch mit ihrem Fotoapparat in der Hand durch die Korridore gerannt. Nach den irren Fragen von gestern möchte ich nicht, dass sie mich mit Matt sieht und auf dumme Gedanken kommt.

»Es geht ganz schnell. Du hast vermutlich längst begriffen, dass Cameron ein Spacko ist und maßlos übertreibt, wenn es um Susan geht. Er benimmt sich dann immer so, als ob bei ihm eine Sicherung durchgebrannt ist.«

Ich nicke, weiche aber seinem Blick aus.

»Ich wollte dich bitten, doch auf die Party zu kommen. Du darfst dir nicht den Spaß verderben lassen.«

Ich schüttle den Kopf. »Nein, Matt. Ich bin nicht in der richtigen Stimmung, und es würde mir bestimmt nicht guttun, allein und traurig in der Ecke zu sitzen, während alle anderen sich amüsieren.«

»Du wirst nicht in einer Ecke sitzen. Wir sind doch da: Ich, Nash und die anderen Jungs.«

Wie kriege ich ihn dazu, dass er nicht weiter darauf besteht?

»Und außerdem …«, er sieht mich an und verzieht die Lippen zu einem gewitzten Lächeln, »… tust du Susan doch nur einen Gefallen, wenn du nicht auf die Party kommst. Das ist nämlich genau das, was sie will.«

Dieses letzte Argument lässt die Sache in einem ganz anderen Licht erscheinen. Ich lache. Matt ist total süß und sehr bemüht.

»Na gut«, sage ich und stelle mir Susans Gesicht vor, wenn sie mich sieht.

Matt grinst und umarmt mich.

»Die Party steigt in einem Club im Zentrum, im ›Drink‹«, flüstert er und drückt mir einen Kuss auf die Wange, bevor er geht.

Ich werde rot und bleibe verzaubert im Korridor stehen. Was war das? Nach ein paar Sekunden komme ich wieder zu mir, trete aus dem Gebäude und mache mich auf den Heimweg.

»Cris!«, ruft jemand hinter mir.

Ich drehe mich um. Sam kommt auf mich zu. Hinter ihr folgt Cameron. Leider.

Wie können die beiden nur Geschwister sein? Sie ist so nett und liebenswürdig und er das genaue Gegenteil: unsympathisch und schlecht erzogen.

»He, Sam!«

»Cris, kommst du wirklich? Matt meinte, du hättest deine Meinung geändert.«

»Ja, ich werde mir den Abend nicht von gewissen Leuten verderben lassen.« Ich spreche lauter, damit auch Cameron mich hört.

»Hurra! Wie schön! Wenn du Lust hast, holen wir dich heute Abend mit dem Auto ab«, schlägt sie vor.

»Gern, danke!« Ein Problem weniger. Ich hätte gar nicht gewusst, wo dieses ›Drink‹ eigentlich ist.

»Läufst du zu Fuß nach Hause? Dann können wir zusammen gehen«, sagt sie und lacht.

»Super. Aber natürlich nur, wenn dein Bruder uns nicht nervt.« Ich sehe ihn an.

Er erwidert meinen Blick, lächelt und schüttelt den Kopf.

»Tu einfach so, als wäre er nicht da«, erwidert sie.

Sam und ich quatschen über tausend Dinge. Sie ist wirklich fantastisch. Cameron hingegen sagt zum Glück kein Wort und folgt uns mit ein paar Schritten Abstand. Ich habe den Verdacht, dass er absichtlich langsam geht, damit er nicht zusammen mit mir oder seiner Schwester gesehen wird.

»Also, weißt du schon, was du anziehst?«, fragt Sam.

»Äh …« Was soll ich darauf antworten? Die Wahrheit ist, dass ich darüber noch nicht im Geringsten nachgedacht habe, weil ich ja noch nicht mal Mama und Papa um Erlaubnis gefragt habe. »Ja, klar. Du?«, sage ich und bin mir ziemlich sicher, dass sie es mir schon erlauben werden. Sie wollen doch, dass ich mich eingewöhne.

»Ich auch! Ich kann's gar nicht abwarten!«

Wir kommen vor meinem Haus an, und durch die Hecke erkenne ich Kate, die im Pool schwimmt.

»Also, bis heute Abend«, sage ich mit einem Lächeln zu Sam.

»Bis heute Abend«, erwidert sie und geht.

Cameron ist ein paar Meter zurückgeblieben, und ich eile Richtung Haustür, damit ich nicht mit ihm reden muss, denn darauf habe ich überhaupt keine Lust.

»He, warte!«, ruft er.

Verdammt … Ich drehe mich um. »Was willst du?«

»Ich muss mit dir reden«, sagt er ernst, wenige Schritte von mir entfernt.

»Nein, umgekehrt. Ich muss mit dir reden! Lass mich gefälligst in Ruhe, verstanden?« Ich gehe wie eine Furie auf ihn los, ohne ihm Zeit zu lassen, etwas zu erwidern. »Ist schon klar, dass dir nicht gefallen hat, wie ich deine Freundin behandelt habe. Das weiß ich durchaus. Aber versuch mal zu kapieren, dass ich mich nur verteidigt habe! Ich konnte nicht zulassen, dass …«

»Schschsch!« Cameron legt mir einen Finger auf die Lippen.

Ich mache einen Schritt zurück und mustere ihn. »Was soll das?«

»Dich verteidigen?! Aber du hast doch angefangen, sie anzumachen«, sagt er verärgert.

»Ich?! *Sie* hat angefangen! Sie hat gesagt, dass ich eine Pussy bin und noch tausend andere Dinge, die mich echt geärgert haben. Für dich und Susan ist es vermutlich völlig normal, über andere herzuziehen. Aber das ist total daneben! Also, bitte, richte deiner Freundin aus, dass sie mich in Ruhe lassen soll. Und das gilt auch für dich!«, sage ich in einem Atemzug.

Er sieht mich eine Weile schweigend an. Dann schüttelt er den Kopf, streicht sich durch die Haare und geht wütend davon.

Ich blicke zum Himmel. Dieser Idiot glaubt also wirklich den Müll, den seine Freundin ihm erzählt.

Im Garten steht Kate und sieht mich an. Als sich unsere Blicke treffen, schaut sie sofort weg. Sie hat mit Sicherheit alles gesehen und gehört. Früher oder später wird sie mich danach fragen.

Ich betrete das Haus und gehe in mein Zimmer. Rasch fahre ich den Computer hoch, mache Musik an und werfe mich auf mein Bett. Dann checke ich mein Handy: keine Nachricht und kein verpasster Anruf von Cass oder Trevor. Ich schließe die Augen und versuche, an etwas Schönes zu denken, damit die Wut in mir endlich verraucht.

Am Nachmittag erlaubt mir Mama, auf die Party zu gehen, dafür muss ich allerdings ein bisschen im Haushalt helfen.

Um acht Uhr sitze ich mit meiner Familie am Abendbrottisch.

Es ist zwar völlig unsinnig, vor einer Party noch etwas zu essen, aber ich kann doch Mamas selbstgemachte Pizza nicht einfach sausenlassen.

»In dieser Woche habe ich richtig viele Leute kennengelernt«, erzählt Kate.

Für sie scheint alles immer total einfach zu sein. Der Umzug hat ihr Leben nicht um einen Zentimeter aus dem Lot gebracht. Ganz im Gegenteil. Sie hat sofort Freunde gefunden und ist sogar in das Cheerleader-Team aufgenommen worden. Sie ist schon immer die perfekte Tochter gewesen.

»Und du, Cris?«, fragt Papa.

Was soll ich da bitte sagen? ›Außer Nash, Matthew und

Sam sind alle anderen echte Asis. Ein paar hassen mich bereits, obwohl ich überhaupt keine Zeit hatte, irgendetwas Hassenswertes anzustellen, und die Party heute Abend wird mit Sicherheit die totale Katastrophe.‹ »Alles gut«, sage ich stattdessen. »Die Schule gefällt mir, meine Mitschüler sind sehr nett und hilfsbereit. Es könnte gar nicht besser laufen!« Ich beiße in mein Pizzastück.

Kate schaut mich erstaunt an. Vermutlich hat sie begriffen, dass ich gerade ziemlichen Müll erzählt habe. Meine Eltern hingegen lächeln und scheinen sich für mich zu freuen.

»Was für schöne Nachrichten, Schatz! Wunderbar! Siehst du, es war doch gut, dass wir hergezogen sind«, sagt Mama und drückt Papas Hand. Sie zwinkert ihm zu.

Ich lächle und verstecke die unendliche Traurigkeit, die ich in mir spüre. Wie sehr wünschte ich, dass die Dinge, die ich gesagt habe, wahr wären.

Nach dem Essen stelle ich den Teller in die Spüle und gehe in mein Zimmer. Ich muss mich rasch umziehen.

Im Kleiderschrank, den ich auf der Suche nach dem richtigen Outfit durchwühle, fällt mir ein Kleid in die Finger. Es ist schwarz, reicht mir bis zum Knie und hat einen transparenten Ausschnitt. Das könnte passen. Dann frage ich Mama, ob sie mir ein paar schwarze Pumps leiht. Ich hasse hohe Schuhe, aber heute muss es sein, denn ich will nicht wie ein Zwerg aussehen.

»Criiis! Beeil ich! Es ist schon zwanzig vor zehn«, ruft Mama aus dem Wohnzimmer. »Deine Freunde warten sicher schon!«

O nein! Es ist mega spät!

Ich schminke mich zu Ende, stürze in mein Zimmer zurück und schnappe mir Clutch und Jacke. Als ich aus dem Haus trete, parkt bereits ein schwarzes Auto in der Auffahrt. Ich laufe hin, und da fährt die hintere Scheibe runter.

Sam streckt den Kopf heraus. »Spring rein!«, ruft sie.

Ich mache es mir neben ihr bequem. Links von ihr sitzt Matt, vorn auf dem Beifahrersitz hockt Nash. Cameron fährt.

Wir düsen in Höchstgeschwindigkeit los. Cameron rast wie ein Irrer, und mir rutscht das Herz in die Kniekehlen. Wenn er so weitermacht, krachen wir gleich irgendwo gegen.

»Könntest du ein bisschen langsamer fahren?«, frage ich.

Er tut, als hätte er mich nicht gehört, und statt zu bremsen, wird er noch schneller. Er ist echt so ein Angeber.

»He, Kumpel, langsam! Wenn uns die Polizei erwischt, sind wir geliefert«, sagt Nash.

»Jetzt fang du nicht auch noch an!« Cameron ist stocksauer.

Nash dreht sich zu uns und zuckt mit den Schultern. Matt schüttelt grinsend den Kopf.

Es ist irgendwie absurd. Cameron scheint völlig außer sich zu sein, und die Stimmung ist merkwürdig angespannt.

»Cam, bitte, hör auf! Wenn du schon mit Susan gestritten hast, musst du nicht auch noch allen anderen den Abend verderben«, mischt sich Sam mit zitternder Stimme, aber bestimmt, ein.

Endlich wird Cameron langsamer und wirft durch den Rückspiegel einen bösen Blick auf Sam.

Hat er wirklich mit Susan gestritten?

Sam senkt den Blick und versteckt die Hände in ihren langen Ärmeln. Sie scheint nicht gut drauf zu sein. Ich lege ihr eine Hand auf das Bein. Sie sieht mich an, und ich lächle.

Eine Viertelstunde später parken wir vor dem Eingang des ›Drink‹.

8

Während wir aussteigen, fällt mir ein, dass ich gar kein Geschenk für Susan habe. Aber eine, die sich so benimmt, hat auch keins verdient.

Vor dem Club stehen viele Jugendliche in unserem Alter. Manche rauchen, und viele scheinen bereits betrunken zu sein. Cameron geht vor und tritt als Erster ein.

»Kommt«, sagt Nash.

Drinnen ist das ›Drink‹ mit rosa und weißen Luftballons dekoriert. Es sieht aus wie auf einer Hello-Kitty-Party. Von all diesem Rosa wird mir ganz schwindelig.

»Bist du sicher, dass wir hier richtig sind? Das erinnert mich an den Geburtstag meiner Cousine Tracy … die ist zehn«, bemerkt Sam und schaut sich um.

»Gut erkannt«, sagt Nash und lacht.

Der Club ist voller Leute, und unter allen entdecke ich sofort ein bekanntes Gesicht: Lexy. Sie ist voll damit beschäftigt, Fotos von den Gästen zu machen.

Am Ende des Saals ist der Tresen der Bar, in der Mitte die Tanzfläche, wo schon ziemlich viele Leute zappeln. Drum herum sitzen Jungs und Mädchen dicht gedrängt an kleinen Tischen. Sie quatschen und trinken.

»Willst du tanzen?«, fragt Matt mich.

Heute Abend habe ich keine Lust, das brave Mädchen zu spielen, also stürze ich mich mit ihm ins Getümmel. Nash und Sam bleiben zurück.

Wir bewegen uns im Rhythmus zum wunderbaren *Habits (Stay High)* von Tove Lo. Das ist eins meiner Lieblingslieder.

Als der Song endet, verbeugt sich Matt auf eine gezierte Art. »Gewähren Sie mir die Ehre des nächsten Tanzes?«, fragt er und reicht mir die Hand.

Ich muss über seinen lustigen Antrag lachen. »Mit dem größten Vergnügen«, antworte ich und deute einen kleinen Knicks an.

Der nächste Song ist langsam. Matt legt seine rechte Hand auf meine Hüfte und mit der linken ergreift er meine Hand. Wir tanzen dicht an dicht. Es ist wunderschön. Doch dann verpufft die Magie des Augenblicks: Am Rand der Tanzfläche lehnt Cameron an einem Tischchen, trinkt Gott-weiß-was für ein Zeug und starrt uns an.

Was will er bloß? Warum ist er nicht mit seiner Barbie zusammen?

Ich wende mich wieder Matt zu, damit ich Camerons harten Blick ausblenden kann. Ich betrachte Matts weiche Lippen, die etwas flüstern, das ich wegen der lauten Musik nicht höre. Als er dichter an mein Ohr kommt, verstehe ich ihn endlich: »Du siehst heute Abend wirklich umwerfend aus.«

Ich antworte mit einem schüchternen ›Danke‹, und wir

tanzen weiter. Unter all den Jungs die ich bis jetzt kennengelernt habe, ist er mit Sicherheit der netteste und galanteste.

»Wollen wir etwas essen?«, schlägt er vor, als die Musik endet. Er lächelt und hält immer noch meine Hand.

»Gute Idee«, sage ich, obwohl ich überhaupt keinen Hunger habe.

Wir treten an ein Tischchen, an dem Nash, Sam, Carter, Cameron und seine Freundin stehen.

»Cris, Matt, da seid ihr ja«, sagt Nash so, dass alle uns ansehen.

Ich lächle und stelle mich neben Sam.

Susan mustert mich unverhohlen. Sie trägt ein fuchsiafarbenes Kleid, das so voller Rüschen, Schleifen und gepufftem Stoff ist, dass sie wie ein überdimensionales Sahnebaiser aussieht.

Cameron tritt näher zu ihr, greift ihr um die Hüfte und zieht sie dicht an sich. Dann flüstert er ihr etwas ins Ohr. Anscheinend haben sie ihren Streit wieder begraben. Sie nickt, und zusammen verziehen sie sich. Endlich!

Was ihn wohl so aufgebracht hat, dass er noch krawalliger drauf war als sonst?

»Sam, warum war Cameron vorhin so sauer?«

Sam wirft mir einen verschmitzten Blick zu. »Warum fragst gerade du mich das?«

Ich verdrehe die Augen und seufze. »Bitte bilde dir nichts ein! Ich bin einfach nur neugierig«, sage ich.

Sie lächelt. »Das war nur ein Scherz. Susans Verhalten

dir gegenüber hat ihn genervt. Sagen wir mal, er mag keine hochnäsigen Bitches.«

Wer hätte das gedacht! Ich glaube ja nicht, dass sich auf dieser Welt noch ein Mädchen findet, das hochnäsiger als Susan ist. Und ausgerechnet sie ist Camerons Freundin.

»Habt ihr darüber geredet?«, frage ich und nehme ein Glas vom Tisch. Darin ist eine rosa Flüssigkeit. Hoffentlich ist das kein Alkohol.

»Was?« Sie schreit gegen die laute Musik an.

»Hat er dir das erzählt?« Ich brülle direkt in ihr Ohr.

»Nein, ich habe es gehört, als er mit Nash telefoniert hat.«

Ach, daher. Es kam mir schon merkwürdig vor, dass sich Cameron bei seiner Schwester ausgeheult haben soll.

Ich nehme meine Tasche und schaue auf mein Handy. Eine SMS. Mein Herz schlägt schneller.

TREVOR: ›Ich rufe dich in 10 Minuten an.‹

Die Nachricht ist fünf Minuten alt, also sollte ich aus dem Club raus, damit ich das Klingeln auch höre.

»Alles okay?«, fragt Matt.

»Ja, ich kriege gleich einen Anruf, und hier kann ich nicht reden.«

»Ich begleite dich. Draußen stehen ein paar sehr merkwürdige Typen rum«, sagt er.

Dieser Junge überrascht mich immer wieder.

»Danke.« Ich lächle, und gemeinsam bahnen wir uns einen Weg zur Tür.

Die Leute vor dem ›Drink‹ haben sich vervielfacht. Ich zwänge mich weiter durch die Menge, und Matt ergreift sanft meine Hand.

Gerade als wir weit genug von der Masse entfernt sind, vibriert mein Handy, und ich gehe sofort ran.

»Trevor!«

»Cris, zum Glück bist du dran«, sagt er.

»Ist das schön, dich zu hören! Wie geht's dir? Warum hast du nicht auf meine Anrufe und Nachrichten geantwortet?«

»Alles gut«, sagt er nur.

Ich warte, dass er mir haarklein erzählt, wie es ihm und Cass geht, was es Neues gibt, doch stattdessen schweigt er.

»Mehr nicht? Seit zwei Tagen denke ich ständig an euch! Ich hab mir Sorgen gemacht.«

»Ich hab nicht viel zu erzählen. Mir geht's gut, und Cass auch … mehr oder weniger«, sagt er.

»Was heißt das, *mehr oder weniger*?«, frage ich alarmiert. »Trevor, wenn etwas passiert ist, musst du es mir sagen!« Da ist sie wieder, diese dunkle Vorahnung.

»Cris, es ist alles okay. Du brauchst nicht panisch zu werden.«

»Okay, aber am Wochenende sollten wir drei mal zusammen skypen. Was meinst du?«, frage ich.

»Gute Idee. Ich rede morgen mit Cass drüber, dann machen wir was aus.«

»Ist gut. Ich bin grad auf einer Party und kann nicht gut

reden.« Mir fällt Matt wieder ein, der neben mir steht und vermutlich alles mitbekommt.

»Hm … Das heißt, dass du dich eingewöhnst. Das freut mich. Hab Spaß. Wir hören uns dann morgen«, sagt Trevor und beendet das Gespräch.

Ich stecke das Handy in meine Clutch und sehe Matt an. »Danke, dass du gewartet hast.«

»Ist doch selbstverständlich. War das dein Freund?«, fragt er verlegen.

»Nein, mein bester Kumpel. Gehen wir wieder rein?«, sage ich.

»Klar.« Er lächelt, und gemeinsam gesellen wir uns wieder zu den anderen im Club.

Ein paar Stunden später verlassen wir die Party und sitzen im Auto.

Der Abend war wirklich nett. Abgesehen von dem kleinen Unfall, der vermutlich Susan und Cameron die Party ruiniert hat. Irgendwann habe ich unabsichtlich mein Getränk über Susans Kleid verschüttet. Ich schwöre, ich wollte es nicht!

Ich hatte das Glas in der Hand und redete mit Nash, der neben ihr stand. Ein betrunkenes Mädchen hat mich plötzlich von hinten angerempelt, und ich bin nach vorn gerutscht, so dass mein Cocktail genau auf dem Kleid der Gastgeberin gelandet ist.

Susan hat diese Situation natürlich voll ausgenutzt. Sie ist in Tränen ausgebrochen und hat einen hysterischen

Anfall bekommen. Das ging dann den restlichen Abend so.

Für Cameron tut es mir fast ein bisschen leid, aber nur ein bisschen. Vermutlich musste er sich hinterher all ihre unsinnigen Monologe anhören, was für eine widerliche Person ich doch sei.

Merkwürdig, dass er noch nicht auf mich losgegangen ist, aber das holt er bestimmt nach, sobald wir gleich allein sind.

»Tschüs, Matt«, sagen die anderen.

Ich war so in Gedanken, dass ich nicht gemerkt habe, dass wir schon vor seinem Haus stehen.

Bevor er aussteigt, gibt Matt mir einen kleinen Kuss auf die Wange und wünscht mir eine gute Nacht.

Ich lächle verlegen. »Nacht.«

Cameron fährt weiter, und Nash fängt an zu kichern, aber nicht wegen Matts Verabschiedung. Er lacht, weil er unglaublich betrunken ist. Es ist eigentlich ziemlich lustig, denn er kichert nicht nur wie blöd, sondern quatscht auch noch lauter dummes Zeug.

Als wir aus dem Club kamen, hat er mit einem Mädchen darüber geredet, wie unfair es sei, dass Elefanten nicht fliegen können. Das Mädchen hat sich ernsthaft bei mir bedankt, als ich ihn da weggeholt habe.

Vor der Schule bietet Sam sich an, Nash auf sein Zimmer zu bringen, damit er auf dem Weg dorthin nicht verlorengeht.

Beide steigen aus dem Auto, und ich merke, dass Cameron mich im Rückspiegel anstarrt. Ich starre zurück, und er schaut sofort woandershin.

»Was ist?«

Bestimmt will er mir etwas wegen des Missgeschicks mit Susan sagen. Aber es war ja nicht meine Schuld.

Er dreht sich um. »Nichts«, sagt er nur.

»Ach, komm. Du bist doch bestimmt sauer auf mich wegen dem, was auf der Party passiert ist. Aber das war ein Unfall. Ich schwöre, es war nicht meine Schuld.«

»Echt jetzt? Und wer war es dann?«, erwidert er.

Offensichtlich weiß er noch gar nicht, was eigentlich abgelaufen ist, denn er war in dem Moment nicht dabei.

»Okay, keine Ahnung, was dir deine angesäuerte Freundin erzählt hat, aber …«

»Sie hat einen Namen«, unterbricht er mich.

»Susan«, verbessere ich mich. »Egal, was sie dir gesagt hat, ich kann dir versichern, dass ich das nicht mit Absicht gemacht habe, okay? Wir haben geredet, und da hat mich ein Mädchen angerempelt.«

Er sieht mich an, als wollte er prüfen, ob ich lüge oder nicht.

»Das glaube ich nicht.« Er dreht sich wieder nach vorn.

»Was hat dir deine Freun… ich meine, Susan denn gesagt?«

»Dass du dich zu ihr rübergebeugt hast, ihr den Drink übers Kleid geschüttet und sie dann irre beschimpft hast.«

Ich lache los. »Und das glaubst du ihr?«

Cameron nickt.

»Das bedeutet, dass du ein Vollidiot bist«, sage ich.

Kaum ist der Satz raus, öffnet sich die Tür, und Sam setzt sich wieder neben mich. Ihre Augen strahlen mehr als sonst, und sie lächelt geheimnisvoll.

»Was ist passiert?«, fragt sie, als wüsste sie von unserem Streit wenige Sekunden zuvor.

»Nichts«, antwortet Cameron und startet den Motor.

Sie zuckt mit den Schultern und dreht sich zu mir. »Hast du gesehen, wie sauer Susan war?«

Ich nicke.

»Sie hätte sich lieber mit der betrunkenen Tussi anlegen sollen als mit dir!«, sagt sie.

Ich schaue in den Rückspiegel und sehe Cameron in die Augen.

»Genau«, erwidere ich und starre ihn weiter an.

Schließlich löse ich den Blick, und er beschleunigt.

Nicht mal zehn Minuten später sind wir vor meinem Haus, und ich steige aus.

»Danke fürs Mitnehmen«, sage ich, bevor ich die Tür schließe. »Nacht, Sam.« Ich betone den Namen meiner Freundin besonders deutlich, damit ihr Bruder merkt, dass er mir gestohlen bleiben kann.

9

Eigentlich bin ich gestern Abend gar nicht so spät nach Hause gekommen, trotzdem habe ich jetzt fürchterliche Kopfschmerzen. Zum Glück ist samstags keine Schule.

Ich setze mich im Bett auf und schaue auf mein Handy: 13.30 Uhr.

Ich habe richtig lange geschlafen. Mit halbgeschlossenen Lidern wanke ich ins Bad und schaue in den Spiegel. Meine Haare sind zerzaust, ich bin blass, meine Augen sind verschwollen. Als ich mir etwas kaltes Wasser ins Gesicht klatsche, erzittere ich.

Dann schleppe ich mich die Treppe rauf. Im Schlafzimmer meiner Eltern liegen in einer Schublade im Schrank Unmengen an Medikamenten.

»Mama, was hilft gegen Kopfschmerzen?«, rufe ich so, dass sie mich unten hören kann.

Stille.

»Mama!«

Wieder erhalte ich keine Antwort.

Ich trete in den Flur und lausche. Im Haus herrscht absolute Stille. Vermutlich machen Mama und Papa mit Kate einen Bummel durch die Stadt.

Zurück im Schlafzimmer meiner Eltern schaue ich alle Medikamente durch, eines nach dem anderen, bis ich das finde, das mir helfen sollte. Ich gehe in die Küche, schlucke eine Tablette und frühstücke.

Mein Handy vibriert auf dem Tisch. Ich streiche mit dem Finger über das Display und lese die Nachricht, die gerade gekommen ist.

MATT: ›He Cris, alles okay?‹

Gestern Abend habe ich mit so gut wie allen die Handynummern getauscht, mit Ausnahme von Cameron und Susan natürlich.

›Ja, bin grad aufgestanden ;-) Du?‹, tippe ich.

Ich stelle die Tasse in die Spüle, kehre in mein Zimmer zurück und öffne das Fenster, damit ein bisschen frische Luft hereinkommt.

Matts Antwort lässt nicht lange auf sich warten: ›Alles gut. Hast du Lust, uns an der Skateboardpiste zu treffen?‹

Skateboardpiste? Gern, wenn ich nur wüsste, wo die ist.

›Hm … wäre nett. Wer kommt denn?‹

Hoffentlich nicht Susan, sonst muss ich so tun, als hätte ich Fieber oder irgendeine andere schlimme Spontankrankheit, damit ich nicht gehen muss.

›Ich, Nash, Carter, Cameron und Jack.‹

Ich seufze erleichtert. Allerdings … Ich wäre das einzige Mädchen in der Gruppe, und Cameron würde sicherlich keine Gelegenheit auslassen, mich mies zu behandeln. Ich muss unbedingt Sam überreden, dass sie mitkommt.

›Kann ich Sam mitbringen?‹

›Klar!‹, antwortet er sofort.

›Ich komme! ;-)‹ Rasch ziehe ich mich an. Ich nehme eine Shorts mit hoher Taille, ein rotes T-Shirt mit kurzen Ärmeln, die roten Vans und sage Sam Bescheid.

Sie antwortet in einer Nanosekunde: ›Komm zu mir, dann fahren wir zusammen hin. Ich wohne am Ende deiner Straße.‹

Zum ersten Mal stehe ich vor dem Haus von Sam und Cameron. Hinter einem Tor, am Ende einer Allee erhebt sich eine riesige Villa, die an eine Burg erinnert. Sehr beeindruckend. Dagegen ist unser Haus eine winzige Hütte.

›Ich steh vor dem Tor.‹ Ich drücke auf *Senden*, und eine Minute später läuft Sam die Allee herunter. »Hallo, Cris!«

Die Piste für die Skater ist in einem Park in South Beach, am anderen Ende der Stadt. Wir nehmen den Bus.

Während der Fahrt reden wir über unendlich viele Dinge. Ich erzähle ihr von Los Angeles, meinem alten Leben, meinen besten Freunden und von Seth.

»Wow, dann muss dir diese Stadt ja wie das letzte Loch vorkommen«, bemerkt sie.

Ohne es zu wollen, nicke ich.

»Und bei dir?«, frage ich.

»Da gibt's nicht viel zu erzählen. Ich hab nur wenige Freunde. Das war schon immer so.«

»Ach, echt? Aber dein Bruder ist einer der beliebtesten Typen in der Schule! Er hat dir doch sicher seine Freunde vorgestellt, oder?«, sage ich.

Sam lächelt traurig. »Na ja, sagen wir mal so, ich und Cameron stehen uns nicht besonders nah. Ja, wir sind Bruder und Schwester, wir leben im selben Haus, aber wir reden nicht viel miteinander, im Gegenteil … Für mich ist es schon viel, wenn er mich morgens mal grüßt. Eigentlich sind wir zwei Fremde.« Sie senkt den Blick. »Ich war immer viel allein.« In ihren Augen schimmern Tränen.

Ich verstehe ihre Beziehung zu Cameron nicht, aber offensichtlich leidet sie sehr darunter.

Sanft lege ich ihr eine Hand auf die Schulter und lächle. »Du bist nicht mehr allein. Jetzt bin ich ja da.«

Eine Träne läuft ihr über die Wange, dann umarmt sie mich. »Danke«, flüstert sie mir ins Ohr. Sie lässt mich los und wischt sich das Gesicht mit ihrem Fleece-Ärmel ab. Warum ist sie nur so dick angezogen? Heute ist es eigentlich ziemlich warm.

Wir durchqueren die Stadt, gelangen in den Art Deco District und fahren über den Ocean Drive. Ich kenne noch viel zu wenig von Miami Beach und diesen Stadtteil überhaupt nicht, außer aus dem Fernsehen und den Zeitschriften.

»Wir sind da«, sagt Sam plötzlich.

Rasch steigen wir aus dem Bus und laufen in einen Park, der voller Jogger ist. Kinder flitzen auf ihren Rollerblades an uns vorbei. Nach ein paar Minuten gelangen wir zu einer gigantischen Skateboardanlage. Sie liegt nur wenige Meter vom Strand entfernt. Tief atme ich die salzige Meeresluft ein. Die Sonne steht hoch, und meine Kopfschmerzen sind weg. Das wird ein großartiger Tag.

Wir suchen noch die Jungs, als ich einen Skater mit dunklen Haaren entdecke, der fantastische Moves mit seinem Board macht. Als er stehen bleibt, erkenne ich ihn: Es ist Cameron. Wenn er hier ist, dürften Matt und die anderen auch nicht weit sein.

»Da sind sie!«, sagt Sam und zeigt auf eine Gruppe Jungs, die im Kreis unter einer Palme sitzen.

Wir laufen zu ihnen.

»Ja, Mist, ich hab mich gefühlt wie ein Stück Müll«, erzählt Nash gerade.

Matt dreht sich um und schaut mich an. »He, setzt euch.«

Wir grüßen in die Runde und lassen uns neben ihm nieder.

»Red weiter«, sagt Jack zu Nash.

»Ja, also … kaum war ich auf meinem Zimmer, bin ich auch schon ins Bad gehechtet und hab all den Alkohol wieder ausgekotzt, den ich intus hatte. In der Nacht hab ich dann kein Auge zugetan, und von der Party erinnere ich mich an gar nichts. Absolut null, nada.«

Seine dunklen Augenringe bestätigen, dass er wenig geschlafen hat. Ich habe Sam noch gar nicht gefragt, warum sie gestern Abend so glücklich war, als sie zum Auto zurückgekommen ist.

»Und ihr?«, fragt Nash.

»Ich hab gut geschlafen«, antworte ich.

»Ich auch«, sagt Matt.

»Was machen die beiden denn hier?« Cameron kommt mit dem Board unter dem Arm zu uns, runzelt die Stirn und zeigt auf Sam und mich. Offensichtlich ist er von unserer Anwesenheit überrascht und genervt.

»Ich habe sie eingeladen, und die anderen waren einverstanden«, sagt Matt.

»Dann kann ich ja Susan auch anrufen«, erwidert er und holt sein Handy aus der Hosentasche.

Nash springt auf und packt ihn am Arm. »Du hast doch gehört, was Matt gesagt hat! Wir waren alle einverstanden. Also, bevor du sie anrufst, musst du uns fragen. Kann ja sein, dass keiner von uns Susan sehen will.«

»Aber die wollt ihr sehen?«, fragt Cameron verärgert und zeigt auf Sam und mich.

Ich hasse ihn, wie ich noch nie einen Menschen gehasst habe. Ich schwöre es.

»Ja. Sie sind unsere Freundinnen und viel netter als deine Tussi«, erwidert Nash.

»Aber ist das nicht todlangweilig, mit den beiden abzuhängen?« Cameron sieht seine Freunde an.

»Warum sollte es?«, fragt Carter.

Cameron schüttelt den Kopf und setzt sich ins Gras. »Sie sind lästig und zickig.«

Sam hält den Blick gesenkt. Sie fühlt sich offensichtlich nicht wohl und sagt kein Wort. Auch mir wird es zu viel. Es ist Zeit, dass wir gehen, denn wenn ich noch länger bleibe, wächst das Risiko, dass ich ausflippe. Ich stehe auf. »Ich geh nach Hause.«

»Ich komme mit«, sagt Sam leise und erhebt sich ebenfalls.

Matt springt auf und packt mich am Arm. »Warum?«

»Hat doch keinen Sinn, dass ich bleibe. Wir sind nicht hergekommen, damit er uns beschimpfen kann.«

Cameron sieht uns nicht mal an.

»Er ist eben ein Spacko. Hört nicht auf ihn. Wir wollen, dass ihr bleibt!«, sagt Matt und lächelt.

»Genau«, ruft Nash.

Jack und Carter nicken.

»Danke, Jungs! Ihr seid echte Freunde. Im Ernst! Es reicht, dass da irgendeine Bitch auftaucht, und ihr lasst euch in weniger als fünf Sekunden umstimmen«, brummt Cameron.

Darf ich ihn zum Teufel jagen?

»Cameron, hör auf. Wir mögen sie, weil sie nicht so hochnäsig sind wie Susan. Und bis jetzt war Cris die Einzige, die ihr mal ordentlich die Meinung gesagt hat«, erwidert Nash.

»Tja, war ja klar! Aber irgendwann werdet ihr alle eure Meinung über Susan noch ändern«, sagt Cameron.

»Bist du dir da sicher? Du willst uns wirklich davon überzeugen, dass Susan besser ist, als sie immer tut?«, fragt Jack und lacht.

Cameron nickt.

»Na, dann viel Glück, Kumpel!«, sagt Carter.

»Cris, bitte bleib.« Matt sieht mich an.

Ich werfe einen raschen Blick auf Sam. Sie wartet, dass ich mich entscheide. Ich sehe Matt an, nicke und setze mich wieder hin.

10

Skateboarden fand ich bis jetzt immer total langweilig und hielt es für ein reines Jungending. Irrtum! Es macht echt Spaß, und jeder kann es. Das jedenfalls denke ich in diesem Moment … Was vielleicht daran liegt, dass ich nach zwei Stunden endlich das Gleichgewicht auf dem Brett halten kann. Oder weil Matt mein Lehrer ist.

Er hat unendlich viel Geduld. Wäre ich an seiner Stelle, hätte ich mir selbst schon vor über einer Stunde den Rat gegeben, es lieber bleibenzulassen. Ich bin so ein Tollpatsch, dass ich mich am Ende des Tages glücklich schätzen kann, sollte ich auch nur einen Meter mit beiden Füßen auf dem Board schaffen.

Nach dem Streit von vorhin hat Cameron sich wieder beruhigt. Am Ende hat er sogar nachgegeben und Susan nicht angerufen. Jetzt vollführt er auf seinem Skateboard schwierige Kunststücke, die ich nie im Leben hinbekommen würde.

»Cris?« Matt fuchtelt mit einer Hand vor meinem Gesicht herum.

»Hä?« Ich kann den Blick kaum von Cameron und seinen Moves reißen.

»Versuch mal, dir mit dem einen Fuß einen kleinen Schubs zu geben. Ich halte dich fest, damit du nicht umfällst.« Er stellt sich neben mich und umfasst meine Hüften.

Er ist so süß. Ich konzentriere mich wieder auf Matt und das, was ich mit dem Skateboard tun soll.

Ich stelle den linken Fuß auf das Brett, mit dem rechten stoße ich mich leicht ab, und das Board rollt vorwärts. Für gerade mal einen halben Meter halte ich das Gleichgewicht, dann schwanke ich, stelle den Fuß wieder auf die Erde und stoppe.

»Super!«, ruft Matt und klatscht mit mir ab. »Jetzt mal allein, ohne meine Hilfe.«

Ich sehe mich schon spektakulär stürzen.

»Bleib aber neben mir. Du musst mich auffangen, wenn ich falle«, flehe ich ihn geradezu an.

Ich steige wieder aufs Brett. Ein tiefer Atemzug. Hoffentlich wird das nicht total peinlich. Leicht drücke ich mich mit dem rechten Fuß ab … Es fühlt sich jedenfalls wie ein ganz leichter Stoß an. Aber das Board wird schneller, krampfhaft halte ich das Gleichgewicht, doch schließlich kippe ich auf Matt, der zum Glück neben mir herläuft.

Ich liege auf ihm. Er umklammert meine Taille, unsere Nasenspitzen berühren sich, und unsere Blicke versinken in den Augen des anderen.

Das kommt mir bekannt vor … Stimmt, vor einer Woche ist er vom Skateboard gestürzt. Da haben wir uns zum ersten Mal getroffen.

»Verdammt!«, ruft ein Junge hinter mir.

Der magische Moment ist vorbei.

Ich löse mich von Matt und schaue zur Halfpipe.

Als ich vom Board gefallen bin, ist das Ding weitergerollt und mitten in der Halfpipe zum Stehen gekommen. Dort liegt ein Junge auf dem Boden und hält sich ein Knie.

O nein!

Ich laufe zu ihm und helfe ihm auf. Zum Glück scheint er sich nichts gebrochen zu haben.

»Das tut mir leid.«

»Schon gut. Nichts passiert. Ich werd's überleben.« Er schnappt sich sein Skateboard und humpelt davon.

Hinter mir lacht jemand.

»Du bist echt so eine Nullnummer! Du hättest den armen Jungen fast umgebracht!«

Cameron. Natürlich muss er gleich wieder seinen Senf dazugeben. Aber das ist nicht lustig.

»Ich habe mich bei ihm entschuldigt … Außerdem geht dich das nichts an«, brumme ich und verlasse die Halfpipe mit dem Skateboard unter dem Arm. Er ist so unerträglich.

Ich kehre zu Matt zurück. »Ich glaube, Skateboard fahren ist nichts für mich«, sagte ich und reiche ihm das Board.

»Hm … vielleicht hast du recht.« Er zeigt sein ansteckendes Lächeln, und meine gute Laune ist wieder da. »Gehen wir lieber zu den anderen.«

Wir setzen uns ins Gras. Sam quatscht mit Nash. Sie hat nicht mal versucht, auf ein Brett zu steigen. Das war eine weise Entscheidung, nach dem, was mir passiert ist.

»Du kommst also aus Los Angeles?«, fragt mich Jack.

Ich nicke.

»Wie ist es da? Ich meine die Leute, die Schule …«

»Sagen wir mal so, es gibt da nicht solche Bitches wie Susan.«

Alle lachen.

»Wow! Könnt ihr euch eine Welt vorstellen, in der es keine Susans gibt?«, sagt Carter.

»Das wäre so herrlich!«, meint Nash.

Es dürfte für ihn eine echte Qual sein, die Freundin seines besten Freundes auszuhalten.

»Aber warum ist Susan dann so beliebt?«, frage ich.

»Reicher Vater, viel Geld, teure Klamotten, sie geht mit Cameron …« Jack streckt bei jedem Punkt einen Finger in die Höhe.

»Psst«, macht Matt.

Cameron kommt auf uns zu. Er wäre bestimmt stinksauer, wenn er wüsste, wie wir über seine Freundin lästern.

»Über was redet ihr?«, fragt er.

Niemand sagt etwas. Peinliches Schweigen breitet sich aus.

»Über die Tatsache, dass es fast sechs ist, und ich nach Hause muss. Ich bin zum Chatten mit meinen Freunden in Los Angeles verabredet«, sage ich schließlich und stehe auf.

»Ach, das ist aber schade!«, erwidert Cameron ironisch.

Ich tue so, als hätte ich ihn nicht gehört. Leute wie er haben es nicht verdient, dass man sie überhaupt beachtet.

»Cris, ich komme mit. Ich muss auch nach Hause«, sagt Sam und lächelt.

Wir verabschieden uns von allen – außer von Cameron natürlich –, dann schlendern wir zur Bushaltestelle.

In unserer Straße begleite ich Sam bis zu ihrer Auffahrt.

»Also dann bis Montag!«, sagt sie und drückt das schmiedeeiserne Tor auf. »Danke, dass du mich vor einem einsamen Nachmittag bewahrt hast.«

»Gern geschehen.« Ich lächle.

Gerade als sie reingehen will, fällt mir meine Frage wieder ein. »He, Sam, warum warst du gestern Abend so glücklich, nachdem du Nash auf sein Zimmer gebracht hattest?«

Sie senkt den Blick.

»Was ist?«, frage ich.

Ihre Wangen färben sich rot. »Nash hat ... hat ...«

»Er hat dich geküsst?«, frage ich aufgeregt.

»Nein, nein.« Sie schüttelt den Kopf.

Oh.

»Also was dann?«

»Er hat mir gesagt, dass ich wunderschön bin. Und bevor er in sein Zimmer ist, hat er mich auf die Wange geküsst.«

Wow! Das ist ja noch cooler, als ich gedacht habe! Nash und Sam wären wirklich ein schönes Paar.

»Aber ...«, fährt sie fort.

Ich hasse solche ›Aber‹. Sie machen immer alles kaputt.

»Er war betrunken und hat vorhin gesagt, dass er sich an nichts erinnert. Deshalb zählt es nicht«, sagt sie traurig.

»Selbst wenn das so ist, heißt es trotzdem, dass er wirklich denkt, was er dir gestern gesagt hat. Eben *weil* er betrunken war«, mache ich ihr Mut.

»Ja, aber er erinnert sich an nichts … Du … Ich muss jetzt wirklich rein, es ist schon spät.«

»Bis Montag«, sage ich, während sie das Tor hinter sich zuzieht.

11

Der Wecker klingelt immer schriller und entsetzlicher. Mein Leben in dieser Stadt fühlt sich irgendwie genauso an.

Vor dem Umzug bin ich gern zur Schule gegangen. Aber momentan habe ich an manchen Tagen das Gefühl, als ginge ich zu meiner eigenen Hinrichtung. Und heute ist wieder so einer.

Den Sonntag habe ich zu Hause verbracht und an Cass und Trevor gedacht. Als ich vom Skaterpark nach Hause kam, hatte ich mich so darauf gefreut, die beiden zu sehen. Wir hatten uns für sieben verabredet, doch als ich auf WeChat ging, waren Cass und Trevor offline. Über eine Stunde habe ich gewartet, aber nichts passierte. Von meinen Freunden keine Spur. Also habe ich versucht, sie anzurufen. Vergeblich. Ich weiß gar nicht, ob ich eher wütend oder besorgt bin. Was soll ich davon bloß halten?

Besser ich stehe auf und mache mich fertig. Ich will nicht schon wieder zu spät kommen.

Im Garten warte ich auf Sam. Gestern Abend hat sie mir noch geschrieben und gefragt, ob sie mich zur Schule mitnehmen soll. Mir ist das sehr recht, so brauche ich Mama nicht immer nerven, die eh schon so viel zu tun hat.

Ich schaue auf dem Handy nach der Uhrzeit. Wenn Sam nicht in fünf Minuten auftaucht, rufe ich sie an. Ich darf einfach nicht noch mal zu spät kommen.

Ein riesiges schwarzes Auto rollt an unserem Haus vorbei. Cameron sitzt am Steuer.

Er fährt ganz langsam, weil er auf sein blödes Phone starrt. Zum Glück bemerkt er mich nicht.

Wenige Sekunden später knattert ein Motorroller heran. Als ich auf die Straße trete, hält Sam fünf Zentimeter vor mir an, gerade so, dass sie mich nicht umfährt.

»Cris, entschuldige die Verspätung! Los, steig auf. Ich wette, wir sind vor Cameron in der Schule.« Sie reicht mir einen Helm.

Das ist ein Scherz, oder?

Doch Sam sieht total entschlossen aus.

»Vor Cameron?« Ich setze den Helm auf und klicke die Gurte unterm Kinn zusammen.

»Ja! Halt dich gut fest«, sagt sie, als ich mich hinter sie setze.

Sam rast wie eine Verrückte. Nur mit Mühe kann ich mich festhalten! Im Zickzack kurvt sie zwischen den Autos durch, und an einer gelben Ampel überholt sie Cameron.

Wir schaffen es ohne Unfall zur Schule, was mir echt ein Rätsel ist. Mein Puls ist auf 180. Ich werde im Leben nicht noch einmal mit Sam auf dem Motorroller fahren. Besser gesagt, ich werde überhaupt nie mehr auf ein Motorrad steigen. Punkt.

»Aww«, sage ich, während ich vom Sitz runtergleite und den Helm absetze.

»Klasse, oder?« Sie lächelt.

»Ja, aber mach das nie wieder.«

Wir betreten das Gebäude und verstauen unsere Sachen in unseren Spinden.

»Cris!«

O nein! Dieses Gekreische würde ich unter tausend Stimmen erkennen. Ich drehe mich um.

»Susan, was willst du? Kannst du mich nicht ein Mal in Ruhe lassen?«, sage ich.

»Ich wollte dich bloß beglückwünschen.« Sie klatscht in die Hände und lächelt fies. »Nun hast du, dank Matt, auch deine fünf Minuten Berühmtheit.«

Sam und ich werfen uns einen Blick zu. Wovon redet die bitte?

»Beglückwünschen?«, frage ich.

»Tu nicht so, als wüsstest du es nicht. Aber lass das nicht zur Gewohnheit werden!« Sie starrt mich herausfordernd an, dann dreht sie sich auf dem Absatz um und lässt mich stehen.

»Was faselt die da?«, fragt mich Sam.

Ich zucke mit den Schultern. »Keine Ahnung. Ich muss mal mit Matt reden«.

Als es klingelt, laufen wir zum Klassenzimmer. Das Gespräch mit Matt muss ich verschieben. Im Korridor zeigen die anderen Schüler auf mich und werfen mir seltsame Blicke zu. Was ist denn bloß los?

Das zweite Klingeln tönt wie Engelsgesang in meinen Ohren. Ich gehe mit Sam in den Geschichtsraum, wo der Lehrer bereits die Anwesenheit kontrolliert. Wir setzen uns auf unsere Plätze. Meiner ist diesmal leider neben dem falschen Dearing, und so rutsche ich auf den Stuhl neben Cameron.

Ich mache mir Notizen, als ein weißes Papierkügelchen auf meinem Tisch landet.

Ich falte es auseinander.

›Du hast also keine Zeit verloren! Cam.‹

Was zum Teufel soll das denn jetzt?

Nach ein paar Minuten antworte ich ihm: ›Wovon redest du?‹ Ich knülle das Papier zusammen und werfe es zu ihm rüber. Hoffentlich treffe ich seinen Tisch. In solchen Dingen war ich noch nie gut.

Nach fünf Minuten kommt seine Antwort: ›Matt. Du verstehst schon! Hätte nicht gedacht, dass er so schnell ist und du auch noch ja sagst. Ihr seid ein seltsames Paar.‹

Seit wann sind Matt und ich denn ein Paar?

›Wer hat dir das gesagt?‹, schreibe ich sofort. Ist etwa so ein Gerücht in der Schule im Umlauf?

›Hab ich in der Schülerzeitung gelesen. Also, ist es wahr?‹, antwortet er.

Ich möchte den Zettel in tausend Stücke reißen und sie der Tussi zu fressen geben, die die Zeitung herausbringt. Wer glaubt die eigentlich, wer sie ist? Wie kann sie so etwas nur veröffentlichen?

›Selbst wenn es wahr wäre, ginge dich das nichts an‹, schreibe ich.

Camerons Antwort macht mich noch wütender: ›Das geht nicht nur mich was an, sondern die ganze Schule!‹

Ich zerreiße den Zettel und beende die unsinnige Unterhaltung. Matt muss mir das schleunigst erklären.

Doch trotz aller Pausen zwischen den Stunden krieg ich ihn bis Mittag nicht zu fassen. Als endlich die Glocke zur Mittagspause ertönt, stürze ich mich sofort auf ihn.

»Was ist das für eine Geschichte, dass wir beide zusammen wären?«, frage ich ihn.

»Das möchte ich auch gern wissen!« Er schüttelt den Kopf. »Alles nur wegen eines blöden Fotos, auf dem wir beide uns umarmen.« Er holt die Schülerzeitung aus seinem Rucksack und zeigt sie mir: Das Foto von uns prangt auf der Titelseite.

Unbändiger Hass gegen Lexy steigt in mir auf.

»Das glaub ich ja nicht!«

»Was sollen wir tun?«, fragt Matt.

»Wir reden mit Lexy. In der nächsten Ausgabe muss sie alles richtigstellen.«

Gemeinsam machen wir uns auf die Suche nach ihr und gehen in den Hof. Normalerweise verbringt sie dort immer die Mittagspause. Sam, Nash, Carter, Jack und ein Junge mit einem blauen Bandana sitzen auf dem Rasen. Doch von Lexy keine Spur. Vermutlich jagt sie schon wieder irgendeinem neuen Skandal hinterher. Wir treten zu den anderen, und ich setze mich neben Sam.

Die Leute starren mich immer noch an, und das nervt mich gewaltig.

»Was haben die bloß alle?«, frage ich wütend.

»Man landet nicht alle Tage mit Matt auf dem Cover«, sagt Sam.

Wieso interessieren sich Leute bloß für solche Nebensächlichkeiten? Das Foto ist völlig belanglos. Matt und ich machen da überhaupt nichts Besonderes.

»Hallo, ich bin Taylor«, stellt sich der Junge mit dem Bandana vor.

»Freut mich. Cris.« Ich lächle ihm zu.

»Auf jeden Fall ist es schön, mal nicht Susan auf dem Cover zu sehen!«

Ich muss grinsen. Aus Matts Freundeskreis mag anscheinend niemand Susan.

Wir reden eine Weile über die Lehrer und die nächsten Tests, so dass ich nicht mehr an die Zeitungsgeschichte denken muss. Beim Klingeln kehren wir wieder ins Gebäude zurück.

Ich hole noch ein Buch aus meinem Spind, und als ich mich wieder umdrehe, renne ich mit voller Wucht gegen einen Jungen. Seine Arme umfassen mich, ich wage es nicht hochzusehen, denn ich sterbe vor Scham.

Dann blicke ich doch auf und versinke in den unergründlichen Augen Camerons. Wir starren uns ein paar Sekunden an, die mir unendlich vorkommen.

»Entschuldige.« Ich mache mich von ihm los.

»Schon gut. Alles okay?«

Seit wann interessiert sich Cameron für mich?

»Geht's noch?!«, höre ich hinter mir jemanden sagen.

Ich schaue mich um. Susan ist rot vor Wut.

»Evans, du hast sie wohl nicht mehr alle! Erst inszenierst du die Geschichte mit Matt, um auf der Titelseite zu landen, und jetzt machst du dich an meinen Freund ran!«, ruft sie erbost.

»Was? Nein, ich bin nur ...«, will ich erklären.

»Halt den Mund! Du wirst bald begreifen, wie die Dinge an dieser Schule laufen.« Die Hände in die Hüften gestützt funkelt Susan mich böse an.

Wieso geht bei mir immer alles schief?

»Tut mir echt leid«, sage ich zu Cameron und verschwinde.

Nach dem Unterricht beeile ich mich, so schnell wie möglich abzuhauen. Immer noch beobachten mich alle, und das gefällt mir gar nicht. Da kommt Susan auf mich zu, mit einem sehr merkwürdigen Grinsen im Gesicht.

»Ich muss mit dir reden«, sagt sie.

O nein.

»Äh ... okay«, antworte ich.

Wir gehen zum Ausgang.

»Ich wollte dich um Entschuldigung bitten«, sagt sie.

Wie jetzt? Ich traue meinen Ohren nicht. »Wirklich?«

»Ja, Cam hat mir erklärt, was vorhin passiert ist. Er hat gesagt, dass es nur ein Missgeschick war. Tut mir leid«, sagt sie und lächelt.

Warum gefällt mir dieses Lächeln so gar nicht?

»Gut, dann bin ich froh, dass alles geklärt ist. Ich bin nämlich nicht so eine.«

»Ja, sicher«, erwidert sie, als hätte sie meine Worte gar nicht gehört.

Wir bleiben an der Treppe stehen, und hinter ihr sehe ich Matt und die anderen im Hof, die uns überrascht beobachten.

»Aber …«, sagt sie und sieht mir mit einem merkwürdigen Blick in die Augen, »stellen wir eins mal klar. Die Geschichte mit dem Titelbild nehm ich dir nicht ab. Ich weiß, dass du Lexy diesen Mist erzählt hast, um in die Zeitung zu kommen. Versuch nicht, es zu leugnen. Ich weiß, was du damit bezwecken willst.«

Diese Bitch macht mir Angst.

Ich will ihr grad erklären, dass alles nur ein Missverständnis ist, doch da tritt Susan dicht an mich heran. Sie legt ihre Hände auf meine Schultern und stößt mich dann energisch von sich weg. Ich stolpere nach hinten, und das Gewicht meines Rucksacks reißt mich zu Boden. Die Bücher und Hefte verteilen sich auf den Stufen, weil ich mal wieder den Reißverschluss offengelassen habe, und ich liege lang auf der Treppe.

»Das ist erst der Anfang! Ich werde dir schon zeigen, wo dein Platz ist. Darauf kannst du Gift nehmen«, zischt Susan. Dann dreht sie sich um und geht.

Matt und Nash kommen angerannt.

»Sag mal, spinnst du jetzt völlig?«, schreit Nash Susan hinterher.

»Alles in Ordnung?«, fragt Matt und hilft mir auf.

Ich nicke.

Susan verschwindet.

»So eine blöde Kuh! Ich schwöre, wenn Cameron sie nicht verlässt …«, brummt Nash erbost.

Und als ob er seinen Namen gehört hätte, steht Cameron plötzlich neben uns.

»Was ist denn passiert?«, fragt er und sieht Nash und mich an.

»Frag das deine Freundin. Mal sehen, ob sie dieses Mal den Mut hat, dir die Wahrheit zu sagen«, zische ich ihn an.

Cameron schweigt und betrachtet mich. Dann geht er, ohne ein weiteres Wort zu sagen.

Ich lächle Matt an, der meine Sachen einsammelt und mir den Rucksack reicht. Die anderen, die auch alles beobachtet haben, kommen zu uns.

»Was hast du ihr getan?«, fragt Taylor.

»Anscheinend habe ich ihr das Cover der Schülerzeitung geklaut«, antworte ich wütend.

»Komm, ich bring dich nach Hause«, sagt Matt.

Ich nicke. Nur schnell weg von diesem unerträglichen Ort.

Ein paar Minuten gehen wir schweigend nebeneinanderher.

»Ganz sicher, dass es dir gutgeht?«, fragt er schließlich.

»Das Handgelenk tut mir ein bisschen weh.«

Matt bleibt stehen, nimmt zärtlich meine Hand und untersucht das Gelenk. »Da ist nichts. In ein paar Tagen ist das vorbei«, sagt er professionell.

»Und woher weißt du das?«, frage ich neugierig.

»Mein Vater ist Arzt. Er hat mir viel beigebracht.« Er zwinkert mir zu.

Wir gehen weiter. Vor meinem Haus betrachtet Matt mich schweigend, dann lächelt er. »Das waren keine besonders schönen Tage für dich, oder?«

»Sagen wir mal so, ich fühle mich hier nicht besonders willkommen.«

Sein Lächeln verschwindet, und er wird ernst. »Ich … also … Ich weiß, dass wir uns noch nicht lange kennen, aber ich will dich trotzdem willkommen heißen«, erklärt er und kommt langsam näher.

Ich rühre mich nicht, mein Herz schlägt wie verrückt. Matt legt eine Hand auf meine Hüfte, mit der anderen streicht er über mein Gesicht. Dann beugt er sich vor und legt seine Lippen sanft auf meine.

Es ist nur ein ganz leichter Kuss, der für manche nicht zählen würde, doch mir bedeutet er sehr viel.

Matt löst sich von mir, bleibt aber dicht bei mir. »Willkommen«, flüstert er.

Ich muss lächeln. Matt ist extrem süß, und er ist einer der wenigen Menschen, die es schaffen, dass ich mich in dieser verfluchten Stadt wohl fühle.

»Bis morgen«, sagt er.

»Bis morgen.«

In meinem Bauch flattern Schmetterlinge, und ich

schwebe wie auf Wolken. Immer noch stehe ich da und sehe Matt hinterher, wie er die Straße hinuntergeht.

Als ich endlich wieder zur Besinnung komme und ins Haus gehe, strahle ich über das ganze Gesicht.

12

»Criiis! Criiis! He, Cris!«

Ich schrecke aus dem Schlaf hoch. Kate ruft immer wieder meinen Namen und schüttelt mich am Arm. Bitte, noch nicht. Ich habe keine Lust auf diesen neuen Tag. Außerdem habe ich das Gefühl, überhaupt nicht geschlafen zu haben. Schließlich öffne ich die Augen und hebe den Kopf. Ich brauche ein paar Sekunden, bis ich begreife, wo ich bin.

Ich glaub's nicht … Ich sitze an meinem Schreibtisch!

»Criiis! Du hast genau zehn Minuten, um dich fertigzumachen!«

Ich sehe auf mein Handy: 7.30 Uhr!

Mit einem Satz bin ich im Bad.

Herrje! Wieso bin ich denn über den Büchern eingeschlafen?

Gestern Nachmittag konnte ich einfach nicht lernen, der Himmel war so faszinierend orangefarben, und ich musste die ganze Zeit an Matts Kuss denken. Dabei sollte ich dringend lernen, um endlich den Stoff der Kurse aufzuholen. Nach dem Abendessen habe ich mich also an den Schreibtisch gesetzt. Es hatte aber immer noch keinen Sinn. Matt und der Kuss sind mir nicht aus dem Kopf gegangen, und was alles passieren könnte … und so muss ich über den Büchern eingeschlafen sein. Verflixt!

Zwanzig Minuten später sitzen Kate und ich im Auto, und Mama rast mit durchgetretenem Gaspedal zur Schule.

Gleich sehe ich Matt wieder. Wie das wohl wird? Was, wenn er seine Meinung geändert hat? Wenn er gar nicht mit mir zusammen sein will? Vielleicht habe ich ja alles falsch verstanden …

Zum Glück ist auf der Straße nicht viel Verkehr, und nur zehn Minuten nach Unterrichtsbeginn kommen wir an.

Ich renne zum Englischraum und klopfe. Dieses ewige Zuspätkommen muss endlich ein Ende haben! Sonst werde ich nie einen guten Eindruck bei den Lehrern hinterlassen.

»Herein. Ah, Miss Evans. Wieso sind Sie zu spät?«

»Familiäre Gründe«, sage ich und setze mich an meinen Platz. Ich sehe mich nach Matt um. Er schenkt mir ein kleines Lächeln. Ich bin ganz zittrig.

Die Stunden vergehen im Flug, doch in den Pausen können er und ich immer nur ein paar flüchtige Blicke austauschen, mehr nicht. Und wenn ich alles nur geträumt habe? O mein Gott, ich bin so nervös.

Es läutet zur Mittagspause. Sam kommt zu mir und umarmt mich. »Hallo, Cris.«

»Hey, Sam.«

»Ist was Schlimmes passiert? Ich mein, wegen heute Morgen.« Sie betrachtet mich aufmerksam. Irgendetwas muss sie gemerkt haben.

»Der Wecker hat nicht geklingelt.« Ich hebe die Hände und kichere.

Nash, Cameron und Matt kommen auf uns zu.

Matt stellt sich ohne ein Wort neben mich, legt seinen Arm um mich. Ich muss mich etwas drehen, damit ich ihn anschauen kann.

»Guten Tag«, flüstert er, wenige Zentimeter von meinen Lippen entfernt.

Ich lächle. »Guten Tag.«

»Alles okay? Wie geht's dem Handgelenk?«

»Schon viel besser.«

Er rückt näher und küsst mich. Der Tag ist gerettet.

»Aber … du … ihr … wann …« Sam stottert und wedelt mit den Armen.

»Ich erzähl es dir später«, sage ich ganz aufgewühlt.

Ich schwebe auf Wolke sieben. Es ist also nicht nur ein schöner Traum, sondern wirklich, wirklich wahr!

Die anderen um uns herum stehen mit offenen Mündern da.

»Ähm … ich muss los«, sagt Cameron und verschwindet sofort.

»Glückwunsch, Kumpel!«, ruft Nash und klatscht mit Matt ab.

»Was war das denn bitte?«, fragt Susan.

O nein. Was will sie denn jetzt?

Susan kommt auf uns zu und kocht vor Wut. Aber warum nur? Sie hat doch Cameron. Warum sollte es sie stören, dass Matt und ich zusammen sind?

»Wie gut, dass ihr beiden kein Paar seid!«, zischt sie.

Matt scheint genauso verwirrt zu sein wie ich.

»Hast du ein Problem?«, frage ich sie.

»Es reicht! Das ist einfach zu viel!« Sie kommt mit drohender Miene auf mich zu, doch zum Glück stellt sich Matt wie ein Schutzschild vor mich.

»Susan, was ist los mit dir?«, fragt er.

Sie starrt ihn ein paar Sekunden an, ihre Augen schimmern feucht. Dann schubst sie Matt zur Seite und will auf mich losgehen.

Nash ergreift sie am Arm und hält sie fest. »Matt, bring Cris fort«, sagt er und zeigt auf mich.

Matt nickt und begleitet mich aus dem Raum.

»Warum hat sie das gemacht?«, frage ich verblüfft.

Er begleitet mich in den Hof, wo Taylor und Cameron miteinander reden. »Bleib hier bei den Jungs, ich bin gleich zurück«, sagt er nur.

»Sag mir, was das sollte«, beharre ich.

»Ich erklär's dir später.«

Er lässt mich bei Cameron und Taylor zurück.

»Was ist los?«, fragt Taylor.

»Ich weiß nicht ... Susan ist schon wieder sauer auf mich.«

Beide lächeln.

Moment ... Cameron lächelt?

»Du solltest reingehen und deine Freundin beruhigen«, sage ich zu ihm.

»Nein, danke. Ich hab keine Lust, mir den Tag von ihrer miesen Laune verderben zu lassen! Und außerdem wird es mal Zeit, dass sie die Sache mit Matt in Ordnung bringt.«

Jetzt bin ich komplett verwirrt.

»Was soll sie denn mit Matt in Ordnung bringen?«, frage ich.

»Die zwei waren mal zusammen, aber sie haben sich vor einiger Zeit getrennt. Susan nervt es vermutlich, dass ausgerechnet du Matts neue Freundin bist.«

»Und du bist gar nicht eifersüchtig?«, frage ich.

»Sie liebt mich, und da bin ich mir ganz sicher«, antwortet Cameron und sieht mir direkt in die Augen.

Matt kommt auf uns zu. »So ein Elend! Cameron, mach ihr endlich mal klar, dass sie sich beruhigen soll«, sagt er.

Cameron schnaubt genervt und tritt zu Susan, die ein paar Meter hinter Matt auftaucht.

»Du bist so eine hinterhältige Schlampe! Ich hasse dich!«, sagt sie zu mir und schluchzt hysterisch. »Du kommst aus dem Nichts und nimmst mir alles weg. Den Respekt der Leute, meinen Freund und jetzt auch noch meinen besten Kumpel!«

»Susan, beruhig dich. Du übertreibst«, mischt Cameron sich ein.

»Halt dich da raus! Das geht nur sie und mich was an!«

Lexy rennt auf uns zu, die Kamera schon in der Hand. Wenn ich könnte, würde ich ihr dieses verdammte Ding abnehmen und es ihr sonstwohin stecken. Hier gibt es richtig Stress, und sie muss Fotos machen! Ist das denn normal?

Susan heult weiter.

Das Einzige, was ich rausbringe, ist, dass es mir leidtut. Mehr sage ich nicht, weil ich ja nichts verbrochen habe!

»Jetzt reicht's. Cris, wir gehen«, sagt Matt.

»Nein, Matt! Warte«, sagt Susan heulend. Verzweifelt versucht sie, sich von Camerons Griff loszumachen, aber es gelingt ihr nicht.

Matt und ich gehen ins Gebäude zurück. Ich schweige. Was soll ich auch sagen. Diese ganze Geschichte mit Susan ist wirklich merkwürdig. So wie sie hat mich noch nie jemand gehasst. Es tut mir ja leid, wenn ich ihr Leben zerstört haben sollte, aber es war wirklich nicht meine Absicht.

»Hey, was ist los?« Matt hebt mein Kinn sanft an.

Ich sehe ihm in die Augen. »Vielleicht hat Susan recht. Seit ich da bin, habe ich nur Chaos angerichtet.« Ich schüttle den Kopf.

»Nein, nein, das stimmt doch gar nicht. Das einzige Chaos, das du anrichtest, passiert in mir, und zwar jedes Mal, wenn ich dich sehe. Mein Leben ist durch dich viel schöner geworden. Du bist etwas ganz Besonderes, und deshalb mag ich dich.« Er küsst mich. »He, wie wäre es, wenn du zur Aufheiterung heute Abend mit auf Nashs Party kommst?«

»Nash feiert eine Party? Er hat mich nicht eingeladen.« Wie merkwürdig, dass er das nicht gemacht hat. Ich dachte, wir wären Freunde.

»Doch hat er. Er hat mich gebeten, es dir auszurichten.

Außerdem ist es keine richtige Party. Nash hat nur ein paar Freunde in sein Zimmer eingeladen für einen Spieleabend. So eine Einladung bekommen nur ganz spezielle Menschen, so wie du.«

Ich muss lachen.

Matt küsst mich noch einmal.

»Also kommst du?«, fragt er. »Das wird lustig.«

Ich nicke.

»Fein.«

Es klingelt, und wir setzen uns auf unsere Plätze. Susan kommt mit Cameron in den Raum. Sie ist immer noch aufgebracht und funkelt Matt an. Er beachtet sie nicht. Dann starrt sie mich hasserfüllt an. Sie setzt sich und trocknet sich die Tränen mit einem Taschentuch von Cameron. Er will sie umarmen, doch sie zischt ihm zu, dass er sich von ihr fernhalten soll.

Was für ein Chaos.

13

Kaum bin ich zu Hause, rufe ich Sam an, und wir verabreden uns für Nashs Party.

Jetzt muss ich nur noch Mama überzeugen.

Ich hole tief Luft und betrete die Küche. Wenn ich auf die Party will, muss ich jedes Mittel nutzen, das mir zur Verfügung steht.

In den sechzehn Jahren des Zusammenlebens mit meinen Eltern habe ich eins gelernt: Damit ich bekomme, was ich will, muss ich einfach alles loben, was sie machen. Ich setze mich auf meinen Platz und esse.

»Wie lecker! Du hast dich echt selbst übertroffen, Mama«, sage ich und lächle.

Sie schaut mich skeptisch an. »Willst du mich was fragen, Schatz?«

Wie es scheint, habe nicht nur ich begriffen, wie die Dinge in unserer Familie laufen.

»Nein, wie kommst du darauf?«, sage ich betont gleichgültig.

»Cris, das ist Hühnchen. Und du weißt genau, dass der Einzige, der es wirklich lecker zubereiten kann, dein Vater ist.«

»Schon gut.« Ich lege die Gabel auf den Teller. »Eine Freundin hat mich gefragt, ob ich den Abend bei ihr verbringen kann. Darf ich?«

Wenn ich um Erlaubnis für eine weitere Party fragen würde, dazu noch an einem Dienstag, die im Zimmer eines Jungen stattfindet, würde sie mich nie gehenlassen.

»Wann? Und wo wohnt diese Freundin überhaupt?«, fragt Mama.

»Heute Abend. Sie wohnt am Ende unserer Straße.«

»Wie heißt sie?«

»Samantha Dearing.«

Papas Augen fangen an zu strahlen. »Courtney, das ist Johns Tochter!«

Mama lächelt ihm zu. »Das ist der Chef eures Vaters. Seinetwegen sind wir ja hergezogen.«

Ein triftiger Grund, ihn zu hassen.

»Wir sollten ihn und seine Familie morgen Abend mal zum Essen einladen«, sagt Papa.

»Das ist eine gute Idee.« Mama nickt.

Das Gespräch läuft in eine völlig falsche Richtung, ich muss etwas tun.

»Ähm, entschuldigt, wir haben gerade über meinen Abend bei Sam geredet.«

»Ah, sicher doch, Schatz. Geh ruhig und hab Spaß«, sagt Mama mit einem Lächeln.

Ich erwidere das Lächeln und verschwinde in mein Zimmer, um mich umzuziehen.

Ein bisschen habe ich ein schlechtes Gewissen, weil ich

gelogen habe, aber eigentlich ist es nur eine kleine Notlüge. Und wenn alles nach Plan läuft, merken sie gar nichts.

»Mama und Papa kannst du vielleicht täuschen, aber mich nicht«, sagt Kate und kommt in mein Zimmer. Sie weiß immer sofort, wenn ich lüge. »Also, wo gehst du wirklich hin?«

»Zur Party eines Mitschülers. Sam ist aber auch da«, erkläre ich und nehme ein paar T-Shirts aus dem Schrank.

Endlich finde ich das richtige und lege es aufs Bett.

»Wie geht's dir eigentlich? Wie ist es mit deinen neuen Freunden?«, frage ich Kate, während ich mich umziehe. In letzter Zeit haben wir beide nicht besonders viel miteinander geredet. Vermutlich läuft ihr Leben wesentlich besser als meins.

Kate setzt sich auf mein Bett. »Gut. Ich habe einen süßen Jungen kennengelernt, der hat einen Bruder in deinem Alter.« Sie zwinkert mir zu.

Nachdem mit Seth Schluss war, hat mir meine liebe Schwester beigestanden und versucht, einen neuen Freund für mich zu finden. Anscheinend hat sie diese Leidenschaft noch nicht aufgegeben.

»Kate, wie oft soll ich dir noch sagen, dass du mir keinen Freund suchen sollst?«

»Aber sein Bruder sieht fantastisch aus! Er ist ganz muskulös und hat blaue Augen. Außerdem ist er sehr nett«, sagt sie.

»Wie heißt er denn?«, frage ich, während ich mich schminke.

»Nash Grier.«

Ich halte inne. »Was? Du kennst Nashs Bruder?«

»Du kennst Nash?!«, ruft Kate.

»Ja, er ist in meinem Jahrgang.« Ich sage ihr lieber nicht, dass die Party heute bei ihm stattfindet, sonst bildet sie sich nur sonst was ein. Außerdem ist es besser, nicht so viele Infos rauszulassen, wenn mein Plan nicht auffliegen soll.

»Hm ... interessant«, sagt sie und geht mit einem seltsamen Lächeln zur Tür.

»Kate!« Ich weiß genau, was sie in diesem Moment denkt.

»Ich hab nichts gesagt«, erwidert sie und rennt aus dem Zimmer.

Zehn Minuten später bin ich fertig und verlasse das Haus. Ich laufe die paar hundert Meter zu dem Treffpunkt, den wir vereinbart haben. Wenig später hält ein schwarzes Auto neben mir, und Sam schaut aus dem offenen Beifahrerfenster. »Hallo, Cris, steig ein.«

Cameron fährt. Er begrüßt mich mit einem Kopfnicken. Die Musik ist voll aufgedreht, so dass wir während der Fahrt nur wenig reden. Mit Cameron wechsle ich, ehrlich gesagt, nicht ein Wort. Er schweigt die ganze Zeit und schaut nur auf die Straße.

Unsere Schule am Abend zu betreten ist sehr merkwürdig. Ich wusste nicht, dass man in den Schlafräumen Partys feiern darf, und das sogar an einem Wochentag. Die Gänge liegen still vor uns, alles scheint zu schlafen. Doch als wir die Tür zu Nashs Zimmer aufmachen, schlägt uns warme Luft und ein unglaublicher Krach entgegen.

Das Zimmer ist voller Schüler, und die Luft ist zum Schneiden dick. Viele Leute kenne ich gar nicht oder habe sie noch nie gesehen. Manche gehen in die freiwilligen Kurse von Nash.

»Da seid ihr ja endlich!«, sagt Nash, klatscht mit Cameron ab und begrüßt Sam und mich mit einem Kuss auf die Wange.

Ich lächle und suche nach Matt. Er redet gerade mit Taylor. Von hinten trete ich an ihn heran und lege ihm die Hände auf die Augen.

»Wer bin ich?«, frage ich.

Er kichert. »Nash.«

»Falsch.«

»Hm … Diese schöne Stimme erkenne ich unter Tausenden. Du bist Ashley.«

Ich ziehe die Hände weg und drehe ihn zu mir um, damit ich ihm in die Augen schauen kann. »Wer ist Ashley?«

Er legt die Hände auf meine Hüften und zieht mich zu sich. »Eine Freundin von Susan, aber das war nur ein Scherz. Ich wusste sofort, dass du es bist«, flüstert er und gibt mir einen Kuss.

»Ihr seid so widerlich süß. Ich muss gleich kotzen«, sagt Taylor.

Matt legt mir einen Arm um die Schultern, und wir lachen über diesen Witz.

»Leute, es ist Zeit fürs Flaschendrehen!« Nash steht auf seinem Bett. »Ihr kennt die Regeln, aber ich wiederhole sie für euch noch mal. Diejenigen, die ausgelost werden, müssen sich küssen. Ich stelle mein Bad zur Verfügung, damit die Privatsphäre gewahrt bleibt. Also, wer macht mit?«

»Hast du Lust?«, fragt Matt.

Ich habe nicht die Absicht, auch nur eins von diesen dämlichen Spielchen mitzumachen.

»Nee, nicht besonders … Ehrlich gesagt, ich will nicht, dass du eine andere küsst.«

»Ich küsse keine andere. Sobald wir im Bad sind, erkläre ich ihr alles. Los komm, das ist lustig!«, drängt er.

»Na gut.« Aber überzeugt bin ich nicht. Dieses Spiel gefällt mir überhaupt nicht.

Matt nimmt mich an der Hand, und wir setzen uns in den Kreis, der sich in der Mitte des Zimmers gebildet hat. Erst jetzt sehe ich, dass Susan auch da ist. Wer hat die denn eingeladen? Aber eigentlich ist es ja logisch: Sie ist mit Cameron zusammen, und wenn er da ist, darf sie nicht fehlen. Sie starrt Matt an, und das geht mir schon jetzt schrecklich auf den Senkel.

»Ich drehe«, verkündet Nash.

Alle starren auf die Flasche.

Die ersten, die sich küssen müssen, sind Taylor und ein Mädchen namens Jen, die ich noch nie zuvor gesehen habe. Er sieht nicht besonders erfreut aus, zuckt aber mit den Schultern. Zusammen betreten sie das Badezimmer und schließen die Tür. Durch das Milchglas kann man die Umrisse der beiden erkennen. Also kriegen wir in gewisser Weise doch mit, was drinnen vor sich geht.

Eine Minute später kommen Taylor und Jen wieder ins Zimmer. Ihre Wangen sind leicht gerötet, und sie wirkt ganz verträumt. Bestimmt denkt sie an den Kuss, den er ihr gerade gegeben hat.

Als Nächste dreht Jen die Flasche. Der erste Kandidat ist Matt. Ich drücke die Daumen und halte die Luft an, während sich die Flasche wieder dreht. Hoffentlich hält sie bei mir. Leider habe ich kein Glück ... ganz im Gegenteil. Als die Flasche bei der Spielpartnerin von Matt hält, wird mir eiskalt. Obwohl so viele Mädchen im Kreis sitzen, zeigt die Flasche ausgerechnet auf Susan.

Ich sehe Matt an.

»Vertrau mir«, flüstert er mir ins Ohr. Er steht auf und verschwindet mit Susan im Bad.

Die Tür schließt sich, und in meinem Bauch entsteht ein dicker Knoten. Ich täusche Gleichgültigkeit vor. ›Sie liebt mich, da bin ich mir ganz sicher.‹ Camerons Worte hallen durch meinen Kopf. Wie lange muss man mit einem Menschen zusammen sein, bis man ihm so vertrauen kann?

Hinter der Scheibe erkennt man die Umrisse von Susan und Matt gar nicht, und das macht mich ziemlich nervös. Wie groß ist Nashs Bad eigentlich?

»Cris, ist alles okay?« Taylor sieht mich besorgt an.

Ich nicke und lächle. Dann schaue ich zu Cameron. Er

starrt mich an. Verlegen senke ich den Blick. Offensichtlich kann ich meine Gefühle nicht gut verbergen.

Nach zwei unendlichen Minuten öffnet sich die Badezimmertür, und Susan geht auf ihren Platz zurück.

»Es ist nichts passiert«, flüstert Matt mir zu, als er wieder neben mir sitzt.

Ich habe gar nicht gemerkt, wie er zurückgekommen ist. Rasch nehme ich seine Hand und drücke sie.

Er lächelt zärtlich.

Susan dreht die Flasche. Dieses Mal stoppt sie bei Cameron. Bitte, ich möchte nicht diejenige sein, die mit ihm ins Bad muss. Aber das Schicksal wird sich nicht zwei Mal gegen mich verschwören. Und tatsächlich hält die Flasche auf der anderen Seite des Kreises. Bei Carter!

»Dreh sie noch mal«, rufen Cameron und Carter gleichzeitig.

Alle lachen, und Susan dreht noch einmal. Ich versuche, Ruhe zu bewahren und die aufkeimende Nervosität in mir zu verdrängen. Wie hypnotisiert beobachte ich den Flaschenhals, der immer langsamer wird, seine Runde beendet und … auf mich zeigt.

O nein!

Ungläubig sehe ich zu Cameron, der bereits steht. Ich drehe mich zu Matt.

»Geh«, ermuntert er mich. »Ihr seid beide vergeben. Was soll passieren?«

Stöhnend erhebe ich mich, und trete mit Cameron ins Bad. Ich drehe mich zu ihm. Er lehnt an der Tür, die Arme verschränkt und ein freches Grinsen im Gesicht. Was hat er denn?

Ich finde das gar nicht lustig. »Zum Glück habe ich einen Freund, sonst hätte ich dich noch küssen müssen«, sage ich.

»Und wer hat dir gesagt, dass ich eingewilligt hätte?«, erwidert er ironisch.

Ich hasse ihn! Es kommt mir vor, als wäre ich schon eine Ewigkeit hier drin. Ich will raus. Rasch greife ich nach dem Türknauf, aber er packt mich am Arm.

Ich blicke hoch. Er ist so nah bei mir, dass ich seinen Atem auf meiner Haut spüren kann.

»Wir müssen mindestens eine Minute hier drinbleiben. Das ist Regel Nummer eins«, flüstert er.

Sein durchdringender Blick lässt mich erzittern. Ich mache einen Schritt zurück. Er lächelt, während er auf die Uhr schaut.

»Die Minute ist rum. *Jetzt* können wir raus«, sagt er.

Ich nicke.

Es ist eine Erleichterung, wieder im Zimmer zu sein. Im Bad habe ich keine Luft mehr bekommen. Ich setze mich wieder neben Matt. »Alles okay«, beruhige ich ihn.

Er lächelt mir zu, aber er wirkt angespannt.

Das Spiel geht noch eine Weile weiter, erst um Mitternacht haben wir keine Lust mehr. Ich entferne mich ein Stück von den Leuten und schaue auf mein Handy. Zwei verpasste Anrufe von Mama. Ich stürze ins Bad und rufe sie an.

»Cris, wo bist du denn?« Sie ist sofort am Apparat. Hoffentlich hat sie nicht bei den Dearings angerufen, sonst bin ich geliefert.

»Mama, keine Sorge. Ich bin bei Sam und hab den Klingelton abgestellt. Tut mir leid.«

»Ist gut, aber komm jetzt mal heim. Es ist spät, und morgen hast du Schule.«

Ich bin gerettet. Jetzt muss ich nur ganz schnell nach Hause, um mein Glück nicht überzustrapazieren.

Ich sage den Jungs Bescheid, und in weniger als zehn Minuten sind wir im Auto. Sam und ich sitzen hinten und frieren uns alles ab.

»Mach die Heizung an! Schnell! Es ist verdammt kalt«, sage ich zu Cameron.

Er nickt.

»Also, Cris«, sagt Sam.

So ein Gesprächsanfang gefällt mir gar nicht.

»Wie war es, meinen Bruder zu küssen?«, fragt sie.

Cameron lacht, und ich mache das Gleiche.

»Ein wirklich unvergesslicher Kuss … wenn es ihn denn gegeben hätte«, sagt er.

»Wir haben uns nicht geküsst. Wir sind doch beide vergeben«, erkläre ich.

Sam reißt die Augen auf, erwidert aber nichts.

Hab ich was Falsches gesagt?

»Was ist?«, frage ich.

Sie schüttelt den Kopf und deutet ein Lächeln an.

Langsam mache ich mir Sorgen … Seit Cameron und

ich aus diesem Bad gekommen sind, benehmen sich alle irgendwie merkwürdig. Auch Matt kam mir auf einmal so distanziert vor.

Vor meinem Gartentor verabschiede ich mich und steige aus dem Auto.

Die Lichter im Haus sind schon erloschen. Vorsichtig öffne ich die Tür und versuche, beim Schließen keinen Krach zu machen. Doch als ich mich umdrehe, geht das Licht in der Eingangshalle an.

Mama schaut mich mit Forscherblick an.

»Wieso bist du im Auto nach Hause gekommen?«, fragt sie.

»Es ist spät. Sam und ihr Bruder haben darauf bestanden, mich zu bringen.« Das erscheint mir das Glaubhafteste.

»Soso«, sagt Mama. »Jetzt geh aber schlafen.«

Ich laufe in mein Zimmer und werfe mich aufs Bett.

14

Der Unterricht ist seit wenigen Minuten zu Ende, und ich sitze mit Sam im Bus. Was für ein schrecklicher Tag!

Seit heute Morgen hat es ununterbrochen geregnet, und zusätzlich hat Lexy meine Stimmung mit einem neuen Artikel auf eine harte Probe gestellt: ›Die Neue von Susan verfolgt und misshandelt. Ist das wirklich nur Eifersucht?‹

Es gibt ein paar Fotos, auf denen Susan mich feindselig ansieht, außerdem eines, auf dem ich lang hingestreckt auf den Treppenstufen liege. Das war der Tag, an dem sie mich umgestoßen hat. Susan hat der Artikel natürlich nicht gefallen, und sie hat mich sofort angemacht, als wäre ich für diesen Schwachsinn verantwortlich, den Lexy in ihrer Zeitung verbreitet.

Doch das, was mir den Tag so richtig verdorben hat, war das merkwürdige Verhalten von Matt. Er geht mir anscheinend aus dem Weg. Heute habe ich ihn nur im Vorbeigehen gesehen, und wir haben nicht ein Wort wechseln können.

»Also«, sagt Sam, »was soll ich heute Abend anziehen?«

»Heute Abend?«, frage ich.

Sie stöhnt. »Davon rede ich doch die ganze Zeit!«

Ehrlich gesagt, habe ich den Tag über nur so getan, als würde ich ihr zuhören. Ich musste ständig an Matt denken.

»Entschuldige, das hatte ich vergessen!«

»Cris, ist wirklich alles okay bei dir?«

Ich bin ehrlich zu ihr. »Meinst du, dass Matt mir aus dem Weg geht?«, frage ich.

»Warum denkst du das?«

»Er hat den ganzen Tag nicht mit mir geredet. Und am Ende der letzten Stunde hat er mir zum Abschied nur zugewinkt.«

»Ich glaube, du übertreibst. Er wird zu tun haben, mehr nicht«, sagt Sam. »Reden wir lieber über was Wichtigeres.«

Gibt es etwas Wichtigeres als Matt?

»Was soll ich heute Abend anziehen?«, fragt sie erneut.

Wie kann man sich wegen einer so belanglosen Sache so viele Gedanken machen?

»Zieh an, was dir gefällt«, sage ich. »Meine Eltern achten darauf gar nicht. Ein T-Shirt mit kurzen Ärmeln und Jeans reichen völlig.«

Sie verzieht erschrocken das Gesicht. »Mit kurzen Ärmeln?«

»Ja. Bei mir zu Hause ist es immer ziemlich warm.«

»Ähm … und mir ist immer ganz schnell kalt. Ich glaube, ich zieh einen Pulli über«, erwidert sie.

Merkwürdig. »Hast du etwa was gegen kurze Ärmel?«, ziehe ich sie auf.

»Oh, wir sind da«, sagt sie.

Wir drängen uns durch die Leute und steigen aus. Draußen regnet es immer noch.

Nach meinem Witz über die kurzen Ärmel ist Sam still geworden, und wir gehen wortlos weiter. Ich verstehe das nicht, anscheinend habe ich sie auf irgendeine Art verletzt. Heute Abend werde ich mit ihr darüber reden, jedenfalls will ich es versuchen.

Vor meinem Haus umarmen wir uns zum Abschied, auch wenn wir uns in weniger als drei Stunden bereits wiedersehen.

»Ich bin da!«, rufe ich in der Eingangshalle, aber niemand antwortet. Rasch bringe ich meinen Rucksack in mein Zimmer, dann gehe ich in die Küche. Mama steht am Herd und bereitet komplizierte Gerichte für das Abendessen mit den Dearings vor. Das ist wirklich ungewöhnlich, denn normalerweise kocht sie nur einfache Sachen. Ich nehme mir einen Apfel und kehre in mein Zimmer zurück, bevor sie auf die Idee kommt, mich um Hilfe zu bitten. Ich mache Musik an und denke an Matt.

Sein sonderbares Verhalten geht mir einfach nicht aus dem Kopf. Vielleicht sollte ich ihn anrufen oder ihm eine SMS schreiben und fragen, was eigentlich los ist. Nein, besser nicht. Sonst komme ich noch wie eine Klette rüber. Schließlich schicke ich Cass und Trevor eine kurze Nachricht. Zwei Stunden tue ich dann so, als würde ich Hausaufgaben machen. Aber eigentlich schiele ich ständig auf mein Handy, ob meine Freunde oder Matt sich endlich melden. Doch es piept nicht ein einziges Mal.

Irgendwann mache ich mich für das öde Abendessen mit Familie Dearing fertig. Ich kann nur hoffen, dass Cameron sich mal zusammenreißt und einigermaßen erträglich ist.

Kate tritt zu mir ins Bad. »Ich bin so gespannt auf Sam. So wie du von ihr erzählt hast, muss sie sehr nett sein«, sagt sie und stellt die Wimperntusche auf das Schränkchen neben dem Waschbecken. »Und wie alt ist der Sohn von den Dearings wohl?«

»Er ist achtzehn. Und glaub mir, der ist überhaupt nicht nett. Das ist der Junge, mit dem ich vor ein paar Tagen gestritten habe.« Ich trage Lippenstift auf.

»Vielleicht findest du ja heute Abend heraus, dass er doch nicht so übel ist, wie du glaubst«, sagt sie und lächelt.

Ihre Zuversicht möchte ich haben.

Es klingelt an der Tür, und Kate flitzt aus dem Bad. Ich würde mich am liebsten den ganzen Abend hier einschließen.

»Criiis!«, ruft Mama.

Ich seufze, dann gehe ich ins Wohnzimmer hinüber.

Alle Mitglieder der Familie Dearing sind elegant gekleidet, sogar Cameron. Es ist sonderbar, ihn in diesem formellen Outfit zu sehen. Fast möchte ich kichern. Ich umarme Sam und stelle mich ihren Eltern vor.

»Du siehst hinreißend aus«, sage ich zu Sam.

Sie trägt ein kurzes schwarzes Kleid mit langen Ärmeln. Die Haare hat sie zu einem Pferdeschwanz gebunden.

»Wer ist das?«, fragt Cameron und zeigt auf meine Schwester.

Kate tritt zu uns und gibt ihm die Hand.

»Hallo, ich bin Kate, Cris' Schwester«, sagt sie.

Cameron lächelt. »Ihr seht nicht aus wie Schwestern. Du bist viel hübscher.«

Kate läuft rot an, und ich muss mich zurückhalten, ihn nicht zum Teufel zu jagen. Wieso kapiert er nicht, dass das total unhöflich und vor allem extrem unwitzig ist?

»Hallo, ich bin Sam.«

»Kinder, zu Tisch«, verkündet Mama.

Wir gesellen uns zu den Erwachsenen und nehmen Platz. Ich habe noch nie gesehen, dass Mama so viele Leckereien zubereitet hat. Sie hat sich richtig ins Zeug gelegt.

Während des Essens reden hauptsächlich unsere Eltern, über Geschäfte und andere langweilige Dinge.

»Und, Cameron, hast du eine Freundin?«, fragt Papa plötzlich.

Ich werfe ihm einen bösen Blick zu. Wie kann er nur so eine Frage stellen?

»Nein«, antwortet Cameron.

Wie bitte? Er ist doch mit Susan zusammen!

»Weshalb hat ein so hübscher junger Mann wie du denn keine Freundin?«, mischt Mama sich überrascht ein.

Am liebsten würde ich sie mit dem Hühnerschenkel bewerfen, den ich auf dem Teller habe. Warum stellen meine Eltern immer so peinliche Fragen?

»Er hat das richtige Mädchen noch nicht gefunden«, erklärt Mrs Dearing. »Cameron ist sehr anspruchsvoll. Und ein intelligentes Mädchen aus geordneten Verhältnissen und mit guten Manieren findet man heute nicht so einfach, stimmt's, Cam?«

Er nickt.

Und ich platze gleich vor Lachen.

Er ist mit Susan zusammen, hat aber Angst, es seinen Eltern zu erzählen! Dabei hätte er gar keinen Grund. Für einen wie ihn ist sie doch viel zu gut erzogen und viel zu intelligent.

»Und du, Cris? Wie gefällt es dir an der neuen Schule?«, fragt mich Mr Dearing.

»Ähm … sehr gut, danke. Meine neuen Mitschüler sind …« Am liebsten möchte ich sagen: ›… unerträglich und unausstehlich, bis auf ein paar wenige Ausnahmen.‹ Stattdessen schaue ich zu Cameron. »… alle sehr nett. Sie haben mich mit offenen Armen empfangen«, füge ich schließlich hinzu.

Cameron schaut weg.

»Triffst du dich mit jemandem?«, bohrt Mr Dearing nach.

Okay, andere Eltern stellen auch peinliche Fragen!

Allerdings wissen meine Eltern noch nicht, dass ich mit Matt gehe, und ich will nicht, dass sie es jetzt erfahren.

»Ähm, nein«, sage ich. »Ich bin ja erst so kurze Zeit hier, ich muss mich erst noch besser eingewöhnen.«

Papa und Mr Dearing wechseln einen Blick, der nichts Gutes verheißt.

»Schön! Und jetzt der Nachtisch«, verkündet Mama. »Cris, könntest du ihn bitte servieren?«

Ich nicke und stehe vom Tisch auf.

»Pass auf, wenn du die Torte aus dem Kühlschrank holst. Sie ist schwer«, fügt sie hinzu.

»Cameron, geh mit und hilf Cris«, schlägt Mrs Dearing vor.

»Oh, das ist nicht nötig«, sage ich und zwinge mich zu einem Lächeln. »Ich kann die Torte auch allein aufschneiden!«

»Doch, doch, wir wollen ja nicht, dass dem Nachtisch etwas zustößt«, sagt Mrs Dearing.

Alle lachen.

»Na gut.«

Cameron steht auf und folgt mir in die Küche. Mama hat recht, die Torte ist verdammt schwer.

»Warte, ich mach das.« Er stellt sich neben mich und nimmt sie mir aus der Hand.

»Du hast also keine Freundin«, sage ich, während ich kleine Stücke aufschneide.

»Wag es ja nicht, meinen Eltern von Susan zu erzählen.« Er sieht mich finster an.

Ich halte seinem Blick stand. »Und wenn doch, was machst du dann?«

Er schweigt für ein paar Augenblicke. »Keine Ahnung … ich lasse es Susan entscheiden.« Er lacht.

Sie würde sich mit Sicherheit etwas besonders Schreckliches ausdenken.

»Und du bist also nicht mit Matt zusammen.« Er grinst schräg.

»Ich hatte noch keine Zeit, es meinen Eltern zu erzählen. Wehe, du sagst was. Kümmer dich bloß schön um deinen Kram!« Ich zeige mit dem Finger auf ihn.

Cameron macht einen Schritt auf mich zu und bleibt wenige Zentimeter vor mir stehen. »Und wenn nicht, was machst du dann?«

Unser Atem vermengt sich, und hätte ich mich nur ein winziges Stück gestreckt, hätte ich seine Lippen mit meinen berühren können. Wenn ich gewollt hätte.

Er merkt nicht, dass ich mit dem Zeigefinger in die Tortenglasur stippe. Blitzschnell tupfe ich sie ihm auf die Nasenspitze.

Er tritt einen Schritt zurück und lacht. Im Handumdrehen macht er es mir nach und schmiert mir Glasur auf die Nase. Wir liefern uns eine kleine Tortenglasurschlacht.

»Hör auf, hör auf! Schluss jetzt!« Er hebt die Hände.

»Gib mir ein Taschentuch«, sage ich.

Rasch wische ich mein Gesicht sauber und streiche dann die restliche Glasur der Torte wieder glatt. Ein Tortenstück lege ich auf einen Teller und reiche ihn Cameron.

Er nimmt ihn nicht, sondern tritt dicht an mich heran und starrt auf meine Lippen.

Was hat er jetzt?

Er hebt mein Kinn an, und mein Blick trifft den seiner geheimnisvollen braunen Augen. Das kann er doch nicht machen, wir sind beide vergeben. Ich mache einen Schritt zurück.

»Halt«, sagt er lächelnd.

Wieder legt er die Hand an mein Kinn und fährt mit dem Daumen über meine Unterlippe. »Da war noch etwas Glasur.« Er nimmt den Teller, den ich immer noch in der Hand halte.

Ich wende mich wieder der Torte zu. Mein Herz schlägt bis zum Hals, als ich das nächste Stück abschneide und es ihm reiche.

Nachdem wir alle mit dem Nachtisch versorgt haben, setzen wir uns wieder.

»Seltsam, ich dachte, ich hätte mehr Glasur auf die Torte gemacht«, bemerkt Mama.

Cameron und ich tauschen einen schnellen Blick und unterdrücken ein Lachen. Der Abend ist weniger schlimm, als ich befürchtet hatte.

15

»Guten Morgen, Schatz, gut geschlafen?«

»Morgen, Mama. Ja, danke.« Ich hole die Cornflakes aus dem Regal.

»Und, wie findest du die Dearings?«

Anscheinend kann sie mir diese Frage gar nicht schnell genug stellen.

»Nett.« Ich setze mich und kippe Milch über die Flocken.

»Und Cameron?« Sie lacht.

Es war so klar, dass sie mich früher oder später nach ihm fragen würde.

»Was ist mit Cameron?« Ich tue so, als hätte ich sie nicht verstanden.

»Na, wie findest du ihn? Ich meine, er kam mir so nett und höflich vor.«

»Mama, ihr und seine Eltern habt doch nicht etwa irgendetwas ausgeheckt?« Es ist völlig offensichtlich, dass Mrs Dearing gestern nicht aus reinem Zufall darauf bestanden hat, dass Cameron mich in die Küche begleiten sollte.

»Was? Nein, nein. Es ist nur, weil wir uns mit den Dearings so gut verstehen. Und da würde es uns freuen, wenn du und Cameron euch auch gut verstehen würdet.«

»Und Sam«, ergänze ich.

»Wieso Sam?«, fragt sie zögernd.

»Es ist wichtig, dass ich mich auch mit Sam gut verstehe.«

»Hm … Sam …?«

Also wirklich, wie ich es mir gedacht habe.

»Camerons Schwester?«, sage ich genervt.

»Ach ja, natürlich. Mit ihr auch, ganz klar.«

Rasch beende ich mein Frühstück und mache mich fertig, denn diese Unterhaltung könnte ganz schnell ziemlich peinlich werden.

In der Schule kommt mir Sam entgegen und umarmt mich. Dann wirft sie mir einen besorgten Blick zu.

»Was ist?«, frage ich.

»Matt und Cameron sind draußen und reden miteinander.«

»Ja, und?« Was soll daran so besonders sein?

»Matt hat herausgefunden, dass du und Cameron, dass ihr euch geküsst habt.«

»Was? Ich habe dir doch schon gesagt, dass wir uns nicht geküsst haben.«

»Ganz sicher?«

Was ist das denn für eine Frage? Natürlich bin ich mir sicher! Aber warum glaubt sie mir nicht? Ich antworte nicht, schüttle nur den Kopf und gehe Matt und Cameron suchen.

Auf der Treppe treffe ich Taylor und bitte ihn, mich zu begleiten. Doch er schaut mich nur erstaunt an.

»Cris«, sagt er in ernstem Ton, »das sollen die Jungs mal unter sich ausmachen. Das war doch nur ein Spiel, und irgendwann kapiert auch Matt das und verzeiht euch.«

»Es gibt aber nichts zu verzeihen! Zwischen mir und Cameron ist nichts vorgefallen. Jetzt sag mir bitte, wo sie sind«, brumme ich.

Er schaut mich erstaunt an und zeigt mir die Richtung. »Da hinten.«

Sie stehen neben einer Bank. Matt redet und gestikuliert, während Cameron mit den Händen in den Taschen ganz ruhig dasteht und auf den Boden blickt. Ich laufe zu ihnen.

»Wie konntest du nur?«, sagt Matt zu mir.

Ich sehe Cameron an. »Was hast du ihm erzählt?«

»Die Wahrheit! Dass nichts gewesen ist«, erklärt er und breitet die Arme aus, wie jemand, der keine Kraft mehr hat. »Hört mal. Ich habe schon gesagt, wie die Dinge gelaufen sind, und ich habe nichts hinzuzufügen. Ich geh jetzt rein, klärt ihr das unter euch.« Er dreht sich um und macht sich auf den Weg ins Gebäude.

Ich wende mich Matt zu. »Bitte, hör mir zu! Cameron und ich haben nichts gemacht, okay? Ich weiß nicht, wie du auf diese blöde Idee kommst. Du weißt genau, dass er und ich uns nicht ausstehen können. Ich würde ihn niemals küssen!«

»Ach ja? Und warum habt ihr euch dann in diesem verdammten Badezimmer geküsst? Leugne es nicht, Cris. Vom Zimmer aus konnten wir alles sehen. Susan hat auch gesehen, dass ihr es getan habt.«

»Ich weiß ja nicht, was ihr da gesehen haben wollt, aber das habt ihr falsch verstanden. Es ist absolut nichts passiert«, sage ich.

Er schüttelt den Kopf.

»Matt, ich bitte dich. Du musst mir glauben.« Was soll ich ihm denn noch sagen?

»Ich weiß nicht … Ich weiß nicht, ob du die Wahrheit sagst. Ich kenn dich nicht mal. Ich denke, das war alles ein Fehler …«

»Was war ein Fehler? Mit mir zusammen zu sein?« Ich versuche, die Tränen zurückzuhalten.

»Ja. Ich habe mich zu sehr von meinen Gefühlen leiten lassen. Ich hätte wohl erst herausfinden sollen, was für ein Mensch du eigentlich bist.«

»Ich sage die Wahrheit. Das kannst du mir glauben.« Eine Träne läuft mir über die Wange.

»Es tut mir leid, aber ich brauche Zeit zum Nachdenken«, sagt er und schaut zu Boden. Dann dreht er sich um und geht.

Das kann doch nicht wahr sein! Warum muss ausgerechnet mir das passieren?

Mit Tränen in den Augen und einem gebrochenen Herzen gehe ich in die Klasse und setze mich auf meinen Platz vor Cameron.

Die Stunde beginnt, und ich versuche, mich auf die

Erklärungen des Lehrers zu konzentrieren. Doch es fällt mir unglaublich schwer. Da landet eine weiße Papierkugel auf meinem Tisch. Ich habe keine Ahnung, von wem sie kommt.

›Ist er noch sauer?‹

Cameron. Warum kann er nicht einfach das Ende der Stunde abwarten und persönlich mit mir reden, anstatt mir blöde Zettelchen zuzuwerfen.

›Genauso wie deine Freundin‹, erwidere ich. Rasch schaue ich nach Susan, aber ihr Platz ist leer. Vielleicht ist sie krank. Na gut, ein Problem weniger.

Camerons Antwort kommt wenig später.

›Susan ist nicht sauer! Wir haben heute Morgen gesimst, und sie hat die üblichen Fragen gestellt. Nichts Besonderes also.‹

›Ach ja? Und was hat sie dich gefragt?‹, schreibe ich und reiche den Zettel rüber.

›Bärchen, was machst du heute Abend?‹, lautet Camerons Antwort.

Bärchen??? Ich muss fast laut lachen bei der Vorstellung, dass Susan ihn so nennt.

»Miss Evans, wie ich sehe, sind Sie wohl mit einer sehr amüsanten Lektüre beschäftigt«, sagt der Lehrer.

»Entschuldigung.« Ich knülle den Zettel zusammen.

»Da der Text auf dem Zettel anscheinend interessanter als mein Unterricht ist, würden Sie ihn bitte mit uns teilen?«, erwidert er.

»Ähm … Ich glaube, das ist nicht angebracht«, sage ich.

»Wenn Sie es nicht tun, soll die Person ihn lesen, die ihn geschrieben hat. Von wem stammt der Zettel?«

Cameron hebt die Hand, und alle schauen ihn erstaunt an.

»Bitte«, ermuntert ihn der Lehrer.

Das ist keine sehr intelligente Idee. Susan ist heute zwar nicht da, dafür aber Matt, und der wird das bestimmt falsch verstehen.

»Es tut mir leid, ich …«, sage ich, aber der Lehrer reißt mir den Zettel aus der Hand.

»Bärchen, was machst du heute Abend?«, liest er.

Die ganze Klasse lacht, und ich möchte im Boden versinken.

»Miss Evans, Mr Dearing, ich bin sicher, dass Sie Ihren Abend bei anderer Gelegenheit planen können.«

Ich lasse den Kopf hängen. So mega peinlich!

»Nächste Woche treten Sie dafür zur Strafarbeit an«, fährt der Lehrer fort. »Sie werden die Sporthalle putzen. Ist das klar?«

Er kassiert den Zettel ein und macht weiter mit dem Unterricht.

Ich hasse Cameron und seinen Tick mit den Zetteln!

Es läutet zur Mittagspause.

»Na, großartig! Jetzt muss ich einen ganzen Nachmittag mit dir verbringen«, brummt er hinter mir, als ich aufstehe.

»Meinst du, ich finde das toll?«, frage ich.

»Viele Mädchen träumen davon.« Er grinst arrogant. »Es ist trotzdem alles deine Schuld.«

Ich ertrage ihn nicht.

»Meine Schuld? Du hast mir doch die Zettel zugeworfen.« Irgendwas muss in seinem Hirn falsch verschaltet sein.

Er nimmt seinen Rucksack und geht zur Tür. Ich folge ihm.

»Hast du mich gehört? Wenn du unbedingt mit mir reden willst, mach das in den Pausen oder benutz das Handy. Jetzt krieg ich erst recht Ärger mit Matt und Susan«, sage ich.

Cameron dreht sich so abrupt zu mir um, dass ich fast in ihn hineinlaufe.

»Ich habe deine Handynummer nicht«, sagt er und schaut mir in die Augen. »Und wen interessieren schon Susan und Matt. Die glauben doch jeden Mist, der rumgetratscht wird! Wichtig ist doch, dass wir beide wissen, was wirklich gelaufen ist. Es gab nie einen Kuss, weil wir beide uns hassen.«

»Genau! Zwischen uns könnte so was niemals passieren«, erwidere ich.

Er lächelt. »Stimmt. Also ist es unsinnig, dass du dich so aufregst. Früher oder später kommen die beiden eh zu uns zurück.«

»Wenn du da mal nicht falschliegst«, sage ich.

»Vertrau mir. Bei Susan war das bis jetzt immer so, und Matt wird es genauso machen. Sie sind sich ziemlich ähnlich. Jetzt habe ich einfach nur Hunger«, sagt er und gibt mir ein Zeichen, ihm zu folgen.

Zusammen mit Sam, Nash und Taylor essen wir in der

Mensa zu Mittag. Ab und zu fällt mein Blick auf Matt, der in aller Seelenruhe mit Carter plaudert.

Die nachfolgenden Stunden vergehen im Schneckentempo. Ich seufze erleichtert, als es klingelt und der Schultag endet. Es war kaum mehr auszuhalten.

Ich verlasse den Spanischraum. Matt läuft durch den Korridor, und ich gehe ihm entgegen.

»Matt, ich kann dir alles erklären …«

»Es gibt nichts zu erklären«, unterbricht er mich. »Geh du lieber zu Cameron und macht euch einen schönen Abend.«

»Das war ein Missverständnis. Wenn du willst, zeige ich dir, was er vorher geschrieben hat.«

»Es interessiert mich nicht im Geringsten, was ihr euch vorher geschrieben habt. Besser gesagt, *du* interessierst mich nicht im Geringsten. Lass es einfach. Bleib mir vom Leib«, sagt er und geht.

Mir verschlägt es die Sprache, wie festgenagelt stehe ich mitten im Korridor. Tränen steigen in mir auf, und ich kann sie nicht zurückhalten. Wie kann ich ihm nur begreiflich machen, dass ich nicht lüge und dass ich ihn wirklich mag?

Nash kommt die Treppe herunter. Er muss alles gesehen haben. Rasch tritt er zu mir und legt mir eine Hand auf die Schulter. »Du weinst ja. Was ist passiert?«

Die Tränen verschleiern alles, und ich bekomme keinen Ton raus. Er ist ein Freund, und ihm kann ich vertrauen, aber ich stehe total unter Schock.

Er kommt näher und umarmt mich. »Wenn es wegen

Matt ist, dann beruhig dich. Ich bin sicher, dass wird alles wieder gut«, sagt er.

»Ich glaube nicht. Er ist felsenfest davon überzeugt, dass ich Cameron geküsst habe. Aber ich schwöre, das stimmt nicht.«

»Ich weiß.« Nash streicht mir durchs Haar. »Komm, ich begleite dich nach Hause.«

Ich trockne mir die Tränen. Es ist schön, so einen Freund zu haben. Er erinnert mich an Trevor, er ist genauso einfühlsam. Wie gut, dass ich Nash gefunden habe.

»Also, ich weiß, dass Cameron gestern bei euch zum Abendessen war«, sagt er, während wir das Schulgelände verlassen.

Offensichtlich hat Cameron ihm alles erzählt.

»Ja.«

»Und wie war es?«

»Also … eigentlich nichts Besonderes.« Dabei war es in Wirklichkeit gar nicht so schlecht.

»Den Nachtisch hat Cameron richtig gemocht«, sagt er und kichert.

Ich werfe ihm einen Blick zu. Offensichtlich hat Cameron ihm auch von unserer kleinen Schlacht erzählt. Allein die Erinnerung daran bringt mich wieder zum Lächeln.

»Schon besser!«, ruft Nash. »Du wirst sehen, Cris, alles wird gut.«

16

Taylor hat eine großartige Idee. Wir gehen alle zusammen ins Kino, was wirklich mein liebster Zeitvertreib am Samstagabend ist. *Das Schicksal ist ein mieser Verräter* steht auf dem Programm.

Zum Glück läuft der Film hier noch. Seit Monaten will ich ihn schon sehen, aber Cass und Trevor waren da unerbittlich: kein Tränendrüsenstreifen!

Die Geschichte ist sehr bewegend. Ich weine wirklich viel, doch zum Glück sitzt Matt neben mir. Er hält meine Hand und tröstet mich.

Den Film mit ihm zusammen zu sehen macht alles noch viel emotionaler, vor allem nach der Krise, die wir gerade überstanden haben. Solche starken und romantischen Geschichten machen einem doch immer wieder klar, was im Leben wirklich zählt und wie schön es ist, jemanden zu lieben.

Während des Films denke ich darüber nach, wie schnell wir uns manchmal an einer Kleinigkeit aufreiben, ohne daran zu denken, dass das Leben etwas ganz Wertvolles ist, das man bis zum letzten Atemzug genießen sollte. Die Angst vor dem Leiden lähmt uns und macht uns blind.

Man braucht Mut, um glücklich zu sein und das größte Geschenk, das uns das Leben machen kann – die Liebe nämlich –, anzunehmen.

Glücklicherweise hat Matt seine Unsicherheit überwunden, und gestern, nach der Schule, haben wir lange geredet und alles geklärt. Ich habe ihm noch mal erklärt, was auf Nashs Party gelaufen und wie das Missverständnis mit dem Zettel im Unterricht zustande gekommen ist. Schließlich hat er begriffen, dass ich es ehrlich meine. Er hat sich bei mir entschuldigt und mir total liebe Sachen gesagt.

Als wir aus dem Kino treten, sind meine Augen noch ganz geschwollen.

»Wie kann man in so einem Film nur heulen?«, fragt Susan und sieht mich angewidert an.

»Er war wunderschön«, erwidere ich.

Susan stöhnt genervt. »Das war ziemlicher Mist.«

Sie ist echt so was von unsensibel. Bei so einer berührenden Geschichte kann man doch nicht einfach eiskalt bleiben. Selbst jetzt noch kommen mir die Tränen, wenn ich an die Schlussszene denke.

Matt bemerkt es und nimmt mich in den Arm. »Wir bleiben zusammen für immer«, flüstert er und küsst mich zärtlich.

Ich bewundere ihn wirklich dafür, dass er mich immer wieder aufheitern kann.

»O Gott, ich muss kotzen«, sagt Taylor.

Dieser Typ ist einfach unverbesserlich: Mit nur einem Wort kann er selbst die romantischsten Momente kaputtmachen. Wir lachen los, außer Cameron und Susan natürlich. Wenn ich so drüber nachdenke, sind sie wirklich füreinander geschaffen … zynisch und allem gegenüber gleichgültig.

»Warum ist Sam nicht mitgekommen?«, fragt Nash.

Ich zucke mit den Schultern. Seit gestern hatte ich keinen Kontakt mehr mit ihr.

»Ganz einfach: Niemand hat sie eingeladen. Wer weiß, warum«, sagt Susan spitz.

Sie ist so eine Bitch! Doch gegenüber Sam fühle ich mich nun ein bisschen schuldig. Ich hätte ja auch an sie denken können … Aber ich war mir ganz sicher, dass jemand anders sie einladen würde. Außerdem war ich so glücklich, dass ich mich mit Matt wieder vertragen habe. Den ganzen Tag bin ich wie auf Wolken geschwebt, habe Musik gehört und mir die schönsten Dinge für uns beide ausgemalt.

»Ich fahr jetzt nach Hause. Will jemand bei mir mitfahren?«, fragt Taylor.

Zum Glück sagt Susan ja, gibt Cameron einen Kuss, und weg ist sie. Wenig später hauen auch Matt und Nash ab, so dass Cameron und ich allein vor dem Kino zurückbleiben.

Schweigend stehen wir uns ein paar Augenblicke gegenüber. Wir haben nicht viel gemeinsam.

»Wie kommst du nach Hause?«, frage ich ihn, mehr um die bleierne Stille zu durchbrechen, als aus echtem Interesse.

»Mit dem Bus. Und du? Holt dich jemand ab?«

»Ja, meine Mutter. Sie müsste jeden Moment hier sein.«

»Dann leiste ich dir Gesellschaft, bis sie da ist«, sagt er.

Woher kommt denn auf einmal diese Höflichkeit? Das ist ungewöhnlich. »Okay. Danke.«

»Der Film war gar nicht schlecht«, bemerkt er.

»Stimmt. Ich konnte gar nicht aufhören zu weinen.«

»Ja, das habe ich gesehen. Matt hat dich die ganze Zeit getröstet.«

»Und du hast Susan getröstet«, sage ich, wobei ich mich an ihre verschränkten Finger erinnere.

»Nein, gar nicht. Sie hat die ganze Zeit nur genervt gestöhnt. Da habe ich ihre Hand genommen und ihr gesagt, dass sie noch ein bisschen durchhalten soll.«

Wir lachen.

»Sie ist schon etwas speziell.«

Er lächelt gequält. »Ja, aber langsam geht sie mir auf die Nerven.«

»Inwiefern?«

»Das würdest du nicht verstehen.« Er schaut weg.

Wir schweigen.

Mama müsste eigentlich längst da sein. Wir warten schon eine Ewigkeit.

»Wann müssen wir unsere Strafe antreten?«, fragt er plötzlich.

»Dienstag«, sage ich.

Mit einem Mal wird es frisch. Ich niese und reibe mir die Arme. Herrje! Ich bin todmüde, und eine Erkältung könnte ich so gar nicht gebrauchen.

»Ist dir kalt?«, fragt Cameron.

»Ein bisschen. Aber ich werd's überleben.«

»Natürlich.« Er zieht seine Lederjacke aus und legt sie mir über die Schultern.

»Danke«, sage ich überrascht.

Da ist also noch etwas, was ich bis jetzt nicht sehen wollte: Obwohl er normalerweise ein Blödmann ist, kann er sehr nett sein, wenn er nur will.

»Gern.«

Langsam mache ich mir Sorgen über Mamas Verspätung. Ich hole das Handy aus der Jeans und schaue nach, ob ich einen Anruf verpasst habe. Nichts. Ich stecke das Telefon in die Jackentasche.

Endlich taucht am Ende der Straße unser Auto auf. Es hält auf der anderen Straßenseite, und Mama lehnt sich aus dem Fenster. »Hallo, Cris, entschuldige die Verspätung!« Sie winkt. »Hallo, Cameron. Bist du allein?«

»Guten Abend, Mrs Evans. Ja, ich habe auf Sie gewartet, damit Cris hier nicht alleine rumstehen muss, aber jetzt nehme ich den Bus«, sagt er mit einem Lächeln.

Auf einmal wird mir alles klar: Cameron ist ein Genie. Mit diesem Schachzug hat er sich gerade Mamas Bewunderung gesichert.

»Danke, Cameron, das ist wirklich nett. Wenn du willst, kannst du bei uns mitfahren«, sagt sie.

Und er hat zudem noch eine Mitfahrgelegenheit ergattert, die ich ihm nie angeboten hätte!

»Ja, warum nicht? Vielen Dank!«, sagt er.

Mir fehlen die Worte. Wir gehen zum Auto, und erst, als

ich die Vordertür öffne, um mich neben Mama zu setzen, bemerke ich Kate.

»Was machst du denn hier?«, frage ich.

»Ich habe Mama begleitet.« Ihr mega Grinsen gefällt mir gar nicht.

Ich schüttle den Kopf. Wohl oder übel muss ich mich nach hinten neben Cameron setzen. Leider ist es eine ganz schön lange Strecke bis zu ihm nach Hause, und ich weiß nicht mehr, worüber ich mit ihm reden soll.

Mama braust die ersten fünf Minuten rasch durch die Straßen, dann wird sie langsamer. »Na großartig! Ein Stau hat uns grade noch gefehlt«, jammert sie.

Auch das noch. Ich bin müde, und das Schweigen wird immer unangenehmer. Vorsichtig lege ich den Kopf ans Fenster und überlasse mich dem Schlaf.

»Cris«, flüstert mir eine schöne Stimme zu. »Cris, wir sind gleich da.«

Langsam öffne ich die Augen und merke, dass mein Kopf auf etwas Weichem, Duftendem ruht. Merkwürdig, ich habe mich doch ans Fenster gelehnt und nicht an … Cameron! Mein Kopf liegt auf seiner Schulter, und er hat den Arm um mich gelegt. Ich hebe leicht den Kopf. Wäre ich nicht so schlaftrunken, würde ich sofort von ihm abrücken.

»Wir sind fast da«, flüstert er mir zu.

»Aha«, sage ich nur und setze mich auf.

Mir ist kalt, ich bitte Mama, die Heizung hochzudrehen. Wie bin ich bloß in die Arme von Cameron geraten? Bestimmt hat Mama ein paar Kurven zu rasant genommen, so dass ich auf Cameron draufgerutscht bin, ohne es zu merken.

»Da wären wir«, sagt Mama und hält vor der Dearing-Villa.

»Vielen Dank fürs Heimfahren, Mrs Evans. Gute Nacht euch allen.« Cameron steigt aus, dann sieht er mich an und fügt lächelnd hinzu: »Bis Montag.«

»Tschüs. Bis Montag.«

Ich reiche ihm seine Jacke, er schließt die Autotür, und Mama fährt weiter. Ich zittere vor Kälte, hoffentlich kriege ich kein Fieber.

Wenig später schlüpfe ich endlich in mein Bett. Und als ich die Augen schließe, liege ich in Gedanken unvermittelt wieder in Camerons warmen Armen und rieche sein Aftershave. Ich verjage dieses Bild und versuche, an Matt zu denken. Wie glücklich war ich, als ich mit ihm wieder zusammen war.

Doch dann huscht mein Geist wieder zu Cameron …

17

Nach dem Mittagessen kommt Kate mit gespielt gleichgültigem Gesichtsausdruck zu mir. »Heute ist der große Tag«, flüstert sie, damit Mama und Papa sie nicht hören. Sie lächelt.

Stimmt! Es ist Sonntag, und schon vor Tagen habe ich ihr versprochen, dass wir zu viert etwas unternehmen. Sie hat für heute Nachmittag ein erstes Date mit Hayes organisiert, zu dem auch Nash und ich kommen sollen. Sie hofft, dass es mit Hayes gut läuft und sich auch zwischen mir und Nash etwas entwickelt. Ihre Absichten sind wirklich süß, vor allem aber beruhigt es sie, wenn ich dabei bin. Also habe ich zugesagt, ohne ihr zu erklären, dass zwischen mir und Nash aus den unterschiedlichsten Gründen nichts entstehen kann außer einer Freundschaft.

»Wann müssen wir los?«, frage ich.

»Bald.« Sie zwinkert mir zu und läuft in ihr Zimmer.

Zum Glück bin ich schon geschminkt, ich muss mich nur noch etwas schicker anziehen. Ich gehe in mein Zimmer, um Nash eine SMS zu schreiben. Er soll mir noch den Ort und die genaue Uhrzeit mitteilen.

Ich nehme meine Tasche, aber das Telefon ist nicht drin. Ich sehe mich um und … nichts. Wo ist das bloß?

»Habt ihr mein Handy gesehen?«, schreie ich durch die offene Tür.

Der Familienchor antwortet mit einem Nein.

Na großartig!

Wann habe ich es das letzte Mal benutzt? Das war mit den anderen, gestern Abend. Plötzlich schießt ein Bild wie ein Blitz durch mein Hirn: Ich habe es in Camerons Jacke gesteckt. O nein!

»Bist du so weit?«, fragt Kate, während sie in mein Zimmer kommt.

»Zwei Sekunden noch.« Ich ziehe mich rasch um. Cameron wird mir das Handy bestimmt morgen in die Schule mitbringen. Also alles halb so schlimm. »Wo treffen wir uns?«, frage ich Kate.

»Hayes hat gesagt, am Strand vor der Eisdiele.«

»Okay, aber vor welcher? Da gibt es ganz viele.«

»Vor der mit dem roten Schild. Aber das ist ja auch nicht wichtig. Wir finden sie schon, wenn wir da sind. Wir sollten uns lieber beeilen«, erwidert sie und zieht mich an der Hand aus dem Haus.

Am Strand suchen wir nach der Eisdiele mit dem roten Schild, können sie aber nirgends entdecken.

»Und jetzt?«, frage ich.

Kate sieht sich nervös um.

»Cris!« Irgendjemand ruft nach mir.

»Hey, Nash!« Ich gehe ihm entgegen und umarme ihn.

Meine Schwester und Hayes begrüßen sich, dann starren sie sich schüchtern an, ohne ein Wort zu sagen. Sie sind beide total verlegen. Ich sollte wohl etwas unternehmen.

»Kate, wie wär's, wenn du mit Hayes ein Eis essen gehst?«, schlage ich vor.

Beide sehen mich an.

»Und ihr?«

»Wir müssen noch über ein paar Dinge reden«, erkläre ich und zwinkere ihr zu.

»Ah, okay«, sagt Kate.

Nash und ich sehen ihnen nach, während sie davonschlendern.

»Sie mögen sich«, bemerkt Nash.

»Ja. Kate redet die ganze Zeit nur von Hayes.«

»Und Hayes nur von Kate«, sagt er.

Wie schön! Sie würden wirklich ein süßes Paar abgeben.

»Also, worüber wolltest du mit mir reden?«, fragt er.

»Ach, über gar nichts. Das war nur ein Vorwand, damit sie allein losziehen.«

Nash lächelt und setzt sich in den Sand. Ich lasse mich neben ihm nieder.

»Hast du was von Sam gehört?«, fragt er.

»Nein, du?« Ich habe seit Freitag nicht mit ihr gesprochen. Ich würde ihr ja simsen, aber ihr Bruder hat gerade mein Handy.

»Nein, ich mache mir ein bisschen Sorgen um sie«, sagt er mit gerunzelter Stirn.

»Wieso?«

»Sie ist manchmal so abweisend und bleibt immer für sich. Sie schreibt nie jemandem und redet nur mit uns, wenn du da bist. Sonst tut sie immer so, als würde sie uns nicht kennen. Meinst du, sie mag uns nicht?«

»Was? Natürlich nicht. Sie ist bloß schüchtern und hat Angst, dass Cameron wütend auf sie wird, weil sie sich mit seinen Freunden trifft.«

Nash schüttelt den Kopf. »Cam kann echt so ein Spacko sein.«

»Aber warum ist er nur so sauer auf sie?«, frage ich.

»Das ist eine komplizierte Geschichte. Cameron und Sam sind gar keine richtigen Geschwister«, erklärt Nash.

»Hä? Sie gleichen sich doch wie ein Ei dem anderen!«

»Ja, also, sie sind Halbgeschwister. Sie haben denselben Vater, aber unterschiedliche Mütter. Kurz gesagt, lange Zeit hat Camerons Mutter es total ignoriert, dass ihr Mann eine Beziehung mit einer anderen Frau hat, bis die eines Tages schwanger wurde und Sam bekam. Ein paar Jahre vergingen, dann ließen sich Cams Eltern scheiden. Da muss er so sechs gewesen sein. Er wurde der Mutter zugesprochen. Leider ist seine Mom im vergangenen Jahr gestorben, und er ist zu der neuen Familie seines Vaters gezogen. Das war für Cam eine richtig harte Zeit.«

Ich hätte nie vermutet, dass Cameron so eine schlimme Geschichte erlebt hat.

»Mit der Zeit hat er dann einen ganz guten Draht zu seiner Stiefmutter entwickelt. Zu Sam allerdings nicht. Das mag sich absurd anhören, aber ich glaube, er gibt ihr die Schuld, dass seine Eltern sich haben scheiden lassen. Und dass seine Mutter gestorben ist.«

»Wie schrecklich«, sage ich.

»Ja.«

Den ganzen Nachmittag reden wir über dies und das. Als wir nach Hause müssen, suchen wir gemeinsam nach Kate und Hayes.

»Das war ein wunderbarer Tag. Wir sehen uns morgen«, sage ich zu Nash.

Hayes verabschiedet sich von Kate mit einem Kuss auf die Wange, und sie läuft rot an. In ihren Augen funkelt es. Was sie wohl alles zu erzählen hat?

Auf dem Rückweg erfahre ich von Kate haarklein jedes Detail. Ihr Date mit Hayes war ein voller Erfolg: Meine kleine Schwester hat zum ersten Mal einen Jungen geküsst! Ich bin genauso aufgeregt wie sie.

Es ist schon dunkel, als wir zu Hause ankommen, und ich muss Cameron unbedingt daran erinnern, dass er mir mein Handy in die Schule mitbringt. In der Küche suche ich im Telefonbuch die Nummer der Dearings, als Kate mich anrempelt und mir ein Glas Milch über das T-Shirt kippt.

Na, besten Dank auch!

»Kate, pass doch auf«, rufe ich.

»Entschuldige, Cris. Ich weiß gar nicht, wo mir der Kopf steht.«

Wie soll ich ihr heute böse sein? An diesen Tag wird sie

sich ihr ganzes Leben erinnern. Ich lächle sie an und verschwinde in mein Zimmer.

Aus dem Schrank nehme ich ein sauberes Shirt und ziehe das bekleckerte aus. Da klappt mein Fenster auf, vermutlich hat der Wind es aufgedrückt. Als ich mich umdrehe, steht Cameron vor mir.

Er ist in meinem Zimmer, und ich stehe nur im BH da!

Vor Schreck will ich schreien. Aber Cameron springt zu mir und hält mir den Mund zu.

»Pssst! Sei still«, flüstert er.

Ich schnappe mir das saubere Shirt vom Bett und halte es vor mich.

»Bist du verrückt? Was machst du in meinem Zimmer?«, frage ich leise, damit meine Familie mich nicht hört.

»Beruhige dich! Ich wollte dir dein Telefon bringen.« Er hält es mir hin.

»Du steigst durch das Fenster in mein Zimmer ein, während ich halbnackt dastehe, nur um mir mein Handy zu geben?« Ich fasse es nicht.

»Ja.« Er lächelt, als wäre das die normalste Sache der Welt.

Ich schnappe mir mein Phone, aber er lässt es nicht los. Wir sind nur fünf Zentimeter voneinander entfernt.

»Gib schon her«, sage ich bissig.

Er hört auf zu lächeln und lässt los.

Ich drehe ihm den Rücken zu, um mir das T-Shirt anzuziehen. Es ist leuchtend fuchsiafarben und hat einen tiefen Ausschnitt, den ich nie in der Öffentlichkeit tragen würde, aber es ist besser, als weiter im BH herumzustehen. Ich wende mich wieder zu Cameron um.

»Benimm dich das nächste Mal bitte wie ein normaler Mensch und benutz die Tür«, sage ich streng.

Er sieht mich verschmitzt an und starrt in meinen Ausschnitt. »Nee. Es ist viel lustiger, dich auf diesem Weg zu überraschen.«

»Überhaupt nicht! Wenn du dich schon amüsieren willst, dann überrasch gefälligst Susan!«

»Ihr Zimmer liegt im dritten Stock, da geht das nicht«, erklärt er mit einem Achselzucken und kann sein Grinsen nicht zurückhalten.

Es klopft an der Tür. Bestimmt ist das Mama.

»Cameron, hau ab! Los jetzt!« Ich zeige auf das Fenster.

Es klopft schon wieder. »Kann ich reinkommen, Schatz?«, fragt Mama.

»Zu spät!«, sagt er.

Ängstlich sehe ich mich um. »Hier rein«, flüstere ich und schiebe ihn in den Schrank.

Eine Sekunde später kommt Mama ins Zimmer. »Schatz …«

»Ja, Mama?« Einfach normal weiteratmen.

»Cameron war heute Nachmittag da und wollte dir etwas geben, aber da du nicht da warst, wollte er noch mal wiederkommen.«

Ist er bereits, und zwar im unpassendsten Augenblick überhaupt!

»Ist gut, danke«, sage ich.

Mama verlässt mein Zimmer und schließt die Tür hinter sich.

Gleich darauf kriecht Cameron aus dem Schrank. Ich bin stinksauer auf ihn und befehle ihm, sofort zu gehen.

»Schon gut, ich hab's kapiert.« Ohne mit der Wimper zu zucken, klettert er durchs Fenster nach draußen.

Kopfschüttelnd ziehe ich die Fensterläden zu. Trotzdem schleicht sich ein Lächeln in mein Gesicht.

18

Irgendwann schmeiße ich diesen Wecker noch an die Wand. Ich schwör's!

Sofort klatsche ich mit der Hand drauf, damit er Ruhe gibt, stehe auf und suche mir die Klamotten für den Tag zusammen. Im Schrank herrscht ein heilloses Durcheinander: Blusen und T-Shirts hängen schräg auf den Bügeln, die Kleider sind zerknittert und knäulen sich auf dem Boden.

Cameron! So ein Trampel.

Ich schnappe mir ein Shirt und eine Shorts und ziehe mich rasch an.

»Mama, ich bin fertig. Gehen wir?«

»Was? Schatz, ich hab dir doch gestern gesagt, dass ich dich nicht bringen kann.« Sie sitzt im Pyjama in der Küche und frühstückt in aller Seelenruhe.

»Nein, das hast du mir nicht gesagt.«

»Ach, Schatz, tut mir leid. Also beeil dich mal, sonst kommst du zu spät.«

Ich *bin* bereits zu spät.

Der Bus ist schon weg, und zu Fuß brauche ich ewig. Aber ich habe keine andere Wahl. Ich renne aus dem Haus und marschiere los.

Nach ein paar Metern bremst ein Auto und fährt im Schritttempo neben mir her. Aus dem Augenwinkel sehe ich, wie das Fenster heruntergelassen wird, doch ich drehe nicht den Kopf in die Richtung. Es gibt so viele verrückte Leute auf der Welt, die man am besten gar nicht beachtet.

»Hast du's eilig?« Das ist Camerons Stimme.

»Nein«, sage ich.

Er kichert. »Und warum rennst du dann so?«

»Kümmere dich um deinen eigenen Kram.«

»Wenn du willst, nehme ich dich mit.«

»Kein Bedarf«, erwidere ich und starre auf meine Fußspitzen.

Er hält an. »Doch. Der Bus ist schon weg, und wenn du zu Fuß gehst, kommst du zu spät.«

Genervt seufze ich. »Na gut.«

Ich setze mich neben ihn, habe aber überhaupt keine Lust, mit ihm zu reden. Also drehe ich das Radio lauter, damit die Musik die Stille übertönt.

»Warum bist du zu Fuß?«, fragt er, während er die Lautstärke wieder herunterdreht.

Ich sage lieber nichts.

»Danke für die Antwort«, sagt er.

»Meine Mutter hat zu tun.«

»Du bist doch hoffentlich nicht sauer wegen der Fenstergeschichte, oder? Das war total lustig.«

Ich sehe ihn wütend an. »Nicht für mich.«

Er lächelt und fährt sich durch die Haare.

»Was ist?«, frage ich.

»Nichts«, erwidert er und starrt mich zwei Sekunden an. Dann schaut er wieder auf die Straße.

Als ich erneut nach dem Lautstärkeknopf greife, um die Musik aufzudrehen, tut er das Gleiche. Unsere Finger berühren sich. Sofort ziehe ich meine Hand zurück. Er sieht mich an, dann dreht er den Sound auf.

»Fantastisch«, sage ich, als wir über den Schulparkplatz fahren.

»Was?«

»Alle schauen zu uns rüber.«

»Ja, und?«

»Wenn Susan rauskriegt, dass du mich zur Schule gebracht hast, bringt sie mich um.«

»Das werde ich wahrscheinlich verhindern«, sagt er und zwinkert mir zu.

Wir steigen aus und gehen zu den anderen. Matt, Susan, Carter und Taylor stehen an ihrer üblichen Bank und quatschen.

Als Susan uns sieht, bleibt ihr der Mund offen stehen. Sie kommt uns entgegen. »Guten Morgen, Liebling«, sagt sie zu Cameron.

Matt tritt zu mir und begrüßt mich mit einem Kuss.

»Cris, hast du denn wirklich nur Fetzen im Schrank?«, fragt Susan, während sie mein Outfit mustert.

Wie es scheint, ist ein Tag für sie nur dann vollkommen, wenn sie mich auf irgendeine Art und Weise fertigmachen kann.

»Sorry, dass ich kein Fuchsia-Shirt habe«, entgegne ich, und die Jungs lachen.

»Aber du hast doch eins«, bemerkt Cameron.

Ich sehe ihn an.

Alle sehen ihn an.

Was fällt ihm ein?

»Und woher weißt du das denn?« Susan fixiert ihn fragend.

Camerons Gesichtsausdruck verrät mir, dass er jetzt erst begreift, dass ihm diese Bemerkung richtig Ärger einbringen könnte.

»Stimmt, das hatte ich neulich Abend an«, improvisiere ich. »Seine Eltern waren bei uns zum Essen und haben über Geschäfte geredet. Sam und er waren auch dabei.« Ich werfe ihm einen durchdringenden Blick zu.

Er nickt. »Ja, das war so ein grottenlangweiliger Abend.«

Es klingelt, Matt und die anderen gehen voran, so dass ich mit Cameron ein paar Schritte zurückbleibe.

»Du bist so ein Hirni!«, zische ich.

»'tschuldigung, das ist mir so rausgerutscht«, sagt er.

»Hoffentlich hat Matt das geschluckt. Denn wenn er das von gestern erfährt, macht er erst recht mit mir Schluss!«

»Er würde dich verlassen, weil ich durch dein Fenster bin und dich im BH gesehen habe?«, fragt Cameron.

»Du …«, sage ich laut. Dann beruhige ich mich und fahre fort: »Du hast nichts gesehen!«

»Oh-oh, und ob!« Er grinst verschmitzt.

»Ich hasse dich!« Mit schnellen Schritten gehe ich zu meinem Spind.

Wieso starren mich eigentlich gerade alle an? Hoffentlich haben Susan und Lexy nicht schon wieder eine ihrer Nummern abgezogen.

Ich gebe meinen Zahlencode ein, und kaum ziehe ich die Tür auf, umgibt mich eine weiße Wolke. Unwillkürlich schließe ich die Augen und huste. Dann blinzle ich vorsichtig. Um mich herum ist *alles* weiß: meine Klamotten, meine Bücher im Spind, der Fußboden – und wahrscheinlich auch meine Haare und mein Gesicht. Alles ist mit einem weißen Pulver überzogen. Mehl! Und es ist überall. Wer?! War?! Das?!

Im Korridor lachen alle lauthals los. Es schallt aus allen Ecken. Ich möchte mich in Luft auflösen, denn ich muss schrecklich aussehen! Und Lexy macht schon wieder Fotos. Das Mehl rieselt lautlos von mir herab. Ich werde später Lexy zwingen müssen, alle Aufnahmen zu löschen. Doch jetzt sollte ich sofort auf die Toilette und mir dieses Zeug vom Leib waschen. Es kitzelt in der Nase und klebt schon auf meiner Zunge.

»Weiß steht dir, Cris!«, ruft Susan hinter mir.

Ich drehe mich um. Sie lacht sich mit ihren Freundinnen scheckig. Das war eindeutig ihr Werk! Wieso ist sie nur so gemein zu mir? Wir veranstalten doch keinen Prank-Wettbewerb. Sie soll mich einfach nur in Ruhe lassen! Dieses Mal hat sie es maßlos übertrieben, das werde ich mir nicht einfach gefallen lassen. Ich gehe auf sie zu, bereit, es ihr heimzuzahlen. Bei jedem Schritt hinterlasse ich eine kleine Mehlwolke. Da hält mich jemand am Arm zurück. Als ich mich umschaue, blicke ich in Nashs blaue Augen.

»Beruhige dich! Es lohnt sich nicht, wegen dummer Leute die Fassung zu verlieren«, sagt er.

Er hat recht. Es würde nichts ändern, vermutlich würde ich alles nur noch viel schlimmer machen. Ich atme tief ein und gehe auf die Mädchentoilette. Die Spur des Mehls folgt mir. Nash kommt einfach mit.

»Du darfst hier nicht rein«, sage ich.

»Das ist mir egal. Ich lass dich jetzt nicht allein.«

Er ist einfach unglaublich.

Ich wasche mein Gesicht ab, doch sobald ich die Augen schließe, höre ich wieder das Lachen der Leute, die alles miterlebt haben. Tränen rinnen mir über die Wangen.

»He, es ist doch alles gut«, tröstet Nash mich.

»Nein, es ist nicht gut. Sieh mich doch an! Wie kann Susan nur so gemein sein?« Mehl rieselt bei jeder Bewegung aus meinen Haaren.

»Eifersucht treibt die Leute zu den unglaublichsten Dingen«, erklärt er.

»Geh in die Klasse, Nash. Die Stunde hat schon angefangen, und wenn du hierbleibst, bekommst du nur Ärger.«

»Nein, ich bleibe bei dir.« Er verschränkt die Arme vor der Brust.

Ich klopfe das Mehl von mir ab, so gut es geht. Auf dem Boden entsteht ein weißes Häuflein. Dann gehen wir zusammen in den Unterricht. Als ich eintrete, blickt Matt mich mitfühlend an. Selbst Cameron sieht besorgt aus. Ich muss immer noch fürchterlich aussehen. Nash und ich entschuldigen uns für die Verspätung und setzen uns.

Cameron tippt mich an der Schulter an. Ich drehe mich aber nicht zu ihm um. Er tippt weiter, und während der Lehrer etwas anschreibt, schaue ich kurz zu ihm und zische ihm zu, dass er aufhören soll. Er lehnt sich auf seinem Stuhl zurück und belästigt mich nicht mehr. Susan grinst zufrieden. Sie muss sehr stolz auf sich sein, diese verdammte Bitch.

In der Pause kommt Matt an meinen Tisch. »Was ist passiert?«, fragt er.

»Ich will hier nicht drüber reden. Später.«

»Matt!« Taylor steht in der Tür.

»Geh ruhig«, sage ich.

»Ganz sicher?«

Ich nicke.

Er küsst mich auf die Stirn und verschwindet.

Ich atme tief ein und lege die Stirn auf den Tisch. Mein Kopf tut weh, als würde er jeden Moment explodieren.

»Geht's dir besser?«, fragt Nash.

Ich hebe den Kopf. Neben ihm steht Sam.

»Ja, danke«, lüge ich.

»Das ist so eine dumme Zicke«, sagt Sam.

»Ich versteh überhaupt nicht, wovor sie Angst hat. Sie sollte Cameron vertrauen! Er liebt sie und würde sie nie für eine wie mich verlassen. Und ich würde Matt nie verlassen.«

»Cameron!«, kreischt Susan da auf dem Korridor.

Wir drei rennen nach draußen. Ich dränge mich durch die Schüler. Ich muss wissen, was los ist.

Susan heult und hält Cameron am Arm fest, während er sie keines Blickes würdigt.

»Susan, lass mich in Ruhe«, zischt er.

Sie fleht ihn an zu bleiben, aber Cameron befreit sich mit einem Ruck aus ihrem Griff. »Schluss, Susan! Ich hab deine Spielchen so satt. Was ist nur los mit dir?«

»Ich liebe dich!«, ruft sie unter Tränen.

»Bullshit!« Cameron funkelt sie genervt an und verschwindet.

Susans Freundinnen rennen zu ihr, wollen sie trösten, doch sie geht in ihrer Verzweiflung voll auf. Um sie herum stehen lauter Neugierige, die alles schweigend mit ansehen. Da entdeckt Susan mich.

»Du!« Sie zeigt auf mich.

Alle schauen zu mir, und ich fühle mich schrecklich.

»Das zahlst du mir heim, Evans!«

»Cris, wir gehen.« Nash zieht mich weg.

»Ja, bring sie bloß in Sicherheit, bevor ich ihr richtig weh tue!«, kreischt Susan.

Bei diesen Worten bekomme ich eine Gänsehaut.

19

Es läutet. Endlich kann ich aus diesem Irrenhaus verschwinden.

Ich stehe auf, nehme meinen Rucksack und verlasse den Raum, ohne auf irgendjemanden zu warten.

Nach diesem fiesen Streich von Susan konnte mein Tag eigentlich nur besser werden, doch das war ein Irrtum.

In der Pause habe ich mit Matt gestritten. Genau wie Susan vermutet auch er, dass zwischen mir und Cameron etwas läuft, nur weil er mich im Auto mitgenommen hat. Was haben die denn alle bloß?

Und als ob das nicht schon reichen würde, hat der Geschichtslehrer auch noch Lernpaare gebildet und jedem Paar ein Thema zum Vertiefen zugewiesen. Und wen hab ich als Partner bekommen? Cameron natürlich!

Es tut mir für Matt leid, aber das ist ja nicht meine Entscheidung. Ich bin selbst nicht glücklich darüber.

Später habe ich ihm gesagt, dass er endlich lernen muss, mir zu vertrauen. Denn bevor ich mit jemandem zusammen bin, der mir nicht vertraut, bin ich doch lieber allein.

»Cris!«

Ich bleibe stehen und drehe mich zu Sam um.

»Dann sehen wir uns also später bei mir«, sagt sie.

Ich zwinge mich zu einem Lächeln. »Klar doch, Sam. Bis später.« Ich umarme sie und eile zum Ausgang.

Mein Kopf ist kurz vorm Platzen, und zu Hause lege ich mich nach einer langen, heißen Dusche sofort ins Bett, um ein bisschen auszuruhen.

Der leckere Duft von frischer Pizza weckt mich. Wie spät ist es eigentlich?

20.15 Uhr!

O nein. Ich soll seit einer Viertelstunde bei Sam sein.

Ich springe aus dem Bett und reiße ein paar Klamotten aus dem Schrank. Sie hat mich gebeten, ihr welche mitzubringen. Ich stopfe alles in eine Tasche und werfe einen Blick aufs Handy. Hoffentlich ist Sam nicht sauer. Drei verpasste Anrufe. Ich rufe sie sofort an und sage ihr, dass ich auf dem Weg bin. Dann flitze ich aus dem Haus.

Zehn Minuten später hetze ich die Allee zur Dearing-Villa hinauf.

Cameron öffnet mir die Haustür. »Was machst du denn hier?«, fragt er.

»Sam hat mich gebeten, ihr wegen ihrer Verabredung heute Abend zu helfen.«

»Ihrer Verabredung?« Er zieht die Augenbrauen hoch.

Er weiß nicht, dass Sam und Nash ein Date haben?

»Ja«, sage ich.

Er runzelt die Stirn.

Vielleicht halte ich besser den Mund.

»Sam und wer?« Er schließt die Tür hinter mir.

»Was ist mit mir?«, fragt eine Stimme da.

Ich drehe mich um. Sam kommt die Treppe herunter. Sie ist schon geschminkt und trägt die Haare offen. Sie ist wunderschön und gleicht einer Prinzessin. Nash wird der Mund offen stehen bleiben.

»Wo gehst du hin?«, fragt Cameron sie.

»Ich habe eine Verabredung.«

»Mit wem?«

Wieso stellt er bloß all diese Fragen? Ich dachte, er hasst seine Schwester?

»Nash«, flüstert Sam.

»Nash? Meinst du etwa *meinen Freund* Nash?«

»Sam, geh nach oben«, sage ich. »Ich bin gleich bei dir.«

Sie nickt und läuft eilig die Treppe hinauf.

»Warum geht sie mit ihm aus? Das hast bestimmt du eingefädelt, oder?«, fragt Cameron aufgebracht.

»Nein. Nash hat sie eingeladen. Aber was ist denn dabei, wenn sie sich treffen?«

»Er ist mein bester Freund. Ich will nicht, dass er Zeit mit ihr vergeudet.«

»Sam ist deine Schwester!«, schreie ich.

»Nein, das ist sie nicht!«, brüllt er zurück. »Warum muss sie sich immer in alles einmischen? Das sind meine Freunde, nicht ihre. Sie soll uns in Ruhe lassen.«

Wie kann man bloß so unsensibel sein?

»Du bist so ein Arsch!«, zische ich und gehe die Treppe rauf zu Sam.

Oben rufe ich sie, aber sie antwortet nicht. Wo steckt sie bloß? Die vielen Türen verwirren mich. Da geht am Ende des Korridors eine Tür auf, und Sam kommt aus dem Bad. Ihr Make-up ist verschmiert, und sie weint.

Ich laufe ihr entgegen und nehme sie in den Arm. »Schschsch«, mache ich und drücke sie fest an mich.

»Ich habe alles gehört. Danke, Cris, aber Cameron war schon immer so.« Sie löst sich aus meiner Umarmung und trocknet sich die Tränen. »Ich sollte mich längst daran gewöhnt haben, aber es tut immer noch weh, dass er mich nicht als Schwester akzeptiert.«

»Er ist ein Blödmann. Vergiss ihn einfach und freu dich auf den Abend.«

Sie nickt, und ich folge ihr in ihr Zimmer. Ihr Reich ist sehr romantisch eingerichtet: altrosa Tapeten, weiße Möbel und ein riesiges Bett mit Baldachin. Alles passt perfekt zu ihrem lieben Wesen.

»Was willst du anziehen?«, frage ich, während sie ihr Make-up auffrischt.

»Ich weiß nicht. Was hast du mitgebracht?«

Aus der Tasche ziehe ich Tops und kurze Taillenröcke.

Sie betrachtet meine Kleidungsstücke. »Oh, dieser Rock würde perfekt zu einer weißen Bluse von mir passen«, sagt sie aufgeregt.

»Probier ihn an.«

Sie zieht sich um, und alles harmoniert hervorragend.

»Und?«, fragt sie.

»Du siehst umwerfend aus!«

Sie betrachtet sich im Spiegel, und endlich kehrt ihr hinreißendes Lächeln zurück.

Doch was passiert, wenn Nash gleich auftaucht? Was, wenn Cameron ihn anschreit? Was wenn sie so richtig streiten und das Date platzt? Ich mag gar nicht daran denken.

»Gehen wir runter. So kommen wir Cameron zuvor, wenn Nash eintrifft«, sage ich.

Sam nickt und nimmt ihre Clutch. Wir gehen die Treppe hinunter. Cameron sitzt im Wohnzimmer auf dem Sofa und schaut fern. Wie kann man nur so seelenruhig dasitzen, nachdem man so schlimme Sachen über seine Schwester gesagt hat?

»Er wird mich nicht gehenlassen«, flüstert sie.

»Keine Sorge. Man muss ihn nur ablenken«, beruhige ich sie.

»Und wie?«

»Schick Nash eine Nachricht. Er soll dir simsen, wenn er vor der Tür steht. Ich lenke dann Cameron ab, so dass er nicht merkt, dass du verschwindest.«

Ich bin zu allem bereit, nur um Cameron eins auszuwischen und Sam glücklich zu machen.

»Ist gut«, sagt sie und schickt Nash eine Nachricht.

Nur womit soll ich Camerons Aufmerksamkeit erregen?

»Er ist schon da«, sagt Sam leise.

Cameron beobachtet uns aus dem Augenwinkel.

»Sobald er nicht mehr schaut, gehst du«, sage ich und drücke sie rasch. Dann trete ich zu Cameron. »Hast du dich endlich beruhigt?«, frage ich ihn.

Er schnaubt genervt und fährt sich durch die Haare. »Hör zu, ich hatte einen totalen Dreckstag, also lass mich in Ruhe.«

»Tja, ich würde sagen, Susan hat es geschafft, uns beiden den Tag zu versauen. Aber das ist noch lange kein Grund, alles an deiner Schwester auszulassen.«

»Tja, dein Freund hat auch seinen Teil dazu beigetragen. Er hat mir alles erzählt.«

Hä?

»Was?«, frage ich.

Cameron erhebt sich und geht in die Küche. Ich folge ihm. Ich muss wissen, was Matt ihm erzählt hat.

Er nimmt ein Glas und gießt sich Saft ein.

»Also?«, hake ich nach.

»Wann kommt Nash?«, fragt er. Offensichtlich will er das Thema wechseln.

»Ich habe dich gefragt, was Matt gesagt hat«, dränge ich.

Er dreht sich zu mir. »Dass ihr gestritten habt und dass du ihn meinetwegen verlassen hast.«

Ich glaub's ja nicht. Mir bleibt die Luft weg, und ich muss mich am Tisch festhalten.

»Stimmt das?«, fragt er.

Fragt er mich das allen Ernstes? Glaubt er wirklich, dass er so wichtig für mich ist? So ein eingebildeter Heini!

»Natürlich nicht«, antworte ich.

»Und warum habt ihr dann gestritten?«

»Was geht dich das an?«

Er zuckt mit den Schultern. »Neugierde.«

Na gut, ich will ehrlich sein. »Er ist davon überzeugt, dass wir beide alles tun, um zusammen zu sein, und solche absurden Geschichten. Die Sache ist die, dass er mir nicht vertraut, und das macht mich wütend«, erkläre ich.

Er lacht und stellt das Glas auf die Küchenablage.

Die Eingangstür fällt ins Schloss, und Cameron sprintet los.

Ich bleibe dicht hinter ihm.

»Nash ist hier, oder?«

»Sam ist schon weg. Also beruhig dich mal.«

»Was?« Er sieht mich an.

»Sie ist gegangen. Du kannst nichts mehr machen.«

»Verdammt«, brummt er und geht ins Wohnzimmer.

Ich seufze erleichtert. Sam und Nash haben ihr Date, und das ist alles, was zählt. Zufrieden lächle ich.

Cameron wirft mir einen bösen Blick zu, und ich werde wieder ernst.

»Ich weiß, dass ihr euch abgesprochen habt.«

»Wir hatten keine andere Wahl. Du hättest sie nicht gehenlassen.«

Er schnaubt erbost. »Korrekt. Aber für dieses Mal ist es auch egal. Die beiden kommen eh nicht zusammen.«

Das werden wir ja sehen … »Tja, ist wohl besser, wenn ich jetzt nach Hause gehe.«

Er steht vom Sofa auf und begleitet mich zur Tür.

Bevor ich das Haus verlasse, drehe ich mich noch einmal zu ihm um. »Kann ich dich um einen Gefallen bitten?«

Cameron nickt.

»Mach Sam bitte keine Szene, wenn sie nach Hause kommt. Und rede nicht mit Nash darüber. Bitte. Sam ist so glücklich.«

Er sieht mich an und nickt wieder.

Na so was. Ich habe etwas anderes erwartet, stattdessen verblüfft mich Cameron ein weiteres Mal. Ich lächle ihm zu. »Danke. Also … ich geh dann mal.«

»Ist gut. Bis morgen.«

Sam

Rasch schlüpfe ich aus dem Haus. Nash erwartet mich vor dem Tor.

Heute Abend sieht er noch cooler aus als sonst. Er trägt ein enganliegendes weißes T-Shirt und Jeans. Einfach perfekt.

Ich bin schon seit einer Ewigkeit in ihn verliebt, aber in all diesen Jahren habe ich nie den Mut aufgebracht, ihn anzusprechen. Mein Bruder ist jedes Mal ausgetickt, wenn ich ihn gefragt habe, ob ich mit ihm und seinen Freunden mitgehen darf. Cam hasst mich, und das tut so unglaublich weh. Und weil ich schüchtern bin und außerdem keine Probleme bekommen wollte, bin ich immer auf Distanz gegangen. Nur Cris habe ich es zu verdanken, dass ich endlich mit Nash sprechen konnte. Ich bin so aufgeregt!

Als er mir vorgeschlagen hat, zusammen wegzugehen, konnte ich es kaum glauben. Nash Grier, einer der begehrtesten Jungen unserer Schule, fragt ausgerechnet mich!

»Sam«, sagt Nash, als er mich sieht. Er hat das schönste Lächeln der Welt.

»Hallo«, sage ich leise.

Ich zittere wie ein Blatt, während er mich betrachtet. Ich ziehe die Ärmel meiner Bluse herunter.

»Du siehst toll aus«, sagt er und streicht sich durch die Haare.

Ich werde rot. »Danke.«

Selbst in der Dunkelheit erkenne ich das unglaubliche Blau seiner Augen. In diesem Blau könnte ich mich verlieren und nie mehr zurückfinden ... Aber wir sollten fort von hier. Was, wenn Cris es nicht schafft, Cameron zu beruhigen? Schweren Herzens reiße ich mich von seinem Anblick los.

»Gehen wir?«, frage ich.

Er nickt, und wir steigen auf sein Motorrad.

Ich werfe einen letzten Blick auf unser Haus. In diesem Moment geht die Eingangstür auf, doch zum Glück fährt Nash schon los, und ich bin in Sicherheit.

Ich weiß nicht, wo wir hinfahren. Ehrlich gesagt, ist es mir auch völlig egal. Fest schlinge ich Nash die Arme um den Bauch und genieße den Wind in meinem Gesicht.

Unsere Fahrt endet am Strand.

»Wo wollen wir hin?«, frage ich.

»In das Restaurant, in dem es das leckerste Essen gibt.«

Er nimmt mich an der Hand, und wir betreten ein Lokal, das ich nicht kenne. Unser Tisch steht auf einer kleinen Terrasse, die zum Meer hinausgeht. Wir essen bei Kerzenschein. Der Ozean rauscht im Hintergrund, und über uns breitet sich der Sternenhimmel aus.

Es ist romantisch und vollkommen.

»Also, wie hat Cam es aufgenommen?«, fragt Nash.

»Ganz gut«, lüge ich. »Anfangs war er etwas sauer, aber dann hat Cris ihn beruhigt.«

»Cris?! Was hat sie damit zu tun?«

»Sie war bei mir, weil ich in einer Sache ihre Hilfe brauchte«, sage ich.

»Ach so … Glaubst du, dass zwischen ihr und Cameron etwas läuft?«, fragt er und zwinkert mir zu.

»Soweit ich weiß, nicht. Aber sie verstehen sich schon ein bisschen besser. Immerhin hassen sie sich nicht mehr so wie am Anfang.«

»Das sehen wir dann morgen. Ich glaube ja, dass ein richtiger Krieg ausbrechen wird.« Er lacht.

Ich muss ebenfalls lachen. Zwischen den beiden kann wirklich alles passieren, wenn sie den ganzen Nachmittag zusammen die Turnhalle putzen müssen.

»Sam, kann ich dich was fragen?«

Ich nicke.

»Manchmal habe ich das Gefühl, dass du uns aus dem Weg gehst. Magst du uns nicht?«

Ich würde gern ehrlich sein und ihm sagen, dass ich bei den Jungs irgendwie nicht mithalten kann. Das glaube ich jedenfalls. Stattdessen lüge ich. »Nein, nein. Das ist es nicht. Es ist … ich bin gern allein.«

»Niemand ist gern allein.«

»Ich schon. Dann fühle ich mich wohl.«

»Entschuldige, aber das nehme ich dir nicht ab. Einsamkeit tut niemandem gut. Wenn ich dich das nächste Mal allein irgendwo sehe, hole ich dich zu uns«, sagt er und lächelt.

Er ist wirklich der süßeste Junge der Welt.

Während des Essens reden wir über die Schule, seine Leidenschaft für Fußball, wie sehr er Susan hasst und wie sehr er meinen Bruder mag.

»Heute Abend bist du irgendwie anders«, sagt er plötzlich.

»Was heißt das?«, frage ich.

»Das meine ich nicht negativ. Du lächelst, du bist witzig … In der Schule bist du nie so … entspannt.« Er trinkt einen Schluck Cola. »So solltest du viel öfter sein.«

»Ich versuch's«, verspreche ich mit einem Lächeln.

Als wir zahlen wollen, besteht er darauf, mich einzuladen. Der Abend ist ruck, zuck vergangen, und ich habe mich die ganze Zeit so wohl gefühlt. Ich will noch nicht nach Hause.

»Hast du den Mond gesehen? Der sieht irre aus. Wollen wir noch einen Spaziergang am Strand machen?«, schlägt Nash vor.

Erfreut stimme ich zu, und wir schlendern an der Wasserlinie entlang, die im Mondlicht glitzert. Ich bin im siebten Himmel!

»Also, sag doch mal … hast du einen Freund?«

Ich werde rot. Nash fragt mich also wirklich, ob ich vergeben bin! Ist das ein Traum oder was?

»Nein … und hast du eine Freundin?«

Vermutlich hat er mehr als eine.

»Nein.« Er lächelt. »Wie viele Freunde hattest du schon?«

O Mann, warum stellt er denn jetzt noch diese peinliche Frage?

»Ehrlich gesagt, ich hatte noch nie einen«, sage ich.

Nash bleibt der Mund offen stehen. »Nee, jetzt ... warte mal, im Ernst?«

Warum erstaunt ihn das so? Hat er mich überhaupt richtig angeschaut? Ich bin das hässlichste Mädchen der Welt.

»Ja«, sage ich.

»Oh. Das hätte ich nicht gedacht ... Ich meine, du bist wunderschön, und ich hätte geschworen, dass du schon mal mit jemandem zusammen warst.«

Hat er gerade gesagt, dass ich wunderschön bin? Mein Herz explodiert vermutlich gleich, so stark schlägt es!

Wir schlendern noch ein bisschen weiter, als Nash plötzlich anhält und sich die Schuhe auszieht. Er geht mit nackten Füßen ins Wasser und fängt an, mich nass zu spritzen.

»He! Was tust du da?«, rufe ich.

Der Rock von Cris! Sie bringt mich um, wenn er schmutzig wird – doch dann verdränge ich diesen Gedanken. Ich ziehe meine Schuhe aus und folge ihm ins eiskalte Meer. Mit den Füßen bespritze ich ihn mit Wasser. Wir kriegen uns vor Lachen kaum noch ein, kreischen und johlen. Eine Weile jagen wir uns durch die kleinen Wellen, und ich wünschte, dass dieser Moment niemals enden möge.

Einer Eingebung folgend trete ich zu Nash, tauche meine Hand ins Wasser und lege sie klatschnass auf sein Gesicht.

»He, das zählt nicht!«, ruft er.

Ich ziehe meine Hand weg, aber er ergreift sie und legt seine dagegen. Er sieht mich an, und ich versinke in seinen Augen. Wohlig durchzuckt es mich.

»Warum habe ich dich in all den Jahren nie bemerkt?«, fragt er und tritt noch dichter an mich heran. Das Wasser schwappt um unsere Knöchel. Fast berühren seine Lippen meine.

Sein Telefon klingelt.

Verdammt.

Nash stöhnt und geht ran. Als er das Telefonat beendet, sieht er mich besorgt an. »Geht's dir gut?«

»Ja, warum?«

»Du bist ganz blass. Komm, gehen wir nach Hause.«

Rasch ziehen wir unsere Schuhe wieder an, dann nimmt er meine Hand, und wir kehren zum Motorrad zurück.

Vor meinem Haus nehme ich den Helm ab, und merkwürdigerweise tut er das Gleiche.

»Das war ein schöner Abend«, sage ich lächelnd.

»Ja, aber es fehlt noch etwas«, erwidert er.

Mein Herz schlägt wie wild.

Nash steigt vom Motorrad und legt mir die Hände auf die Hüften. Er zieht mich an sich und küsst mich. Weich und warm liebkost er mich mit seinen Lippen.

Mein erster Kuss! Ich hätte nie gedacht, dass es Nash sein würde!

Langsam löst er sich von mir. »Gute Nacht«, flüstert er.

»Nacht«, sage ich aufgewühlt.

Er steigt wieder auf und braust davon.

20

Der Vormittag vergeht im Handumdrehen, und schon läutet es zur Mittagspause.

Ich habe Angst. Angst, mit Matt zu sprechen, denn ich weiß nicht, was er mir sagen will. Gestern bin ich sehr direkt zu ihm gewesen, was das Vertrauenhaben angeht. Aber ich bin mir nicht sicher, ob er das so gut verkraftet hat. Heute Morgen hat er jedenfalls gesagt, dass er mit mir reden muss.

Er kommt auf mich zu. »Gehen wir?«

Ich nicke und folge ihm in den Hof. Wir setzen uns auf eine Bank.

»Und?«, frage ich.

»Also, ich wollte mit dir über gestern reden, über die Dinge, die du mir gesagt hast. Die haben mir nicht so richtig gefallen! Aber ich muss zugeben, dass du recht hast. Es ist okay, dass du auch andere Freunde hast, und ich werde dir nicht verbieten, sie zu treffen. Aber gestern, als ich dich mit Cameron gesehen habe, ist mir das total gegen den Strich gegangen. Cris, ich weiß nicht, was mit mir gerade passiert, so eifersüchtig war ich noch nie. Ich hab dann drüber nachgedacht. Das alles kommt von meiner

Unsicherheit, ich kann es nicht ändern. Aber mit meiner Eifersucht riskiere ich, dich zu verlieren. Und das will ich auf keinen Fall. Kannst du mir verzeihen?«

Das ist echt so rührend. Wie kann ich da nein sagen? »Natürlich verzeihe ich dir.«

Er lächelt und nimmt meine Hand.

»Nur eins noch.«

Also doch. Die Sache hat natürlich einen Haken.

»Halte dich von Cameron fern.«

Was?

»Aber du hast doch grad gesagt, dass ich treffen kann, wen ich will«, sage ich.

»Ja, jeden, den du willst, aber nicht Cameron, bitte.«

Er schaut mir in die Augen, und ich weiß nicht, was ich antworten soll. Gerade in dem Moment, wo ich mich endlich besser mit Cameron verstehe, bittet Matt mich, ihn nicht mehr zu treffen? Das ist Cameron gegenüber nicht fair, und ich bin mir nicht mal sicher, ob ich das will.

»Matt, ich …«

Er sieht mich mit seinen verführerischen Augen an.

»Ich denke drüber nach«, sage ich.

»Tu das. Aber ein Nein werde ich nicht akzeptieren«, erwidert er mit einem Lächeln.

Vielleicht macht er bloß einen Scherz.

Er gibt mir einen leidenschaftlichen Kuss, und mein Widerstand schrumpft dahin.

»Also, was machst du heute Nachmittag? Ich habe sturmfreie Bude. Wenn du willst, kannst du zu mir kommen«, sagt er, während er mir den Arm um die Schultern legt.

»Ehrlich gesagt, ich muss …« Bestimmt regt er sich gleich wieder fürchterlich auf. Er weiß doch, dass ich die Strafe antreten muss. Aber möglicherweise hat er das schon wieder vergessen. »Ich muss die Turnhalle putzen, mit Cameron.«

Matt verspannt sich. »Na, das dauert ja nicht so lange. Dafür braucht ihr höchstens eine Stunde. Und wenn du fertig bist, kommst du zu mir.«

Oh, umso besser. Er ist also nicht sauer.

»Ja, sobald ich fertig bin, rufe ich dich an.« Was für ein Glück.

»Perfekt. Aber denk dran, da drin hast du keinen Empfang.«

»Ist gut«, sage ich und lege den Kopf auf seine Schulter.

Am Ende des Unterrichts ist meine Stimmung bestens. Ich habe wirklich mit Matt Frieden geschlossen. Das einzige Problem ist jetzt noch Cameron, aber um den kümmere ich mich später.

Ich nehme den Rucksack, verabschiede mich von Matt und verlasse den Unterrichtsraum.

»Du weißt schon, dass wir heute die Turnhalle putzen müssen?« Cameron kommt mir auf dem Korridor entgegen.

»Ja. Ich bin grad auf dem Weg dahin«, sage ich.

Er lacht.

»Was?«, frage ich genervt.

»Du rennst immer in die falsche Richtung. Die Turnhalle ist da.« Er zeigt hinter mich und lacht höhnisch.

Ich zucke mit den Schultern, drehe um und gehe in die richtige Richtung. Er folgt mir.

In der Turnhalle wartet schon der Lehrer auf uns.

»Ah, da seid ihr ja«, sagt er mit einem Lächeln. »Also, das ist der Schlüssel für die Kammer. Da drin findet ihr Besen, Scheuermittel und alles Notwendige. Viel Spaß.« Er reicht mir den Schlüssel.

Ist es eigentlich legal, uns so eine Strafe aufzubrummen?

Cameron gibt mir ein Zeichen, ihm zu folgen. Er weiß vermutlich, wo diese ominöse Kammer ist.

Wir betreten die Jungsumkleide und bleiben vor einer kleinen Tür stehen.

»Ich glaube, die meint er«, sagt er.

Ich reiche ihm den Schlüssel, und er schließt auf.

Die Kammer ist ein winziges Kabuff, vollgestopft mit Putzmitteln, Lappen, Besen und anderen Utensilien, von denen ich nicht weiß, wofür man sie eigentlich braucht. Die Luft darin steht. Wir treten ein.

»Heute sind wir also die Putzkolonne«, bemerkt Cameron.

»Los, fangen wir an! Ich will so schnell wie möglich fertig werden«, falle ich ihm ins Wort.

»Das wird bestimmt lustig.«

Ich werfe ihm einen zweifelnden Blick zu: Hoffentlich stellt er nicht wieder irgendetwas Dämliches an.

Wir nehmen Eimer und Wischmopp und machen uns an die Arbeit.

Die Turnhalle ist riesig. Eine Stunde wird nicht reichen, um sie vollständig sauberzumachen, zwei werden wir mindestens brauchen. Ich möchte Matt Bescheid sagen, aber ich habe hier drin wirklich kein Netz.

»Also, wie teilen wir uns das auf?«, frage ich.

Es gibt so viel zu tun, dass ich leicht überfordert bin.

»Fang an, wo du willst! Ich ruh mich erst mal aus.«

Hä?

Cameron schaut ganz ernst aus. »Das war ein Scherz! Ich lass dich doch nicht alleine putzen. Du würdest dich ja nur verlaufen«, lacht er dann.

Blödmann.

Während ich den Boden wische, sammelt Cameron die Basketbälle ein und nutzt die Gelegenheit, ein paar Würfe auf den Korb zu machen.

Seine Muskeln sind perfekt trainiert, alles an Cameron harmoniert und verströmt Sportlichkeit. Er bejubelt jeden seiner Treffer. Ich schüttle den Kopf und wische weiter.

»Miss, ist Ihnen etwas zugestoßen?«, fragt er und kommt zu mir.

Über die Art, wie er das fragt, muss ich lächeln.

»Es ist mein Ernst, stimmt was nicht?«

»Nein, alles in Ordnung. Warum?« Hoffentlich hat er nicht gemerkt, dass ich ihn beobachtet habe.

»Du hast mich länger als sonst angesehen.«

»Ich habe dich nicht angesehen«, sage ich.

»O doch, das hast du.«

»Warum sollte ich dich ansehen?«

»Du weißt genau, warum«, sagt er, wobei er weiter Bälle einsammelt.

»Ach ja, weißt du es denn?«, frage ich sarkastisch.

»Wahrscheinlich schon! Mal sehen, ob ich recht habe.«

Was ist das bloß für eine Antwort? Ich würde alles geben, um in sein kleines Hirn kriechen zu können und herauszufinden, was er gerade denkt.

Wortlos wische ich weiter. Wir reden beide nicht, werfen uns aber verstohlene Blicke zu und schauen immer sofort weg, wenn sie sich treffen.

Als ich mit dem Wischen fertig bin, lege ich mich lang auf eine Bank. »Geschafft.« Ich strecke die Finger zum Victory-Zeichen in die Höhe.

Cameron grinst. »Du hast aber nicht viel gemacht.«

Nimmt er mich auf den Arm?

»Ich hab den gesamten Boden der Turnhalle gewischt. Ist das etwa nichts?«

Er schaut sich um. »Tja, doch, das ist schon was.«

Ich stehe auf, nehme Wischmopp und Eimer, um sie in die Kammer zurückzubringen. »Wir können also endlich nach Hause gehen.«

»Für diesen Job hätten sie uns auch bezahlen können«, sagt Cameron, während er mir folgt.

Er hat recht.

Cameron öffnet die Kammer, und wir räumen alles wieder an seinen Platz.

Ich stelle mich auf die Zehenspitzen und hieve das Putzmittel wieder ins Regal. Da verliere ich das Gleichgewicht. Unwillkürlich greife ich nach einer Schachtel, die auf dem Brett darunter steht. Ich falle zwar nicht um, doch die Schachtel knallt gegen die Tür und wirft sie zu.

Ich seufze.

Cameron lacht laut. »Du Tollpatsch!«, neckt er.

Ich strecke ihm die Zunge raus und stelle die Schachtel wieder an ihren Platz.

Cameron greift nach dem Türknauf und will die Tür aufmachen. »Was zum Teufel …«

»Was ist?«, frage ich und trete zu ihm.

Er rüttelt am Knauf, aber nichts rührt sich.

»Sie geht nicht auf«, sagt er.

Nicht im Ernst jetzt! Bin ich etwa wirklich mit Cameron in diesem Kabuff eingesperrt?! Ich schiebe ihn zur Seite und versuche es selbst.

Die Tür bleibt zu.

»Das kann nicht sein!« Ich mache einen Schritt nach hinten und fasse mir in die Haare.

Cameron lehnt sich mit dem Rücken an die Wand und streckt den Kopf nach hinten.

»Warum geht die denn nicht auf? Das ist doch absurd«, sage ich verzweifelt.

»Was weiß ich denn! Vielleicht ist sie kaputt oder hat ein besonderes Schloss.«

Ich trete noch mal zur Tür und rüttle am Knauf.

»Gib mir mal den Schlüssel«, sage ich zu Cameron.

Er fasst in seine Hosentaschen. »Mist!«, ruft er und haut mit der Faust gegen die Wand. »Ich habe ihn draußen stecken lassen.«

Damit ist es offiziell: Ich bin mit Cameron in einer winzigen Kammer eingesperrt.

21

Ich hole das Handy heraus. Aber auch hier habe ich keinen Empfang. Genau wie Matt gesagt hat. Kein Netz.

»Das ist deine Schuld! Wenn du bloß nicht so trottelig gewesen wärst«, jammert Cameron.

»He, Moment mal, das ist nicht meine Schuld. Du hättest den Schlüssel abziehen sollen«, erwidere ich laut.

Auf dem Handy sehe ich nach der Uhrzeit: halb sechs. Ich schleudere es auf den Boden, und es rutscht unter einen Schrank. Dieses unnütze dumme Telefon ist mir so was von egal.

»Und was machen wir jetzt?« Ich hoffe inständig, dass Cameron eine Idee hat.

»Da gibt es nicht viel zu tun. Wir müssen einfach warten, bis jemand vorbeikommt und uns rauslässt.«

»Machst du Witze? Wir sollen bis morgen hier drin bleiben?«, frage ich besorgt.

Ich will nicht mit Cameron die ganze Nacht in diesem Kabuff verbringen.

»Wenn du was Besseres weißt …«

Und ob. »He! Aufmachen!«, schreie ich und schlage mit den Fäusten gegen die Tür.

Cameron packt meine Hände. »Spar dir deinen Atem! Hier ist um diese Uhrzeit niemand.«

»*Um diese Uhrzeit* sollte ich längst bei Matt sein«, sage ich leise und setze mich auf den Boden.

Cameron hat mich wohl nicht gehört. Er lässt sich ebenfalls nieder und schließt die Augen.

Allein bei dem Gedanken, dass wir beide in diesem winzigen Raum schlafen sollen, bleibt mir die Luft weg.

»Lass uns über was reden, damit die Zeit schneller vergeht, okay?«, schlägt Cameron vor.

Blöde Idee, aber ich nicke.

»Also, erzähl mir von deinem Ex.«

Ich ziehe eine Augenbraue hoch.

»Was ist? Muss man doch wissen«, sagt er und schaut zur Seite.

Da mir auch nichts Besseres einfällt, erzähle ich ihm meine Geschichte mit Seth, von Anfang bis zum traurigen Ende. »... und dann fand ich ihn im Badezimmer, wie er mit diesem Miststück rummacht.«

»So ein Arsch! Er hätte sich doch mit dir zufriedengeben können«, bemerkt Cameron.

»Was soll das jetzt heißen?«, frage ich.

»Warum es mit irgendeiner Einwegtussi treiben, wenn er doch dich hatte?«

»Ich habe es nicht mit ihm *getrieben*. Mit noch keinem hab ich das. Ich bin nicht so eine!«

Er hustet und starrt mich mit großen Augen an. »Hör auf, mich zu veräppeln.«

»Ich veräppel dich nicht! Also, ich habe sie gesehen, dann habe ich ihm eine geknallt und bin abgehauen. Ende meiner glücklichen Geschichte«, sage ich und bin wütend über seine Reaktion.

»Glücklich ist wohl was anderes! Verdammt, ihr wart seit acht Monaten zusammen und habt nie ...«

Ich möchte das Thema wechseln, denn langsam wird dieses Gespräch echt peinlich. »Erzähl lieber von dir und Susan. Womit hat sie dich rumgekriegt, dass du mit ihr gehst?«

Er grinst breit. »Tja, da gibt es nicht viel zu erzählen. Ich habe mich in sie verliebt, und sie sich in mich. Wir haben unglaublich viel gestritten, aber haben uns immer wieder zusammengerauft.«

»Also seid ihr wieder zusammen?«, frage ich. In meinem Magen ist plötzlich ein Knoten.

»Nein. Wir haben uns endgültig getrennt«, erwidert er.

Der Knoten löst sich.

»Aber du und Matt? Seid ihr wieder zusammen?«, fragt er.

Ich habe keine Lust, mit ihm über Matt zu sprechen. Keine Ahnung, warum, aber mir ist einfach nicht danach. »Können wir hier nicht irgendwas machen? Vielleicht irgendein Spiel spielen?«, frage ich stattdessen.

Er sieht unentschlossen aus, doch dann nickt er.

»Was würdest du gern spielen?«

»Flaschendrehen?«, schlägt er vor und grinst schräg. Er nimmt mich nur auf den Arm. »Pflicht oder Wahrheit?«

»Okay.« Ich setze mich vor ihn. »Wahrheit oder Pflicht?«

Er denkt nach. »Pflicht.«

Darauf bin ich nicht vorbereitet. Was soll ich ihn denn machen lassen?

»Äh, berühre mit der Zungenspitze deine Nase.« Warum fällt mir nichts Besseres ein?

Er nickt und streckt die Zunge so weit heraus, bis er seine Nasenspitze berührt.

Ich klatsche.

»Jetzt bist du dran«, sagt er.

»Wahrheit.«

»Liebst du Matt?«

Dieses Spiel gefällt mir auf einmal gar nicht mehr.

»Ja«, antworte ich.

»Ganz sicher?«

Ich könnte pingelig sein und sagen ›Nur eine Frage pro Runde‹, aber ich will das beantworten.

»Ja«, wiederhole ich.

»Du scheinst mir nicht besonders für ihn zu brennen.«

»Natürlich brenne ich für ihn!«

»Nein, tust du nicht. Eigentlich gefällt er dir gar nicht. Das sieht man an deinem Verhalten.«

Bei dieser doofen Bemerkung bleibt mir echt der Mund offen stehen. Meint er wirklich, er kann mir erklären, was ich für Matt empfinde? Ich stehe auf und stemme die Hände in die Hüften. »Ach ja? Und wie sollte ich mich denn gegenüber einem Menschen verhalten, der mir gefällt?«

Er steht ebenfalls auf und tritt dicht an mich heran.

Ich mache einen Schritt zurück, doch sofort stoße ich gegen das Regal. Cameron fixiert mich und ergreift sanft mein Kinn. Ich schnappe nach Luft, mein Herz schlägt schneller, und ich kann nur noch seinen Mund anstarren und mir wünschen, dass er sich auf der Stelle mit meinem vereinigt. So etwas ist mir noch nie passiert. Seine Lippen sind wie Magneten.

Als ich mich ihm mutig ein Stückchen nähere, rückt Cameron von mir ab.

»Da! Ja! Genau so«, sagt er und setzt sich blöd grinsend zurück auf den Boden.

Ich besinne mich wieder, wo ich eigentlich bin und was ich um ein Haar getan hätte. Wollte ich ihn etwa wirklich küssen?

»Genau so, was?«, frage ich genervt.

»So verhält man sich gegenüber einem Menschen, den man mag.«

Offensichtlich glaubt er, er hätte eine Chance bei mir! Falsch. Ich bin mit Matt zusammen, und das, was eben fast passiert ist, war ein Fehler.

»Glaubst du, du gefällst mir?«, frage ich ihn.

Er lächelt und sieht mich an. »Ja.«

»Irrtum! Es gibt einen Grund, warum ich mit Matt zusammen bin«, erwidere ich, während ich mich setze.

»Du zwingst dich, ihn zu lieben! Wenn du wirklich in ihn verliebt wärst, hättest du mich doch eben nicht küssen wollen.«

»Ich wollte dich nicht küssen.«

»O doch, und wie … gib's ruhig zu.«

Das werde ich nie im Leben tun. Das war nur ein kleiner Moment der Schwäche, mehr nicht. Ich schweige, sage nichts. Mit dem Rücken lehne ich mich an den Schrank.

»Und du wolltest also zu Matt?«

»Woher weißt du das?«

»Das hast du vorhin gesagt.«

Also hat er es doch gehört.

»Was wolltest du da?«, fragt er.

»Das geht dich nichts an.«

Er zuckt mit den Schultern. Dann legt er sich auf den Boden und verschränkt die Hände unter dem Kopf.

Ich schnaube genervt und angle mein Handy unter dem Schrank hervor. Drei neue Nachrichten. O nein. Und alle sind von Matt.

›He, wo bist du?‹

›Was ist mit dir? Wenn du noch mit Cameron zusammen bist, werde ich sauer.‹

›Okay, anscheinend hast du Besseres zu tun. Hättest mir auch sagen können, dass du lieber bei ihm bist. Ciao‹

Es ist unglaublich: Ich habe schon wieder alles mit Matt kaputtgemacht. Ich schlage die Hände vors Gesicht.

Cameron richtet sich auf und rückt näher. »Was ist?«

»Nichts … Matt hat mir geschrieben, er ist sauer.«

»Du hast nichts Schlimmes gemacht! Du konntest ja nicht ahnen, dass du mit mir in dieser Kammer landest.«

»Ich weiß, aber genau das ist der Punkt!« Ich atme tief

ein: »Cam, bitte, Matt darf nie erfahren, dass wir hier zusammen drin waren.«

»Ist gut, wir sagen, dass du allein warst. Aber warte ...«

Hoffentlich kommt jetzt nicht wieder so eine dämliche Bemerkung von ihm.

»Wann hat er dir geschrieben?«, fragt er.

Ich schaue nach. »18.15 Uhr.«

»Da waren wir schon hier drin. In der Ecke dort haben wir also Empfang.«

Er hat recht!

»Ziehen wir den Schrank weg.«

Wir rücken den Metallspind in die Mitte des Raums, und ich quetsche mich sofort in die Ecke.

»Ich hab Empfang!«

Cameron quetscht sich neben mich und schaut auf das Display. »Ruf Nash an, er ist der Einzige, der uns hier rausholen kann.«

Ich nicke und rufe seine Nummer auf.

»Dein Freund hat uns gerettet«, bemerkt Cameron.

»Cris! Was gibt's?« Nash ist sofort dran.

»Wir sind in der Putzkammer der Turnhalle eingesperrt. Komm sofort her und hol uns raus!«

»Ich bin schon da!« Er beendet die Verbindung.

Ich seufze. Wir schälen uns aus der Ecke und schieben den Schrank wieder an seinen Platz. Schweigend warten wir auf Nash.

»Wie lange braucht der nur?«, sage ich nach einer gefühlten Ewigkeit.

»Er wohnt oben, er muss erst mal runterkommen«, sagt Cameron.

Schritte nähern sich der Tür.

»He, hier sind wir!«, rufen wir gemeinsam.

Der Schlüssel dreht sich im Schloss.

»Cris … Cam! Aber … ihr …« Nash schaut uns mit großen Augen an.

»Nash, das ist eine lange Geschichte. Können wir ein anderes Mal reden? Ich bin völlig erledigt«, sage ich.

»Oh, okay … also, schönen Abend, Leute.« Er verschwindet wieder.

Der Albtraum ist vorbei. Auf der kurzen Fahrt im Bus reden Cameron und ich noch über das Essen bei uns, über unsere Eltern und ihre schamlosen Versuche, uns zu verkuppeln. Wir stellen uns die Gesichter vor, die meine Eltern zögen, würden sie uns um diese Uhrzeit zusammen heimkommen sehen.

Irgendwie ist es auf einmal richtig lustig, mit Cameron zu quatschen, und ich bedauere es wirklich, dass wir so schnell am Ziel sind.

»Tja, ist wohl besser, ich gehe rein. Meine Eltern machen sich bestimmt schon Sorgen«, sage ich.

»Ja, ich gehe auch besser. Ach, warte. Deine Eltern beobachten uns von eurem Küchenfenster.«

Ich will mich grade umdrehen, aber er hält mich zurück. »Schau nicht hin. Geben wir ihnen doch, was sie sich wünschen.«

Er hebt leicht mein Kinn an, tritt an mich heran und

küsst mich zart auf den Mundwinkel. Bei dem Gedanken, wie schön es wäre, seine Lippen richtig auf meinen zu spüren, erschauere ich.

Aber was denke ich denn da: Ich bin mit Matt zusammen!

»Nacht.« Cameron lächelt und entfernt sich langsam von mir.

»Nacht«, erwidere ich und schaue ihm nach.

Als ich mich schließlich zum Haus drehe, brennt nirgendwo Licht, und auch das Auto ist weg. Es ist niemand da.

Ich will Cameron noch hinterherrufen, dass er meine Eltern gar nicht gesehen haben kann, aber er ist schon verschwunden.

Hat er das etwa absichtlich gemacht? Langsam gehe ich zur Haustür, während dieser merkwürdige Gedanke durch mein Hirn wirbelt.

22

Heute Morgen kann Mama mich nicht zur Schule fahren. Während ich meinen Rucksack packe, starre ich die ganze Zeit aufs Handy. Soll ich Cameron anrufen, dass er mich mitnimmt? Draußen ist es kälter als sonst, und ich will nicht den langen Weg zu Fuß gehen.

Ich nehme das Phone und schreibe: ›Hallo, könntest du mich wohl mitnehmen? Cris :-)‹

Als ich fertig gepackt habe, kommt seine Antwort.

›Ich stehe vor der Tür. ;-)‹

Er hat mir eine SMS geschickt! Ich versuche, das dämliche Grinsen aus meinem Gesicht zu vertreiben.

Mit der Tasche auf dem Rücken laufe ich zur Tür.

»Schatz, gehst du zu Fuß?«, fragt Mama da.

»Nein, Cam nimmt mich im Auto mit.«

»Cam? Seit wann nennst du ihn so? Ich dachte, du magst ihn nicht«, sagt sie mit einem Lächeln, das nichts Gutes verheißt.

Ich schüttle den Kopf und verlasse das Haus.

Camerons Auto steht wirklich schon vor dem Tor. Ich setze mich neben ihn.

»Also, warum bittest du mich um eine Mitfahrgelegenheit?«, fragt er verschmitzt und schaut mich zwei Sekunden an.

»Oh, mach dir bloß keine Hoffnungen, meine Mutter muss Kate zum Arzt begleiten, und da ich nicht zu Fuß gehen wollte …«

»Und ich dachte schon, ich hätte dir gefehlt«, unterbricht er mich.

Er scheint das ernst zu meinen.

Die Stimmung im Auto ist auf einmal zum Schneiden dick. Ich muss was sagen, damit sich diese Spannung löst.

»*Gefehlt*? Ich habe gestern den ganzen Tag mit dir verbracht!«, erwidere ich und kichere.

Er lacht.

Wir erreichen die Schule, und ich habe zugegebenermaßen ein bisschen Angst, aus dem Auto zu steigen.

Gestern habe ich Matt, kaum dass ich zu Hause war, eine Nachricht geschrieben und ihm von dem Drama in der Kammer erzählt. Allerdings habe ich verschwiegen, dass Cameron auch dabei war. Matt läuft hier bestimmt irgendwo herum, und sobald er mich mit ihm sieht, wird er garantiert sauer. Ganz abgesehen davon habe ich Angst, dass meine Lüge auffliegt.

»Alles klar?«

»Ja, ich hab bloß Schiss, dass Matt sauer wird, wenn er mich mit dir sieht.« Ich will ehrlich zu Cameron sein.

»Du solltest vor deinem Freund keine Angst haben müssen. Matt ist ein Depp, wenn er es schafft, dass du dich so fühlst. Er kann dir ja nicht deine Freunde aussuchen: Du triffst dich, mit wem du willst, und machst, was du willst. Also, hör auf, dir Sorgen zu machen! Ich werde auf keinen Fall etwas wegen gestern sagen, und somit wird er es auch nie erfahren.«

»Danke«, sage ich.

»Wofür? Ich bitte dich nur, noch einmal über deine Geschichte mit Matt nachzudenken.«

Nebeneinander betreten Cameron und ich das Schulgebäude.

»Hey, Leute!« Taylor kommt uns entgegen und hält uns ein paar Zettel hin. »Ich feiere meinen Geburtstag!«

»Schön!«, sage ich. Erfreut betrachte ich die Einladung.

»Am 31. Oktober. Das wird eine kombinierte Halloween- und Geburtstagsparty. Meine beste Freundin hat mich auf die Idee gebracht und organisiert alles. Wir feiern zusammen, da sie nur einen Tag später Geburtstag hat.«

»Wie aufregend! Ich wette, das wird ein grandioses Fest«, sage ich. Endlich passiert mal wieder etwas Schönes.

»Bestimmt. Ihr müsst euch nämlich alle verkleiden!«

»Oh, ich verkleide mich grundsätzlich nicht«, stellt Cameron sofort klar und lacht.

»Ich schon! Und ich freu mich drauf! Das wird toll«, sage ich.

Wir verabschieden uns von Taylor und gehen in unsere Englischklasse. Und schon muss ich überlegen, als was ich mich verkleide. Beziehungsweise, als was Matt und ich uns verkleiden! Das wäre so cool, wenn wir ein Partnerkostüm hätten.

»Wie kann man wegen so einer Sache nur so aufgeregt sein?«, fragt Cameron.

»Wie kann man es nicht sein?« Ich kann's kaum erwarten!

Wer weiß, mit wem Cameron auf die Party geht. Allein der Gedanke, ihn mit einem anderen Mädchen zu sehen, verursacht mir eine Gänsehaut. Vielleicht weil ich ihn mir ohne Susan gar nicht vorstellen kann.

»Gestern Abend habe ich mit Sam geredet«, sagt er.

Ich bleibe stehen. Ob sie gestritten haben? Hat er sich gegen ihre Beziehung mit Nash gestellt?

»Ich habe über deine Worte von vorgestern nachgedacht. Du hast recht. Ich muss aufhören, so blöd zu sein, oder es zumindest versuchen. Ich habe ihr gesagt, dass egal, was sie mit Nash macht, es mir völlig wurscht ist«, erklärt er.

Das ist zwar nicht gerade der liebevolle Bruder, aber schon besser, als ihr zu verbieten, Nash zu treffen.

Ich lächle, und Cameron starrt für ein paar Sekunden auf meine Lippen.

»Oh, bitte, lächle bloß nicht so«, sagt er und fährt sich durch die Haare.

»Wieso?«

»Weil … ach, nichts. Komm, wir müssen weiter.«

»Sag mir wenigstens, ob das was Gutes oder was Schlechtes ist«, sage ich.

»Was Gutes.« Er lächelt.

Und ich beruhige mich.

Wir betreten den Klassenraum, der Lehrer sitzt bereits

am Pult, und mir bleibt keine Zeit mehr, Matt zu begrüßen. Und auch in den Pausen komme ich nicht dazu, mit ihm zu reden.

Der Vormittag zieht sich hin. Mathe in der vierten Stunde, dem bereits drei heftige Fächer vorausgegangen sind, ist ein echter Albtraum.

Der Lehrer erklärt geduldig irgendwas, aber ich muss ständig daran denken, was ich zu Halloween anziehe.

»Mr Dearing, machen Sie bitte mit der nächsten Aufgabe weiter.«

»Ich habe das Buch nicht dabei«, erwidert Cameron.

Der Lehrer schüttelt den Kopf und lässt den Blick über uns andere gleiten. Hilfe! Anscheinend sucht er ein neues Opfer.

»Dann schauen Sie mit in das Buch von Miss Evans.«

Ich hab mich wohl verhört! Ich starre in mein Buch und bekritzele die Ecken der Seiten. Ein Stuhl schabt über den Fußboden, und zwei Sekunden später sitzt Cameron neben mir. Er lächelt mich an.

Ich schaue wieder ins Buch und überlege mir eine Verkleidung. Es sind nur noch zwei Tage bis zur Party, total wenig Zeit, um was zu finden. Ich nehme die Einladung in die Hand und lese sie.

»Gehst du mit Matt hin?«, fragt Cameron leise.

Ich nicke wortlos.

»Kann ich dir was vorschlagen?«

Ich sehe ihn fragend an.

Cameron lehnt sich auf seinem Stuhl zurück und schaut

nach vorn. Ich mache das Gleiche. Der Lehrer beobachtet uns. Ich nicke bei jedem Wort, das aus seinem Mund kommt.

»Rück näher«, flüstert Cam.

Ich schiebe meinen Stuhl dichter an seinen. Er macht mich total neugierig.

»Wir machen es so: Du wirst Matt los und gehst mit mir auf die Party.«

»Was?« Ich springe auf.

Alle starren mich an. Im selben Moment möchte ich im Boden versinken.

»Miss Evans, wenn Sie die Aufgabe lösen wollen, ist das wunderbar ... bitte«, sagt der Lehrer.

Cameron, dieser Blödmann, bringt mich mit seinen dämlichen Ideen immer wieder in Schwierigkeiten.

»Ist gut«, sage ich.

Cameron kann sich kaum beherrschen. Ich setze mich wieder, ramme ihm einen Ellenbogen in die Seite. Doch er bricht in Gelächter aus.

Der Lehrer funkelt uns böse an. »Mr Dearing? Was ist so lustig?«

Cameron beruhigt sich und schüttelt den Kopf.

»Wenn Sie so weitermachen, gibt es Extra-Aufgaben.«

Wir entschuldigen uns, und die Stunde geht weiter.

»Also, machst du es?«, fragt Cam leise.

Er meint das also wirklich ernst?

»Darf ich dich dran erinnern, dass ich einen Freund habe«, erwidere ich genervt.

»Einen Freund, in den du nicht verliebt bist! Gib's zu, wenn es Matt nicht gäbe, würdest du sofort mit mir hingehen.«

Wie egozentrisch kann ein Mensch eigentlich sein?

»Die anderen Mädchen würden das sicherlich so machen, aber ich nicht.«

»Ich weiß, dass du nicht wie die anderen bist, aber warum soll ich es nicht versuchen?«

Er blickt ins Buch, und ich muss ihn einfach nur anstarren. Er sieht so unverschämt gut aus … und wenn er lächelt, noch viel mehr.

Stopp! Ich muss wirklich damit aufhören! Ich bin mit Matt zusammen und darf nur an ihn denken. Rasch schaue zu ihm hinüber: Er wirkt nachdenklich.

»Hm … der Typ verbirgt doch etwas«, sagt Cameron.

Was hat er jetzt wieder?

»Der Typ hat einen Namen«, erwidere ich sauer. Wie spricht er bloß über Matt?

»Hast du darüber nachgedacht, was ich dir gesagt habe?«

»Was hast du mir denn gesagt?«, frage ich.

»Dass du mit ihm reden und ihm sagen sollst, dass du mit wem du willst befreundet sein kannst und diese Sachen.«

»Ja, du hast recht. Ich rede mit ihm.« Hoffentlich wird Matt nicht sauer. Ich will ihn nicht verlassen, denn ich hänge an ihm, aber ich will auch Cameron nicht verlieren, vor allem nicht jetzt, wo wir uns immer besser verstehen.

Ich bin total verwirrt. Mein Kopf platzt gleich, ich lege ihn auf den Tisch, um wieder runterzukommen.

»Alles in Ordnung?«, flüstert Cam mir zu.

Ein Schauer läuft mir über den Rücken. Ich nicke. Als er sich entfernt, wird es ganz leer in mir. Was passiert bloß mit mir?

Für ein paar Sekunden schließe ich die Augen und sehe Camerons Lächeln … und sein schönes Gesicht. Sofort reiße ich die Augen wieder auf und hebe den Kopf. Dann schüttle ich sein Bild weg.

Er sieht mich zweifelnd an, doch zum Glück sagt er nichts.

Der absurde Gedanke, dass ich doch etwas für Cameron empfinde, schießt durch mein Hirn. Und wenn das wahr wäre?

Es klingelt, und ich war noch nie so froh darüber. Wenigstens kann ich mich nun von diesen blöden Gedanken ablenken, die mein Hirn nicht mehr verlassen wollen.

Als ich aufstehe, kreuzt mein Blick den von Matt.

»Gehen wir?«, fragen er und Cameron mich gleichzeitig. Ich nicke, und wir verlassen den Raum.

Nash und Sam gesellen sich zu uns. Sie passen wirklich perfekt zusammen!

In Camerons Blick entdecke ich einen Hauch von Widerwillen. Dann sieht er mich an, und ich lächle.

Er lächelt zurück. Anscheinend ist er schon wieder besser drauf.

23

Die anderen sitzen schon im Schulgarten. Taylor sieht uns als Erstes und begrüßt uns. Wir hocken uns in ihren Kreis.

Sam und Nash so vereint zu sehen ist wirklich schön. Ehrlich gesagt bin ich ein bisschen neidisch, denn zwischen mir und Matt wird es nicht mal annähernd so ein Feeling geben können.

»Also, wen bringt ihr mit auf die Party?«, fragt Taylor.

Cameron wirft mir einen vielsagenden Blick zu. Ich deute nur ein Lächeln an und schüttle den Kopf. Es würde mir nicht im Traum einfallen, mit ihm dorthin zu gehen.

»Maggie«, sagt Carter.

»Ich bringe meine beste Freundin mit … ich habe ja sonst keine andere«, erklärt Taylor.

»Cam?«, fragt Nash.

»Das Mädchen, das ich gefragt habe, ist mir noch eine Antwort schuldig«, erwidert er.

Wenn er von mir redet, wird er nie im Leben eine bekommen.

»Wer ist es denn?«, fragt Taylor neugierig.

»Das erfahrt ihr auf der Party«, sagt Cam.

»Ich und Cris kommen zusammen.« Matt dreht sich zu mir und lächelt mich an. Ich lächle zurück.

»Ich sag's euch, das wird die coolste Party eures Lebens«, ruft Taylor aufgeregt.

»O nein«, sage ich leise, als Susan mit ihrem unerträglichen Fanclub auftaucht.

»Hi, Leute«, quietscht sie mit ihrer nervigen Stimme. »Taylor, ich komme mit Brent zu deiner Party.«

Wer, bitte schön, ist Brent?

»Dich hat niemand gefragt«, bemerkt Cameron.

Dafür würde ich am liebsten mit ihm abklatschen.

»Ach, ich vergaß ... Cris, Cameron, der Englischlehrer will euch sprechen«, sagt Susan.

Cam und ich tauschen einen Blick aus. Was kann der denn noch wollen?

Wir stehen auf. Auch Matt erhebt sich. Er tritt zu mir, umfasst meine Hüften und drückt mir einen Kuss auf den Mund. »Du siehst toll aus«, sagt er.

Damit will er bestimmt nur Cameron daran erinnern, dass wir zusammen sind.

Ich lächle ihn an, dann trete ich zu Cameron.

»Du siehst toll aus«, äfft er Matt nach, während wir durch den Korridor gehen. »Er ist so ein armseliger Loser. Ich begreif's einfach nicht, wie du mit ihm zusammen sein kannst.«

»Hör auf, Cam! Das ist immerhin ein Freund von dir.«

Er dreht sich zu mir und mustert mich.

»Cam?«, fragt er kichernd.

»Äh … Also, ich wollte …«

»Seit wann sind wir beide so intim?«, unterbricht er mich. Der scherzhafte Ton in seiner Stimme nervt mich gewaltig. Ich verdrehe die Augen.

»Das war ein Scherz! Es hört sich bei dir nur so merkwürdig an«, erklärt er und weicht meinem Blick aus.

»Ist das schlimm?«

»Nein. Im Gegenteil … merkwürdig im positiven Sinne. Es gefällt mir«, sagt er und lächelt.

»Was meinst du, was er will?«, frage ich, als ich den Englischlehrer erblicke, der uns in seinem Unterrichtsraum erwartet.

»Uns als Hausmeister anstellen?«, sagt Cameron.

Ich lache.

»Guten Tag, Susan hat uns gesagt, dass Sie uns sprechen wollen«, sage ich so liebenswürdig wie möglich.

»Ja, ich wollte Ihnen nur mitteilen, dass die Hausmeister so begeistert von Ihrer Arbeit waren, dass sie Sie sofort einstellen würden, wenn das möglich wäre.«

Mit offenem Mund starre ich zu Cameron. Volltreffer.

»Das war's schon … also lassen Sie beide sich mal öfter bestrafen«, fügt er augenzwinkernd hinzu und erhebt sich von seinem Stuhl.

»Oh, wir tun unser Möglichstes«, erwidert Cameron leise.

Warum muss ich bloß immer noch wie eine Bekloppte grinsen?

Wir kehren zu den anderen zurück. Ich setze mich wieder in den Kreis. Zwischen Matt und Nash ist die Stimmung mittlerweile auf einem eisigen Tiefpunkt.

»Du gehst also mit Matt?«, fragt mich Susan.

Ich will gerade antworten, doch Matt kommt mir zuvor: »Nein, sie geht mit Cameron.«

Was ist denn in den gefahren?

»Matt?«, sage ich, aber er ergreift mein Handgelenk und zieht mich aus der Gruppe.

»Was soll das?«, frage ich und befreie mich aus seinem Griff.

»Du hast also den ganzen Nachmittag mit ihm verbracht.«

Das hat mir grade noch gefehlt. War ja klar, dass ich Cameron nicht trauen kann.

»Mit wem?« Ich tue so, als wüsste ich nicht, von wem er redet. Natürlich meint er Cam, sonst wäre er nicht so stinkig.

»Willst du mich verarschen? Ich weiß, dass du den ganzen Nachmittag mit Cameron verbracht hast. Das hat mir Nash erzählt! Warum? Warum tust du mir das an?«

»Das war nicht meine Schuld, dass wir in der verdammten Kammer eingeschlossen waren!«, erwidere ich mit lauter Stimme.

»Blöde Ausreden! Alles nur Ausreden! Wenn du lieber mit ihm zusammen sein willst, sag es einfach. Dann brauchst du mich auch nicht weiter an der Nase herumzuführen.«

»Tu ich doch gar nicht! Ich will mit dir zusammen sein, warum begreifst du das nicht?« Meine Stimme hört sich echt verzweifelt an, aber das ist mir egal! Er soll endlich verstehen, dass mir etwas an ihm liegt.

»Warum treffe ich dich dann jedes verdammte Mal mit ihm an? Ich ertrag das nicht!« Er bleibt stehen und holt Luft.

Seine Schultern hängen, seine Haare sind zerzaust, unter den Augen hat er dunkle Ringe. Ich fühle mich schuldig. Nie hätte ich gedacht, dass es mit mir und Matt so enden würde. Am Anfang schien alles perfekt zu sein, aber in jüngster Zeit streiten wir ständig.

»Entscheide dich … er oder ich«, sagt er.

Mir klappt der Mund auf. Ich habe mich wohl verhört, oder?

»Was?«, frage ich.

»Entweder bist du mit ihm zusammen oder mit mir«, erwidert Matt und drückt die Schultern durch.

Ich kann mich doch nicht entscheiden.

»Ich will dich nicht mehr mit ihm sehen. Auch nicht als eine seiner Freundinnen.« Matts Augen funkeln.

»Ich such mir meine Freunde selbst aus! Du solltest lieber lernen, mir zu vertrauen!« Ich versuche, so überzeugend wie möglich zu klingen.

Er schüttelt den Kopf. »Nimm dir alle Zeit, die du brauchst, um in Ruhe zu entscheiden.« Dann geht er und lässt mich stehen.

Warum muss mein Leben nur immer so kompliziert sein?

Ich bin wütend, und gleichzeitig möchte ich sterben.

Es klingelt, und ich kehre ins Gebäude zurück. Langsam gehe ich durch den Korridor. Wieso ist Matt nur so egoistisch?

»Cris.« Sam kommt hinter mir her.

Ich drehe mich zu ihr und setze das beste Lächeln auf, das ich unter den Umständen hinbekomme.

»Was ist passiert?«, fragt sie.

Anscheinend kann ich sie nicht täuschen.

»Matt hat verlangt, dass ich mich zwischen ihm und Cameron entscheide«, sage ich. Bei Sam kann ich ehrlich sein, sie versteht mich, so wie nur Cass es konnte.

»Was? Warum sollte er so etwas tun?«, fragt sie.

»Er glaubt, dass Cam für mich mehr ist als nur ein normaler Freund.«

Sie überlegt, und als sie mich wieder ansieht, macht sie mir Angst. Bestimmt sagt sie gleich etwas ganz Schreckliches.

»Cris, ich will ehrlich zu dir sein. Hast du noch nie darüber nachgedacht, ob du nicht doch was für meinen Bruder empfindest? Wenn dich schon alle danach fragen, wird das wohl einen Grund haben, oder?«

Ich bleibe stehen und starre sie an. »Das denken die doch nur, weil sie uns so oft zusammen sehen.«

»Ja, und warum seid ihr so oft zusammen?«, erwidert sie.

»Weil … ich weiß es nicht.« Ich kenne den Grund dafür wirklich nicht, warum er und ich immer wieder aufeinandertreffen.

»Meiner Meinung nach weißt du das genau. Und Cam ebenfalls. Ihr müsst die Dinge einfach mal auf die Reihe kriegen.«

Die Dinge auf die Reihe kriegen? Welche Dinge? Es gibt keine *Dinge* zwischen mir und Cameron, und es wird sie *nie* geben.

»Jedenfalls fühlt Matt sich bedroht, denn Cameron ist sein Rivale. Und wenn ich du wäre, wäre ich vorsichtig! Er kann mit Mädchen umgehen.«

Ich nicke, und wir betreten den Unterrichtsraum. Ich setze mich und warte auf den Lehrer.

Cam hockt sich auf den Platz vor mir und schaut mich an.

»Was ist passiert? Was hat er gesagt?«, fragt er.

»Er hat das von der Kammer erfahren.«

»Was? Ich schwöre, ich habe ihm nichts gesagt.« Er hebt die Hände.

»Ja, ich weiß. Es war Nash. Ich hatte vergessen, ihm zu sagen, dass er den Mund halten soll. Und nun haben wir den Salat. Matt ist sauer und will, dass ich mich zwischen ihm und dir entscheide.«

Cam senkt den Blick, er wirkt nachdenklich. »Und ...?«, sagt er.

»Ich habe nicht vor, mich zu entscheiden! Ich rede mit wem ich will! Er hat kein Recht, darüber zu entscheiden, mit wem ich befreundet bin«, versichere ich mit Nachdruck.

Cam lächelt, anscheinend ist er erleichtert. »Also seid ihr jetzt nicht mehr zusammen?«

»Ich glaube nicht …«

Er streicht sich mit der Hand durch die Haare und wird wieder zum üblichen Cameron, dem überheblichen Poser.

»Also gehst du mit ihm auch nicht auf die Party, oder?«

Ich weiß genau, worauf er hinauswill, aber ich tue so, als hätte ich keine Ahnung.

»Genau.«

Er sieht mir in die Augen: Ich wette, gleich fragt er, ob ich mit ihm hingehe.

»Gut.« Er steht auf und kehrt an seinen Platz zurück, als der Lehrer hereinkommt.

Gut? Was ist das denn?

Ich drehe mich zu ihm. *»Gut?«*, frage ich ihn.

»Ja, gut. Ich bringe dich später gern nach Hause. Heute Nachmittag soll es regnen.«

Etwas enttäuscht von seiner Antwort nicke ich und wende mich wieder nach vorn.

Zum Glück ist der Unterricht irgendwann auch vorbei, und es klingelt. Ich schaue aus dem Fenster. Dort scheint gerade die Welt unterzugehen, so einen Regen habe ich noch nie gesehen.

»Was habe ich dir gesagt?« Cam lächelt.

Ich nehme sein Angebot an, und gemeinsam verlassen wir den Raum. Auf meinem Rücken spüre ich Matts Blick, aber es ist mir egal.

So weit hat er mich schon gebracht.

24

Noch einmal betrachte ich mich im Spiegel, bevor ich mir von Mama ein abschließendes Urteil einhole.

Gestern Nachmittag nach der Schule bin ich in die Stadt gegangen und habe die Läden durchstreift. Ich musste dringend auf andere Gedanken kommen und mir noch ein Kostüm für die Party besorgen.

Ich habe ein schwarzes Kleid mit hoher Taille erstanden, das am Busen eng anliegt und knielang ist. Auf den Rücken sind zwei Flügel genäht, womit ich also so was wie ein Dämon bin.

Eigentlich hatte ich mir etwas anderes vorgestellt. Schließlich dachte ich bis gestern noch, dass ich mit Matt auf die Party gehe und wir uns zusammen eine Verkleidung ausdenken würden, aber es ist ja anders gekommen.

Ich starre mein Spiegelbild an. Zugegeben, ich sehe wirklich geheimnisvoll aus. Die Haare habe ich zu einem hohen Pferdeschwanz gebunden, dazu trage ich eine schwarze Maske: So erkennt mich bestimmt niemand. Ich bin so mega gespannt auf die Gesichter meiner Freunde!

Mein Handy vibriert. Eine SMS von Cameron. ›In 5 Minuten bin ich bei dir.‹

Ich bin aufgeregt. Da wir beide jetzt Singles sind, habe ich doch eingewilligt, mit ihm auf Taylors Party zu gehen. Matt wird das nicht gefallen, aber ich stehe zu meiner Entscheidung. Cameron und ich freunden uns gerade richtig gut an, und Matt muss das einfach akzeptieren.

›Okay‹, antworte ich und trete aus dem Zimmer, um mich Mama zu zeigen. Als ich ins Wohnzimmer komme, wo sie auf dem Sofa auf meinen kleinen Auftritt wartet, sitzt dort allerdings die gesamte Familie Evans. Ich schnappe nach Luft.

»Wow, Schatz!«, sagt Mama gerührt. Ihre Augen werden feucht, vermutlich bricht sie in weniger als fünf Sekunden in Tränen aus.

Ich umarme sie, bevor sie so pathetische Sätze à la ›Wie schnell die Zeit vergeht!‹ oder ›Gestern trug ich dich noch auf dem Arm herum‹ und derlei Sprüche raushauen kann.

Es klopft an der Tür. Wer hätte gedacht, dass Cameron tatsächlich meinen Eltern begegnen will. Ich war davon überzeugt, dass er im Auto auf mich warten würde.

»Ich mach auf«, sagt Papa.

Aus meinem Zimmer hole ich meine Clutch. Ich höre, wie Cameron alle begrüßt.

Als ich zu ihnen zurückkehre, mustert er mich von oben bis unten. Ich werde rot.

Er sieht sehr elegant aus, in Jeans mit weißem Hemd und schwarzem Jackett, so als wollte er auf einen schicken Empfang und nicht auf eine lustige Halloweenparty.

»Hallo«, sage ich und gehe zu ihm.

»Äh … hallo.« Er wirkt unsicher! Wie ungewöhnlich.

»Wann bringst du sie mir zurück?«, fragt Papa.

»Um Mitternacht«, erwidert Cameron und sieht ihn an.

Papa nickt.

Dann verlassen wir das Haus. Schweigend gehen wir die Auffahrt bis zu seinem Auto hinunter. Ich setze mich auf den Beifahrersitz und ziehe die Tür zu. Als ich mich zu Cameron drehe, beobachtet er mich.

»Was ist?«

»Nichts, es ist nur …« Er vollendet den Satz nicht, sondern startet das Auto.

»Nur?« Ich atme tief durch, ich sollte ruhig bleiben.

Er schaltet das Radio an und dreht an der Lautstärke.

Ich geb's auf. So werde ich nie erfahren, was er mir sagen wollte.

»… nur, dass du wunderschön bist«, schließt er.

Unglaublich! Cameron hat mir ein Kompliment gemacht und ist anscheinend sogar etwas verlegen.

»Danke«, sage ich, und er lächelt.

Ich drehe die Musik lauter. Ed Sheerans *Sing* läuft gerade. Dieses Lied liebe ich abgöttisch! In Los Angeles habe ich ständig Musik gehört, und dieses Stück war mein absolutes Lieblingslied.

»Du gehst also als Fledermaus?«, fragt er und dreht die Musik wieder leiser.

Mir bleibt die Spucke weg. Wie kann er mich denn mit einer Fledermaus verwechseln?

»Was? Nein! Ich bin ein Dämon«, sage ich.

Er lacht, obwohl das nicht komisch ist. Wo ist der schüchterne Cam von eben geblieben?

»Klar.«

Blödmann.

»Und als was gehst du? Als Magier?«, frage ich.

»Ich hab mich ganz normal angezogen. Das geht immer, schließlich ist das eine Geburtstagsparty.«

»Schade, du hättest nett ausgesehen als Riesenkürbis«, erwidere ich und schaue aus dem Fenster.

Er kichert und dreht die Musik wieder lauter.

Wenig später erreichen wir den Club. Unzählige Autos parken davor, und vor dem Eingang hat sich eine lange Schlange gebildet.

»Wenn wir Taylor nicht sofort finden, gehen wir wieder«, sagt Cameron und parkt das Auto.

»Kannst es wohl gar nicht abwarten, was?«

Er schüttelt den Kopf und steigt aus. Als er den Wagen umrundet hat, tritt er zu mir und reicht mir seinen Arm.

Wahrscheinlich ist es keine gute Idee, bei ihm untergehakt vor allen Leuten aufzutauchen, aber heute Abend will ich an so was einfach nicht denken, sondern mich nur amüsieren.

Ohne dass ich es richtig mitkriege, sind wir auch schon drinnen. Die Musik ist ohrenbetäubend, eine Menge Leute tanzen … Es wird schwierig werden, Taylor hier irgendwo zu finden.

Endlich entdecke ich ihn auf der anderen Seite des Raumes, wo er mit einem sehr hübschen Mädchen tanzt. Sie ist als Nixe verkleidet.

Cameron und ich schieben uns durch die Menge. Taylor bemerkt uns und kommt uns lächelnd entgegen.

»He, hallo Leute! Cool, dass ihr da seid! Da hinten gibt es ein paar Tische und Stühle, wenn ihr sitzen wollt. Carter, Jack und die anderen sind auch schon da.«

»Ist gut. Wir sehen uns dann später«, sagt Cam, und wir stürzen uns ins Getümmel. Von der Decke hängen leuchtende Kürbisse, Totenköpfe und gruselige Hexenmasken.

Wir finden unsere Freunde, und Cam stellt mich den Leuten vor, die ich noch nicht kenne. »Das sind Asthon, Shawn, Aaron, und das ist Mahogany.«

Ich lasse meinen Blick schweifen. Zwischen Zombies, Hexen, Vampiren, aber auch einigen Prinzessinnen sitzt ein paar Tische entfernt Matt zusammen mit Tamara, einer von Susans unausstehlichen Zicken. Er trägt ein Star-Wars-Kostüm, sie ein missratenes Lara-Croft-Outfit. Mein Lächeln verschwindet. Er starrt mich an, also schaue ich schnell weg.

»Was ist?«, fragt mich Cam. Als er Matt und Tamara bemerkt, ergreift er meine Hand und drückt sie fest. »Sieh einfach nicht hin und amüsier dich. Ich hol dir was zu trinken.«

»Ich trinke nicht.«

»Das macht dich locker, vertrau mir.«

Ein, zwei Drinks könnten mir vielleicht wirklich ganz guttun.

Cam kommt mit einem violetten Getränk in der Hand zurück.

»Was ist das?«, frage ich.

»Keine Ahnung, aber es sieht cool aus.« Er reicht mir das Glas.

Ich halte es mir unter die Nase und schnuppere. Wonach das wohl schmeckt? Den Alkohol rieche ich schon, und das finde ich gar nicht so schlecht.

Ich stoße mit Cam an, dann kippe ich das merkwürdige Getränk in einem Zug runter. Es schmeckt nach Zuckerwatte und irgendetwas Saurem.

»Gut?«, fragt er.

Ich nicke. »Davon will ich noch einen. Wo hast du den her?«

Er zeigt auf die Cocktailbar mit ausgehöhlten Kürbissen, die spitze Zauberhüte tragen.

Nach dem zweiten Getränk wird alles auf einmal lustiger, und ich will mich einfach nur noch amüsieren und dumme Sachen machen. Matt interessiert mich nicht mehr.

»Spielen wir Flaschendrehen!«, schlägt Ashton plötzlich vor.

Alle jubeln. Ich möchte sofort anfangen. Und das ist echt mal was Neues für mich, denn eigentlich hasse ich dieses doofe Spiel.

Shawn erhebt sich und holt eine Flasche vom Nebentisch. Er dreht sie auf unserem Tisch, und die Erste, auf die sie zeigt, ist Mahogany im Sailor-Moon-Kostüm.

In der zweiten Runde hält die Flasche bei Aaron.

»Nein!«, ruft Mahogany und schlägt die Hände vors Gesicht.

»Du musst!«, ruft Cameron neben mir.

»Wo sollen wir denn hin? Hier küsse ich ihn nicht«, erwidert sie.

Wir sehen uns um.

»Ins Séparée.« Jack zeigt auf eine Tür, die mit künstlichen Spinnweben überzogen ist.

Warum auch immer, in meinem Hirn tauchen die Erinnerungen an den Nachmittag auf, an dem Cam und ich in der Kammer eingeschlossen waren. Ich lächle.

»Was ist?«, fragt er.

»Nichts.« Ich kichere.

Die beiden kommen zurück, und das Spiel geht weiter.

Dieses Mal stoppt die Flasche bei mir ... Ich fürchte mich ein bisschen davor, wer wohl mein Partner wird. Aus dem Augenwinkel spähe ich nach Matt. Was er wohl gerade macht? Er tanzt engumschlungen mit Tamara, der Bitch. Wut steigt in mir auf. Ich schaue wieder auf die drehende Flasche. Sie wird langsamer und hält bei ... Cameron.

Wir werfen uns einen Blick zu.

O nein! Bitte nicht!

Was soll ich nur tun? Ich will ihn nicht küssen, ich habe Angst, dass ich damit endgültig alles ruiniere.

»Los!!!«, ruft Aaron. Seine Frankenstein-Gummimaske hat er sich hoch in die Stirn geschoben.

Am liebsten würde ich ihm die Flasche in den Hals stecken, damit er still ist.

Matt tanzt immer noch mit Tamara, und meine Wut wird wilder. Ich schnappe mir irgendein Cocktailglas vom Tisch und leere es in einem Zug. Dann sehe ich Cameron an. »Komm«, sage ich.

Ungläubig reißt er die Augen auf.

Ehrlich gesagt glaube ich selbst noch nicht so richtig daran, dass ich gleich mit Cameron hinter dieser Tür da verschwinde. Aber vielleicht merkt Matt dann mal was und hört auf, mit dieser blöden Kuh zu flirten. Ich stehe auf und gehe schnell zum Séparée.

Eigentlich habe ich nicht die Absicht, Cameron zu küssen, sondern will nur Matt klarmachen, dass er von mir aus den Abend mit einer anderen verbringen kann. Soll er doch!

Cam folgt mir. Mit einem Mal bleibe ich stehen: Lara-Croft-Tamara reibt sich an Matt, und das geht mir echt auf den Zeiger.

»Kommst du?«

Ich besinne mich wieder auf Cameron, der vor dem Séparée steht und auf mich wartet.

Matt schaut zu mir rüber, sein Blick huscht rasch von mir zu Cameron, zum Tisch mit der Flasche, dann wieder zu mir. Er sieht besorgt aus. Augenblicklich lässt er die falsche Lara Croft stehen, die erstaunt den Mund aufreißt, und kommt auf mich zu.

Adrenalin schießt mir durch die Adern. Ich will gar nicht

hören, was er mir gleich wieder vorwerfen wird. Schnell schiebe ich die künstlichen Spinnweben zur Seite und trete in das Séparée.

Der Alkohol hat mittlerweile jeden Winkel meines Körpers erobert, weshalb mein Gehirn nur noch an Cameron und seine Lippen denken kann.

Die Tür schließt sich. Nur noch dumpf dröhnt die Musik durch die rot gepolsterte Tür. Cam dreht sich zu mir. »Okay, du weißt, wie es geht«, sagt er. »Ich denke, eine Minute reicht.«

Das, was ich gleich tun werde, wird alles kaputtmachen, aber es ist mir egal. Ich will es.

Rasch nehme ich die Maske ab und trete zu Cameron. Ich bin nur einen Hauch von seinen Lippen entfernt. »Sehen wir mal, ob das reicht«, sage ich und blicke ihm tief in die Augen.

Ich küsse ihn, ohne seine Antwort abzuwarten. Das ist alles sehr merkwürdig und verwirrend. Seit dem Tag unserer Strafarbeit sehne ich mich danach, das zu tun. Für ihn dürfte das allerdings die Bestätigung sein, dass er mir – vielleicht – gefällt.

Als sich unsere Lippen treffen, kribbelt alles in mir, gleichzeitig steigt Angst auf, ich will weg und will doch weiterküssen. Solche gegensätzlichen Gefühle habe ich so noch nie verspürt.

Ich löse mich von Cam. Wie er das wohl findet? Seine Reaktion kommt sofort: Er legt mir die Hände auf die Hüften, zieht mich zu sich und küsst mich erneut.

Sein erst sanfter Kuss wird immer leidenschaftlicher. Nie hätte ich gedacht, dass ich mit Cam mal so weit gehe. Falsch gedacht: Hier bin ich!

Er verharrt eine Sekunde. »Bist du dir ganz sicher?«, fragt er.

Ich starre auf seine wunderschönen Lippen. »Pssst.« Ich küsse ihn noch einmal, und er erwidert es.

Vorsichtig schiebt er mich zurück, bis ich an der Wand lehne.

Sein Mund bewegt sich in perfekter Harmonie mit meinem, und wenn ich könnte, würde ich diesen Moment für immer festhalten.

Die Tür des Séparées geht ruckartig auf. Die wummernden Bässe erfüllen den Raum.

Matt.

»Was zum Teufel …?« Seine Stimme überschlägt sich.

Ich stöhne genervt: Er hat den schönsten Augenblick meines Lebens ruiniert.

Er kommt näher und scheint außer sich vor Wut zu sein.

»Beruhig dich mal!«, sagt Cameron.

Ich dränge mich zwischen den beiden hindurch und verlasse das Séparée. Die Lichter und die Leute um mich herum bewegen sich plötzlich wie in Zeitlupe, aber das ist mir egal. Ich schüttle kurz den Kopf, und alles ist wieder normal.

Matt kommt hinter mir her. Ich erreiche den Ausgang, und in der kühlen Luft bekomme ich mit einem Schlag starke Kopfschmerzen.

»Halt!«, ruft Matt und rennt hinter mir her.

»Lass mich in Ruhe! Rubbel doch wieder mit deiner Lara Croft für Arme!«, schreie ich ihm entgegen.

»Cris!« Cameron kommt ebenfalls keuchend angerannt.

»Hast du ihr was zu trinken gegeben?«, fragt Matt ihn.

»Nein, das war meine Entscheidung! Du brauchst dich gar nicht mit ihm anlegen«, erwidere ich wütend.

»Komm, wir gehen«, sagt Cam zu mir und nimmt mich an der Hand.

Mir wird übel, und ich möchte nur noch nach Hause.

»Ihr zwei geht nirgendwohin«, ruft Matt. »Cris, wenn du mit ihm gehst, ist es für immer zwischen uns aus!«

Ich habe keine Kraft mehr, ihm zu antworten. In meinem Kopf dreht es sich, alles wird unscharf, und dann sitze ich plötzlich in Camerons Wagen, ohne zu wissen, wie ich dahin gekommen bin.

25

Mein Kopf platzt gleich. Zum Glück muss ich heute nicht zur Schule.

In Zeitlupe öffne ich die Augen und setze mich im Bett auf. Mein Nacken schmerzt, und mir ist flau im Magen.

Ich streiche mir die Haare aus dem Gesicht. Wo bin ich bloß?

Weiße Wände, schwarze Möbel … das ist nicht mein Zimmer, das sieht alles ganz anders aus.

Wie bin ich hierhergekommen? In meinem Hirn finde ich statt einer Antwort nur ein schwarzes Loch. Plötzlich tauchen kleine Erinnerungsfetzen von gestern Abend auf: Stroboskoplicht … tanzende Leute … eine drehende Flasche … Matt und Tamara. Der Rest ist gähnende Leere, wahrscheinlich eine Folge des Alkohols.

Ein merkwürdiges Kribbeln durchzieht mich, so als wäre etwas Wichtiges geschehen, an das ich mich aber nicht erinnern kann. Ich schlage die Bettdecke zurück und stelle die Füße auf den Boden. Eiskalt ist er. Sofort ziehe ich sie wieder hoch.

Sachte setze ich einen Fuß nach dem anderen wieder auf den Boden. Ich habe mein Kleid ja gar nicht mehr an.

Schwankend gehe ich zu einem Spiegel. Ein weißes T-Shirt schlackert mir bis zur Mitte der Oberschenkel, darunter trage ich nur meinen Slip. Merkwürdig. Mein Gesicht sieht übel aus, das Make-up ist verwischt, und ich habe riesige Augenringe. Außerdem bin ich leichenblass und habe schreckliche Bauchschmerzen. Was habe ich gestern Abend nur gemacht?

Im Korridor nähern sich Schritte. Ich habe nicht den Mut nachzuschauen, wer da ist.

Die Tür geht auf, und Cameron kommt herein.

Was hat er hier zu suchen?

»Bist du schon wach?«, fragt er. Sein Oberkörper ist nackt, und er trägt nur Jeans.

Plötzlich werden meine Knie ganz weich. Und wenn er und ich … ja … also … es … getan hätten?

Stocksteif bleibe ich stehen, sage kein Wort, während Cameron langsam auf mich zukommt.

»Ist alles in Ordnung?«, fragt er und setzt sich auf den Rand des Bettes.

Ich trete zu ihm und setze mich neben ihn.

»Äh … ich glaube schon, ja. Nur mein Kopf steckt im Schraubstock.« Ich fahre mir mit der Hand durch die Haare.

Er lächelt und sieht mich an. »Das ist ganz normal nach so einem Abend wie gestern.«

»Ich kann mich nur noch ganz undeutlich erinnern«, gestehe ich. Hoffentlich erzählt er mir, was passiert ist.

»Ach echt? Also erinnerst du dich nicht an uns beide?«

Verlegen verberge ich mein Gesicht in den Händen. Ich kann nicht glauben, dass ich mich so sehr habe gehenlassen.

»O Gott«, bringe ich mühsam heraus.

»Was hast du denn? Du wirst doch wegen so eines blöden Kusses nicht gleich ausflippen, oder?«, erwidert er und legt mir eine Hand auf die Schulter.

Das ist ein Scherz, oder? Ich habe ihn nur geküsst?

»Ein Kuss? Wir haben nur geküsst?«, frage ich.

»Ja. Was denn sonst?«

»Nichts«, sage ich rasch.

»Ich weiß, woran du denkst.« Er grinst schräg, was mich unglaublich nervt. »In dem Zustand, in dem du warst, hätte ich das niemals gemacht.« Er lächelt.

Schmetterlinge flattern durch meinen Bauch. Allmählich fühle ich mich besser. Es ist also nichts passiert.

»War ich so schlimm drauf?«

»Ja. Ich hab es nicht gewagt, dich in diesem Zustand nach Hause zu bringen. Wer weiß, was deine Eltern sonst gedacht hätten.«

»Und deshalb hast du mich hierhergebracht«, sage ich.

»Ja. Das ist mein Zimmer. Gestern Abend bist du im Auto eingeschlafen, nach dem Streit mit Matt, und ich habe dich hergetragen. Dann …« Er wird rot.

Ich stelle mir vor, wie er mir das Kleid ausgezogen und dieses T-Shirt übergestreift hat.

»Was … was ist genau mit Matt passiert?«, stottere ich.

Er lacht höhnisch. »Du hast ihm gesagt, dass er mit Tamara rubbeln gehen soll.«

Mein Mund klappt auf. Ich habe wirklich so etwas zu ihm gesagt?

»Er hat uns überrascht, als wir uns geküsst haben.«

O nein. Ein Zittern überkommt mich, und mein Kopf tut wieder weh.

»Tut mir leid. Ich war betrunken.« Ich will diesen Kuss irgendwie entschuldigen, dabei wollte ich das schon so lange.

»Du musst dich nicht entschuldigen. Mir hat's gefallen«, sagt er lächelnd.

Ich kann nicht anders, ich muss ebenfalls lächeln.

»Ich hätte weitergemacht, wenn Matt nicht reingeplatzt wäre«, fährt er fort.

Wahrscheinlich bin ich schon puterrot. Warum erinnere ich mich nicht, ihn geküsst zu haben? Wie kann man nur so blöd, blöd, blöd sein! Ich schüttle den Kopf.

Cameron lacht.

Langsam drücke ich mich vom Bett hoch und suche mein Handy. Ich muss Mama und Papa anrufen.

»Ah, mit deinen Eltern habe ich gestern Abend noch telefoniert, nachdem ich dich ins Bett gebracht habe. Ich habe ihnen gesagt, dass du bei Sam schläfst. Deine Mutter war einverstanden«, sagt er da.

Gut, dass sie es geschluckt hat. Dann brauche ich mich nur noch anziehen und kann in aller Ruhe nach Hause gehen.

»Wo ist mein Kleid?«, frage ich, als ich es nirgendwo entdecken kann.

»Im Schrank.« Er steht auf und holt es heraus. »Wenn du willst, kannst du aber auch noch bleiben. Meine Eltern sind nicht da.«

Ein Glück.

Langsam kommt er auf mich zu und streicht mir eine Haarsträhne hinter das Ohr. Seine Berührung jagt einen sanften Schauer durch den Körper.

»Lass uns was frühstücken«, sagt er.

Während er zur Tür geht, versuche ich, wieder normal zu atmen. Ich folge ihm in die Küche, und während er Kaffee kocht, setze ich mich auf einen Barhocker.

»Mir reicht ein Glas Milch. Ich trinke keinen Kaffee.«

»Ach, echt?« Er nimmt die Milch aus dem Kühlschrank.

Ich nicke.

»Du bist ziemlich merkwürdig.« Er kichert. »Warte, ich hole kurz mein Handy aus meinem Zimmer und bin gleich zurück«, sagt er und flitzt aus der Küche.

Wenig später höre ich Schritte.

»Wow, du bist aber schnell«, bemerke ich und drehe mich zur Tür um.

Sam im Pyjama lächelt mich an. »Hast du gut geschlafen?«

Sie greift sich die Milchtüte, stellt einen Topf auf den Herd und macht sich etwas von der Milch warm.

»Ja«, sage ich verlegen.

»Also stimmt es, dass man neben meinem Bruder gut schläft.«

Warte mal … *was?* Ich habe im selben Bett wie Cameron geschlafen?

»Ich glaube nicht, dass ich neben ihm geschlafen habe«, erwidere ich und hoffe, dass es auch so war. Alles andere wäre m-e-g-a peinlich.

»Doch, hast du. Als ich an seinem Zimmer vorbeigelaufen bin, lagt ihr beide im selben Bett.«

»Äh … oh! Das wusste ich nicht. Also, ich war so betrunken, und hab gar nicht gemerkt, was los war«, sage ich.

»Das erklärt einiges. Du hättest es sonst ja niemals zugelassen, dass Cameron mit dir im selben Bett schläft. Ich denke, er wollte einfach nur bei dir sein, falls es dir schlechtgeht.«

Er hat sich also echt Sorgen um mich gemacht? Wie schön wäre es, wenn ich mich nur daran erinnern könnte, wie es war, neben ihm zu schlafen. Aber offensichtlich verbietet mein vermurkstes Gehirn mir das.

Wir hören Camerons Schritte, die sich der Küche nähern.

»Also, ich hau hab. Ich möchte euch nicht die Stimmung verderben«, sagt Sam und dreht sich zur Tür.

Kaum, dass Cam sie sieht, stöhnt er und verzieht das Gesicht. Warum behandelt er sie nur so mies? Das hat sie überhaupt nicht verdient.

Er gießt Milch in eine Tasse und reicht sie mir.

»Danke«, sage ich mit einem Lächeln. Die Wut, die ich vor fünf Sekunden noch verspürt habe, verfliegt.

Er setzt sich vor mich und nippt an seinem Kaffee. Es ist zwar noch früh am Morgen, trotzdem ist es perfekt.

»Hast du zum ersten Mal Alkohol getrunken?«, fragt er und lässt mich nicht aus den Augen.

»Ja, und ich werde es nie wieder tun.«

»Ich mag dich, wenn du betrunken bist.«

Dieses Gespräch würde ich lieber nicht führen, ich ahne, worauf er hinauswill.

Wir beenden das Frühstück, und ich stehe vom Tisch auf. »Ich mach mich mal fertig.«

In Camerons Zimmer schaue ich mich ein bisschen um. Auf seiner Kommode steht ein Foto, ein wunderschönes Bild von ihm und Susan. Merkwürdig, dass er trotz allem immer noch dieses Bild aufhebt. Vorsichtig stelle ich es zurück und ziehe mich um. Dann nehme ich meine Clutch und gehe ins Wohnzimmer.

Cameron ist bereits fertig und erwartet mich. »Wollen wir? Ich bring dich«, sagt er.

Wir verlassen das Haus und steigen in sein Auto. Aus dem Radio klingt *Viva la Vida* von Coldplay. Auch dieses Lied liebe ich über alles und kann mich gar nicht satt dran hören.

Cameron dreht die Musik leiser. »Machst du später noch was?«, fragt er.

»Ich möchte Matt treffen und mit ihm über gestern Abend reden.«

Er parkt vor unserem Haus und wirft mir einen bösen Blick zu.

»Ich muss wissen, ob er mich noch mag«, füge ich hinzu.

»Warum? Was interessiert dich das? Ihr habt immerhin Schluss gemacht.«

Er will es einfach nicht verstehen.

»Ich möchte mich bei ihm für gestern entschuldigen. Auch wenn ich mich nicht an viel erinnere, muss ich doch ein paar Sachen klarstellen.«

Cam stöhnt genervt.

Ehrlich gesagt verstehe ich nicht, was ihn das alles angeht.

»Montag müssen wir die Geschichtsarbeit abgeben«, wechselt er plötzlich das Thema.

Was? Ich greife nach meinem Handy und kontrolliere das Datum. Er hat recht. Montag müssen wir das Referat halten.

»O nein. Wie sollen wir das denn noch hinbekommen?«, frage ich aufgeregt. Wir haben noch nicht eine Zeile geschrieben. Das schaffen wir nie.

»Wir nehmen meine Arbeit vom vergangenen Jahr. Das merkt bestimmt keiner. Morgen treffen wir uns zum Lernen, und ich gebe dir meine Notizen.«

»Danke.« Ich umarme ihn. Warum, weiß ich nicht, aber das war jetzt einfach nötig.

Cameron düst los, und ich gehe die Auffahrt hoch.

Ich habe Angst, unser Haus zu betreten. Bestimmt stellen mir Mama und Papa gleich jede Menge unangenehme

Fragen. Langsam lege ich die Hand auf den Türknauf, und bevor ich ihn drehe, atme ich tief ein.

»Ich bin zurück!«, rufe ich beim Eintreten. Rasch gehe ich in Richtung meines Zimmers. Bitte mach, dass ich niemandem begegne.

»Wo willst du hin?« Mama stellt sich mir in den Weg. »Zuerst will ich wissen, was gestern passiert ist.«

Wenn ich mich nur daran erinnern könnte.

»Alles war gut. Wir haben getanzt und Spiele gespielt. Dann hat Sam mich gebeten, bei ihr zu schlafen«, erzähle ich schnell.

»Und warum hat Cameron uns angerufen und nicht du?«

»Weil ich mein Telefon nicht gefunden habe …?« Das klingt mehr wie eine Frage als eine überzeugende Antwort.

Mama zieht eine Augenbraue hoch und verschränkt die Arme vor der Brust. Schlechtes Zeichen. »Er hat von deinem Telefon aus angerufen.«

»Ach ja, richtig. Ich hatte es ihm geliehen, und er hat es mir nicht zurückgegeben. Als er es merkte, schlief ich schon, also hat er angerufen, um euch Bescheid zu sagen.«

Hoffentlich glaubt sie mir, denn langsam gehen mir die Ausreden aus.

»Es ist aber nicht so, dass da zwischen dir und Cameron irgendwas läuft, was du uns verheimlichst, oder?«

»Nein, warum sollte ich?«, antworte ich und gehe in mein Zimmer.

In Wahrheit weiß nicht mal ich, was zwischen mir und ihm eigentlich läuft. Ich weiß nur, dass mir alles so besonders schön erscheint, wenn wir zusammen sind. Dann fühle ich mich gut, und es kribbelt so angenehm in mir.

Ich schließe die Tür. Als Erstes schnappe ich mir mein Handy und rufe Matt an.

Er ist kurz angebunden, bestimmt ist er noch beleidigt wegen gestern. Trotzdem verabreden wir uns in einer Stunde am Strand. Ein breites Lächeln zieht über mein Gesicht, und mein Herz schlägt vor Aufregung heftig.

Ich habe keine Ahnung, was bei dem Treffen mit ihm passiert. Ich mag nicht daran denken, wie er sich verhalten und wie er auf meine Entschuldigung reagieren wird. Aber es ist doch eigentlich schon ein gutes Zeichen, dass er mit mir reden will, oder? Ich schüttle den Kopf, um diese Gedanken zu vertreiben, dann nehme ich meinen Rucksack und mein Handy und gehe zur Haustür. Zum Glück hört mich niemand, und ich schlüpfe aus dem Haus, ohne dass meine Eltern etwas merken.

Am Strand kann ich Matt nicht entdecken. Ich checke auf meinem Handy die Uhrzeit: Ich bin zu früh. Also setze ich mich auf eine Bank und warte. Gerade als ich nach rechts schaue, kommt er angelaufen.

Ich gehe ihm entgegen. Wenige Zentimeter vor mir bleibt er stehen. Wortlos umfasst er mein Gesicht und küsst mich so, dass es mir den Atem raubt.

Und ich habe gedacht, Matt wäre sauer auf mich oder

würde mich hassen, aber das war wieder mal nur meine blöde Paranoia. Wie konnte ich nur an ihm zweifeln?

Er löst sich von mir, und ich lächle erleichtert.

»Hallo«, sagt er keuchend. »Ich dachte schon, ich hätte dich für immer verloren, als du Cameron geküsst hast.«

Ich schüttle den Kopf. »Nein, ehrlich gesagt … Ich habe es nur gemacht, weil ich betrunken war. Und weil ich dich mit Tamara gesehen habe. Ich war so wütend!«

»Cris, Cris, ich brauche dich«, flüstert er.

Bei diesen Worten schlägt mein Herz wie verrückt. Ich trete dicht zu ihm und schlinge die Arme um ihn.

26

Endlich ist es 13.30 Uhr! Wenn alles klappt, wie es soll, chatte ich gleich mit Trevor und Cass.

Gestern, nach dem Treffen mit Matt habe ich beide per SMS erreicht, und wir haben uns für heute verabredet. Sie treffen sich bei Trevor zu Hause und benutzen seinen Laptop.

Ich setze mich vor meinen PC, Trevor ist online, und ich klicke auf den Anrufbutton. Auf dem Bildschirm erscheint das Bild meines Freundes und eines Mädchens mit lila Haaren.

Ich traue meinen Augen nicht!

»Cass?!«, frage ich.

»Hey, Cris!«

Neben der Haarfarbe hat sie ihren Style komplett in Punk geändert und trägt sogar ein Nasen-Piercing!

»Was hast du denn gemacht?«, frage ich sie.

»Neuer Look«, sagt sie ernst.

Ich erkenne sie kaum wieder. Das sieht ihr überhaupt nicht ähnlich. Ich möchte sie fragen, ob das ein Scherz ist, aber ich verkneife es mir.

»Hallo, Cris!«, sagt Trevor.

Ich bin von Cass' neuem Aussehen so überrascht, dass ich ihn noch gar nicht begrüßt habe.

»Trevor! Endlich! Es ist so schön, euch zu sehen. Ihr habt mir so gefehlt in all diesen Wochen!« Eine Träne kullert mir über die Wange.

»Du hast uns auch gefehlt«, sagt er.

Hinter ihnen erkenne ich den Garten, den Rasen, den Basketballkorb … wie viele Nachmittage habe ich dort verbracht!

»Wie läuft es in L.A.?«, frage ich.

»Super«, antwortet Cass, während sie in ihrer Tasche kramt. »Seth ist jetzt mit so einer Bitch zusammen, und so wie ich es verstanden habe, meinen sie es ernst.«

Hab ich es mir doch gedacht … Ich lächle. Meine Geschichte mit Seth scheint so weit weg zu sein. Vor wenigen Wochen hätte ich das noch für unmöglich gehalten, aber in diesem Augenblick tut es gar nicht mehr weh, an ihn zu denken.

Cass zieht ein Päckchen Zigaretten hervor. Das gehört bestimmt Trevor.

»Rauchst du noch?«, frage ich ihn.

»Nein«, sagt er.

Cass zündet sich einen Glimmstängel an.

»Was machst du da?«, frage ich sie entsetzt.

»Ab und zu rauche ich mal eine«, erklärt sie.

Wo ist bloß meine beste Freundin abgeblieben? Die, die den Rauch hasste und Trevor bei jeder Gelegenheit deswegen ausschimpfte.

»Cass, bitte, mach sie aus.«

Sie stöhnt und drückt die Zigarette aus. Auf Trevors Gesicht macht sich ein unmerkliches Lächeln breit.

»Und in Miami? Wie ist es?«, fragt er.

»Tja, schon besser, aber ich würde so gern nach Los Angeles zurück.«

»Dann komm zurück, Cris! Du weißt gar nicht, wie sehr du mir fehlst«, fleht Cass.

Ihre Stimme zittert, und ihre Augen glänzen. Es tut mir weh, sie so zu sehen, denn offensichtlich leidet sie. Wie gern würde ich sie umarmen.

»Ihr fehlt mir auch sehr!« Mit Mühe halte ich die Tränen zurück und taste nach dem Anhänger, den Cass mir beim Abschied geschenkt hat.

Sie trägt ihre Hälfte auch noch. Es ist das Zeichen unserer ewigen Freundschaft.

Wie schön! Ich möchte sie so viele Dinge fragen und ihr so viel erzählen. Ich möchte ihnen von meinem Problem mit Matt und Cam berichten, von dem Durcheinander, das in meinem Kopf herrscht ... doch am Ende – keine Ahnung, warum – tue ich es nicht. Ich müsste so vieles erklären und wüsste gar nicht, wo ich anfangen soll. Wir reden stattdessen über unsere Freunde in Los Angeles, über meine alte Schule. Es ist merkwürdig, mit ihnen zu quatschen, und so anders als noch vor wenigen Wochen. Es ist, als läge ein ganzes Leben dazwischen. Wir sind irgendwie verändert, schüchterner.

Auch das Verhältnis von Cass und Trevor scheint sich

gewandelt zu haben. Seit wir chatten, haben die beiden nicht ein Wort miteinander gesprochen. Vielleicht haben sie gestritten, wer weiß.

Wir reden, bis es für sie Zeit zum Mittagessen ist. In Los Angeles ist es Mittag, hier in Florida schon drei Uhr nachmittags. Wir verabschieden uns mit dem Versprechen, uns bald wieder zu hören und uns auch richtig zu treffen, vielleicht während der Weihnachtsferien. Es wäre so schön, wenn wir die Feiertage zusammen in Los Angeles verbringen könnten. Ich muss mit Mama und Papa darüber reden.

Als das Bild von Cass und Trevor verschwindet, krampft sich mein Herz zusammen. Es tut so weh! Ja, ich bin glücklich, dass ich sie gesehen habe, aber es ist auch so unglaublich traurig, dass ich die Tränen nicht mehr zurückhalten kann.

Ich heule ein paar Minuten, irgendwann trockne ich mir mein Gesicht. Gleich treffe ich mich noch mit Cameron, damit wir unser Geschichtsreferat fertigmachen. Morgen müssen wir es vor der Klasse präsentieren.

›He, komm zu mir, wann immer es dir passt‹, simse ich ihm.

Hoffentlich beeilt er sich, wir haben nicht mehr viel Zeit.

Mein Handy vibriert: ›Lieber bei mir. Meine Leute sind nicht da, und wir haben Ruhe‹, schreibt er.

Ich seufze und packe meinen Rucksack.

Nach ein paar Minuten stehe ich vor Camerons Haus. Das Auto seiner Eltern ist wirklich nicht da, und das beruhigt mich irgendwie. Ich weiß auch nicht: Immer wenn sie da sind, fühle ich mich unwohl, so als ob sie jede meiner Gesten analysieren würden.

Ich klingle. Cameron reißt keuchend die Tür auf. Ist er etwa gerannt, damit ich nicht so lange warten muss?

»Hey.«

»Hallo. Komm rein«, sagt er und lächelt.

Als sich unsere Blicke treffen, flattern wieder die Schmetterlinge in meinem Bauch. Wir gehen ins Wohnzimmer.

»Ich kann nicht so lange bleiben, also sollten wir uns ranhalten«, sage ich.

Er nickt und reicht mir sofort seine Notizen.

Wir setzen uns auf das Sofa, und er erklärt mir die Reihenfolge der Punkte, die ich morgen vortragen soll.

Ich betrachte das Blatt, doch dann wandert mein Blick zu seinem Mund.

Seine Worte und seine Stimme verschwinden, und seine Lippen bewegen sich in absoluter Stille. Ich will mich losreißen, ich darf ihn nicht so anstarren, aber es gelingt mir nicht.

Plötzlich hält er inne. »Verstanden?« Er sieht mich an.

Mein Herz schlägt so stark, und ich kriege diesen Gedanken, der mir seit ein paar Minuten durch den Kopf schwirrt, nicht ausgeblendet.

Das Referat ist mir so was von egal, es ist mir egal, ob das richtig ist oder nicht, ich will einfach nur meine Lippen auf seinen spüren. Ich rutsche zu ihm und küsse ihn zart.

Zuerst zögert er noch und scheint überrascht, doch dann legt er eine Hand an meine Wange und erwidert den Kuss.

Keine Ahnung, warum ich das tue, aber es ist das Beste, was ich gemacht habe, seit ich in dieser Stadt bin.

Unser Kuss wird immer leidenschaftlicher.

Cameron streicht von meinem Gesicht über meine Schulter bis zu meiner Taille. Er küsst mich ohne Pause, während er langsam die Hand unter mein T-Shirt schiebt und meinen Rücken streichelt.

Ich erschauere und rücke noch näher zu ihm. Je mehr er mich küsst, umso enger will ich mich an ihn schmiegen und noch weiter gehen. Es ist ein merkwürdiges Verlangen, das ich noch nie bei jemandem empfunden habe, nicht mal bei Seth.

Ich lege die Hände auf seine Schultern, und er streckt sich lang aus, so dass ich auf ihm liege. Dann vergrabe ich die Finger in seinen Haaren. Eine warme Welle breitet sich in mir aus.

Plötzlich geht die Haustür auf, ruckartig machen wir uns voneinander los. Seine Lippen sind röter als sonst. Wer auch immer da gerade gekommen ist, wird das hoffentlich nicht bemerken.

»Also … ich muss dann mal«, sage ich und stehe vom Sofa auf. Ich sammle die Hefte ein und stopfe sie in meinen Rucksack.

»Hallo, Cris, was machst du denn hier?« Sam tritt ins Wohnzimmer.

»Ich musste ihr die Notizen für morgen geben«, erklärt

Cameron. Er ist anscheinend noch ganz benommen von dem, was grade passiert ist.

Sam lächelt und verlässt ohne ein Wort das Zimmer.

Ich gehe zur Haustür, und bei jedem Schritt wird mir klarer, dass das, was ich gerade gemacht habe, absolut verkehrt war. Ich habe die Kontrolle verloren, und jetzt wage ich es nicht, Cameron in die Augen zu sehen.

»Also … wir sehen uns morgen«, sage ich und zwinge mich zu lächeln.

Er nickt, und ich flüchte.

Was habe ich bloß getan?

Statt nach Hause zu gehen, mache ich noch einen Spaziergang, um meine Gedanken zu sortieren und die seltsame Euphorie auszukosten, die von mir Besitz ergriffen hat.

Dabei brauche ich aber unbedingt Musik. Mein Herz muss sich wieder beruhigen. Ich setze den Kopfhörer auf und drücke auf die Shuffle-Funktion. Das erste Stück ist *My Dilemma* von Selena Gomez.

Ich erkenne es am ersten Takt. Es ist eins meiner Lieblingslieder, und doch kommt es mir vor, als hörte ich es zum ersten Mal.

Ihre Worte waren noch nie so bedeutungsvoll für mich wie in diesem Augenblick. Als ob sie sie nur für mich geschrieben hätte! Ich fühle mich genauso: Eine Hälfte von mir begehrt Cam, die andere will ihn einfach nur vergessen.

Mir ist schon klar, dass das falsch ist, dass zwischen uns

niemals etwas sein kann und dass er nicht der Richtige für mich ist. Und doch, jedes Mal, wenn ich ihn von mir fernhalten will, führt mich eine geheimnisvolle Kraft auf unerklärliche Weise wieder zu ihm. Seit ich ihn kenne, hat er sich in meine Gedanken geschlichen und raubt mir die Ruhe.

Aber ich darf mich nicht so quälen! Ich muss mich auf Matt konzentrieren. Er ist der Richtige für mich.

Cameron ist nur ein riesiger, wunderbarer Fehler.

27

Gestern Abend habe ich bis spät gelernt. Heute Morgen bin ich zusätzlich besonders früh aufgestanden, um das Referat ein weiteres Mal durchzugehen, und jetzt bin ich völlig fertig.

Cameron wartet schon im Auto auf mich. Nach dem Kuss von gestern haben wir nicht mehr miteinander geredet, und ich bin ziemlich aufgeregt. Wenn er mich nun fragt, warum ich das gemacht habe – was sage ich ihm dann?

Ich steige ins Auto.

»Fertig?«, fragt er und startet lächelnd den Motor.

»Ja.«

Er dreht die Musik auf und tut so, als wäre zwischen uns nichts vorgefallen. Ich schäme mich und möchte mich am liebsten in einem dunklen Loch verkriechen.

Während der Fahrt sagen wir kein Wort, und ich hoffe, dass das den ganzen Tag so weitergeht – am besten gleich die ganze Woche.

Als wir die Schule erreichen, kommt Matt mir entgegen und umarmt mich so fest, dass ich fast ersticke. »Liebling!«

Ich spüre Camerons Blick auf mir, und schon geht mir Matts Verhalten unglaublich auf die Nerven. Eigentlich hat es mir immer gefallen, wenn er mich ›Liebling‹ nannte, aber in diesem Moment ist es das peinlichste Wort der Welt.

»Hey«, antworte ich, und er gibt mir einen kleinen Kuss auf die Lippen. Aus dem Augenwinkel heraus bemerke ich, wie Cameron verschwindet. Er scheint sauer zu sein, und ich kann es ihm nicht verdenken. Matt hat sich bestimmt nur so verhalten, weil Cam dabei war.

»Matt, was ist los?«

»Nichts. Warum? Ich habe dich nur geküsst. Darf ich das etwa nicht? Ich dachte, wir sind wieder zusammen.«

»Ja, aber so eine Szene war überhaupt nicht nötig, nur um Cameron das zu zeigen!«

»Der Typ hat dich die ganze Zeit angestarrt, und ich will, dass er endlich kapiert, dass du mit mir zusammen bist.«

»Ich dachte, dieses Problem hätten wir längst gelöst«, sage ich, während ich an ihm vorbei zum Eingang gehe.

Er packt mich am Handgelenk und dreht mich zu sich. »Das wird erst gelöst sein, wenn ihr nicht mehr miteinander redet. Er empfindet was für dich, da bin ich mir ganz sicher.«

Matt hat wirklich nichts verstanden. Schließlich bin ich diejenige, die vermutlich etwas für Cam empfindet, während er mich bloß für eine trottelige Freundin hält, die ihn einfach so küsst.

»Zwischen mir und Cameron ist nichts.« Selbst wenn ich Cam sagen würde, dass ich etwas für ihn empfinde, würde er mich vermutlich nur laut auslachen.

Matt scheint sich zu entspannen. »Das hoffe ich.« Er küsst meine Hand.

»Ich geh noch mal kurz auf die Toilette, wir sehen uns drinnen«, sage ich.

Ich muss mir unbedingt mein Gesicht mit kaltem Wasser abspülen, um endlich wach zu werden. Im Bad ist nur ein Mädchen. Ich stelle mich ans Waschbecken, lasse das Wasser laufen und spritze mir davon etwas ins Gesicht.

»Also seid ihr jetzt doch wieder zusammen?«

Ich schrecke hoch. Im Spiegel sehe ich Cameron, der hinter mir steht. Ich drehe mich um und lege ihm eine Hand auf die Brust, um ihn aus der Toilette zu schieben.

»Verschwinde lieber ganz schnell!« Wenn man ihn hier erwischt, gibt's richtig Ärger.

Er rührt sich nicht. »Hau doch ab«, sagt er stattdessen in drohendem Ton zu dem anderen Mädchen, das uns anstarrt.

Sie zieht den Kopf ein und verschwindet wortlos.

»Warum hast du mir das nicht gesagt?«, fragt er mich.

Ich bin aber auch so blöd!

»Ich dachte nicht, dass das so wichtig wäre.« Noch während ich rede, wird mir klar, dass das die dümmste Bemerkung ist, die ich machen konnte.

»Ganz im Gegenteil: Das ist sehr wichtig! Darf ich dich dran erinnern, dass du mich gestern geküsst hast.«

Hoffentlich bringt uns das nicht auseinander. Mir würde es verdammt schlechtgehen, sollte das geschehen.

»Ist es vor oder nach dem Kuss passiert?«, fragt er.

Am liebsten würde ich lügen, aber das würde er sofort merken.

»Vorher«, erwidere ich.

Er zieht eine Augenbraue hoch. »Warum hast du mich dann geküsst?«

Ich öffne den Mund, will etwas sagen, aber ich weiß eigentlich gar nicht, was ich antworten soll.

»Keine Ahnung, was in dem Moment über mich gekommen ist«, sage ich schließlich und starre in eine schmutzige Ecke der Toilette.

Cameron tritt auf mich zu. Ich blicke hoch und schaue direkt in seine mysteriösen Augen.

»Du weißt es genau, aber du willst es nicht zugeben.«

Ja, es stimmt. Ich habe Angst, mir wirklich einzugestehen, dass ich etwas für ihn empfinde, etwas, das ich aber nicht genau beschreiben kann.

Ich schüttle den Kopf, und er streichelt mir über die Wange. Bei seiner Berührung erzittere ich.

»Du weißt, dass du mit dem Falschen zusammen bist, aber du brauchst noch Beweise«, sagt er.

Ich brauche keine Beweise, und er dürfte gar nicht hier sein, so wenige Zentimeter von mir entfernt. Er kommt noch näher und küsst mich.

Das kann ich Matt nicht noch einmal antun, also rücke ich entschlossen von ihm ab. »Cam, ich …«

»Ich weiß, dass du es weißt.« Er legt mir seinen Zeigefinger auf die Lippen. »Hoffentlich hörst du bald auf, dich selbst zu belügen.« Lächelnd verlässt er die Toilette und überlässt mich meinem Gefühlschaos.

Von heute an muss ich versuchen, nur eine Freundin für ihn zu sein, und mehr Zeit mit Matt verbringen. Nur so kann ich herausfinden, was ich wirklich empfinde.

Ich verlasse die Toilette und trete im Korridor zu Cameron. Als ich neben ihm stehe, lächelt er mir zu.

»Warte, ich muss noch was aus meinem Spind holen«, sage ich.

Er folgt mir und lehnt sich an den Nachbarschrank. »Weißt du, was das Lustigste an dieser Geschichte ist?« Sein Ton klingt ironisch.

»Was?«

Er starrt mich an. »Dass du davon überzeugt bist, dass wir befreundet sein könnten. Also, ich bin sicher, dass wir in einer Woche wieder genau das machen, was wir gestern gemacht haben – wenn nicht noch mehr.«

Ich nehme das Englisch-Literaturbuch und haue ihm damit auf den Oberarm.

Doch er kichert nur.

»Das könnte dir so passen.« Ich verschließe den Spind.

»Ja, ich fänd's schön«, erwidert er, und wir gehen in den Unterricht.

Als es zur Mittagspause klingelt, leert sich der Raum, und ich kann in Ruhe das Geschichtsreferat noch einmal durchgehen. In der nächsten Stunde müssen Cameron und ich es halten. Ich zittere am ganzen Körper, so wie immer, wenn es um mündliche Tests und Referate geht. Dann will ich einfach nur noch von der Erdoberfläche verschwinden.

»Alles in Ordnung?«, fragt Cameron, als er in den Raum zurückkommt.

Ich lehne an einem Tisch. Cam nähert sich und setzt sich auf einen Stuhl.

»Hey«, sage ich leise. Ich bin mit den Nerven völlig fertig.

Er lächelt und klopft sich auf die Oberschenkel, damit ich mich auf seinen Schoß setze. Ich schüttle den Kopf, das geht doch nicht, Matt könnte jeden Augenblick reinkommen und uns sehen. Wer weiß, was er dann wieder denken würde.

»Matt ist nicht da. Außerdem müssen wir noch mal alles durchgehen«, sagt er, als könne er meine Gedanken lesen.

Eigentlich hat er recht. Ich lasse mich auf seinem Schoß nieder, und er legt mir einen Arm um die Taille. Ein Schauer läuft über meinen Rücken. Cameron legt mir sein Kinn auf die Schulter, und sein heißer Atem macht mir eine Gänsehaut.

»Aufgeregt?«, fragt er.

Ich versuche, mich auf das Heft in meinen Händen zu konzentrieren, und lese noch einmal die Notizen, die ich bereits auswendig kann. »Ja. Aber ich muss unbedingt noch eine Cola oder so was trinken, damit ich wach bleibe. Gestern habe ich bis spät gelernt, heute bin ich ganz früh aufgestanden. Ich brauche Energie.« Ich will aufstehen, doch er hält mich zurück.

»Ja, du brauchst etwas, damit es dir bessergeht.« Er drückt seine Lippen auf meine nackte Schulter. »Und ich weiß auch was … aber das würde Matt so gar nicht gefallen.«

Ich muss die ganze Zeit an seinen Mund denken und an das, was mir angeblich guttun würde.

Wie gern würde ich die Zeit zurückdrehen und die himmlischen Augenblicke von gestern Abend noch einmal erleben. Es war so wundervoll! Aber das ist ja alles falsch, und wenn Matt davon erfahren würde, würde er mich für immer verlassen. Und das will ich nicht: Ich liebe ihn. Aber ich bin einfach zu neugierig.

»Was meinst du denn?«, frage ich.

»Das würde dir gar nicht gefallen«, flüstert er.

O doch, und wie! *Was tue ich hier, bitte? Ich bin mit Matt zusammen!* Ich muss sofort gehen, ich will nicht, und ich kann nicht noch eine Sekunde länger bei ihm sein. Ich stehe auf.

Cameron hält mich zurück.

»Nein, ich … muss was trinken.«

»Ich begleite dich«, sagt er und steht auf.

»Du bleibst schön hier und gehst alles noch mal durch«, befehle ich. »Wenn wir eine schlechte Note kriegen, ist das nur deine Schuld.«

Cameron kichert, setzt sich wieder hin und liest seine Notizen. Ich stürze aus dem Raum und laufe zum Getränkeautomaten.

Ich kann doch nicht wirklich etwas für Cameron empfinden?! Schließlich kenne ich sein Motiv genau, warum er sich mir gegenüber so benimmt. Nash und Matt haben mich beide vor ihm gewarnt: Er ist einfach so, er benutzt die Mädchen, um sich zu amüsieren. Für ihn sind sie nur eine Beute, die er erobern will. Mehr nicht. Wie es scheint, war die Einzige, die ihn zwischenzeitlich ändern konnte, Susan. Mit ihr war es anders, denn in sie war er verliebt, und ich glaube, das ist er immer noch … so wie er reagiert, wenn er sie sieht.

Doch warum vergeude ich nur meine Zeit mit diesen unnützen Gedanken? Ich muss aufhören, mir ständig selbst Probleme zu machen. Ich muss mich vor allem um Matt kümmern statt um Cameron.

Aus dem Getränkeautomaten ziehe ich mir eine Cola.

›*Und ich weiß auch, was … aber das würde Matt so gar nicht gefallen.*‹ Camerons Stimme hallt durch meinen Kopf. Ich vertreibe die Gedanken mit einem Kopfschütteln, schnappe mir die Dose und gehe zum Unterrichtsraum zurück. Ich trinke ein paar Schlucke. Kühl, prickelnd und süß läuft mir die Cola die Kehle hinunter. Das tut gut. Die Energie schießt mir durch die Adern.

Die Mittagspause ist fast um, der Korridor ist voller Schüler, die die letzten freien Minuten vor den Nachmittagsstunden genießen.

»Cris.« Nash kommt auf mich zu.

»Hey, ist der Lehrer schon da?«, frage ich.

»Nein, aber Cameron wartet auf dich.« Ein blödes Grinsen erscheint auf seinem Gesicht. Er nimmt mich also auf den Arm. »War es schön, mit ihm zu lernen?«

Weiß er, was gestern Nachmittag passiert ist? Hat Cameron ihm etwa alles erzählt?

»Äh, ja. Hätte schlimmer sein können«, erwidere ich und nippe an meiner Cola.

»Ja, das hat er auch gesagt. Cris, kann ich dich um einen Gefallen bitten?«

Ich nicke. Hoffentlich ist es nicht irgendwas völlig Unmögliches.

»Es geht um Sam. Momentan ist sie echt fertig, weil Cameron nicht mit ihr spricht und sie so mies behandelt. Und da habe ich gedacht, dass du vielleicht mal mit ihm reden könntest.«

»Ich? Mit Cameron?«, frage ich verwundert. Wieso denkt er, dass Cameron auf mich hören würde?

»Ja. Das könnte helfen.«

»Aber wieso glaubst du das?«, frage ich.

»Bei unserem Date, als Sam nach Hause kam, war Cam scheinbar nicht sauer. Vielleicht kannst du ihn irgendwie bearbeiten.«

Ich ahne bereits, dass diese ganze Angelegenheit mir nichts als Ärger einbringen wird, aber er sieht mich mit seinen strahlenden Augen so bittend an, da kann ich unmöglich nein sagen.

»Ist gut, ich versuche es«, sage ich.

Nash umarmt mich.

»Ich hoffe, ich kann ihn überzeugen, aber ganz sicher bin ich mir da nicht«, füge ich hinzu.

»Du schaffst das, Cris, ganz bestimmt«, bemerkt er. »Jetzt sollten wir aber rein. Der Lehrer kommt.«

Ich gehe zu meinem Platz. Hoffentlich wird alles gut.

28

Unser Referat ist gar nicht so schlecht gelaufen, wie ich befürchtet habe. Wir waren besser als die anderen, die sich vor lauter Panik völlig verhaspelt haben. Cameron hat seinen Teil einwandfrei vorgetragen, sehr viel besser als ich.

Vor einer Minute hat es geklingelt, und ich sitze an meinem Platz und hadere mit mir. »Du warst perfekt, aber ich – na ja.«

Cameron lächelt und umarmt mich, wobei er sich zwischen meine Beine schiebt. »Beruhig dich, du warst super«, flüstert er mir ins Ohr.

»Äh … ähm«, ertönt es hinter ihm. Als er zur Seite tritt, steht Matt vor uns.

Verdammter Mist!

»Wenn es dich nicht stört, würde ich gern mit meiner Freundin sprechen. Gehen wir raus, Cris?« Die Art, wie er die Worte *mit meiner Freundin* betont, stört mich total. Er braucht Cameron doch nicht ständig darauf hinzuweisen, dass wir zusammen sind. Außerdem haben wir nichts Verbotenes getan, wir haben nur über unser Referat gesprochen.

Cameron schaut amüsiert. »Entschuldige, ich wusste nicht, dass sie dein Eigentum ist«, sagt er.

Ich lächle, aber Matt ergreift meine Hand und zieht mich fort.

Nur mit Mühe kann ich mit ihm Schritt halten, er rennt fast. Dann bleibt er plötzlich stehen. »Was zum Teufel geht hier eigentlich vor?«, brüllt er mich mitten auf dem Korridor an.

Was ist denn jetzt schon wieder sein Problem?

»Wie bitte?«

»Im Unterricht! Die Blicke, das Gelächle, die Umarmung. Du bist mit mir zusammen, schon vergessen?«

»Da läuft gar nichts. Und mit dir zusammen zu sein heißt ja wohl nicht, dass ich die Leute nicht mehr treffe, die ich gernhabe!« Ich sollte Ruhe bewahren, aber es gelingt mir nicht. Immerhin streiten wir in aller Öffentlichkeit, und dieses Spektakel wird Lexy bestimmt gefallen. »Matt, wir haben das doch schon besprochen. Du weißt, wie ich darüber denke«, füge ich leiser hinzu. »Du musst entscheiden, ob du damit klarkommst.«

Er schweigt ein paar Augenblicke, dann tritt er zu mir und umarmt mich. »Entschuldige, ich bin nur so eifersüchtig.« Das ist auch ein Grund, warum ich Matt so sehr mag: Er weiß, wann er einen Fehler gemacht hat. »Bitte, verzeih mir«, sagt er.

»Ist gut«, erwidere ich, aber so langsam habe ich es satt, immer wieder Ärger mit ihm zu bekommen. Und ich habe es auch satt, dass zwischen mir und Cameron alles immer noch so unklar ist. Ich könnte ein bisschen Ruhe gebrauchen, damit ich endlich herausbekomme, was ich eigentlich wirklich will.

Der Rest des Nachmittags wird leider nicht besser. Nach der letzten Stunde bin ich so was von wütend. Der Mathelehrer hat einen Überraschungstest schreiben lassen, und ich glaube, ich habe ihn total verhauen. Bei all dem Chaos in meinem Leben habe ich mich um Mathe überhaupt nicht mehr gekümmert. Ich beschleunige meinen Schritt, ich will so schnell wie möglich raus aus der Schule und zu Hause einfach nur schlafen und diesen schrecklichen Tag vergessen.

»He, halt mal.« Cameron taucht vor mir auf und ergreift meine Hand.

»Was willst du?«

»Was ist los?«

Ich befreie mich aus seinem Griff. Fehlt nur noch Matt, als Kirsche auf der Torte. »Nichts, lass mich in Ruhe«, erwidere ich, wobei ich mich umdrehe und gehe.

Er läuft mir nach. »Nein, ich will das jetzt wissen«. Wieder greift er nach meinem Arm, und so stehen wir plötzlich ganz dicht beieinander. Wir müssen das ein für alle Mal klären.

»Cameron, hör auf«, sage ich leise.

Er macht einen Schritt von mir weg und schaut mich bestürzt an. »Womit?«, fragt er.

»So zu tun, als ob du dich für mich interessierst. Du bringst mich ganz durcheinander. Bitte, lass uns das beenden. Ich will mich nicht so quälen oder mit Matt Ärger bekommen, bitte.«

»Ich …« Er verstummt gleich wieder.

»Gehen wir uns einfach für eine Weile aus dem Weg, okay?« Ich schlucke. »Ich brauch etwas Zeit, um über dieses ganze Chaos nachzudenken. Ich muss endlich herausfinden, was ich für Matt empfinde.«

»Du weißt doch schon, was du für ihn empfindest, aber du willst es nicht zugeben.«

»Du weißt gar nichts über mich, was ich denke, was ich fühle, also hör endlich auf!« Wut steigt in mir hoch.

Er hebt die Hände als Zeichen der Kapitulation. »Schon gut, entschuldige, aber ich glaube, das ist totaler Schwachsinn, sich nicht zu sehen.«

»Bitte, tu mir diesen Gefallen, Cameron, ich brauche es. Einverstanden?«

Er schnaubt enttäuscht und nickt.

Ich drehe mich um und verlasse die Schule.

In mir breitet sich plötzlich eine düstere Leere aus. Ich würde mich gern bei irgendjemandem ausheulen, um dieses riesige Loch loszuwerden. Und ich bräuchte eine Mitfahrgelegenheit nach Hause, aber das ist nicht so wichtig. Der Spaziergang wird mir helfen, über all die Dinge nachzudenken, die gerade passieren.

Mit dem Kopfhörer über den Ohren gehe ich los, und mir fallen Cass und Trevor ein und all die schönen Sachen, die wir zusammen gemacht haben. Da hatte ich nie solche Probleme. Das Leben in Los Angeles fehlt mir.

Mein Handy vibriert. Ich entsperre den Bildschirm.

Die Nachricht ist von Sam. ›Kommst du zu mir?‹

Eigentlich habe ich keine Lust, zu ihr nach Hause zu gehen und dort womöglich Cameron zu begegnen. Ich würde am liebsten gar nicht antworten. Aber dann tue ich es doch. Vielleicht ist ihr ja etwas zugestoßen.

›Alles in Ordnung bei dir?‹

›Ja. Ich habe nur Lust, einen schönen Nachmittag mit dir zu verbringen‹, schreibt sie zurück.

In jüngster Zeit haben wir wirklich nicht viel zusammen gemacht, und es würde mir guttun, sie zu treffen.

›Ist Cameron zu Hause?‹, frage ich. Sollte er da sein, gehe ich nicht hin.

›Wäre das ein Problem?‹

›Ja‹, antworte ich sofort. Ich schaue vom Handy auf. Ich bin schon fast zu Hause.

›Er ist nicht da ;-)‹, simst Sam.

Hoffentlich sagt sie das nicht nur, damit ich auch wirklich komme. ›Bin gleich bei dir.‹

Ich gehe an unserem Haus vorbei, direkt zu ihr: Je eher ich da bin, desto eher kann ich wieder abhauen und laufe nicht Gefahr, Cameron zu begegnen.

Schon stehe ich vor der Dearing-Villa. Wie gut, dass wir so dicht beieinanderwohnen. Sam öffnet und umarmt mich wortlos. Ich lächle und erwidere die Umarmung: Genau das habe ich gebraucht.

Wir betreten das Haus, und es sieht wirklich so aus, als wäre Cameron nicht da.

»Er hat Fußballtraining, also bist du in Sicherheit«, scherzt Sam. »Cris, sag, ist was zwischen euch vorgefallen? Nach dem Unterricht war er total wütend.«

»Das erzähl ich dir später. Ich hab jetzt keine Lust, darüber zu reden.«

»Na gut, aber wenn ihr Probleme habt, dann löst die bitte, sonst tut Cam Matt noch was an.«

Ich reiße die Augen auf. »Hä? Matt was antun? Wovon redest du, bitte?«

»Da ist so eine enorme Spannung zwischen ihm und meinem Bruder. Neulich beim Training ist Matt aus Versehen in Cam reingerannt, und Cam hätte ihn fast verprügelt«, erklärt mir Sam.

Warum benimmt sich Cameron bloß so?

»Können wir bitte über etwas anderes reden?«, sage ich. Die Vorstellung, wie Cameron und Matt sich prügeln, ist einfach schrecklich.

»Okay. Gehen wir in mein Zimmer. Wie war der Mathetest für dich?«

»Total blöd. Ich hatte überhaupt nicht gelernt. Und bei dir?«

»Ganz okay, glaube ich. Neuerdings hilft Nash mir bei Mathe, und endlich kapier ich mal was.« Ihre Augen leuchten.

Wie schön, dass sie mit Nash so glücklich ist.

»Wie läuft's denn bei euch?«, frage ich neugierig. In der Schule stecken sie immer zusammen, und es wirkt, als ob sie drei Meter über der Erde schweben vor Glück.

»Super! Er ist perfekt und total süß. Auch wenn wir schon einmal gestritten haben.«

»Echt? Und worüber?«

»Er war sauer, weil ich seiner Meinung nach nicht genug Selbstbewusstsein habe und mich selbst nicht genug mag. Aber ich kann nichts dagegen machen, so bin ich eben. Und ich glaube nicht, dass ich das ändern kann.«

»Wichtig ist, dass ihr euch wieder vertragen habt, oder?«

»Ja. Und wie läuft es zwischen dir und Matt?«

»Nicht gut. Wir streiten uns ständig, und auch wenn wir am Ende immer Frieden schließen, taucht gleich wieder etwas anderes auf, was uns erneut auseinanderbringt. Das ist kein gutes Gefühl.«

»*Etwas* anderes … oder *jemand* anderes? Ich weiß, dass er das auf der Party nicht besonders toll fand.«

Anscheinend wissen das mittlerweile alle. »Ja. Aber ich war betrunken und wusste nicht, was ich tat.«

»Wenn man betrunken ist, macht man meistens die merkwürdigsten Dinge … vor allem die, die man sich am meisten wünscht und die man sich unter normalen Umständen niemals trauen würde.«

Sie hat recht. Seit dem Tag in der Turnhalle wollte ich Cameron küssen. Und dann hat alles auf der Party dazu beigetragen, dass ich den Mut aufbrachte, es zu tun.

»Empfindest du etwas für Cameron?«, fragt sie mich.

»Ich … ich weiß es nicht«, stottere ich.

»Das ist kein Nein«, erwidert sie lächelnd.

»Aber auch kein Ja«, sage ich.

»Ich fänd's nicht schlecht, wenn du meine Schwägerin würdest.«

Lächelnd schüttle ich den Kopf und bewerfe sie mit einem Kissen.

Es klingelt an der Tür. Sam zieht überrascht die Augenbrauen hoch.

»Das muss Papa sein«, sagt sie und läuft ins Erdgeschoss.

Ich schaue mich ein bisschen um. Auf der Kommode steht ein gerahmtes Foto von Cameron und Sam. Darauf sind sie noch ganz klein und festlich gekleidet. Sie sehen so niedlich aus. Ob er wohl auch ein Foto von seiner Schwester in seinem Zimmer hat?

Nashs Bitte fällt mir wieder ein und mein Versprechen, dass ich mit Cameron rede. Aber wie soll das gehen, wenn ich ihn nicht mehr sehen will?

Ich stelle das Foto zurück und setze mich aufs Bett.

Wo bleibt Sam nur so lange? Ich trete aus dem Zimmer, vielleicht gibt es ja ein Problem, und sie braucht Hilfe. Langsam gehe ich die Treppe hinunter. Sam schließt gerade die Haustür. Sie sieht irgendwie besorgt aus.

»Alles okay?«, frage ich.

Sie blickt sich um und nickt.

Das gefällt mir überhaupt nicht.

»Ganz sicher?«, hake ich nach.

Sie nickt wieder. »Komm, gehen wir zurück in mein Zimmer«, sagt sie.

»Gleich, erst will ich einen Schluck Wasser trinken.«

Sie scheint zu überlegen. »In der Küche?«, fragt sie.

»Äh … ja.«

»Okay.«

Hoffentlich ist nichts Schlimmes passiert. In der Küche fülle ich ein Glas mit Wasser.

»Und das nennst du also ›aus dem Weg gehen‹?«

Ich verschlucke mich. Als ich mich umdrehe, lehnt Cameron mit nacktem Oberkörper im Türrahmen.

29

Was soll ich sagen? Diese Situation ist doch echt lächerlich: Vor wenigen Stunden habe ich mit ihm abgemacht, dass wir uns aus dem Weg gehen, und jetzt bin ich in seinem Haus. Ich hätte wirklich nicht herkommen dürfen. Aber wie immer habe ich nicht auf meine innere Stimme gehört.

»Ich … ähm …« Ich kriege keinen Satz raus. Seine definierten Bauchmuskeln und sein belustigter Blick machen mich total kirre. Warum bin ich nur so blöd?

»Ich … Sam hat mich gebeten herzukommen«, versuche ich, mich zu rechtfertigen.

»Ach echt.«

»Du … Hast du ihr was erzählt?«, frage ich.

Er stellt sich neben mich und lehnt sich an die Arbeitsplatte.

Das ist viel zu dicht: Sein Arm berührt meine Schulter. Ich muss um alles in der Welt ruhig bleiben.

»Was hätte ich ihr denn erzählen sollen?«, fragt er.

Er betrachtet mich, und ich halte die Luft an. Hoffentlich merkt er nicht, dass sein Blick mir den Atem raubt. Das gefällt mir eigentlich überhaupt nicht. Ich fühle mich plötzlich so schwach und verloren.

»Sie kam mir grad so verändert vor. Vielleicht hast du etwas gesagt, das sie beleidigt hat oder … ich weiß nicht«, sage ich.

Er lächelt. »Und wieso denkst du, ich würde gerade dir das erzählen? Ich könnte dir sagen, dass ich sie nur begrüßt habe, und das stimmt vielleicht gar nicht. Oder dass ich sie zum Teufel gejagt habe, und das stimmt vielleicht auch nicht.«

Offensichtlich macht es ihm unbändigen Spaß, mich auf den Arm zu nehmen. So ein Blödmann!

»Ich werd's merken, wenn du die Wahrheit sagst.«

»Das glaube ich nicht.«

»Dann erzählt es mir eben Sam«, sage ich und stelle das Glas in die Spüle.

Er packt mich an der Hand und zieht mich zu sich.

»Lass mich«, flüstere ich.

»Ich erklär dir, warum sie so reagiert hat«, sagt Cameron.

Ich atme tief ein und zwinge mich, einen Schritt von ihm abzurücken. Doch er folgt mir.

»Ich höre«, sage ich und verschränke die Arme vor der Brust.

»Sie hat mir die Tür aufgemacht. Ich war erstaunt, dass sie zu Hause ist, weil sie doch neuerdings immer mit Nash abhängt.«

»Und?« Er soll auf den Punkt kommen.

»Ich habe einen Witz gerissen, und den hat sie mir übelgenommen.«

»Was für einen Witz?«

Er lächelt und schüttelt den Kopf. »Den möchtest du nicht hören.«

Stimmt. Ich möchte nicht, aber ich muss.

»Irrtum. Ich will ihn hören.«

Ohne mich anzusehen, dreht er sich um und legt die Hände auf die Arbeitsplatte. Seine Muskeln zeichnen sich perfekt ab … würde er mich doch nur noch einmal umarmen, damit ich sie auf mir spüre. Ich verjage diesen Gedanken. »Also?«

»Ich habe ihr nur gesagt, dass ich dachte, sie würde sich von Nash durchvögeln lassen.«

»O mein …!« Mehr bekomme ich nicht raus. Sam war mit Sicherheit genauso verstört wie ich.

»Na und? Was hab ich denn Schlimmes gesagt?« Er zuckt mit den Schultern.

»Spinnst du jetzt total? So was hat sie nicht verdient!«

›Cameron spricht nicht mit ihr und behandelt sie mies … Vielleicht kannst du ihn irgendwie bearbeiten.‹ Nashs Worte dröhnen mir durch den Kopf, und ich merke, wie absurd diese Idee ist.

»Das war bei uns schon immer so, das ist sie gewöhnt«, rechtfertigt er sich.

»Gewöhnt? Jedes Mal, wenn du sie so behandelst, leidet sie schrecklich. Warum verstehst du nicht, dass Sam überhaupt nichts mit der Geschichte deiner Eltern zu tun hat? Das war nicht ihre Schuld!«

»Was weißt du denn davon? Diese dumme Kuh hat mein

Leben und das meiner Familie zerstört. Und jetzt nimmt sie mir auch noch meinen besten Freund weg!«, schreit er und deutet nach oben, in Richtung von Sams Zimmer. »Siehst du nicht, dass sie auch uns gegeneinander ausspielt?«

»Du bist verrückt! Denkst du etwa, dass alles wieder gut wird, wenn du sie so behandelst? Das macht man nicht! Man kann nicht mehr zurück! Du tust ihr damit einfach nur weh!«

»Vielleicht. Aber mir geht es dann besser.«

»Du bist ein Egoist. Hast du dich je gefragt, wie sich Sam bei der ganzen Sache fühlt?«

»Nein, und ehrlich gesagt interessiert mich das auch nicht«, erwidert er und starrt in die Spüle.

Hoffentlich sagt er das nur, weil er blind vor Wut ist, und nicht, weil er das wirklich denkt.

»Tja, es sollte dich aber interessieren. Denk doch mal eine Sekunde an sie und was für ein Arsch du bist«, sage ich und verlasse die Küche.

Nash liegt falsch. Nie im Leben bringe ich Cam dazu, dass er seine Meinung ändert. Das Einzige, was dabei rauskommt, ist, dass er stocksauer wird. Mehr nicht.

Ich steige die Treppe hinauf, während aus der Küche der Krach von zersplitternden Tellern zu mir dringt. Das ist mir jetzt so was von egal. Ich will nur schnell zu Sam und eile in ihr Zimmer. Nachdem ich die Tür geschlossen habe, warte ich noch eine Sekunde, bevor ich mich zu ihr drehe, so aufgewühlt bin ich von dem Streit mit Cameron.

»Warum ist er zu Hause?«, frage ich, als ich wieder etwas ruhiger bin.

»Es regnet. Das Training wurde abgesagt«, erklärt sie mit weinerlicher Stimme.

Sie hockt zusammengekauert in einer Zimmerecke, mit blutigen Tüchern um ihre Handgelenke.

Ich schlage die Hand vor den Mund. Tränen schießen mir in die Augen. Jetzt verstehe ich … der Pullover … die langen Ärmel.

»Sam!«

»Cris, ich …« Sie bricht in Tränen aus.

Ich renne zu ihr und umarme sie. Unglaublich, dass sie so etwas wegen Cameron macht.

»Warum?«, frage ich. »Warum tust du dir das an?«

»Ich habe alles gehört … Es tut so weh, dass mein Bruder mich hasst und mich für seine Probleme verantwortlich macht«, sagt sie schluchzend.

»Weiß Nash das?« Ich trockne meine Tränen und betrachte ihre geritzten Arme.

Sie schüttelt den Kopf.

Und endlich verstehe ich die Verzweiflung, die ich in ihren Augen entdeckt habe.

»Sam, das darfst du nicht. Du darfst das nicht an dir auslassen. Du bist nicht für seine Probleme verantwortlich!«

»Ich weiß, aber es ist stärker als ich. Jedes Mal, wenn ich ihn auf diese Weise reden höre, muss ich es tun. Cris, kannst du bitte gehen? Ich möchte allein sein.«

»Nein, Sam, ich lass dich nicht allein. Jetzt verarzten wir dich erst mal.«

Nachdem das erledigt ist, umarme ich sie und drücke sie fest an mich. Sie soll spüren, dass sie nicht allein ist und auf mich zählen kann.

»Wie wäre es mit ein bisschen frischer Luft? Danach geht es dir bestimmt gleich besser«, schlage ich vor.

Sie trocknet sich die Tränen und nickt.

Eine Stunde spazieren wir durch unser Viertel, und als ich sie wieder nach Hause begleite, kommt sie mir schon viel fröhlicher vor.

»Sam, ich bin sicher, dass sich das alles regeln lässt. Cameron hasst dich nicht, denn im Grunde weiß er, dass es nicht deine Schuld ist. Er benimmt sich so, weil er mit seinem Schmerz nicht umgehen kann und nicht weiß, wie weh er dir tut. Ihr beide müsst unbedingt miteinander reden. Ihr seid keine Feinde, ihr seid Bruder und Schwester.«

»Ich versuch's.«

»Und ich rede auch noch mal mit ihm, okay?« Ich spreche mit fester Stimme, damit meine Worte so überzeugend wie möglich klingen. Aber eigentlich möchte ich in diesem Moment zu Cameron laufen und ihm gehörig eine runterhauen.

Ich komme mir so machtlos vor, während ich Sam in ihr Zimmer bringe. Als ich die Treppe wieder hinuntergehe, kann ich die Tränen nicht mehr zurückhalten.

Noch während ich die Haustür öffne, tritt Cameron zu mir. »Warum weinst du denn?«

Ich sehe ihm in die Augen. Wieso muss er gerade jetzt vor mir stehen?

Er will mich umarmen, aber ich mache einen Schritt zurück. »Fass mich nicht an«, zische ich.

»Wenn es wegen des Streits von vorhin ist, ich …«

»Cameron, du solltest dir nicht um mich Sorgen machen, sondern um Sam. Denk mal gut drüber nach und rede dann mit ihr. Das ist das Einzige, worum ich dich bitte«, erwidere ich so streng wie möglich.

»Worüber soll ich denn mit ihr reden?«, fragt er und zuckt mit den Schultern.

»Hör ihr wirklich mal zu, dann verstehst du es.« Ich drehe am Türknauf und verlasse das Haus.

Zum Glück kommt er mir nicht hinterher.

30

Es hat tatsächlich geholfen, Cameron aus dem Weg zu gehen.

Nach Unterrichtsende gehe ich an den Strand, damit ich endlich mal eine Stunde für mich habe. Denn ich bin mir über meine Gefühle immer noch nicht im Klaren. Mit Matt und mir scheint es aber ganz gut zu laufen.

In dieser Woche haben Cam und ich uns wie ganz normale Freunde benommen, ohne dass irgendwelche Missverständnisse dabei herausgekommen sind. Ich habe einen Bogen um die Dearing-Villa gemacht, so konnte ich ihm auch nicht in die Arme laufen. Dadurch habe ich aber auch nicht viel mit Sam geredet. Immerhin hat sie mir erzählt, dass sie sich besser fühlt. Und wenn ich sie so beobachte, scheint das zu stimmen, auch wenn ich nicht weiß, ob sich das Verhältnis zu ihrem Bruder irgendwie verändert hat.

Es tut mir leid, dass ich das Versprechen, das ich Nash gegeben habe, nicht halten kann. Aber es ist besser, mich erst mal von Cameron fernzuhalten.

Ganz in Gedanken biege ich in unsere Straße ein. Als ich den Blick hebe, sehe ich Matt.

Nanu? Er wohnt doch am anderen Ende der Stadt!

»Matt?«

»Cris?«, erwidert er überrascht.

»Was machst du denn in dieser Gegend?« Ich gehe die Liste der Leute durch, die in meiner Nachbarschaft wohnen, und als Erstes fällt mir Susan ein. Es kommt mir völlig absurd vor. Aber in mir steigt die ungute Ahnung auf, dass er bei ihr gewesen ist. Hoffentlich irre ich mich.

»Ich wollte dich besuchen«, sagt er.

»Ich wohne auf der anderen Seite der Straße«, entgegne ich.

Hm, das ist echt merkwürdig. Er sieht verlegen aus. Der Verdacht, dass er bei Susan gewesen ist, verstärkt sich, und das macht mich richtig sauer.

»Ah«, sagt er nur und schaut an mir vorbei.

Er verheimlicht mir etwas!

»Du warst bei Susan, oder?«, frage ich.

Matt sieht mir in die Augen. »Ja.«

Mein Herz setzt einen Schlag aus.

»Das war nur wegen dem Computerkurs. Sie ist in Sachen Programmieren total unbegabt, also hat sie mich um Nachhilfe gebeten, weil bald die nächste Klausur ansteht.« Er sagt das alles, ohne zu zögern. Es hört sich ehrlich an.

Ich bin erleichtert. Aber meine Unruhe hat er trotzdem bemerkt.

»Ist alles in Ordnung?«, fragt er. »Was hast du denn gedacht? Dass ich ein geheimes Date mit Susan hätte?« Er lächelt. »Liebling, mach dir keine Sorgen. Auch wenn wir früher mal zusammen waren, heißt das nicht, dass ich noch was für sie empfinde. Jetzt habe ich ja dich, und ich will nur dich, verstehst du das?«

Ich nicke.

»Sehr gut.« Er tritt zu mir und schmatzt mir ein Küsschen auf den Mund.

Wir gehen zu mir nach Hause. Ich bin echt froh, aber eines möchte ich noch von ihm wissen.

»Matt, kann ich dich was fragen?«

»Klar.«

»Was ist zwischen dir und Cameron beim Training passiert?« Wir haben noch nie über ihren Zusammenstoß gesprochen.

Er wird ernst. »Wenn du den kleinen Vorfall von neulich meinst, das war nichts. Ich habe ihn aus Versehen umgerannt, und er hat mich weggestoßen und dummes Zeug gequatscht. Seiner Meinung nach führe ich irgendwas im Schilde. Er ist total irre, und sein Verhalten zeigt mir nur, dass du ihm nicht gleichgültig bist. Ich hätte ihm am liebsten mit der Faust ins Gesicht geschlagen, aber zum Glück habe ich mich beherrscht, sonst hätte ich ihn noch erwürgt oder so.«

Obwohl mir Sam das schon alles erzählt hat, ist die Vorstellung, dass er und Cameron sich meinetwegen prügeln könnten, ziemlich schräg. Und selbst wenn das passieren sollte, bin ich mir sicher, dass Cameron gewinnen würde. Matt wäre vermutlich derjenige, der sich weh tun würde.

Ich lasse das Thema lieber fallen, um nicht noch mehr Öl ins Feuer zu gießen.

Zu Hause stelle ich fest, dass meine Eltern nicht da sind.

»Willst du mit rein?«, frage ich Matt.

Er nickt.

Als wir in die Eingangshalle treten, kommt Kate mir entgegen und umarmt mich zur Begrüßung. Dann sieht sie Matt neugierig an.

»Du bist ihr Freund, oder?«, fragt sie streng und mustert ihn von oben bis unten.

Er nickt und reicht ihr die Hand. »Hallo, ich bin Matt.«

»Freut mich, ich bin ihre Schwester Kate.« Sie starrt noch eine Weile, ohne etwas zu sagen, dann verschwindet sie.

»Normalerweise benimmt sie sich nicht so merkwürdig«, sage ich entschuldigend.

»Oh, ist schon okay. Sie scheint nett zu sein.« Er lächelt.

So hat sich Kate wirklich noch nie verhalten. Als ich damals Seth nach Hause brachte, um ihn der Familie vorzustellen, hat sie ihn ein paar Sekunden lang angeschaut. Dann hat sie ihn umarmt und gesagt, dass er bestimmt der Richtige für mich wäre.

Wir treffen sie im Wohnzimmer wieder. Matt und ich setzen uns aufs Sofa. Ich kuschele mich in seine Arme, und wir schauen fern.

Kate starrt ihn die ganze Zeit an. Plötzlich, als hätte sie einen Geistesblitz, springt sie auf. »Ich hol mir was zu trinken«, sagt sie. »Cris, kommst du mit?«

Ich muss ihr unbedingt beibringen, wie man sich bessere Vorwandsflunkereien ausdenkt.

»Ist das wirklich nötig?«, erwidere ich genervt. Wieso können Matt und ich nicht mal eine ruhige Stunde zusammen verbringen, ohne dass uns irgendjemand stört?

»Ich bin doch so klein und komme nicht an den oberen Schrank ran«, beharrt sie.

Also folge ich ihr.

»Was ist bitte mit dir los?«, frage ich sie, als wir in der Küche sind.

»Dieser Typ gefällt mir nicht, er verheimlicht etwas«, sagt sie schmollend.

Kann es sein, dass ihn wirklich jeder verdächtigt?

»Kate, nicht jetzt. Bitte.«

Sie runzelt die Stirn. »Ha! Ich wusste, dass ich ihn schon mal irgendwo gesehen habe! Erinnerst du dich noch an das Pärchen von Halloween, von dem ich dir erzählt habe?«

»Äh, nein.« Hoffentlich kommt sie rasch auf den Punkt, ich will Matt nicht so lange allein lassen.

»An Halloween bin ich auf der Straße hier im Viertel aus Versehen in ein Pärchen hineingerannt, und das Mädchen hat mich total angemacht.«

»Ja, und? Worauf willst du hinaus?«, frage ich.

»Ich bin mir zwar nicht ganz sicher, weil es so dunkel war, aber ich glaube, der Junge war er.«

»Na, und? Matt und ich hatten ein paar Tage vorher gestritten, und er ist mit einer anderen auf die Party gegangen. Das war's. Kannst du uns jetzt bitte mal in Ruhe lassen?«

»Ist gut«, sagt sie, während ich gehe, »aber sag ihm, dass diese Blondine echt nicht besonders nett war!«

Ich bleibe abrupt stehen. *Diese Blondine?* Tamara hat schwarze Haare.

»Bist du sicher, dass sie blond war?« Ich drehe mich wieder zu Kate.

»Da war nicht viel Licht, aber das habe ich genau gesehen. Sie hatte blonde Haare, fast weiß.« Sie kichert.

Kann es sein, dass Matt mit Susan zusammen war? Eine nicht besonders nette Blondine … Die Beschreibung passt ziemlich gut zu ihr.

Ich kehre ins Wohnzimmer zurück. Mit einer merkwürdigen Vorahnung setze ich mich neben Matt.

Plötzlich rückt er an mich heran und küsst mich leidenschaftlich. Ich drücke ihn von mir weg, aber er ist stärker als ich. Er küsst mich weiter, und ich rutsche lang auf das Sofa, bis er auf mir drauf liegt. Was ist bloß in ihn gefahren?

Da klingelt sein Handy.

»Matt, du solltest …«, sage ich, seine Lippen immer noch auf meinen.

Das Telefon bimmelt weiter. »Vielleicht ist es wichtig«, beharre ich.

»Ist mir egal«, flüstert er und küsst mich immer noch.

Lächelnd rutsche ich vom Sofa und greife nach seinem Phone. Als ich auf das Display sehe, zucke ich zusammen. Zwei verpasste Anrufe von Susan. Warum ruft sie ihn an? Kates Worte hallen in meinem Kopf.

Dann kommt auch noch eine SMS.

Matt schaut zu mir.

Ich muss unbedingt wissen, was Susan geschrieben hat. Ich muss.

Rasch öffne ich die SMS.

»Und?«, fragt Matt.

›Warum gehst du nicht ran? Wir müssen reden.‹

»Sie ist von Susan.«

»Typisch. Die dumme Kuh hat bestimmt ein paar von meinen Erklärungen nicht kapiert.« Er steht auf und nimmt mir das Phone aus der Hand.

»Ah«, sage ich nur. Also wirklich, das überzeugt mich alles gar nicht.

Er legt das Handy auf den Sofatisch, umfasst meine Taille und zieht mich zu sich.

»He, ich kenne diesen Blick. Mach dir keine Sorgen, ich hab doch schon gesagt, dass selbst ein Apfel für mich interessanter ist als Susan.«

Über diesen Vergleich muss ich lachen. »Das wusste ich noch gar nicht«, sage ich kess.

»Dann weißt du es jetzt.« Er küsst mich zärtlich auf die Wange. »Du bist wunderschön«, sagt er.

Ich erröte.

»Das meine ich ernst. Du bist die Schönste von allen.«

»Danke«, flüstere ich. Ich lege ihm eine Hand auf die Schulter und küsse ihn kurz.

Er umschlingt mich mit beiden Armen, und der Kuss wird richtig leidenschaftlich.

»Cris!«, ruft Kate und stürzt ins Wohnzimmer.

Sofort mache ich mich von Matt los.

»Warum können wir nicht einmal unsere Ruhe haben?«, brummt er.

Ich gehe zu Kate.

»Was ist denn jetzt schon wieder?«

»Mama hat angerufen. Sie kommt gleich nach Hause. Also sollte dein Freund besser verschwinden, wenn du nicht willst, dass sie ihn ins Kreuzverhör nimmt.«

»Ist gut, danke.«

Nachdem Matt gegangen ist, denke ich noch mal über diesen merkwürdigen Nachmittag mit ihm nach. Irgendetwas stimmt nicht! Er ist zuckersüß, und trotzdem ist mir nicht ganz wohl bei der Sache.

Vielleicht sind das wieder nur meine dummen Ängste und die Paranoia, aber auf meine innere Stimme sollte ich einfach mal hören. Das weiß ich aus schmerzlicher Erfahrung. Ich muss herausfinden, was zwischen ihm und Susan läuft.

31

Alarmiert fahre ich aus dem Schlaf hoch. Der Blick auf mein Handy sagt mir: Es ist 7.15 Uhr!

Ich sollte mich ranhalten, denn heute muss ich mit dem Bus zur Schule, weil Cameron mich ja nicht mitnimmt.

Das Frühstück lasse ich sausen und flitze auf die Straße.

Es regnet. Mit schnellen Schritten gehe ich zur Haltestelle. Eine kalte Welle schwappt über meine All Stars, und ich zittere. Diese blöden Autofahrer, die fahren doch mit Absicht durch die größten Pfützen.

Noch bevor es klingelt, bin ich in der Schule. Zum Glück.

Ich gehe zu meinem Spind, öffne ihn und lehne mich ein paar Sekunden dagegen.

Dieser Tag fängt echt spitzenmäßig an: Ich hab schon wieder verschlafen, kein Frühstück gehabt, bin bis zu den Knien klatschnass, und als Sahnehäubchen obendrauf habe ich so wahnsinnig Lust, Cameron zu sehen. Und wenn es nur für ein paar Sekunden wäre. Keine Ahnung, warum, aber in mir sehnt sich alles nach ihm. Bestimmt sähe der Tag dann gleich ganz anders aus.

»Liebling.« Matt steht plötzlich neben mir.

»Hey.« Ich lächle. Dann schaue ich sofort wieder weg

und hole mein Englischbuch aus dem Spind. Zusammen gehen wir in den Unterrichtsraum.

Cameron sitzt schon an seinem Platz und quatscht mit Nash.

Eine Sekunde lang beobachte ich ihn: Er scheint gute Laune zu haben.

Matt ergreift meine Hand und zieht mich zu seinem Tisch. Von dort aus sehe ich noch besser, wie Cameron sich auf der anderen Seite des Raums mit Nash amüsiert. Und ich kann einfach nicht anders, ich muss lächeln.

»Ich habe dich heute noch gar nicht richtig begrüßt«, sagt Matt.

Wir küssen uns.

Er zieht mich auf seinen Schoß. »Tut mir echt leid, dass ich gestern so schnell gehen musste. Ich wäre lieber geblieben«, flüstert er und umschlingt mich mit seinen Armen.

Ich lächle, aber meine Gedanken wandern ganz woandershin: Über was Cameron und Nash wohl gerade reden?

Sam kommt herein, ihren Helm immer noch auf dem Kopf, und tritt zu Nash. Er nimmt ihn ihr ab und küsst sie. Auch wenn ich mich wiederhole: Sie sind so süß zusammen! Dann dreht sie sich zu Cameron und umarmt ihn.

Moment mal … Was habe ich verpasst?

Matt sagt irgendwas, aber seine Worte dringen nur ganz aus der Ferne zu mir. Ich traue meinen Augen kaum.

»Und?«, fragt Matt. »Erde an Cris.« Er imitiert eine Roboterstimme. »Ist jemand zu Hause?« Er tippt mir an die Stirn.

Ich schüttle kurz den Kopf und wende mich ihm zu. »Was?«

»Erklär mir doch mal, was es da so Interessantes zu sehen gibt.« Er reckt den Hals.

»Sam und Cameron haben sich umarmt«, sage ich aufgeregt und hoffe, dass Matt es genauso spektakulär findet wie ich.

»Ach, und was ist daran so besonders?«, erwidert er.

Das hat er jetzt nicht ernsthaft gesagt, oder? Sogar Susan schaut die beiden ganz überrascht an.

»Cameron hat Sam immer gehasst, und jetzt ist das anscheinend nicht mehr so.«

Matt sieht mich an, als redete ich in einer fremden Sprache.

»Also, kommst du nun am 23. zum Spiel? Das ist ein Sonntag.«

Unfassbar! Er wechselt einfach so das Thema.

Ich stehe auf. »Ja. Ich bin dabei.«

Der Lehrer tritt ein, und ich gehe zu meinem Platz vor Cameron. Ob er mich wohl grüßt? Oder mich einfach übersieht. Als sich unsere Blicke treffen, verspanne ich mich und weiß nicht, was ich tun soll. Grüßen? Nein, lieber nicht. Er lächelt, und ich erwidere das Lächeln, während ich meinen Rucksack auf den Boden stelle.

»Hey«, sagt er.

Ich setze mich und drehe mich kurz zu ihm. Hoffentlich merkt der Lehrer nichts. »Hallo.«

»Äh, ich möchte …«, fängt er an und verstummt gleich

wieder. Dann nimmt er einen tiefen Atemzug und fährt fort: »Ich möchte mit dir reden.«

Ich nicke und wende mich dem Lehrer zu.

Den kompletten Vormittag muss ich ständig an Cams Bitte denken. Ich bin so nervös, ich kann es gar nicht abwarten.

Als es zur Mittagspause klingelt, bleibe ich sitzen.

»He, können wir jetzt reden?«, fragt Cameron. Er ist irgendwie ziemlich aufgeregt.

»Klar.« Ich stehe auf.

»Aber nicht hier. Komm mit.« Er ergreift meine Hand und zieht mich aus dem Raum.

Wir durchqueren den Korridor und betreten die Mädchentoilette. Hoffentlich hat das keiner von den Lehrern gesehen.

Vor dem Spiegel schminkt sich eine jüngere Schülerin. Sie stößt einen kurzen Schrei aus, als sie Cameron sieht.

»Raus!«, befiehlt er hart.

Sie rafft ihre Sachen zusammen und flüchtet verängstigt. Ich begreife immer noch nicht, wieso die anderen seinetwegen immer gleich den Kopf verlieren. Zugegeben, er sieht verdammt gut aus, benimmt sich aber leider unerträglich.

Er schaut in alle Klokabinen, ob auch niemand da ist, dann stellt er sich vor mich hin.

Dabei kommt er mir so nah, dass ich einen Schritt zurücktrete.

»Ich wollte dir von neulich Nachmittag und von Sam erzählen. Du hattest recht, mit allem. Als du weg warst, bin ich in ihr Zimmer und wollte ihr mal richtig die Meinung geigen.«

»Warum? Sie hat dir doch nichts getan!«, unterbreche ich ihn.

»Lass mich ausreden. Sam lag auf ihrem Bett und schlief. Ich habe sie angeschaut und ihre verbundenen Handgelenke bemerkt. Es sah aus, als wäre ihr kalt, also habe ich sie zugedeckt. Dabei ist sie aufgewacht. Ich habe sie nach den Verbänden gefragt. Zuerst hat sie sich gewunden, aber dann ist sie in Tränen ausgebrochen und hat mir alles erzählt. Ich schwöre, ich hätte nie gedacht, dass sie so etwas macht. Ich hätte mir niemals vorstellen können, dass sie so weit geht. Das musste ich erst mal alles verdauen. In den Tagen danach haben wir viel geredet, und sie hat mich gebeten, dass ich ein bisschen netter zu ihr sein soll, damit sie sich das nie wieder antun muss. Ich hab keine Ahnung, ob ich das schaffe. Aber ich habe ihr versprochen, dass ich es versuche.«

Unglaublich! Er hat also doch auf mich gehört. Ich lächle, und ohne es so richtig zu merken, umarme ich ihn. Nichts hätte meinen Tag so retten können wie diese großartige Nachricht. Sam wird glücklich und kann ihre Beziehung mit Nash endlich genießen.

»Danke«, flüstere ich.

Ein wohliges Kribbeln überzieht mich von Kopf bis Fuß, und ich wünsche mir, dass dieser Moment nie vergehen möge.

»Das hast du nicht erwartet, oder?« Er lässt mich los.

»Ehrlich gesagt, nein. Ich dachte, du würdest nie einen Schritt auf Sam zugehen. Außerdem war ich sicher, dass du auf mich sauer wärst, weil ich mich eingemischt habe.«

»Ja, das war ich auch ... Ich bin es eigentlich immer noch«, sagt er. »Es ist nicht einfach für mich, darüber zu reden. Ich bin so unglaublich wütend auf alles, was mir und meiner Familie zugestoßen ist. Aber du hast recht, dass nichts mir die Dinge zurückbringt, die ich verloren habe, und dass Sam damit nichts zu tun hat. Ich habe meinen Schmerz an ihr ausgelassen. Und das war ungerecht.«

Ich lächle. Nur von seinen traumhaften Augen darf ich mich nicht verführen lassen.

»Ich habe gesehen, dass es zwischen dir und Matt besser läuft.«

»Ja, endlich.«

»Und, bist du glücklich?«

Bin ich glücklich?

»Ja«, sage ich fast flüsternd.

»Gut. Tja, ich sollte jetzt lieber verschwinden. Ich möchte keinen Ärger bekommen.«

Ich nicke, und Cameron verlässt die Mädchentoilette.

Zwei Sekunden später kommt Sam herein. »Hat er es dir schon gesagt? Ich habe ihn gerade rauskommen sehen«, sagt sie lächelnd.

»Ja. Er hat mir alles erzählt.«

»Ist das nicht großartig, Cris? Endlich redet Cameron

mit mir. Du kannst dir nicht vorstellen, wie sehr Mama und Papa sich darüber freuen.«

Sam ist im siebten Himmel. Sie wirkt wie ein neuer Mensch.

»Cam hat sich bei mir dafür entschuldigt, wie er mich behandelt hat. Und auf seine Art hat er mir gesagt, dass er mich gernhat. Das ist alles nur dein Verdienst.«

»O nein, ich habe gar nichts gemacht«, sage ich, und meine Wangen werden heiß.

»Doch, natürlich! Ich weiß ja nicht, wie du ihn überzeugt hast, aber du hast es geschafft, dass er über unser Verhältnis nachgedacht hat. Und dafür bewundere ich dich!«

32

Endlich beendet das Läuten die zweite ermüdende Novemberwoche.

Kaum stehe ich im Korridor, klingelt mein Handy, und auf dem Display erscheint Trevors Name.

Seit fast zwei Wochen habe ich meine Freunde nicht mehr gehört. In dieser Zeit habe ich zwei Anrufe von Cass bekommen, aber ich konnte nie rangehen und habe auch noch keine ruhige Minute gefunden, um endlich mal zurückzurufen. Dafür herrschte hier einfach ein zu großes Chaos. Ich fühle mich schuldig. Es ist also doch schwierig, Freundschaften über so eine weite Entfernung fortzuführen. Ganz wie ich es befürchtet habe.

»Trevor«, sage ich.

Ich höre nur irgendwelche merkwürdigen Hintergrundgeräusche und verstehe gar nichts.

»Trevor?« Ich spreche lauter, damit er mich hört.

»Leg das verdammte Handy weg und stell dich nicht so doof an«, sagt ein Mädchen am anderen Ende der Leitung. Das kann eigentlich nur Cass sein.

»Trevor?« Ich stehe unbeweglich da und halte mir das Handy vor den Mund.

»Cris, ich …« Die Verbindung bricht ab.

Was ist da los?

Ich wähle seine Nummer.

Anrufbeantworter.

Ich glaube es nicht.

Noch ein paarmal drücke ich auf seine Nummer, aber weder er noch Cass gehen ran.

»Ist alles okay?«, fragt mich Nash.

»Nein.« Ich fasse mir mit einer Hand an die Stirn.

»Was ist passiert?«, fragt er besorgt.

»Ich weiß es nicht. Ich habe einen Anruf von einem Freund aus Los Angeles bekommen, und ich fürchte, da ist etwas passiert.«

»Ruf doch zurück.«

»Hab ich schon. Er geht nicht ran.«

»Du kannst mein Telefon benutzen, wenn du willst.«

Ich nehme sein Handy, tippe Trevors Nummer ein und hoffe, dass er antwortet, obwohl er das normalerweise nicht macht, wenn er die Nummer nicht kennt.

»Komm schon, Trevor«, flüstere ich.

»Hallo?«

»Trevor! Was ist?«

»Cris?«

»Ja, ich bin's. Kannst du mir bitte mal erklären, was bei dir los ist?«

Trevor schweigt ein paar Sekunden, im Hintergrund höre ich Cass jammern.

»Nichts«, sagt er schließlich.

»Nichts? Du rufst mich an, weil nichts ist? Willst du mich auf den Arm nehmen?«

Nash schaut mich fragend an.

»Cris, selbst wenn ich es dir sagen würde, was würde das ändern? Du bist dort, und wir sind hier, am anderen Ende des Landes. Und außerdem bin ich sicher, dass es dich nicht interessieren würde.«

Seine Worte tun weh. Wie kann er so etwas sagen? Wir kennen uns, seit wir klein waren, er weiß besser als jeder andere, wie sehr ich an ihnen hänge. Okay, in letzter Zeit war ich nicht viel für sie da, aber ich hab hier auch meine eigenen Probleme.

»Trevor, das denkst du doch nicht wirklich, oder?«, frage ich beleidigt.

»Doch, Cris, das denke ich. Seit wann bist du weg? Einen Monat? Und für dich existieren wir nicht mehr. Du weißt nichts von unserem Leben. Mach ruhig weiter mit deinen neuen Freunden in Miami. Cass wird das hier auch ohne deine Hilfe überstehen. Hast du dich mal gefragt, warum sie sich so merkwürdig verhalten hat, als wir das letzte Mal gechattet haben? Tja, es geht ihr dreckig! Und du hast überhaupt nichts gemerkt!«

»Das stimmt nicht, ich …«

»Stopp, Cris«, unterbricht er mich. »Es reicht, ich hab keine Lust, mit dir zu reden.« Er beendet die Verbindung.

Trevor, mein bester Freund! Ich erkenne ihn nicht wieder. Tränen laufen mir über die Wangen. Ich könnte auf der Stelle zusammenbrechen, so schrecklich ist das.

Ich gebe Nash sein Telefon zurück und wische mir über die Wangen.

Es ist verrückt, wie kann Trevor mir die Schuld für alles geben? Ich habe es mir nicht ausgesucht, herzuziehen! Und überhaupt, woher sollte ich denn wissen, dass es Cass schlechtgeht?

Nash nimmt mich in den Arm, und ich breche richtig in Tränen aus.

»Ist ja gut«, sagt er und streicht mir über den Kopf.

»He.« Cameron bleibt neben uns stehen. »Ist was passiert?«

»Ich weiß nicht«, sagt Nash.

Ich bringe kein Wort hervor.

»Danke, Nash. Ich fahre sie nach Hause. Hier gibt es zu viele Leute, die zu gern anderen hinterherschnüffeln«, sagt Cameron und schaut sich um. »Komm, gehen wir.«

Er legt mir einen Arm um die Schultern, und zusammen verlassen wir das Schulgebäude.

»Steig ein.« Er hält mir die Beifahrertür auf. »Was ist passiert?«, fragt er, als er am Steuer sitzt.

Ich schweige, weil ich mich immer noch nicht beruhigt habe.

»He.« Er zieht meine Hand von meinem Gesicht weg und schaut mir in die Augen.

Ich muss so fürchterlich verheult aussehen, aber das ist mir eigentlich ganz egal. »Können wir nach Hause fahren?«, stoße ich schluchzend hervor.

»Zuerst erklärst du mir, was los ist.«

»Cameron, bitte fahr sofort los«, sage ich.

»Ich will dir doch nur helfen.«

»So hilfst du mir überhaupt nicht.«

Er sieht mich immer noch an.

Wenn er nicht sofort damit aufhört, steige ich aus diesem Auto und gehe zu Fuß.

»Also?« beharrt er.

Ich seufze und starre aus dem Fenster. »Na gut. Mein bester Freund hat mir ganz schreckliche Dinge gesagt. Meine beste Freundin, einer der Menschen, die ich am meisten auf der Welt liebe, macht gerade eine schlimme Phase durch. Und ich bin hier, Tausende Kilometer entfernt und kann nichts tun. Ich weiß noch nicht mal, was für ein Problem sie hat! Ich fühle mich so mies, ich bin so ein schrecklicher Mensch! Bekloptes Miami! Das wäre alles nicht passiert, wenn ich in Los Angeles geblieben wäre!«

»Wie kannst du nur sagen, dass du schrecklich bist? Sieh dich mal an! Wenn ich du wäre, würde ich mich nicht um diesen Freund scheren und das, was er gesagt hat. Dein Umzug nach Miami war ein Segen für so viele Leute. Also, du bist gerade mal ein paar Wochen hier und hast es schon geschafft, mich und meine Schwester zu versöhnen. Ist das etwa nichts?«

Es ist merkwürdig, neben Cameron im Auto zu sitzen, der mir Mut macht.

»Ich hab's nicht so mit Worten«, fährt er fort, »aber der Punkt ist doch, dass du nicht der schreckliche Mensch bist, der du zu sein glaubst. Außerdem musst du aufhören, darüber nachzugrübeln, wie dein Leben wäre, wenn du in L. A. geblieben wärst. Du bist jetzt hier, und manche Dinge kann man nicht ändern. Ich wiederhole nur, was du mir gesagt hast: ›Man kann nicht zurück.‹ Das musst du akzeptieren, Cris.«

Das alles gefällt mir gar nicht, aber er hat ja recht.

»Ich finde es schrecklich, dich so zu sehen.« Er streichelt mir über die Wange.

Ich blicke hoch, und sein Gesicht ist ganz dicht vor meinem. Er starrt auf meine Lippen, ich auf seine.

»Ich kann nicht«, flüstere ich.

»Aber du willst es.«

»Ich kann nicht«, wiederhole ich. »Ich kann Matt das nicht antun, das weißt du.«

Er senkt den Blick und nickt.

»Es tut mir leid«, sage ich.

»Keine Sorge. Du hast ja recht.« Er lächelt gezwungen. »Fahren wir.« Er startet den Motor, und schweigend bringt er mich nach Hause.

In meinem Zimmer starre ich auf die Fotos von Cass und Trevor. Wir waren so glücklich zusammen. Trevors Worte kommen mir wieder in den Sinn, und eine Träne rollt mir über die Wange. Was kann denn nur mit Cass passiert sein? Ja, beim letzten Mal, beim Videochat, als ich sie gesehen habe, war sie irgendwie anders: die Zigaretten, der neue Look … Aber dass sie eine schwierige Phase durchmacht, war mir nicht klar. Vielleicht wollte sie mir ja von ihrem

Kummer berichten, als sie angerufen hat und ich nicht rangegangen bin. Ich fühle mich immer noch ganz mies. Auf jeden Fall muss ich mit ihr reden, damit ich endlich mal erfahre, was los ist. Zuerst aber sollte ich mich beruhigen und wieder klar im Kopf werden. In diesem Zustand kann ich kein ordentliches Gespräch mit ihr führen.

Morgen ist Samstag, und ich habe das ganze Wochenende Zeit, mich zu sortieren. Jetzt sollte ich mich lieber ablenken.

Ich setze mich an den Schreibtisch, öffne das Mathebuch und versuche, mich auf Gleichungen und Logarithmen zu konzentrieren. Ich muss immer noch sehr viel Stoff nachholen, und Zahlen sind ein gutes Mittel, damit der Geist nicht auf Abwege gerät.

Nach einer Stunde Lernen bin ich völlig fertig. Ich lege mich aufs Bett, nehme Phone und Kopfhörer und mache Musik an. Flink scrolle ich durch meine Playlist und wähle einen alten Song, den ich aber wegen seiner sanften Melodie und seines zarten Textes total liebe. *A Drop in the Ocean* entspannt mich sofort. Musik ist und bleibt einfach die beste Medizin für eine schmerzende Seele.

Das Handy vibriert.

Eine Nachricht von Matt: ›Habe gehört, dass du geweint hast und mit Cameron weggefahren bist. Was ist passiert?‹

Ich kann jetzt nicht mit ihm reden, ich würde nur wieder in Tränen ausbrechen, und das will ich nicht.

Ich tue, als hätte ich die SMS nicht gelesen, drehe die Musik lauter und lausche den Worten des Songs. Ich schließe die Augen, und mein Geist fliegt von einem Bild zum nächsten. Und ohne es zu wollen, lande ich bei Cam. Ich sehe seine Augen, seine Lippen, sein Lächeln vor mir. Rasch setze ich mich auf und ziehe den Kopfhörer runter, damit die Gedanken an ihn verschwinden.

Als ich das nächste Mal aufs Handy schaue, sind drei neue SMS da. Zwei von Matt, eine von Cameron.

Ich öffne die von Cam als Erstes.

›Alles okay?‹

Ein Lächeln stiehlt sich in mein Gesicht.

›Ja, besser als vorhin. Danke, dass du fragst‹, schreibe ich zurück.

›Wie schön. ;-)‹, simst er.

Ich freue mich wie blöd und lese Matts Nachrichten.

›Cris?‹

›Was ist los? Bist du sauer auf mich?‹

›Ich erzähl dir morgen alles‹, schreibe ich.

›Ist gut. Aber was auch immer passiert ist, ich bin da, wenn du mich brauchst‹, antwortet er.

›Ich hab dich lieb‹, tippe ich ganz automatisch. Keine Ahnung, warum, aber das scheint mir in diesem Moment genau richtig zu sein.

›Ich liebe dich‹, simst er.

Darauf antworte ich nicht mehr.

33

Zum Glück vergeht die Woche wie im Flug, und auch das vorletzte Novemberwochenende verläuft ohne Probleme.

Ich habe es am vergangenen Wochenende zwar nicht geschafft, mit Cass zu telefonieren, aber am Mittwoch hat sie mir auf eine E-Mail geantwortet und mir versichert, dass es ihr gutgehe und ich mir keine Sorgen machen müsse. Sie hat keine langen Erklärungen abgegeben, sondern nur von ein paar Schwierigkeiten in der Schule geschrieben und dass ich nicht auf Trevor hören soll.

Er hingegen hat weder auf meine Anrufe noch auf die Mails geantwortet, die ich ihm geschickt habe. Langsam glaube ich, dass ich einen Freund verloren habe. Ehrlich gesagt bin ich von seinem Verhalten aber genauso enttäuscht. Am Telefon hat er mir schreckliche Dinge gesagt, so dass ich mich total erbärmlich gefühlt habe. Ich habe noch versucht, mit ihm zu reden, aber anscheinend war es ihm nicht wichtig, alles zu erklären.

Ansonsten war die Woche ziemlich ruhig und langweilig mit all den Stunden, dem Lernen und ein paar kleinen Streitereien mit Matt – die aber nicht vergleichbar sind mit dem Zoff der Wochen vorher.

Auch wenn mein Leben weniger aufregend ist, so hat es doch auch seine Vorteile, wenn ich mich von Cameron fernhalte: Susan lässt mich in Ruhe, und mit Matt kann ich endlich mal über etwas anderes reden. Er ist nicht mehr von Cam besessen. Trotzdem habe ich das Gefühl, dass er nicht ganz glücklich ist. Wenn ich unsere Beziehung mit der von Sam und Nash vergleiche, merke ich, dass mir irgendetwas fehlt und dass wir nicht so vertraut miteinander umgehen wie die beiden.

»Was hast du Weihnachten vor?« Sam reißt mich aus meinen Gedanken.

Es ist Sonntagvormittag, und wir bummeln durch die City auf der Suche nach einem netten Kleid für ihr Abendessen mit Nashs Eltern, die in ein paar Wochen auf der Durchreise in Miami Station machen.

»Weiß noch nicht. Und du?«, frage ich.

Es ist noch einen Monat hin bis Weihnachten, doch im Stadtzentrum funkeln schon Abermillionen Lichter und knallbunte Weihnachtsdeko.

»Keine Ahnung, aber ich glaube, dieses Jahr bleiben wir hier. Mein Vater muss in den Ferien arbeiten«, klagt sie.

Wenn ihr Vater arbeiten muss, wird meiner wohl das Gleiche machen. Also werden wir vermutlich auch in der Stadt bleiben.

»Oh, diesen Laden liebe ich!«, ruft sie und zeigt auf ein Schaufenster.

Wir gehen rein und durchforsten das Sortiment. Sam findet ein Kleid, das perfekt zu ihrer kleinen Statur passt.

»Probier doch mal an«, ermutige ich sie. »Das passt dir bestimmt.«

Aufgeregt verschwindet sie mit dem Kleid in einer freien Umkleidekabine, während ich weiterstöbere.

Als ich fertig bin, kehre ich zu ihr zurück. Da tritt aus der Nebenkabine ein Mädchen.

Tamara! Schon wieder! Die ganze Woche läuft sie mir immer wieder über den Weg.

»Cris!«, ruft sie.

»Hey.«

»Gefällt er dir?«, fragt sie und führt mir einen engen gelben Pullover vor.

Eigentlich soll man ja immer ehrlich sein, und dann müsste ich ihr sagen, dass sie wie eine Riesenzitrone aussieht, aber ich flunkere lieber. Ich nicke, und sie schaut zufrieden in den Spiegel, bevor sie den Vorhang ihrer Kabine wieder zuzieht.

Sam tritt heraus: Das Kleid passt ihr haargenau.

»Und?«, fragt sie.

»Du siehst großartig aus. Nashs Eltern werden dich lieben, ganz sicher.«

»Du ahnst ja nicht, wie nervös ich bin. Und wenn sie mich nicht mögen?«

»Keine Sorge, es wird alles gut.«

Sie dreht sich um sich selbst und betrachtet sich im Spiegel. »Ich nehme es«, sagt sie überzeugt und verschwindet wieder in der Kabine.

»Ich warte draußen auf dich.«

Als ich den Laden verlasse, entdecke ich Matt, der mit den Händen in den Hosentaschen gleichgültig die Kleider im Schaufenster betrachtet.

»Matt?!«

»Cris?! Was machst du denn hier?«

»Ich begleite Sam beim Shoppen. Wollest du dich nicht mit einem Freund treffen?«

»Äh, ja … ich warte grad auf ihn. Wir müssen neue Fußballschuhe kaufen.«

»Und da wartest du hier? Vor einem Modegeschäft?« Ich muss lachen, weil das echt lächerlich ist.

»Nicht hier! Da vor dem Restaurant.« Er zeigt auf ein Lokal gegenüber.

Sam kommt heraus und begrüßt ihn.

»Also, wir gehen dann«, sage ich und gebe ihm rasch einen Kuss.

»Ist gut, wir sehen uns später beim Spiel. Habt Spaß«, sagt er und verschwindet.

Während wir weiterbummeln, stolziert eine Blondine durch die Menschenmenge wie ein Hollywoodstar.

Susan.

Sie kommt uns entgegen, aber als sie uns sieht, grüßt sie nicht einmal.

Ich hasse sie.

»Hast du das gesehen?«, fragt mich Sam.

Ich nicke.

»Ich begreife nicht, wie Cam nur mit der zusammen sein konnte!«

»Er wollte sie ändern, aber anscheinend ist ihm das nicht gelungen«, verteidige ich ihn.

»Manchmal taucht diese Bitch bei uns auf und verbringt einen Nachmittag mit ihm. Das tut sie nur, weil sie ihn zurückhaben will.«

Ich zwinge mich zu einem Lachen. Dass Cameron und Susan noch befreundet sind, wusste ich gar nicht.

»Wenn sie wieder zusammenkommen ... ich schwöre dir ... Ich weiß auch nicht was, aber dann tue ich alles, dass sie sich so richtig zoffen.«

Über ihre Bestimmtheit muss ich lachen. Wie würde ich wohl reagieren, wenn die beiden wieder ein Paar wären? Erfreut wäre ich jedenfalls nicht, fürchte ich.

»Obwohl, es gäbe da einen Weg, Susan aus seinem Leben zu vertreiben«, fährt Sam verschwörerisch fort.

»Ach ja? Und welchen?«

»Du, Cris.«

»Was? Wovon redest du, bitte?«

»Ja, ich denke schon eine ganze Weile darüber nach, und ich beobachte Cam. Er fragt immer nach dir und ist bester Stimmung, wenn du da bist. Vielleicht irre ich mich ja auch, aber ich glaube, er mag dich.«

»Nein, das kann nicht sein. Es ist doch offensichtlich, dass er noch an Susan denkt«, erwidere ich.

»Das stimmt, aber wenn du ein bisschen öfter in seiner Nähe wärst, dann würde er sie bestimmt fallenlassen und sich nur auf dich stürzen. Aber du bist ja in Matt verliebt, nicht wahr?« Sie schaut mich hinterlistig an.

»Ich weiß es nicht. Ich weiß eigentlich gar nichts mehr«, gestehe ich.

»Und warum bist du dann mit ihm zusammen?«

Irre ich mich, oder ist Sam heute besonders neugierig?

»Weil … keine Ahnung, aus so vielen Gründen. Weil er einer der Ersten war, die nett zu mir waren, als ich in dieser Stadt ankam, weil er süß und liebevoll ist und weil ich mich mit ihm irgendwie verbunden fühle, auch wenn wir uns oft streiten.«

»Also bist du tatsächlich in ihn verliebt, Cris.«

»Ja, ich glaube schon.« Richtig überzeugt bin ich allerdings nicht.

Wenig später verabschieden wir uns voneinander und verabreden uns für das Fußballspiel, das später in der Schule stattfindet.

Um Punkt sechs sitzen wir auf der Tribüne und schauen auf den Platz.

Die Mannschaften laufen auf. Die Jungs rennen auf das Spielfeld und stellen sich auf die Plätze, die ihr Trainer ihnen zugewiesen hat. Matt steht im Tor. Cameron ist im Angriff.

Unentwegt blicke ich von einem zum anderen. Die Mannschaft unserer Schule ist die weitaus bessere, so findet das ganze Spiel fast nur in der gegnerischen Hälfte statt. Der Held der Partie ist zweifelsohne Cameron. Bei seinem ersten Tor kreischen die Mädchen hysterisch los, als er sein Trikot auszieht und jubelnd über das Feld rennt.

»Hey, mein Bruder ist ja echt heiß. Irgendwie kann ich dich gut verstehen!«, sagt Sam und zwinkert mir zu.

Lachend schüttle ich den Kopf und folge wieder der Partie.

Sie endet 4:1 für uns. Von den vier Toren hat Cameron drei und Taylor eins geschossen. Als die Jungs frisch geduscht aus den Umkleiden zurück aufs Feld kommen, verlassen wir die Tribüne und gehen zu ihnen. Immer noch jubelnd umringen sie ihren Trainer. Nash und Cam kommen uns sofort entgegen, als sie uns entdecken, während Matt weiter mit dem Trainer feiert.

»Ich wusste gar nicht, dass du so gut bist«, sage ich zu Cam.

»Ja, das bin ich. Aber eigentlich bin ich noch besser. Heute war ich nicht in Form.«

»Wie bescheiden!«, scherze ich.

Matt kommt zu mir und drückt mich sofort an sich. »Du hast mir Glück gebracht«, sagt er und küsst mich.

»Das stimmt nicht«, entgegne ich.

»Ich liebe dich«, flüstert er.

»Gehen wir was essen«, schlägt Cameron vor, als er an uns vorbeigeht.

Wir folgen ihm in einen Saal, in dessen Mitte ein langer Tisch steht, auf dem Speisen und Getränke stehen. Ich dränge mich durch die Leute am Buffet und hole mir ein paar Häppchen.

Matt ist schon wieder verschwunden, ich kann ihn nirgends entdecken. Außerdem brauche ich frische Luft.

»Ich geh mal kurz raus«, sage ich, meinen Teller in der Hand.

»Ich begleite dich«, sagt Cam.

Da stellt sich uns Susan in den Weg. Camerons Miene verdüstert sich.

»Wo gehst du hin?«, fragt sie ihn und würdigt mich keines Blickes.

»Raus«, erwidert er.

»Mit ihr?«

»Ja. Was dagegen?«

Susan wirft mir einen Blick zu, dann schaut sie wieder Cam an. Sie tritt dicht zu ihm und streicht ihm über die Brust.

»Möchtest du nicht lieber eine Runde mit mir spazieren gehen? Ich glaube, das wäre spaßiger«, säuselt sie.

Cameron starrt sie ein paar Sekunden an, dann dreht er sich zu mir, nimmt meine Hand und zieht mich raus.

»Warum muss sie immer so aufdringlich sein?« Er ist wütend. »Ich versteh sie echt nicht.«

»Denk nicht drüber nach. Lass dir von ihr nicht den Abend verderben.«

Ein paar Minuten gehen wir schweigend nebeneinanderher.

»Cam«, sage ich nach einer Weile. Wahrscheinlich wird er gleich wütend, aber ich muss ihn das einfach fragen. »Willst du wieder mit ihr zusammen sein?«

»Hat Sam dir erzählt, dass wir uns ab und zu treffen?«

Ich nicke.

»Ich weiß es nicht. Sie ist das einzige Mädchen, in das ich wirklich verliebt war. Zugegeben, der Gedanke, wieder mit ihr zusammen zu sein, gefällt mir irgendwie. Wenn sie bloß die Susan wäre, wie ich sie am Anfang kennengelernt habe …«

Seine Antwort mag ich überhaupt nicht, vor allem, weil es so offensichtlich ist, dass er eine viel bessere Freundin verdient hätte.

»Warum fragst du mich das?«

»Reine Neugierde.«

»Oder reine Eifersucht«, entgegnet er lachend.

»Wie bitte?«

Er zuckt mit den Schultern und tut, als hätte er nichts gesagt.

»Ich hab's genau gehört.«

»Aber ich habe den Mund doch gar nicht aufgemacht!«

Wir schweigen ein paar Sekunden, dann setzen wir uns auf eine Bank am Rand des Spielfeldes. Ich stelle meinen Teller ab.

»Gib's doch zu. Du bist schon ein bisschen eifersüchtig.«

Schon wieder? Warum muss er immer auf dieser Geschichte rumhacken? Ja, ich bin eifersüchtig, aber das werde ich nie im Leben zugeben.

»Und warum sollte ich? Wenn du wieder mit ihr zusammen sein willst, würde das für mich keinen Unterschied machen«, erkläre ich.

Er lacht und steht auf. »Wenn ich sie jetzt küssen würde, dann würdest du also seelenruhig hier sitzen bleiben?«

Stille.

Cam kichert und setzt sich wieder neben mich.

»Ich meine nur, du hättest eine bessere Freundin verdient als ausgerechnet Susan.«

Er sieht mich an. »Ich weiß, und ich hätte sogar schon eine im Sinn.«

Er starrt mich weiter an. Ich schaue weg. Dann steht er wieder auf und reicht mir die Hand. »Leider ist sie schon mit einem gewissen Espinosa zusammen.«

In meinem Bauch kribbelt es. Ich ergreife seine Hand und ziehe mich hoch.

»Kennst du ihn?«, scherzt er.

»Ach, komm, veräppel' mich nicht«, sage ich.

Wir gehen schweigend zurück, und als wir wieder am Saal mit dem Buffet ankommen, schaut Cameron nach rechts und bleibt stehen.

»Warte«, sagt er.

Ich schaue in dieselbe Richtung wie er, doch er dreht mich davon weg.

»He, was wird das?«, frage ich.

Er stellt sich vor mich, und nachdem er über meine Schultern geschaut hat, mustert er mich besorgt. »Nichts.«

Ich will mich umdrehen, aber er hält meine Schultern fest und umarmt mich.

Er versteckt irgendetwas vor mir. Ganz sicher.

»Komm, gehen wir zu den anderen«, sagt er.

Ich befreie mich aus seiner Umarmung, aber hinter mir entdecke ich nichts Ungewöhnliches.

»Kommst du?«, sagt er.

Das war eben sehr seltsam und ziemlich verwirrend. Aber ich nicke und folge ihm.

34

Die Woche fängt überhaupt nicht gut an. Der Wecker klingelt nicht, und ich komme – wie üblich – im absoluten Schlabberlook zur Schule. Und als ob das noch nicht genug wäre, regnet es auch noch in Strömen.

Gestern, nachdem Cameron und Sam mich nach Hause begleitet haben, habe ich Matt angerufen, aber er ist nicht rangegangen. Nach dem Spiel war er verschwunden … hat sich einfach in Luft aufgelöst, ohne sich zu verabschieden. Eigentlich müsste ich sauer auf ihn sein, aber ich habe keine Lust zu streiten. Ich werde ihn einfach nur fragen, wo er war und was er gemacht hat. Punkt.

Als ich aus dem Haus trete, rutsche ich auf den nassen Stufen aus. Ich hasse Regen.

Wenige Sekunden später piept mein Handy. Eine SMS von Cameron: ›Vorsicht! Rutsch nicht auf den Stufen aus.‹ Hat er mich etwa gesehen?

Ich blicke hoch und entdecke sein Auto auf der anderen Straßenseite. Na, super!

Während ich einsteige, lacht er immer noch über meinen Sturz. Ich funkle ihn böse an: Er soll das gefälligst lassen!

Cameron startet den Motor. »Regen ist so schön«, sagt er.

»Überhaupt nicht.«

»Warum?«

»Ich mag keinen Regen.« Ich reibe mir die Hände, damit sie warm werden.

»Ist dir kalt?«, fragt er.

Ich nicke, und er umfasst meine linke Hand mit seinen warmen Fingern.

»Besser?«, fragt er. Für einen Augenblick schaut er nicht auf die Straße, sondern lächelt mich an.

Ich nicke und schweige.

Wir brausen durch den dichten Verkehr, und ich ärgere mich, dass ich den Wecker nicht gestellt habe.

Cam gibt mir ein Zeichen, dass ich ihm auch die andere Hand reichen soll. Er wärmt beide, indem er sie an seinen Mund führt und sanft über sie bläst. Wie süß! Diese zärtliche Geste verschönert meinen Tag schlagartig.

»Cam«, sage ich schließlich.

»Ja?«

»Was hast du gestern gesehen, als wir in den Saal zurückgekehrt sind?«

Die ganze Nacht habe ich darüber nachgegrübelt. Immer wieder musste ich an seinen besorgten Gesichtsausdruck denken und seinen missratenen Versuch, mir etwas zu verheimlichen.

»Ich? Nichts.« Er wird stocksteif.

»Nichts? Du hast mich ziemlich offensichtlich davon

abgehalten, dass ich mich umdrehe. Was sollte ich nicht sehen?«

»Na gut, wenn du es unbedingt wissen willst. Susan hat einen Jungen geküsst, und das hat mich genervt. Sie mit einem anderen zu sehen, das war für mich irgendwie merkwürdig. Und ich wollte nicht, dass du das auch siehst.«

Hm, das überzeugt mich nicht so richtig. Kleine Wassertropfen laufen über die Fensterscheibe. Kann dieser Regen bitte mal aufhören?!

Den restlichen Weg bis zur Schule schweigen wir. Cam scheint sich über meine Frage zu ärgern, aber ich verstehe nicht, warum.

Als wir das Schulgebäude betreten, hat es noch nicht geläutet. Wir trennen uns, und ich gehe zu meinem Spind. Im Unterrichtsraum setze ich mich auf meinen Platz. Der Lehrer kommt, die Stunde beginnt.

Weder Cameron noch Matt sind da. Merkwürdig. Da klopft es an der Tür, und die Direktorin tritt ein, die beiden Jungs im Schlepptau.

»Entschuldigen Sie bitte die Störung, Herr Kollege, doch diese beiden Schüler haben sich im Korridor geprügelt.«

Jetzt sind sie also wirklich aufeinander losgegangen!

»Ich habe ihre Familien angerufen und sie von der Beurlaubung der beiden unterrichtet«, fährt die Direktorin fort.

In mir steigen Tränen auf.

»Ich verstehe«, sagt der Lehrer. »Ihr bleibt so lange hier, bis eure Eltern euch abholen.«

Cam und Matt setzen sich auf ihre Plätze. Ersterer geht an mir vorbei, ohne mich eines Blickes zu würdigen.

In der kleinen Pause drehe ich mich sofort zu ihm. Ich muss wissen, was passiert ist. Er schaut mich nicht an. Was hat er nur? Na gut, er ist sauer auf Matt wegen irgendetwas, aber ich habe doch nichts verbrochen. Mir gegenüber muss er sich nun echt nicht wie so ein totaler Arsch benehmen. Ich hake nach.

»Frag doch Matt!«, brummt er.

Das tue ich auch. Ich stehe auf, doch wie es aussieht, ist Susan mir zuvorgekommen. Zum Glück jagt Matt sie mit unfreundlichen Worten weg.

»Was ist los?«, frage ich, als ich näher trete.

Wütend springt er auf. »Der Sack ist zu mir gekommen und hat einfach losgeprügelt, das ist los. Wenn die Direktorin uns nicht getrennt hätte, wären wir beide im Krankenhaus gelandet.«

Irgendwie kann ich mir nicht vorstellen, dass Cameron einfach so auf jemanden einprügelt.

»Irgendeinen Grund muss er ja wohl gehabt haben. Entweder sagst du es mir jetzt, oder ich frage ihn. Irgendwann wird er es mir schon sagen.« Warum verheimlicht mir Matt das?

»Cris, misch dich da nicht ein. Ich hab keine Lust, mit dir zu streiten.«

»Ja, also?«

Er schnaubt genervt und streicht sich durch die Haare. »Er ist auf mich los, weil ich ihn angerempelt habe.«

Das glaube ich nicht. Ich drehe mich um. Cameron verlässt den Raum.

»Ich rede mit ihm.«

»Ja, tu das! Und sag ihm gleich, was für ein Idiot er ist«, brüllt Matt mir hinterher.

Cameron geht mit schnellen Schritten zur Jungstoilette.

»He, warte!«, rufe ich und hoffe, dass er stehen bleibt.

Als er in der Tür verschwindet, stoppe ich. Ich muss mit ihm reden, aber ich kann doch nicht wie ein treudoofes Schaf hier warten, bis er wieder herauskommt. Ich sehe mich um, ob irgendwelche Lehrer in der Nähe sind. Niemand. Ich hole tief Luft und gehe rein.

Cameron lehnt an einem Waschbecken und lässt den Kopf hängen.

»Erklärst du mir bitte mal, was eigentlich passiert ist?«, sage ich.

Bereits sein Blick zeigt mir, dass dieses Gespräch schlimm enden wird.

»Was machst du hier? Du darfst hier nicht rein!«, schreit er mich an.

»Bitte? Du darfst also im Mädchenklo ein und aus gehen, wie es dir passt, aber ich darf nicht zu den Jungs rein?«

»Cris, hau ab!«

»Nein.« Ich trete neben ihn. »Ich muss erst wissen, warum ihr euch geprügelt habt.«

Er lacht. »Hat er es dir nicht gesagt?«

»Er hat gesagt, dass er dich schon wieder angerempelt hat und du dann wütend geworden bist. Aber ich weiß, dass das nicht stimmt.«

»Ach ja? Woher weißt du, dass ich nicht so dämlich bin und einfach jemanden verhaue, nur weil er mich anrempelt?«

Ich trete noch dichter zu ihm.

»Ich kenne dich mittlerweile ganz gut. So etwas würdest du nicht tun.«

Er richtet sich auf und sieht mich an.

»Cris, bitte, geh jetzt.«

»Nein. Ich muss es wissen.«

»Ich würde es dir ja sagen, aber ich kann nicht. Ich kann dir nur einen Rat geben: Mach Schluss mit Matt! Er ist ein Vollidiot. Das meine ich ernst. Du hast was Besseres verdient. Und wenn du glücklich werden willst, solltest du dich von ihm trennen.«

Ich verstehe nicht, was er mir mit diesen Worten sagen will. Außerdem hat er mir immer noch nicht erklärt, warum sich die beiden geprügelt haben. »Ich frage dich so lange, was passiert ist, bis du es mir sagst.«

Er macht einen Schritt rückwärts, und erst jetzt entdecke ich den blauen Fleck an seinem Kinn. Matt muss ihn mit voller Wucht getroffen haben.

»Cam?«

»Ja, schon gut«, gibt er nach.

Ich seufze tief und schaue ihn an.

»Also«, beginnt er, »ich habe Matt geschlagen, weil …«

»Da bist du ja! Ich habe dich überall gesucht«, ruft Susan und kommt durch die Tür.

»Stopp! Du verschwindest gleich wieder. Ich rede hier mit Cameron«, sage ich entschlossen zu ihr.

»Hör mal, Schätzchen, spiel dich nicht so auf! Ich bin die Einzige, die ihm helfen kann. Er braucht so eine Schlampe wie dich gar nicht«, erwidert Susan. »Ich gebe dir stattdessen einen guten Rat: Behalte lieber mal deinen Freund im Auge.«

»Hör auf, Susan«, mischt sich Cameron ein. »Cris, geh wieder zurück.«

Was verheimlicht mir Matt? Cameron sagt, ich soll ihn verlassen, Susan rät mir, ihn im Auge zu behalten. Mein Kopf platzt gleich, und es ist irgendwie klar, dass ich keine weiteren Erklärungen bekomme. Ich verlasse die Jungstoilette. Die beiden folgen mir. Aber ich bin noch verwirrter als zuvor.

Im Korridor kommt uns Camerons Vater entgegen.

»Papa«, sagt Cam, als er ihn sieht.

»Was hast du jetzt wieder angestellt?«, fragt Mr Dearing.

»Nichts.«

»Mr Dearing, machen Sie sich keine Sorgen. Ich bin sicher, dass Cameron einen sehr guten Grund hatte, so zu handeln«, sagt Susan.

»Danke für deine Unterstützung, Susan, und dass du an Camerons Seite bist«, erwidert Mr Dearing.

Abrupt bleibe ich stehen. Cam ist also wirklich wieder

mit Susan zusammen und hat mir nichts gesagt? Ich glaub es nicht.

Irgendwann gehe ich weiter. Ich muss mit Matt reden. Bei seinem Spind finde ich ihn.

»He, was verheimlichst du mir? Bitte, ich muss wissen, was los ist.« Ich breche in Tränen aus.

»Schschsch.« Er nimmt mich in die Arme. »Was redest du da? Ich könnte dir doch nichts verheimlichen. Ich liebe dich.«

Er lügt mich an, ich spüre es genau. Ich traue ihm zwar nicht mehr, aber seine Umarmung tut mir in diesem Moment trotzdem gut.

Er trocknet mir die Tränen und sieht mich an. »Jetzt erklär mir mal, warum du weinst.«

»Ist nicht so wichtig«, schluchze ich.

»Mir ist es wichtig.«

»Es ist nichts. Wirklich.«

»Hat Cameron dir erklärt, warum wir uns geprügelt haben?«

Er hat mir geraten, dich zu verlassen, weil du mir weh tust.

»Nein, er hat nichts gesagt«, lüge ich.

Matt lächelt. »Da kommen meine Eltern. Ich liebe dich, Schatz.« Er küsst mich. Dann schaut er mich an und wartet auf eine Antwort.

»Ich dich auch«, sage ich.

Und er verschwindet.

35

Der Wecker klingelt. Meine Lust auf Schule ist gleich null. Wer will schon bei so einem Regen aus dem Haus?

Es ist fast ein Glück, dass Cameron vom Unterricht ausgeschlossen wurde. Nach dem, was ich über ihn und Susan erfahren habe, wüsste ich nicht, wie ich mich ihm gegenüber verhalten sollte.

Ich habe zwar noch keine absolute Gewissheit, dass sie wieder zusammen sind, aber so vertraut wie Mr Dearing mit Susan geredet hat, ist eigentlich ziemlich klar, dass sie und Cam sich auf jeden Fall wieder treffen. Und dass sie bald wieder ein Paar sind, falls das nicht schon passiert ist. Ich setze den Kopfhörer auf und laufe zur Bushaltestelle.

Mein Handy vibriert.

Eine SMS von Matt. ›Mein Tag ohne dich wird leer sein. Ich liebe dich.‹ Seine Zärtlichkeit überrascht mich immer wieder. Vielleicht ist es falsch, dass ich an ihm zweifle.

›Ich liebe dich auch <3‹, antworte ich.

Ohne ihn und Cameron wirkt der Unterrichtsraum richtig leer. Das wird ein langweiliger Tag. Die Stunden vergehen kaum, und als es zum Schulschluss klingelt, bin ich erleichtert.

Ich nehme meinen Rucksack und trete aus dem Gebäude.

Es regnet nicht mehr, und ich mache einen Spaziergang zum Strand hinunter.

Das Meer ist zu dieser Jahreszeit zauberhaft. Ich bleibe eine Weile stehen und beobachte, wie die Wellen ans Ufer rollen. Als ich mich umwende, entdecke ich Cameron, der an der Wasserlinie in meine Richtung spaziert.

O nein. Was mache ich jetzt? Ich will nicht mit ihm reden.

Ich ziehe die Kapuze meines Hoodies hoch und schlendere mit gesenktem Kopf weiter. Vielleicht erkennt er mich nicht. Ich gehe an ihm vorbei, ohne dass er es bemerkt. Erleichtert seufze ich.

»Du brauchst dich gar nicht vor mir zu verstecken. Ich würde dich auf einen Kilometer Entfernung erkennen.«

Ich drehe mich zu ihm um.

»Hallo, Cam. Entschuldige, ich habe es eilig und keine große Lust zu reden.«

»Wie war es in der Schule so ohne Matt und mich? Haben wir euch gefehlt?«

»Du, ich muss wirklich weiter, vielleicht reden wir ein anderes Mal.« Ich höre mich nicht sehr überzeugend an.

»Ich kann dich fahren. Mein Auto steht gleich da drüben.«

»Besser nicht, Cam. Ich gehe lieber zu Fuß. Ich will keinen Ärger bekommen.«

»*Ärger bekommen?* Was ist denn schlimm daran, wenn ich dich nach Hause fahre?«, fragt er belustigt.

»Darf ich dich dran erinnern, dass du eine sehr eifersüchtige Freundin hast, für die ich das absolute Böse bin«, erwidere ich.

Er streitet nicht ab, dass Susan seine Freundin ist, also ist das die Bestätigung meiner Vermutungen: Er ist wieder mit ihr zusammen und hat mir nichts gesagt.

Ich setze den Kopfhörer auf und drehe die Musik lauter. Nach ein paar Schritten packt mich jemand am Arm. Ich drehe mich um und habe seine dunklen Augen direkt vor mir.

»Weißt du was? Es ist völlig egal, was Susan denkt. Sie muss sich an den Gedanken gewöhnen, dass wir beide uns nicht aus dem Weg gehen können. Cris, ich will nicht auf dich verzichten. Ich kann dir nicht sagen, warum. Ich würde das ja auch gern verstehen … aber wenn du nicht bei mir bist, finde ich das nie heraus.«

Genau das Gleiche denke ich auch. Aber das hat doch alles keinen Sinn.

»Cameron, es ist doch ganz einfach: Ich bin mit Matt zusammen, und du mit Susan. Wir haben unsere Entscheidungen getroffen. Was gibt es daran nicht zu verstehen? Das Einzige, was wir noch tun können, ist, dass wir uns aus dem Weg gehen.«

Er schaut einen Moment hoch, hinter mich.

»Gut, ich geh jetzt besser nach Hause. Mir ist kalt, und ich brauch ein heißes Bad«, sage ich.

Er nickt. Doch als ich mich umwende, packt er mich an den Schultern, dreht mich zu sich und umarmt mich.

»Cam, was hast du?«, frage ich leise.

Er antwortet nicht. Ganz offensichtlich stimmt etwas nicht.

Ich rücke von ihm ab.

Er schaut immer noch über meine Schultern.

Ich befreie mich aus seinem Griff und drehe mich um.

Hätte ich das nur nie getan! Mein Herz zerspringt in tausend Splitter. Es ist unglaublich: Matt und Tamara. Und sie küssen sich.

Ich erstarre und hoffe wie eine Idiotin, dass das alles nur ein böser Traum ist.

Das kann doch nicht derselbe Matt sein, der mir heute Morgen geschrieben hat, dass er mich liebt. Das kann nicht der sein, der mir das so oft gesagt hat und der mich immer so lieb behandelt hat.

Je länger sie sich küssen, umso mehr checke ich, wie naiv ich eigentlich gewesen bin. Dabei haben mir doch alle gesagt, dass Matt mir etwas verheimlicht. Und ich habe mich die ganze Zeit vom Gegenteil überzeugen wollen.

Was tue ich jetzt bloß? In mir brodelt eine abgrundtiefe Wut auf. Ich atme tief ein und mache einen Schritt auf die beiden zu. Cameron hält mich am Arm zurück. Was will er? Ich kann doch nicht einfach zusehen und so tun, als wäre nichts.

»Lass mich«, sage ich bestimmt.

Er senkt den Blick und gibt meinen Arm frei.

Rasch laufe ich zu Matt und Tamara. Tränen steigen mir auf. Ich will sie zurückhalten, aber es gelingt mir nicht.

»So also sieht dein leerer Tag ohne mich aus«, sage ich so fest wie möglich.

Matt rückt von Tamara ab und stellt sich mit verkrampfter Miene zwischen sie und mich.

»Cris, ich …«

»Unglaublich, dass ich so doof war, dir zu vertrauen.«

»Es ist nicht, wie du denkst. Ich kann das erklären.«

»Ach echt? Dann erklär mal! Erklär es mir, denn ich verstehe es nicht. Seit wann läuft diese Geschichte schon? In all der Zeit hast du mich also komplett verarscht!«

Er runzelt die Stirn und ballt die Fäuste. »Das stimmt nicht. Du hast mich verarscht, Cris! *Du* behauptest die ganze Zeit, dass zwischen dir und Cameron nichts ist, dabei seid ihr die ganze Zeit zusammen. Selbst jetzt!«

»Wag es ja nicht, Matt! Versuch nicht, dich herauszureden! Zwischen mir und Cameron ist nichts, wir sind nur Freunde. Aber du knutschst mit Tamara rum! Das ist nicht das Gleiche!« Ich könnte schreien vor Wut.

»So viel anders ist das auch nicht! Sei doch wenigstens einmal ehrlich: Was machst du hier mit ihm am Strand? Genau das Gleiche, was Tamara und ich machen! Bevor du also von mir eine Erklärung forderst, solltest du mir erst mal einiges erklären. Susan hat die ganze Zeit recht gehabt: Du hast mich nur benutzt, um an Cameron ranzukommen.« Er kickt mit dem Fuß in den Sand, dass es spritzt.

»Was hat Susan damit zu tun? Seit wann redet ihr beide über mich? Ich glaub's ja nicht! Die Bitch hat dich also auch rumbekommen.«

»Cris, also, jetzt beruhig dich mal«, sagt er, wobei er auf mich zukommt und mir eine Hand auf die Schulter legt.

»Verpiss dich, Matt!« Ich schlage seine Hand weg, drehe mich um und gehe.

Könnte ich nur raus aus dieser Stadt! Ich will zurück nach Los Angeles und alles vergessen, was in diesem verdammten Miami passiert ist!

Ich renne los, während immer mehr Tränen aus mir herausfließen. Dafür hasse ich mich wirklich. Warum können mir die andern nicht alle egal sein? Warum muss ich immer gleich heulen?

Hinter mir höre ich Schritte. Hoffentlich ist das nicht Matt, denn dieses Mal könnte ich wirklich ausflippen.

»Cris, warte!« Es ist Cameron.

Ein Glück. Trotzdem bleibe ich nicht stehen, ich will nur noch nach Hause, mich in mein Zimmer verkriechen und heulen.

»Cris!« Er ist wenige Meter hinter mir.

An der Haltestelle steht der richtige Bus, und ich springe hinein, kurz bevor die Türen sich schließen. Ich setze mich ganz nach hinten und lasse meinen Tränen freien Lauf.

Zu Hause ist zum Glück niemand. In meinem Zimmer lehne ich mich an die geschlossene Tür. Langsam rutsche ich auf den Boden.

Bitte, sagt mir, dass das nur ein Albtraum ist, dass ich gleich aufwache und Matt mich wirklich liebt und Susan mich endlich in Ruhe lässt. Wie kann er glauben, ich würde ihn benutzen, um an Cam ranzukommen? Ich begreife das einfach nicht. Das ist doch total blöd. Was glaubt er eigentlich, wer ich bin? Ich bin mir so sicher gewesen, dass unsere Beziehung etwas Besonderes ist. Okay, ich hatte meine Zweifel, aber tief in mir drin habe ich immer gehofft, dass wir das auf die Reihe bekommen. Alles, was mit Cameron passiert ist, war ein Fehler. Und jetzt weiß ich ganz genau, dass ich Matt will.

Ein Geräusch erschreckt mich. Ich hebe den Kopf. Vor mir steht Cameron.

»Das Fenster war offen und … tja, das habe ich ausgenutzt«, sagt er und lächelt.

Ich stehe auf und umarme ihn. In diesem Moment brauche ich jemanden, der mich tröstet. Ich drücke ihn fest an mich und heule weiter.

»Schschsch, ich bin ja da. Alles ist gut«, flüstert er mir ins Ohr.

Nach ein paar Minuten beruhige ich mich.

»Willst du darüber reden?«, fragt er.

Ich lasse ihn los und setze mich aufs Bett.

»Habt ihr deshalb gestern gestritten?«, will ich wissen.

Er hockt sich neben mich.

Inständig hoffe ich, dass er von dieser Geschichte mit Tamara nichts Näheres weiß. Alles andere hieße nämlich, dass ich nicht mal ihm trauen kann.

»Ja. Sonntagabend nach dem Fußballspiel habe ich gesehen, wie Matt und Tamara sich geküsst haben. Am nächsten Morgen habe ich sie auch noch im Jungsklo erwischt.

Und da konnte ich mich nicht mehr zurückhalten und hab Matt eine gescheuert. Ich wollte dir das erzählen, aber ich wusste nicht, wie. Ich wollte nicht, dass du dich quälst. Daher habe ich lieber gewartet«, erklärt er zerknirscht.

»Ach! Und wie lange hättest du bitte gewartet? Eine Woche? Einen Monat? Wer weiß, wie lange diese Geschichte schon läuft und wie lange sie noch weitergehen würde, wenn ich sie nicht gesehen hätte. Du hättest es mir sofort sagen müssen.« Ich verschränke die Arme vor der Brust.

»Jetzt gib nicht mir die Schuld. Ich habe mit dieser Sache nicht das Geringste zu tun, okay? Ich wusste nicht mal, dass Susan ihm all diesen Schwachsinn eingeredet hat. Aber Matt ist eben ein Idiot. Wenn er alles glaubt, was sie ihm sagt, zeigt das doch nur, wie unsicher er ist. Dabei müsste er dich eigentlich so gut kennen, dass er weiß, wie du drauf bist. Er müsste auch wissen, dass Susan sich so benimmt, weil sie eifersüchtig auf dich ist. Sie sieht dich als eine Bedrohung für ihre Beziehung zu mir und auch zu ihm.«

Wir schweigen eine Weile. Warum hat er mir das nicht alles viel früher gesagt? Ja, er hat mich gewarnt, selbst Kate hat verstanden, dass irgendwas mit Matt nicht stimmt, und die merkwürdigen Zufälle habe ich ja auch bemerkt. Aber so etwas hätte ich mir im Leben nicht vorstellen können.

Bestimmt hat Susan alles eingefädelt: Sie muss Matt und Tamara verkuppelt haben.

»O Gott, ich komme mir so dämlich vor! Wieso habe ich nicht kapiert, was da vor sich geht? Wie konnte ich nur so blöd sein?« Ich schlage die Hände vors Gesicht.

Cameron kniet sich vor mich hin. Er zieht meine Hände weg und sieht mir in die Augen. »Du bist nicht blöd. Niemand hätte das bemerkt. Matt hat den treuen und verliebten Freund ziemlich gut gespielt. Aber glaub mir, Susan kommt diesmal nicht so einfach davon. Sie darf dir das Leben nicht mehr zur Hölle machen. Ich kümmere mich um sie und Matt, das verspreche ich dir. Also beruhig dich.«

»Ich bitte dich nur um eins: Schlag ihn nicht.« Er hätte es zwar verdient, aber das wäre es einfach nicht wert.

»Das kann ich dir nicht versprechen«, erwidert er leise und lächelt.

»Bitte, ich will nicht, dass du noch mehr Ärger meinetwegen bekommst«, flehe ich ihn an.

Er nickt. Hoffentlich hört er auf mich.

»Jetzt lass ich dich aber in Ruhe«, sagt er und steht auf. »Du willst bestimmt allein sein. Entspann dich ein bisschen.«

Ich zwinge mich zu einem Lächeln und begleite ihn zum Fenster.

»Danke«, flüstere ich, bevor er hinausklettert.

»Für was?«, fragt er überrascht.

»Dass du da warst, als meine Welt zusammengebrochen ist.«

Er deutet ein Lächeln an und küsst mich auf die Wange. Dann springt er aus dem Fenster.

Ich lege mich aufs Bett. Wie soll ich bloß all die schönen Momente mit Matt aus meinem Gedächtnis und meinem Herzen streichen?

36

Der letzte Novembertag ist ein Sonntag. Fünf Tage sind seit dem schrecklichen Tag vergangen, an dem Matt und Tamara sich am Strand geküsst haben. Seitdem habe ich ihn nicht mehr gesehen. Da er wegen der Prügelei mit Cam von der Schule geflogen ist, läuft er mir auch nicht mehr zufällig über den Weg, und das macht es mir etwas leichter.

Allerdings hat er mir ein paarmal geschrieben, dass er mit mir reden will. Aber ich habe nicht geantwortet. Mittlerweile müsste er kapiert haben, dass ich keine Lust auf ihn habe. Die letzte Nachricht habe ich am Freitagabend bekommen, dann war Ruhe. Vermutlich vertreibt er sich genau jetzt seine Zeit mit Tamara, während ich mir die Wunden lecke.

Ich heule die ganze Zeit. Wie konnte ich nur so blöd sein und nicht merken, was da abging? Das werde ich im Leben nicht vergessen.

Zum Glück habe ich meinen Eltern ganz gut etwas vorgespielt. Sie haben von dem Erdbeben nichts mitbekommen, das mein Leben durchgeschüttelt hat.

Kate hingegen hat es sehr wohl kapiert und mich von vorn bis hinten ausgefragt. Es tat gut, mit meiner kleinen

Schwester über alles reden zu können. Auch wenn sie jünger ist als ich, ist sie in manchen Dingen irgendwie viel reifer und klüger. Natürlich hat sie keine Gelegenheit ausgelassen, mir unter die Nase zu reiben, dass sie mich ja gewarnt habe. Und da hat sie einfach recht.

Mittwoch fiel es mir trotzdem total schwer, die Schule zu betreten. Ohne Sams Hilfe hätte ich es nicht geschafft. Sie hatte mich Dienstagabend angerufen, nachdem Cameron ihr alles erzählt hatte, und am nächsten Morgen sind wir zusammen zur Schule gefahren.

Sam ist so eine wunderbare Freundin. Ich bin echt froh, dass wir fast alle Kurse zusammen haben. Sie lässt mich nicht eine Minute allein, und das hat mich gerettet, als ich auf Susan und Tamara traf. Wäre Sam nicht bei mir gewesen, ich hätte vermutlich völlig die Kontrolle verloren und wäre richtig ausgetickt.

Susan war zwar so clever, einen großen Bogen um mich zu machen, aber wahrscheinlich hat Cameron dabei seine Finger im Spiel. Aus der Ferne hat sie mir aber doch noch spöttische Blicke zugeworfen und mit ihrer Freundin über mich gelacht.

Am liebsten wäre ich sofort zu ihnen rübergegangen und hätte ihnen meine ganze Wut und meinen ganzen Hass entgegengespuckt. Aber ich bin ruhig geblieben, auch wenn das nicht einfach war.

Die Nachricht von Matts und Cams Rauswurf hat in der Schule natürlich sofort die Runde gemacht, denn Lexy hat in ihrer Zeitung gleich darüber berichtet.

In der Mittagspause haben Jack und Carter mich in der Mensa gefragt, was passiert sei. Ich habe es ihnen erzählt, aber nichts über die Gründe ihres Streits gesagt oder dass meine Geschichte mit Matt zu Ende ist. Sie haben sich Sorgen gemacht, ob es mir denn gutginge, weil ich so blass und fertig war. Tatsächlich hatte ich in der Nacht nicht geschlafen, aber da ich ihnen nichts von meinem Kummer erzählen wollte, habe ich gelogen und Mathe und den vermasselten Test von neulich vorgeschoben. Daraufhin hat Jack vorgeschlagen, dass er mir beim Lernen helfen könne.

Auch wenn das eigentlich nur eine Ausrede war, weil ich nicht über Matt und mich reden wollte, habe ich schließlich sein Angebot angenommen. Demnächst hole ich mit ihm also den Stoff nach, von dem ich bisher keinen blassen Schimmer habe.

Ich bin ja wieder Single und habe somit genügend Zeit zum Lernen. Vielleicht verschwinden dann auch die blöden Gedanken aus meinem Kopf.

Die Woche war zum Glück richtig schnell zu Ende: Donnerstag und Freitag hatten wir keinen Unterricht. Es tat gut, mich mal ein paar Tage zu Hause zu verkriechen und über alles nachdenken zu können.

Glücklicherweise ist dann auch noch das Revanche-Essen bei den Dearings, zu dem sie unsere Familie eingeladen hatten, im letzten Moment ausgefallen. Ich hätte echt nicht gewusst, wie ich einen ganzen Abend in der Gesellschaft von Cameron hätte überstehen sollen.

Selbstverständlich werde ich ihm für alles, was er für

mich getan hat, immer dankbar sein. Er war für mich da und wollte mich vor der schmerzlichen Wahrheit von Matts Verrat bewahren. Doch unsere Freundschaft kann so nicht weitergehen.

Wenn ich an den letzten Streit mit Matt denke, wird mir klar, dass er trotz allem auch etwas sehr Wahres gesagt hat: Ich war nicht immer ehrlich zu mir selbst und damit auch nicht zu Cam. Ich will sein Verhalten damit nicht rechtfertigen, schließlich habe ich selbst ja auch ein riesiges Durcheinander angerichtet. Und jetzt muss ich endlich mal bei mir ganz genau hinschauen.

Schon am Dienstag habe ich daher Cam gebeten, mir nicht mehr zu schreiben und mich wirklich mal in Ruhe zu lassen. Er hatte mich per SMS noch mal gefragt, wie es mir gehe. Seitdem haben wir uns nicht mehr gehört. Und das ist viel besser so: Er ist mit Susan zusammen und ich … ich bin allein.

Cass und Trevor fehlen mir so unglaublich in diesen Tagen. Wären sie doch nur bei mir oder könnte ich wenigstens mit ihnen reden! Als ich sie anrufen wollte, fiel mir das letzte Gespräch mit Trevor wieder ein. Da habe ich es gelassen.

Ich muss mich damit abfinden, dass mein Leben gerade zerbricht.

37

Als ich die Augen aufschlage, drückt mich die Erkenntnis wie ein Steinblock zu Boden: Eine ganze Woche Schule liegt vor mir. Ich drehe mich noch einmal im Bett um und verschiebe das Aufstehen um ein paar Minuten.

Und wenn ich sage, ich sei krank? Heute könnte ich den Unterricht sausenlassen, aber morgen hätte ich dann das gleiche Problem. Nein, ich muss diesen Tag irgendwie überstehen und Susan und Tamara beweisen, dass es mir trotz allem gutgeht und dass mir Matt und seine Hinterhältigkeit egal sind.

Ich stehe auf und mache mich fertig. Mein Spiegelbild erschreckt mich. Ich habe riesige Augenringe vom vielen Weinen.

In der Schublade krame ich nach Concealer und Grundierung, und damit gelingt mir tatsächlich ein kleines Wunder.

Auf das Frühstück verzichte ich und renne gleich aus dem Haus. Ich erreiche die Bushaltestelle, als der Bus gerade ankommt.

In der Schule hole ich mir Bücher und Hefte für die ersten Stunden aus meinem Spind.

»Cris«, sagt jemand hinter mir.

Als ich mich umdrehe, steht Matt vor mir. Was tut er hier? Er ist doch geflogen.

Ohne ein Wort schließe ich meinen Schrank und will gehen. Ich habe keine Lust, mit ihm zu reden. Die Tränen steigen schon wieder in mir auf.

»Warte«, sagt er.

Ich gehe schneller, nur weg von ihm. Was fällt ihm ein, mich einfach so anzuquatschen, als wäre nichts geschehen? Warum versteht er nicht, dass ich allein sein will und dass ich ihn in diesem Moment einfach nicht ertrage?

Er ergreift mein Handgelenk. »Wir müssen reden.«

Was erlaubt er sich? Das ist echt unverschämt.

Ich drehe mich abrupt zu ihm. »Matt, lass mich in Ruhe.« Ich spreche so ruhig und so tief, wie es mir möglich ist, denn ich will auf gar keinen Fall vor der gesamten Schule eine Szene abliefern und wieder auf dem Cover der Schülerzeitung landen.

Ich winde meine Hand, um mich zu befreien, aber Matts Griff ist zu fest. Wenn er mich nicht gleich loslässt, verpasse ich ihm eine Ohrfeige.

»Nein, wir müssen das jetzt klären. Und da du nicht auf meine SMS antwortest, bin ich eben hergekommen.«

Er sieht mir in die Augen, entschlossen, das zu kriegen, was er will. Aber was will er denn noch klären? Ich weiß doch schon alles und werde mir nicht noch weitere unnütze Ausflüchte anhören.

»Wir reden ein anderes Mal. Ich muss jetzt los.«

»Ich brauche nur fünf Minuten«, erwidert er.

Er lässt meine Hand los. So schnell gibt er also nicht auf. Und langsam bin ich auch ein klitzekleines bisschen neugierig, womit er sein Verhalten dieses Mal rechtfertigen will. Also nicke ich grimmig und folge ihm in den Schulhof.

Er setzt sich auf unsere Bank, dort, wo wir immer unsere Probleme gelöst haben, auf der wir uns so viele Male mit einem Kuss wieder versöhnt haben.

Wenn ich daran zurückdenke, muss ich fast heulen. Ich bleibe stehen und sage kein Wort. Auf diese Bank setze ich mich nie wieder.

»Kommst du?« Er klopft mit der Hand auf den Platz neben sich.

Will er mich auf den Arm nehmen?

»Matt, warum hast du mich hergebracht? Dieser Ort steckt voller Erinnerungen … Und wenn du denkst, alles ist mit einem einfachen ›Entschuldige‹ erledigt, dann hast du dich geschnitten.«

Er sieht mich an. »Ich will nur mit dir reden. Und du hättest es auf der Bank bequemer.«

Ich seufze genervt und setze mich neben ihn. Die anderen Schüler betreten das Schulgebäude.

»Cris, als du am Dienstag mit Cam weggegangen bist, hat mir das weh getan.«

Sofort drehe ich mich zu ihm. Unglaublich! Ihm hat es weh getan? *Ihm?*

»Dich mit Cameron so zu sehen … dabei habe ich mich

ganz merkwürdig gefühlt, was ich mir erst gar nicht erklären konnte. Aber am Ende habe ich es dann verstanden: Ich bin immer noch in dich verliebt.« Er nimmt meine Hand.

Ich sehe ihn erstaunt an. Träume ich?

»Ich war blind vor Eifersucht«, fährt er fort. »Das mit Tamara hat nichts zu bedeuten. Wenn du zu mir zurückkommst, bin ich der glücklichste Mensch der Welt.«

Seine Worte schockieren mich so, dass ich mich nicht rühren kann. Ist er wirklich davon überzeugt, dass ich ihm noch glaube? Vermutlich hat Susan ihn überredet, mir all das zu sagen, damit sie weiter ihr fieses Spiel mit mir treiben kann. Aber so blöd bin ich nicht, dass ich noch mal darauf hereinfalle.

Er streichelt meine Wange. »Du bist so schön«, sagt er und rückt näher an mich ran.

Er will mich doch wohl nicht küssen, oder?

Wut steigt in mir auf. Keine Ahnung, woher ich auf einmal den Mut nehme, aber ich hebe die Hand und knalle ihm eine. Ich erschrecke selbst darüber.

Im nächsten Moment springe ich auf, will weg, spüre schon die Blicke der anderen auf mir, aber das ist mir egal. Matt ergreift wieder meine Hand. Er ist stocksauer. Auf seinem Gesicht flammt der Abdruck meiner Finger.

Das hat er verdient! Er glaubt doch wohl nicht, dass er mit einem Kuss einfach alles Böse, was er mir angetan hat, wiedergutmachen kann?

»Lass mich.« Ich will mich befreien, aber sein Griff ist zu fest.

»Lass sie los!«, mischt sich da ein Junge ein, der größer ist als Matt und den ich noch nie zuvor gesehen habe.

»Was willst du, Austin?«, fragt Matt laut.

»Ich hab gesagt, lass sie los. Und genau das wirst du jetzt tun«, erwidert er entschlossen.

Ich mache ein paar Schritte zurück und laufe davon. Diesen Streit zwischen Matt und dem anderen werde ich mir nicht antun.

Genau beim Läuten erreiche ich das Schulgebäude. Ich gehe in den Englischraum und setze mich. Bei dem Gedanken, wie mutig es war, Matt vor aller Augen eine zu scheuern, durchströmt mich eine tiefe Genugtuung.

38

Das Läuten beendet die letzte Stunde. Ich stehe auf, ergreife meinen Rucksack und verschwinde. Zum Glück ist Freitag, und damit ist auch die erste Dezemberwoche vorbei.

Ich bringe meine Bücher zum Spind zurück. Weihnachten ist nun schon ganz nah, und ich bin total aufgeregt, weil Nash eine Party feiert.

Heute Morgen hat er mir die Einladung gegeben. Die Party steigt in vierzehn Tagen, am Wochenende vor den Weihnachtsferien. Und sie wird bestimmt genauso lustig wie die vom Schulbeginn.

Damals haben wir Flaschendrehen gespielt, und ich bin mit Cameron im Bad gelandet. Alle dachten, wir hätten uns geküsst.

Ich lächle und öffne den Spind. Während ich die Bücher hineinlege, fällt mein Blick auf ein Foto von mir und Matt, das noch an der Türinnenseite klebt. Ich reiße es ab und zerfetze es in tausend Schnipsel.

Matt bedeutet mir nichts mehr. Er ist Vergangenheit, und wir werden nie wieder zusammenkommen. Nie wieder.

»Bist du sauer?«, fragt eine unbekannte Stimme hinter mir.

Ich zucke zusammen. »Hast du mich erschreckt«, sage ich, als ich mich umdrehe.

Es ist der Junge, der dazwischengegangen ist, als ich mich mit Matt gestritten habe. Wie heißt er noch?

»Entschuldige«, sagt er lachend und tritt näher.

»Kein Problem.« Ich schließe den Spind. »Danke, dass du mir neulich geholfen hast«, sage ich.

»Oh, gern geschehen. Matt war schon immer ein Idiot.«

»Ja, anscheinend wussten das alle außer mir.« Ich seufze.

»Ihr wart zusammen, oder?«

»Ja. Aber das ist eine lange Geschichte«, sage ich. »Danke noch mal. Ich muss jetzt los.«

Er nickt und lächelt.

Hoffentlich hält er mich nicht für unhöflich, aber mir ist wirklich nicht danach, über Matt und mich zu reden.

Draußen vor dem Schulgebäude setze ich den Kopfhörer auf und schalte die Musik ein. Ich gehe zu Fuß nach Hause, statt den Bus zu nehmen.

Eine halbe Stunde später erreiche ich unser Viertel, und tief in mir drin hoffe ich, Cameron über den Weg zu laufen. Keine Ahnung, warum, aber ich würde ihn gern sehen, und sei es nur für eine Minute. Ich hatte mich so daran gewöhnt, ihn jeden Tag zu treffen. Aber das ist schon eine ganze Weile her. Wo er wohl ist und was er wohl gerade macht?

Und als hätte das Universum meine Gedanken gelesen, entdecke ich am Ende der Straße einen Jungen, der ihm verdammt ähnlich sieht. Er kommt näher. Kein Zweifel, das ist tatsächlich Cameron.

Soll ich ihn grüßen? Oder einfach auf den Boden starren und weitergehen? Wird er mich grüßen? Dreitausend Fragen schießen durch mein Hirn und lassen mich zittern.

Warum gehe ich denn plötzlich so schnell? Ich verlangsame meinen Schritt und atme tief ein.

Gleich wird er mich sehen. Was tue ich nur? Ganz ruhig, alles wird gut. Ich brauche mich überhaupt nicht aufzuregen.

Da steht er vor mir. Ich hebe den Kopf und blicke in seine unergründlichen Augen. Er lächelt mich an.

»Hallo«, sagte ich.

»Da ist ja die Schlägerin!« Er kichert.

»Die Schlägerin?«

Er zieht sein Handy aus der Tasche und zeigt mir eine Nachricht von vor ein paar Tagen.

Cris ohrfeigt ihren Ex Matt. Aus verlässlichen Quellen haben wir erfahren, dass die beiden Schluss gemacht haben wegen einer Intrige von Susan. Mehr in Kürze. Lexy

Die Schnüfflerin Lexy weiß also über alles Bescheid. Unglaublich!

»Was ist passiert?«, fragt Cam mit dem schönsten Lächeln der Welt.

»Ach, Matt hat versucht, mich zu küssen und sich bei mir zu entschuldigen«, erkläre ich.

»Was?« Er lacht.

Gemeinsam gehen wir in Richtung meines Zuhauses.

»Ja, echt. Montag ist er in die Schule gekommen und wollte mit mir reden. Und ich habe schließlich nachgegeben.«

»Das war ja klar«, bemerkt Cam.

»Ich wollte doch bloß wissen, was er mir noch zu sagen hat. Also haben wir uns auf die Bank im Hof gesetzt, und er hat sich entschuldigt.«

»Wolltest du ihm denn verzeihen?« Sein Ton ist ernst.

»Nein! Das, was er mir angetan hat, ist unverzeihlich. Selbst wenn er zugegeben hat, dass er immer noch was für mich empfindet.«

Cam bleibt stehen und sieht mich an.

»Hat er das wirklich gesagt? So ein Hirni.«

»Dann hat er versucht, mich zu küssen. Da habe ich ihm eine gescheuert. Er hat mich festgehalten, aber plötzlich ist ein Junge eingeschritten, den ich nicht kannte, ich glaube er heißt Austin. Dann bin ich weg.«

»Austin? Austin Miller? Der aus der Basketballmannschaft?«

»Kann sein. Ich habe ihn noch nie vorher gesehen. Wenn ich so drüber nachdenke, haben wir uns nicht mal vorgestellt.«

Schweigend stehen wir eine Weile voreinander. Dann frage ich ihn, wie es mit Susan läuft.

Noch im selben Moment bereue ich meine Neugierde. Das geht mich doch gar nichts an.

»Nicht schlecht«, sagt er. »Gestern Nachmittag war sie bei mir und hat sich sogar mit Sam vertragen. Das hat mich gewundert. Ich hoffe, dass du keine Probleme mehr mit ihr hast. Sie ist wieder die Susan von einst, und es fühlt sich toll an, mit ihr zusammen zu sein.«

Während er das sagt, scheint er weder besonders aufgeregt noch glücklich zu sein.

»Das freut mich für dich«, flüstere ich. Was natürlich gelogen ist. Susan hat es nicht verdient, mit ihm zusammen zu sein. Und ich glaube auch nicht, dass sie sich verändert hat, so wie Cam sagt: Sie kann sich doch nicht einfach von einem Tag auf den anderen in eine nette Person verwandelt haben.

»Nein, das tut es nicht«, sagt Cam da.

Ich erstarre. Wie kann das sein? Hat er einen Röntgenblick? Kann er sehen, wenn Menschen lügen?

»Natürlich tut es das. Warum sollte ich mich nicht für dich freuen?«, erwidere ich.

»Keine Ahnung, sag du es mir.« Er grinst.

Kopfschüttelnd wende ich mich ab und gehe davon. Warum muss er mit so blöden Kommentaren immer die schönen Momente kaputtmachen?

»He, komm schon … warte«, ruft er und folgt mir.

Ich drehe mich zu ihm. Wir stehen dicht beieinander, ich spüre seinen Atem auf der Haut und starre in seine geheimnisvollen Augen.

»Was willst du?«, flüstere ich.

Er umfasst zart mein Kinn, hebt es leicht an und küsst

mich. Ein Kuss, so schön und unerwartet, dass die Schmetterlinge in meinem Bauch aufflattern und ein Schauer über meinen Rücken läuft.

Was ist jetzt los? Zuerst erzählt er mir, dass seine Beziehung mit Susan super läuft, und jetzt … küsst er mich?

»Warum tust du das?« Meine Stimme ist nur ein schwacher Hauch.

»Weiß nicht, mir war einfach danach.« Anscheinend ist er genauso überrascht wie ich.

Ich mache einen Schritt nach hinten.

»Wie auch immer. Du kannst nicht leugnen, dass du etwas für mich empfindest«, fügt er hinzu und starrt auf meine Lippen. »Wenn du mich nicht hättest küssen wollen, hättest du mir ja auch eine knallen können.«

Ich hasse ihn.

»Tja, und du hättest mich wohl nicht geküsst, wenn du wirklich was für Susan empfinden würdest.«

Er lächelt und sieht mir in die Augen. »Ich wollte dich nur aus der Reserve locken.«

Er lügt. Wenige Sekunden vorher hat er noch behauptet, er hat es getan, weil ihm danach war.

»Träum weiter«, sage ich und drehe mich um. »Ich empfinde nichts für dich. Und das werde ich dir beweisen.«

Was er wohl für ein Gesicht macht? Kurz schaue ich noch mal über meine Schulter zurück. Er lächelt nicht wie sonst, sondern runzelt die Stirn.

Geschieht ihm recht.

39

Die ganze Stunde über muss ich an Cams Kuss denken. Eigentlich denke ich seit Freitag ununterbrochen daran … und heute ist schon Mittwoch. Das muss endlich aufhören. Ich darf mich nicht ständig so quälen.

Aber ich kann es einfach immer noch nicht glauben, dass er mich geküsst hat, obwohl er wieder mit Susan zusammen ist. Und ich kann auch nicht glauben, dass ich es ihm wirklich gestattet habe. Das nächste Mal muss ich ihn um jeden Preis von mir fernhalten. Er darf einfach nicht mehr so mit mir spielen, wie es ihm gefällt.

Das, was mir aber gerade noch ganz andere Sorgen bereitet, ist, dass meine Familie und ich in den Weihnachtsferien zusammen mit den Dearings nach Aspen, Colorado, fahren. Wie soll das nur werden, wenn ich eine komplette Woche mit Cam verbringen muss? Bis dahin müssen wir diese Sache zwischen uns ein für alle Mal geklärt haben.

»Hey!«, ruft jemand hinter mir, während ich den Hof überquere.

Ich sehe hoch.

»Austin!«

Er lächelt, lässt seine Freunde stehen und kommt zu mir.

»Wie geht's?«, fragt er.

»Gut. Und dir?«

»Alles bestens. Weißt du, dass du mir noch gar nicht gesagt hast, wie du heißt?«

»Stimmt! Das ging alles so schnell.« Ich lache. »Also, dann noch mal von vorne, und zwar richtig. Hallo, ich bin Cris.« Ich strecke ihm die Hand entgegen.

»Freut mich, Cris«, sagt er, macht eine kleine Verbeugung und küsst meine Hand. Wir lachen beide los.

»Hat Matt dich noch mal belästigt?«, fragt er ernst.

»Nein, zum Glück nicht. Danke, dass du da warst. Ich wäre ihn sonst nicht so schnell losgeworden.«

»Er gibt nicht so leicht auf.«

»Stimmt.«

»Wie auch immer. Mit einem einfachen Danke gebe ich mich allerdings nicht zufrieden.«

»Ach, echt jetzt?« Ich ziehe die Augenbrauen hoch.

»Jepp.«

»Und was soll ich tun?«

»Tja, wenn du magst, könnten wir uns mal nachmittags in einem Café treffen.« Er zwinkert mir zu.

Na so was! Ich muss lächeln. Damit hätte ich nicht gerechnet. Austin ist echt nett … und er hat faszinierend leuchtend grüne Augen.

»Hm, na gut.«

»Sag mir mal deine Nummer.« Er zieht sein Handy hervor.

Ich rattere die Ziffern herunter. Er tippt sie ein, dann drückt er den grünen Hörerbutton. Sekunden später bimmelt es bei mir.

»Jetzt hast du meine Nummer auch. Also, wir simsen uns dann und machen was aus.«

Ich speichere seine Nummer und seinen Namen. »Ist gut. Aber jetzt muss ich los! Bis bald.«

»Ciao, Cris.« Er lächelt.

Das Handy stecke ich wieder in die Tasche und gehe weiter.

»Cris! Warte, ich komme mit dir nach Hause!«, ertönt es hinter mir. Sam kommt auf mich zugelaufen.

Wie schön, dass wir den Weg zusammen gehen und ein bisschen quatschen können. Wir reden über den Skiurlaub in Aspen. Das wird so aufregend! Von meinen Sorgen wegen Cameron erzähle ich Sam allerdings nichts.

»Weißt du, dass Nash vielleicht auch mitkommt?«, sagt sie plötzlich.

»Echt? Das wusste ich nicht! Aber das ist fantastisch!«

»Ja, also ... ganz sicher ist das noch nicht. Nash hat gestern mit seinen Eltern telefoniert. Sie kommen dieses Wochenende nach Miami und sind bei uns zum Abendessen eingeladen. Dann werden wir es wohl erfahren.«

»Ich drück dir die Daumen.«

»Ja, Cris! Wäre das nicht irre? Es wäre so romantisch! Ich krieg allein bei dem Gedanken eine Gänsehaut.«

»Ja, ich freu mich auch schon riesig!« Ich flunkere, um ihr den Spaß nicht zu verderben. Plötzlich schießt mir ein

Gedanke durch den Kopf, der mich erzittern lässt. »Und wenn Susan auch noch mitkommt?«

»O mein Gott, bitte nicht! Wie kommst du denn da drauf?«

»Cameron hat mir erzählt, dass es zwischen ihnen wieder ganz gut läuft.«

»Ja, scheint so. Aber ich traue ihrer plötzlichen Nettigkeit nicht. Sie tut nur so, weil Cam und ich uns jetzt verstehen, und sie will ihn davon überzeugen, dass sie sich geändert hat. Aber darauf falle ich nicht rein.«

Mein Handy vibriert im Rucksack. Ich hole es raus und lese die SMS, die grad gekommen ist, laut vor: ›Samstagnachmittag bei Starbucks. Okay? ;-)‹

»Von wem ist die denn?«, fragt Sam.

»Von Jack. Er hilft mir bei Mathe. Nach den Weihnachtsferien schreiben wir eine Arbeit, und ich brauch eine gute Note.«

»Ach, Jack ist voll süß und schon achtzehn«, schwärmt Sam verträumt.

»Nein, bitte, fang jetzt nicht damit an. Wir sind nur Freunde und lernen zusammen. Im Moment will ich von Jungs nichts weiter wissen.«

»Hm, das werden wir ja sehen!«

Ich schüttle den Kopf, anschließend umarme ich Sam vor unserem Gartentor. Rasch verabreden wir uns noch für den nächsten Tag.

»Ich bin da!«, rufe ich zu Hause und gehe in mein Zimmer. Kaum habe ich die Tür hinter mir geschlossen, klopft es leise.

Kate und Hayes schlüpfen herein. Sie sind nun richtig zusammen und unzertrennlich. Kate ist mega verknallt in ihn, und selbst meine Eltern mögen Nashs Bruder.

»He, hallo, Leute«, sage ich lächelnd.

»Alles okay, Cris?« Kate sieht mich fragend an. Sie macht sich immer noch Sorgen um mich.

»Ja, alles gut. Was macht ihr?«

»Wir wollen draußen eine Runde drehen. Aber zuerst wollte ich dir noch was erzählen: Am Sonntag kommen Hayes und seine Familie zum Abendessen zu uns«, erklärt sie aufgeregt.

»Dann lernst du also seine Eltern kennen?« Ich muss lächeln. Die Geschichte mit Hayes scheint wirklich ernst zu sein.

Kate nickt. »Cris, du musst mir beim Outfit helfen, okay?«

»Klar, keine Sorge. Du wirst toll aussehen«, sage ich.

Und schon verschwinden sie wieder.

Ich hatte nicht genug Zeit, um Matts Eltern kennenzulernen. Aber vielleicht war das besser so.

Rasch nehme ich mein Handy und beantworte Jacks SMS. Als ich mich aufs Bett setze, fällt mein Blick auf das Foto von Cass und Trevor.

Bis auf die Mail von Cass habe ich sie nach dem Streit mit Trevor nicht mehr gehört, und das tut mir schrecklich weh. Die beiden waren immer ein Teil meines Lebens.

Ich atme tief ein, dann scrolle ich zu Trevors Nummer im Handy und drücke den Button.

Anrufbeantworter.

Ich hinterlasse ihm eine Nachricht: »Hallo, Trevor, ich bin's, Cris. Ich wollte mit dir reden, aber du gehst nicht ran … Ich wollte nur sagen, dass du und Cass, dass ihr mir unglaublich fehlt und dass es mir total leidtut, wenn ich den Eindruck gemacht habe, nicht für euch da zu sein. Aber mein Leben hier ist das absolute Chaos. Das hört sich vielleicht wie eine Entschuldigung an, aber das ist es nicht, ich schwöre es. Ich möchte immer noch Teil eures Lebens und wieder eure Freundin sein, so wie früher. Ich bitte dich, nein, ich bitte euch, verzeiht mir. Ich wollte euch nicht weh tun.«

Da piept es auch schon. Zum Glück konnte ich alles loswerden.

Aus tiefstem Herzen hoffe ich, dass Trevor sich die Nachricht auch anhört und sie nicht einfach löscht, nur weil sie von mir ist.

40

Es ist Sonntagabend, und gleich kommt die gesamte Familie Grier zu uns zum Abendessen.

Gestern waren sie bei den Dearings, und Nashs Eltern haben Sams Familie kennengelernt. Sam hat mir danach alles haarklein erzählt. Der Abend lief hervorragend, und sie ist im siebten Himmel. Nash wird tatsächlich die Weihnachtsferien mit uns in Aspen verbringen! Das wird Weihnachten noch schöner machen, da bin ich mir sicher. Außerdem ist das ein gewisser Ausgleich für das Unbehagen, das ich wegen Cam verspüre.

Ich habe ihn gestern Nachmittag im Starbucks gesehen. Endlich habe ich die Erinnerung an seinen Überraschungskuss aus meinem Kopf verbannt, und schon treffe ich ihn in dem Laden wieder, wo ich mit Jack Mathe lerne.

Jack und ich saßen an einem Tisch beim Fenster. Als Cameron eintrat, hat er uns natürlich sofort gesehen und uns begrüßt. Wenig später tauchte Susan auf, und auch sie hat uns gegrüßt, auf extrem nette Weise. Auch wenn Cam ihr wohl glaubt, bin ich mir sicher, sie tut nur nett. Cam schien sogar richtig stolz auf ihr verändertes Verhalten zu sein.

Die restliche Zeit haben wir uns nicht beachtet. Besser

gesagt, ich und Jack haben richtig intensiv gelernt, während Cam jede unserer Bewegungen aus dem Augenwinkel beobachtet hat. Sein Gesichtsausdruck schwankte zwischen genervt und neugierig.

Ich hätte fies sein und mit Jack flirten können, damit Cameron merkt, dass er und Susan mir völlig egal sind. Aber das habe ich natürlich nicht getan.

Stattdessen habe ich mich ganz normal verhalten und mich darauf konzentriert, so viel wie möglich von Jacks Erklärungen zu verstehen.

Bis vor ein paar Wochen hatte ich nicht viel mit ihm zu tun, so dass es für Cam bestimmt merkwürdig gewesen sein muss, uns plötzlich an einem Samstagnachmittag in einem Café im Zentrum zusammen zu sehen.

»Cris, wie sehe ich aus?«

Kate stürmt in mein Zimmer und reißt mich aus meinen Gedanken. Sie wirbelt herum und zeigt mir das Kleid, das sie sich für diesen wichtigen Abend ausgesucht hat.

Es ist grün mit weißen Punkten. Das Oberteil liegt eng an, während der Ballonrock sich bis zu ihren Knien bauscht. Es steht ihr hervorragend.

»Du siehst hinreißend aus, Kate! Alle werden dich lieben.«

Es klingelt, und meine kleine Schwester stürzt zur Tür, um zu öffnen.

Rasch mache ich mich fertig, während Hayes' Familie eintritt und meine Eltern und Kate kennenlernt.

Ich bin wirklich neugierig auf Nashs Eltern. Wegen ihrer

Arbeit reisen sie ständig kreuz und quer durch die USA. Das ist der Grund, warum Nash und Hayes im Schlaftrakt der Schule wohnen. Sam hat mir aber auch erzählt, dass die Familie eng zusammenhält und die Griers sehr interessante und nette Menschen sind. Nash und Hayes haben sogar noch eine jüngere Schwester, nach der sie ganz verrückt sind.

Als ich in die Eingangshalle trete, entdecke ich sofort einen überaus attraktiven Mann mit den gleichen unglaublich blauen Augen wie Nash und Hayes. Jetzt weiß ich, von wem sie die haben.

Neben Hayes steht ein kleines Mädchen mit zwei blonden Zöpfen.

»Hey«, sage ich und gehe zu Nash. »Du feierst also mit uns Weihnachten!« Voller Freude umarme ich ihn.

Nachdem sich alle vorgestellt haben, gehen die Erwachsenen ins Esszimmer, während wir uns ins Wohnzimmer setzen. Es ist schön, so viele Leute im Haus zu haben. Nur Kate scheint ziemlich nervös zu sein.

»Habt ihr Ponys?«, fragt Nashs kleine Schwester.

Ich sehe ihn fragend an.

Er grinst. »Sie steht grad total auf Ponys. Skylynn, normale Leute haben keine Ponys im Haus, wie oft soll ich dir das denn noch erklären?«

»Ich frage nur zur Sicherheit«, sagt sie und sieht sich um.

»Du hast dich gestern Nachmittag also mit Jack getroffen?«, fragt Nash da.

Die News machen mal wieder ziemlich schnell die Runde.

»Wer hat dir das erzählt?«

»Cam.« Er lächelt.

Kann er nicht einmal was für sich behalten?

»War ja klar«, erwidere ich.

»Das weiß nur ich. Er ist nun mal mein bester Freund, da ist es doch ganz normal, dass er mir bestimmte Sachen erzählt. Bist du jetzt mit Jack zusammen?«

Warum müssen alle immer gleich denken, dass man *zusammen* ist, nur weil man sich mal trifft?

»Nein, wir haben bloß Mathe gelernt.«

»Also ist Mathe bei euch ein Familienproblem«, mischt Hayes sich ein und schaut Kate an.

Wir lachen. Kate knufft ihm leicht in den Arm. Aber es stimmt schon, sie und ich konnten noch nie mit Zahlen umgehen, und unsere Eltern sind auch nicht gerade Mathegenies. Hayes hat also nicht ganz unrecht.

»Hm, bist du sicher, dass zwischen dir und Jack nichts läuft? Cam hatte da einen ganz anderen Eindruck«, sagt Nash.

Ich schüttle den Kopf. »Was ist das denn für eine Frage? Natürlich bin ich mir sicher. Cameron sollte sich lieber um seinen eigenen Kram kümmern.«

»Stimmt. Also, mit wem kommst du zu meiner Party? Die ist ja bald.«

»Ich weiß es noch nicht, vielleicht mit Austin.«

»Austin Miller?! Seit wann kennst du den denn?«

»Seit einer Weile. Letzte Woche hat er mich zwei Mal nach Hause begleitet.« Warum wundern sich nur alle über meine Freundschaft mit Austin?

»He, spielen wir Verstecken?«, fragt Skylynn und zieht Kate am Kleid.

»Willst du nicht lieber mit der Wii spielen?«, schlägt meine Schwester vor.

Skylynn hopst vor Freude durch das Wohnzimmer, und Kate schaltet die Geräte ein.

»Und wie läuft es bei dir und Sam?«, frage ich, damit wir nicht immer über mich reden.

»Die beiden haben gestern das totale Chaos veranstaltet!«, sagt Hayes kichernd.

Ich muss sofort mitlachen, während Nash rot anläuft.

»Scheiße, Hayes«, ruft er.

Skylynn dreht sich zu ihm und schlägt ihre kleine Hand vor den Mund. »Nash! Man darf keine schlimmen Wörter sagen!«

Total niedlich, wie sie ihn ausschimpft. Ich muss grinsen.

»Entschuldige, Sky, ich sag's nie wieder«, sagt er und setzt eine ernste Miene auf.

Sie sieht ihn tadelnd an, dann schnappt sie sich den Controller der Spielekonsole.

Wenn es doch nur immer so sein könnte, so ganz ohne Probleme.

41

In drei Stunden geht Nashs Party los, aber ich liege immer noch im Bett und lese.

Mein Handy vibriert. Eine SMS von Austin: ›Ich bin Punkt 9 bei dir.‹

In den vergangenen Tagen haben wir uns ziemlich oft getroffen und sind gute Freunde geworden. Gestern Nachmittag waren wir zusammen weg, und ich habe mich in seiner Gesellschaft echt wohl gefühlt. So gut habe ich mich schon lange nicht mehr amüsiert. Wir haben viel zusammen gescherzt, sind über Susan und die Lehrer hergezogen und haben uns aus unserem Leben erzählt. Zum Schluss hat er mir vorgeschlagen, zusammen zu Nashs Party zu gehen, und ich habe sofort ja gesagt. Ich will da nicht allein hin, das wäre irgendwie deprimierend. Und wenn Austin nicht zuerst gefragt hätte, dann hätte ich es getan.

›Ist gut. Bis nachher‹, antworte ich und lege das Phone wieder auf den Nachttisch.

Ich lese weiter, und als der Wecker klingelt, tut es mir richtig leid, das Buch weglegen zu müssen.

Aus meinem Schrank hole ich ein dunkelrotes Kleid, das ich noch nie anhatte. Es ist schulterfrei und reicht bis zur Mitte meiner Oberschenkel. Um die Taille ist es eng, während der Rock ganz weich fließt. Im Bad schminke ich mich sorgfältig.

»Cris«, ruft jemand von der Haustür.

Ich verlasse mein Zimmer und treffe im Wohnzimmer auf Austin.

»Schatz, dein Freund ist da«, verkündet Mama.

Ist er zu früh oder bin ich spät dran? »Hallo, Austin. Ich hole nur noch meine Tasche, dann können wir.«

Er lächelt mich an. Richtig elegant ist er gekleidet. Ich hole Clutch und Jacke, dann gehe ich wieder zu ihm.

»Wir sehen uns also morgen früh, Mama.«

Glücklicherweise habe ich meinen Eltern die Erlaubnis abringen können, dass ich bei Sam übernachten darf. Außerdem habe ich erzählt, dass Cam uns nach Hause fährt. Das hat sie beruhigt.

»Ist gut, Cris. Aber schick mir eine SMS, wenn ihr zu Hause seid, ja? Habt einen schönen Abend!«

Ich verabschiede mich mit einer Umarmung.

Austin startet den Motor und braust los. Aus den Boxen dröhnen die Klänge eines Liedes, das mir sehr gefällt: *Black Widow* von Iggy Azalea.

Austin wippt mit dem Kopf zum Takt der Musik, und ich strahle. Heute Abend werden wir richtig Spaß haben.

Wir kommen vor dem Club an, in dem die Party steigt. Er ist riesig! Nash muss wirklich eine Menge Leute eingeladen haben.

»Nicht schlecht«, sagt Austin.

»Das ist ja gigantisch.« Ich betrachte das Gebäude.

»Na geht so, ich kenne noch viel größere.«

Ich lächle. Gemeinsam gehen wir zum Eingang.

Drinnen drängen sich die Leute dicht an dicht. Die Mädchen tragen so kurze Outfits, dass meins dagegen wie ein Maxikleid wirkt.

»Willst du tanzen?«, fragt Austin.

Ich nicke. Er nimmt mich an der Hand, und wir gehen auf die Tanzfläche. Carter tanzt mit irgendeiner Tussi, und Aaron quatscht mit Mahogany.

Von Matt und Cam keine Spur. Besser so.

Ich lege eine Hand auf Austins Schulter, er schlingt einen Arm um meine Taille, und wir tanzen. Viele Pärchen um uns herum küssen sich. Wie es wohl wäre, wenn ich mit Matt hier wäre? Es wäre eine Katastrophe geworden, denn er wäre bestimmt wegen irgendeiner läppischen Kleinigkeit wieder total ausgeflippt.

»Du siehst echt süß aus heute Abend«, sagt Austin.

»Danke.« Ich lächle.

»Wie merkwürdig, dass dich niemand begleiten wollte.«

»Ich bin froh, dass du mich gefragt hast.«

»Darf ich?«, höre ich hinter mir und Austin nickt.

Als ich mich umdrehe, steht Cam vor mir.

Ich bin sprachlos. Er sieht vollkommen perfekt aus.

»Wa… was«, stottere ich.

Aber er legt mir einen Finger auf die Lippen. Dann ergreift er meine Hüften.

Ich muss Ruhe bewahren und einen klaren Kopf behalten. Vorsichtig lege ich die Hände auf seine Schultern und bleibe ein gutes Stück auf Abstand.

Er lächelt und schüttelt den Kopf. »Komm näher«, sagt er und zieht mich an sich.

Wir bewegen uns geschmeidig zur Musik.

»Wieso bist du nicht mit Jack da?«, fragt er.

»Wieso bist du nicht mit Susan da?«, entgegne ich, ohne von ihm abzurücken. Ich blicke über seine Schulter.

Er kichert. »Wegen dir werde ich noch verrückt.«

»Gut so.«

»Also, du und Miller …« Er beendet den Satz nicht.

»Cameron, das geht dich nichts an«, sage ich.

Er packt mich fester und zieht mich noch dichter an sich.

»O doch, es geht mich was an! Wir sind Freunde. Da müssen wir uns doch alles erzählen, oder?«

»Ach, hör doch auf.«

Er zuckt mit den Schultern, und wir tanzen wortlos weiter.

»Das Kleid steht dir gut«, sagt er nach einer Weile.

Ich schmunzle und tanze weiter. »Danke«, flüstere ich.

»Ich weiß, es geht mich nichts an. Aber bist du nun mit Austin zusammen?«

Offensichtlich hat er das Kompliment nur gemacht, um mich milde zu stimmen. Doch auf diesen Trick falle ich nicht rein. Ich sage kein Wort.

»Wer schweigt, stimmt zu«, bemerkt er.

»Hör auf. Es kann dir doch völlig egal sein, mit welchen

Leuten ich mich treffe«, erwidere ich und tanze dabei weiter, damit die anderen um uns herum nichts merken.

»Ja, wie schon gesagt, es geht mich nichts an, mit wem du weggehst. Ich will bloß wissen, ob du schon mit jemandem im Bett warst, nachdem du Matt verlassen hast.«

Ich hör wohl nicht richtig!

»Glaubst du wirklich, ich bin so eine, die mit dem Erstbesten ins Bett steigt?« Ich mache mich von ihm los.

Er sieht mich bestürzt an. »Nein, komm schon, Cris, du weißt, dass ich das so nicht gemeint habe …«

»Lass mich in Ruhe«, unterbreche ich ihn und gehe.

Er sollte mich eigentlich besser kennen.

Rasch schiebe ich mich durch die Menge zum Tresen mit den Getränken und hoffe, dass ich dort etwas Starkes finde, damit ich seine Worte schnell vergesse.

Ich schnappe mir irgendein Glas und kippe den Inhalt in einem Zug runter. Sofort nehme ich mir ein zweites.

»Hi, Cris.« Sam kommt auf mich zu.

Nash folgt ihr. Offensichtlich haben sie sich outfittechnisch abgesprochen: Sie trägt ein kurzes azurblaues Kleid, das sehr eng anliegt, Nash eine Jacke in derselben Farbe.

»Hey«, sage ich und nehme noch einen großen Schluck.

Sam schaut von mir zum leeren Glas.

»Amüsierst du dich?«, fragt mich Nash.

Ich nicke und nehme noch einen Drink.

Sam sieht mich fragend an. »Cam sucht dich. An deiner Stelle würde ich zu ihm gehen.«

»Ist gut.« Mit dem Glas in der Hand mache ich mich auf. Aber ich werde Austin suchen und nicht Cam.

»Das bleibt besser hier«, sagt Sam noch und nimmt mir das Glas aus der Hand.

Soll sie doch. Nachher hole ich mir einfach einen neuen Drink.

Die Musik wird immer lauter, in meinem Kopf dreht es sich ein bisschen. Ich quetsche mich durch die Leute und halte nach Austin Ausschau, aber er ist nirgends zu finden. Wo steckt er bloß?

Da! Er steht zwischen seinen Freunden. Als er mich sieht, winkt er mich heran. Ich lächle und stelle mich dazu.

»Leute, das ist Cris, eine Freundin von mir. Cris, das sind Alex, Robin und Camila.«

»Freut mich«, sage ich.

»Seit wann kennt ihr euch?«, fragt Alex.

»Seit ein paar Wochen«, sagt Austin mit einem Lächeln.

»Bist du im Jahrgang von Cameron Dearing und Nash Grier?«, fragt mich Camila.

»Ja.«

»Du Glückliche!«, ruft sie.

Ich gebe zu, dass es wirklich ein Glück war, Nash kennengelernt zu haben – auf Cameron und Matt hätte ich jedoch gut verzichten können.

»Was ist, Cami? Bist du etwa nicht gern mit den Basketballjungs befreundet?«, scherzt Robin.

»Du weißt genau, dass ich das nicht so meine«, erwidert Camila.

»Tanzen wir noch mal?«, fragt Austin.

»Ja, sehr gern.«

Wir gehen auf die Tanzfläche, und ich flippe im Takt der Musik herum. Endlich textet mich mal niemand mit blöden Fragen zu, und die Drinks haben mich so locker gemacht, dass ich völlig frei tanze, ohne mich um die anderen Leute zu kümmern.

Austin lächelt und tanzt mit.

Da legt mir irgendjemand die Hände auf die Hüften. Und ich bin mir ganz sicher, dass Austin es nicht sein kann, denn er tanzt vor mir.

Ich drehe mich um. Und er steht vor mir.

42

»Du sollst mich in Ruhe lassen«, fauche ich. Wie kann man nur so aufdringlich sein!

»Ach komm, ich habe es nicht so gemeint vorhin.«

»Das kam mir aber nicht so vor.«

Austin sieht uns an und versteht offensichtlich nicht, was vor sich geht. »Soll ich ihm sagen, dass er verschwinden soll?«, fragt er.

Cameron grinst höhnisch. »Was will der denn? Ist das jetzt Matt-Teil-2-Die-Rache, oder was?«

Herrje, er kann doch nicht alle Jungs so behandeln, mit denen ich ausgehe.

»Wie bitte?«, fragt Austin und tritt an ihn heran.

»Keine Sorge, das schaff ich schon alleine.« Ich zwinge mich, ihn anzulächeln.

Auch Cameron lächelt und nickt. So ein Vollidiot. Dann streckt er die Hände aus, legt sie mir auf die Hüften und zieht mich zu sich. Das geht alles so schnell, dass mir schwindlig wird. Ein paar Sekunden lang schwanke ich. Er umfasst mich, so dass ich nicht falle.

Ich schüttle kurz den Kopf, um wieder zu mir zu kommen.

»Hast du was getrunken?«, fragt er.

»Nein.« Ich kann ihn nicht ansehen.

Er hebt mein Kinn und nähert sich langsam. Was hat er vor? Ich mache einen Schritt zurück.

»Du hast getrunken«, stellt er fest. »Komm, wir gehen an die frische Luft.«

Er ergreift meine Hand und zieht mich weg.

»Nein, du hast mir nicht zu sagen, was ich tun soll!« Ich reiße mich los und entferne mich von ihm. Von einem Tisch nehme ich mir ein Glas mit einer durchsichtigen Flüssigkeit. Als ich den Drink zum Mund führe, packt Cameron mich am Arm.

»Hör auf!«, sage ich.

»Der wird dir nicht bekommen«, entgegnet er und nimmt mir das Glas aus der Hand.

»Was geht es dich an? Du sollst mich in Ruhe lassen!«

»Ja, ist schon klar, aber ich habe deinen Eltern versprochen, dass ich dich wieder heil nach Hause bringe und nicht …«

Auf seine Predigt habe ich überhaupt keine Lust, und deswegen lasse ich ihn stehen und gehe. Keine Ahnung, wohin, Hauptsache, weg von ihm. Er wird mir mit seiner Paranoia nicht den Abend verderben. Als ich an der Toilette vorbeikomme, rempelt mich ein Mädchen an. Mit voller Absicht, wie es aussieht, denn sie entschuldigt sich nicht mal.

»He, pass doch auf!«, rufe ich.

»Cris.« Es ist Susan.

»Entschuldige … ich dachte, es wäre jemand anders.«

»Schon gut. Ich habe dich gerade gesucht.«

Der Klang ihrer Stimme und ihr Gesichtsausdruck sind irgendwie anders … sie sieht wirklich wie ein nettes und unschuldiges Mädchen aus.

»Ach, echt? Warum?«

»Ich weiß, dass zwischen dir und Cameron nie etwas gewesen ist.«

Macht sie Witze?

»Zum Glück! Ich habe auch nicht die Absicht, ihn dir wegzunehmen«, sage ich.

Sie lächelt. »Besser ist das. Das solltest du nicht mal ansatzweise probieren. Aber ihr verbringt demnächst die Weihnachtsferien zusammen, daher rate ich dir, bleib ihm vom Leib. Ich meine das nur gut. Verstanden? Ich habe nicht die Absicht, das noch mal zu wiederholen. Ich hoffe, die Lektion mit Matt und Tamara hat dir gereicht. Andernfalls kannst du sicher sein, dass das nur ein Vorgeschmack war auf das, was ich dir alles antun kann. Stell dich nie wieder gegen mich! Kapiert?«

»Du hast dich also *nicht* geändert! Warum versteht Cameron nur nicht, was für ein Mensch du wirklich bist?«

»Das geht dich nichts an. Er ist mit mir zusammen, weil er mich liebt, und du …«

»Was ist hier los?« Cameron taucht hinter mir auf.

»Ich unterhalte mich gerade nett mit deiner Freundin. Wenn ich du wäre, würde ich besser auf sie aufpassen«, sage ich und lasse die beiden stehen.

Vor meinen Augen verschwimmt alles. Ich brauche frische Luft und dränge mich durch die Leute nach draußen. Dann setze ich mich auf eine Bank.

Nach ein paar Minuten läuft Sam mit Tränen in den Augen an mir vorbei. Was ist denn heute Abend nur los?

Ich folge ihr. Da stürzt auch schon Nash keuchend aus dem Lokal. Bestimmt hat er irgendetwas angestellt.

»Was hast du mit ihr gemacht?«, frage ich, während ich auf ihn zugehe.

»Nichts! Ich hab allein getanzt, und da ist sie plötzlich weggerannt! Sie ist betrunken. Du musst sie aufhalten, denn ich kann hier ja nicht weg. Ich bin verantwortlich für das, was drinnen passiert, also …«

Ich nicke und renne ihr nach. Hoffentlich falle ich nicht gerade jetzt in Ohnmacht.

Plötzlich bleibt Sam stehen und stürzt wenige Meter vor mir zu Boden.

»Sam!«, schreie ich. »Sam!« Ich packe sie an den Schultern.

Sie weint.

»Was hast du?«, frage ich.

»Nash hat mit einer anderen getanzt. Er hat mich da allein stehen lassen wie eine blöde Kuh«, erklärt sie unter Tränen.

Ich helfe ihr auf. »Komm, ich rufe uns ein Taxi, und wir hauen ab. Diesen Abend kann man wirklich vergessen.«

Als das Taxi uns vor ihrem Haus absetzt, bin ich wieder nüchtern, habe aber fürchterliche Kopfschmerzen und bin todmüde. Ich könnte gleich hier auf der Straße einschlafen.

Sam öffnet die Tür, und wir gehen hoch in ihr Zimmer.

»Ich habe diesen Mistkerl verlassen«, wiederholt sie zum zehnten Mal.

»Okay«, sage ich und helfe ihr beim Ausziehen.

Nur in Unterwäsche lässt sie sich aufs Bett fallen.

Während ich sie zudecke, brabbelt sie weiter unverständliches Zeug, bis sie plötzlich verstummt. Sie ist tatsächlich eingeschlafen.

Ich gähne, dann schreibe ich Mama die gewünschte SMS, dass ich bei den Dearings bin. Schließlich verlasse ich Sams Zimmer und suche mir ein Plätzchen, wo ich mich hinlegen kann, denn ich kann kaum noch aufrecht stehen. Ich finde ein Zimmer, in dem niemand ist. Rasch schlüpfe ich unter die Bettdecke, schließe die Augen und schlafe sofort ein.

43

Meine Augen wollen einfach nicht aufgehen, und das Bett ist heute Morgen viel kuscheliger als sonst. Ich drehe mich unter der Bettdecke um, und der warme Atem von irgendjemandem umweht sanft mein Gesicht.

Ich reiße die Augen auf. Camerons halb geöffneter Mund ist genau vor mir. Mit Mühe unterdrücke ich einen Schreckensschrei. O nein, nicht schon wieder! Was mache ich hier?

Gestern Abend war ich mir aber ganz sicher, dass dieses Zimmer nicht das von Cam ist. Ich atme tief ein und versuche, ruhig zu bleiben. Langsam rutsche ich von ihm weg, um ihn nicht zu wecken, doch da bewegt er sich und stöhnt.

Er deutet ein kleines Lächeln an, dann stützt er sich auf einen Ellenbogen und reibt sich langsam die verschlafenen Augen.

Zu meinem eigenen Ärger starre ich ihn wie hypnotisiert an. Denn trotz seiner zerzausten Haare und der dunklen Augenringe sieht er selbst kurz nach dem Aufwachen verboten gut aus.

»Guten Morgen«, flüstert er und lächelt, als wäre das alles die normalste Sache der Welt.

»Was machst du hier?«, frage ich leise. Sofort bereue ich diese dusselige Frage.

Er kichert und lässt den Kopf ins Kissen zurückfallen. »Das sollte ich dich fragen. Das ist schließlich mein Zimmer.«

Ich seufze genervt und steige aus dem Bett. Erst als ich stehe, wird mir klar, dass ich eins seiner T-Shirts anhabe. Schon wieder.

»Dir ging's gestern Abend nicht besonders gut«, sagt er, während er aufsteht. Er trägt nur Boxershorts.

Ich werde rot. »Wie meinst du das?«, frage ich.

Er geht an mir vorbei zum Schrank und zieht ein paar Klamotten heraus.

»Du erinnerst dich an nichts?«

»Ich weiß, dass ich Sam nach Hause gebracht und mich dann schlafen gelegt habe.«

»Nur das?« Er bricht in ein wieherndes Gelächter aus.

Angst steigt in mir hoch. Ich krame in meinem Hirn nach weiteren Erinnerungen an gestern, aber da ist nichts.

»Soll ich es dir erzählen?«, fragt er.

Unbedingt, und zwar schnell, damit ich endlich aus diesem Zimmer verschwinden kann. Neben ihm halte ich es kaum noch aus. Jedes Mal, wenn unsere Blicke sich kreuzen und ich sein Lächeln sehe, setzen mein Herz, mein Atem und mein Gehirn gleichzeitig aus. Die Schmetterlinge in meinem Bauch flattern hoch, und mein Herz pocht so schnell weiter, dass es mir jeden Moment aus der Brust springen wird.

Ich nicke und warte.

»Eigentlich gibt es nicht viel zu erzählen«, sagt er. Sein Dauerlächeln macht mich echt nervös. »Irgendwann sind Susan und ich abgehauen, wir wollten ein bisschen allein sein. Da meine Eltern nicht in der Stadt sind, sind wir also hergekommen, um … na ja, du weißt schon … aber dann hat Susan dich in meinem Bett gefunden. Das hat sie natürlich sofort falsch verstanden und ist ausgetickt. Sie hat rumgeschrien, du bist aufgewacht und hast sie krass beschimpft. Zum Glück konnte ich sie wegschicken, und du …«

Ich schaue auf, damit er weiterspricht. Warum hat er aufgehört?

»Und ich … was?«, frage ich.

»… du hast dich wieder hingelegt und weitergeschlafen.« Er schaut weg.

»Was habe ich zu ihr gesagt?«, frage ich und setze mich aufs Bett. Susans Reaktion in der Schule, wenn wir uns dort über den Weg laufen, macht mir jetzt schon Angst.

»Ziemlich schlimme Schimpfwörter. Aber daran war ja nur der Alkohol schuld«, spottet er.

»Das ist ein Scherz, oder?« Ich hoffe, dass er übertreibt, aber er schüttelt den Kopf und setzt sich neben mich.

»Sie hat Schluss gemacht«, sagt er.

Ach! Fantastisch! Gestern sind also richtig wichtige Dinge passiert, und ich kann mich an nichts erinnern, verdammt!

»Warum?«, frage ich.

»Weil ich sie fortgeschickt habe, während sie dir was erwidern wollte, und weil sie glaubt, dass ich mit dir schlafen wollte.«

»Ich … es tut mir leid«, lüge ich. In Wirklichkeit könnte ich vor Freude platzen.

»Keine Sorge. So wie ich sie kenne, kommt sie auf Knien zu mir zurückgekrochen.«

»An Selbstbewusstsein mangelt es dir also nicht«, scherze ich.

Er lacht. Es ist so schön, ihn morgens schon so lachen zu hören. Das könnte beinahe mein Lieblingslied ersetzen.

»Endlich! Cameron versucht schon seit fünf Minuten, dich aufzuwecken.« Sam kommt ins Zimmer.

Ich blicke zu Cam, der mir einfach nur zuzwinkert. Offensichtlich hat er es nicht ein einziges Mal probiert.

»Komm frühstücken«, sagt er dann. »Du solltest dich aber lieber umziehen, meine Eltern können jeden Moment auftauchen.«

Rasch schlüpfe ich in mein Kleid und folge ihnen in die Küche.

»Milch, Cris?«, fragt Sam, als ich durch die Tür trete.

Ich nicke und setze mich auf einen Hocker.

»Was ist mit Nash?«, frage ich sie.

Ihr Lächeln verrät, dass bei den beiden wieder alles in Ordnung ist.

»Tja, heute Morgen hat er mich angerufen, und wir haben geredet. Ich weiß auch nicht, was ich gestern hatte …

ich war wie besessen! Ich erinnere mich aber an so gut wie nichts mehr.«

»Ihr beiden solltet weniger trinken und erst mal nachdenken, bevor ihr quatscht«, bemerkt Cam und schaut mich an.

Offensichtlich meint er meine Auseinandersetzung mit Susan.

»Ach, wie schlau!« Sam kichert.

»Blöde Kuh«, erwidert Cameron. »War ein Scherz«, fügt er rasch hinzu, als er meinen bösen Blick sieht.

Nach dem Frühstück verabschiede ich mich von Sam und Cameron und laufe nach Hause. Übermorgen brechen wir nach Colorado auf, und mir bleibt nicht mehr viel Zeit, um die fehlenden Sachen einzukaufen und die Koffer zu packen.

44

Der Flug nach Denver ist kurz. Jedenfalls kommt er mir so vor, denn ich schlafe die ganze Zeit.

Jetzt fahren wir im Auto weiter nach Aspen. Unsere Eltern haben zwei Wagen gemietet, einen pro Familie. Ich greife nach meinem Trolley und gehe auf den Wagen meiner Eltern zu.

»Wo willst du hin?«, fragt mich Cameron.

»Zum Auto meiner Familie vielleicht?«

»Nein«, sagt er.

»Doch«, erwidere ich.

»Nein. Unsere Eltern fahren in einem Wagen, während ich, du, Sam und Nash den anderen nehmen.«

»Wer hat das denn beschlossen?«

»Kate.« Er zeigt auf meine Schwester.

Ich werfe ihr einen bösen Blick zu. Natürlich begreift sie die Lage sofort, schaut rasch weg und schlüpft ins Auto der Erwachsenen.

Wir laden unser Gepäck in den Kofferraum, und ich setze mich auf den Beifahrersitz. Es nervt mich ein bisschen, dass ich mehr als drei Stunden neben Cameron verbringen muss, bevor wir am Ziel ankommen.

Nash und Sam steigen hinten ein, dann düsen wir los.

»Seid ihr bereit für die besten Ferien eures Lebens?«, ruft Cameron.

»Ja, wow, wie schön«, sage ich tonlos und fange mir sofort einen kalten Blick ein.

Die Zeit kriecht dahin. Ständig schaue ich auf die Uhr, aber das liegt auch daran, dass so eine peinliche Stille herrscht. Nur Sam und Nash kichern manchmal leise über Sachen, die sie im Internet finden.

Ich seufze und lege den Kopf an die Fensterscheibe.

»Stimmt was nicht?«, fragt Cam und streckt die Hand nach den Reglern der Heizung aus.

»Nein, ich bin bloß müde. Das kommt wahrscheinlich noch von dem Kater vom Samstag.«

»Ja, du hast es dir echt gegeben. Erinnerst du dich immer noch nicht an die Nacht?« Er mustert mich ein paar Sekunden, bevor er wieder auf die Straße schaut.

»Nein«, sage ich. »Habt ihr euch wieder versöhnt?«

Er schweigt eine Weile. Zweifellos hat er verstanden, von wem ich rede.

»Noch nicht, aber sie ruft mich bestimmt bald an und entschuldigt sich«, sagt er selbstsicher.

Ehrlich gesagt hoffe ich, dass sie noch die ganze Woche sauer auf ihn ist, denn ich habe keine Lust, dass sie plötzlich in Aspen auftaucht.

»Warum fragst du?«

Sein Ton verrät mir, dass er glaubt, ich sei eifersüchtig.

»Nur so. Ich habe Angst, dass ich zu hart zu ihr war, und

ich möchte nicht schuld daran sein, dass es zwischen euch aus ist.«

Er lacht kurz auf.

»Was gibt's da zu lachen?« Ich bin nervös.

»Seit wann scherst du dich um Susan und mich? Wart ihr nicht verfeindet oder so was?«

»Wir sind nicht verfeindet. Ich kann es dir auch nicht richtig erklären. Es ist einfach so, dass sie mich hasst aus Gründen, die ich nicht verstehe.«

»Wie auch immer. Du brauchst dir um mich und Susan keine Sorgen machen. Denk lieber an Austin. Hältst du es denn eine ganze Woche ohne ihn aus?« Er spottet schon wieder.

»Austin und ich sind nur Freunde.« Ich schreie fast.

»'tschuldigung, geht's auch etwas leiser? Sam und ich schauen grad einen Film«, sagt Nash von hinten. Er hat den Kopfhörer zurückgeschoben und sich leicht nach vorn gelehnt.

»Und warum bist du dann mit ihm auf die Party gegangen?« Cameron achtet nicht auf die Bitte seines Freundes.

»Mit wem hätte ich denn sonst kommen sollen? Allein etwa?«

Er antwortet nicht, sondern dreht die Musik lauter.

Ich drehe sie wieder leiser.

So geht es ein paar Sekunden hin und her, bis Cameron mit einem genervten Seufzer aufgibt.

»Entschuldige, aber ich habe Kopfschmerzen«, flüstere ich. Weshalb entschuldige ich mich eigentlich?

»Ist schon gut«, sagt er.

Als ich wieder aus dem Fenster sehe, nähern wir uns zu meiner großen Freude bereits den Bergen.

Der Wagen schlängelt sich die Serpentinen hoch, und bei jeder Kurve wird mir übel. Ich schließe die Augen und atme gleichmäßig ein und aus.

»Alles in Ordnung?«, fragt Cameron.

Ich mache die Augen wieder auf. Besorgt schaut er mich an.

»Na ja, Kurven sind nicht so meins.«

Er ergreift meine Hand. »Schlaf ein bisschen. Wenn du aufwachst, sind wir da.«

Ich lehne mich zurück und mache die Augen zu.

Erst als er mich am Arm rüttelt, wache ich wieder auf.

»Wir sind da«, flüstert Cam.

Vor uns, in surrealer Stille, stehen ein paar Hütten zwischen schneebedeckten Bäumen. Die Berge sind überwältigend. Es sieht aus wie im Märchen.

Ich steige aus und hätte bei der Kälte, die mich schlagartig umfängt, fast aufgeschrien. Berge im Winter sind einfach nicht mein natürlicher Lebensraum.

Ich hole meinen Trolley aus dem Auto und ziehe ihn mühsam durch den Schnee zu unserer Hütte. Cameron schaut mir amüsiert zu, rührt aber keinen Finger.

Als ich eintrete, stehe ich sofort in einem riesigen Wohnzimmer. Es ist warm und kuschelig. Papa heizt im großen Kamin bereits das Feuer an.

»Wie war eure Fahrt, Schatz?«

»Ich hab geschlafen, also ganz gut, würde ich sagen.«

»In welchem Zimmer schläfst du?« Cameron nimmt mir den Koffer aus der Hand. »Oh, Mr Evans, ich habe Sie gar nicht bemerkt.«

Was für ein guter Schauspieler er doch sein kann! Diese vorgetäuschte Höflichkeit ist echt ein Meisterwerk.

»Cameron! Nenn mich Simon«, sagt Papa und lächelt ihm zu.

Ich verlasse den Raum. Noch mehr von diesem unerträglichen Gesülze ertrage ich nicht. Im ersten Stock belege ich das erste freie Zimmer, das ich finde. Es gibt zwei Betten und ist für Kate und mich genau richtig.

»Hier ist es gut. Danke, dass du mir das Gepäck hochgetragen hast«, sage ich zu Cam.

»Gern geschehen! Natürlich erwarte ich eine Gegenleistung dafür«, erwidert er beim Rausgehen und zwinkert mir zu.

Ein schiefes Lächeln stiehlt sich auf mein Gesicht, während ich die Landschaft vor dem Fenster anstarre.

»Gute Wahl.« Sam bewundert das riesige Zimmer. »Ich sollte mir auch eins suchen, bevor Cameron und Nash es mir wegschnappen«, sagt sie und flitzt los.

Ich setze mich auf den Bettrand und checke, ob ich Nachrichten auf dem Handy habe. Nichts.

Nachdem ich das Telefon ans Ladekabel angeschlossen habe, gehe ich hinunter. Diese eisigen Temperaturen bin ich überhaupt nicht gewohnt. Ich schnappe mir ein Kissen vom Sofa und hocke mich dicht vor das Feuer im Kamin.

»Ja, sicher, in einer Woche. Ja, sie ist bei mir. Nein, hör mir zu … wie du willst.« Camerons Stimme kommt näher, und seine Schritte auf der Treppe werden lauter. Vermutlich wollte er in aller Ruhe mit Susan telefonieren, was an sich schon unmöglich ist, weil sie einfach überhaupt keine ruhige Person ist.

Er tritt ins Wohnzimmer. Nach ein paar Sekunden legt er ein Kissen neben meines und setzt sich drauf.

»In diesem Haus erfriert man ja.« Er reibt sich die Hände vor dem Feuer.

»Stimmt. Hast du mit Susan geredet?«

»Ja, aber sie war noch unausstehlicher als sonst«, sagt er verbittert.

Während ich meine Hände an die Lippen lege und hineinpuste, spüre ich Camerons Blick auf mir. Ich wende mich ihm zu, und er lächelt mich total süß an.

Er streckt sich etwas und ergreift meine Hände. »Lass mich mal.«

Sanft pustet er in meine Handflächen, und eine Hitzewelle schießt durch meinen Körper. Seine Berührung hat gereicht, dass mir nicht mehr kalt ist.

Er hört auf zu pusten und küsst zart meine nun warme Hand.

»Besser?« Er lächelt.

Wenn ich jetzt den Mund aufmache, kommt bestimmt nur sinnloses Gestammel heraus, also nicke ich einfach.

»He.« Sam tritt ein, und ich ziehe rasch meine Hände zurück. »Entschuldigt«, sagt sie und schaut Cameron an.

»Die Großen meinen, wir sollen in die Küche kommen und was essen.« Verlegen geht sie wieder.

»Das war ja klar«, bemerkt Cam, steht auf und zieht mich hoch.

Als ich wieder auf den Beinen bin, will ich von ihm fort, doch er hält meine Hand fest. Dann steckt er sie, zusammen mit seiner, in die Tasche seines Hoodies.

»Die halte ich warm«, sagt er mit einem Lächeln.

45

Das Mittagessen geht schnell vorbei, und eigentlich läuft alles rund, bis auf eines: Die ganze Zeit beobachten unsere Eltern mich und Cameron, der mir ab und zu einen Blick zuwirft oder mir witzige Sachen zuflüstert, so dass ich lachen muss.

»Also, was unternehmen wir heute Nachmittag?«, fragt Mr Dearing.

»Müssen wir nach sieben Stunden Anreise denn unbedingt noch etwas unternehmen? Ich finde das blöd«, bemerkt Sam.

Sie hat recht. Der Vormittag war ermüdend, und bei dieser Kälte würde ich viel lieber zu Hause vor dem Kamin bleiben.

»In der Nähe gibt es ein kleines Dorf. Man könnte mal checken, was es da gibt«, schlägt Cam vor.

Ich würde ihm am liebsten irgendetwas an den Kopf werfen.

Papa steht auf und sagt zu allen: »Jeder macht das, worauf er Lust hat. Wer die Umgebung erkunden will, kann ja mit uns kommen. Die anderen bleiben einfach zu Hause.«

Genialer Papa! Sam und ich werfen uns einen verschwörerischen Blick zu.

»Ja, das hört sich gut an. Wer mit uns mitwill, sollte sich aber etwas Warmes anziehen«, sagt Mr Dearing.

Das ist das Startsignal, und alle stehen vom Esstisch auf. Sam, Kate und ich freuen uns auf einen Nachmittag mit Weihnachtsschmonzetten und Horrorfilmen im Wohnzimmer. Ja, keine Ahnung, warum, aber Sam hat tatsächlich eine Auswahl an Horrorschockern dabei.

»Wir brauchen mehr Kissen und Decken, was zu trinken und zu knabbern«, erklärt sie.

Rasch teilen wir die Aufgaben unter uns auf. Ich koche den Tee und besorge ein paar Tüten Chips, die noch von der Reise übrig sind. Ich drehe den Herd an und stelle den vollen Wasserkessel darauf.

»Ihr seid solche Weicheier«, sagt Cameron, als er in die Küche kommt.

»Schon möglich, aber während ich schön im Warmen sitze und mit einer Tasse Tee auf dem Sofa liege, wirst du draußen den Kältetod sterben.«

»Es gibt Daunenjacken, Wollmützen und Winterstiefel, die wärmer halten als jede Decke. Das ist dir schon klar, oder?«

»Glaub mir, ich brauche ganz was anderes, um warm zu bleiben!«

Er zieht eine Augenbraue hoch und grinst verschmitzt.

Langsam stellt er sich vor mich hin und umfasst meine Taille.

Unsere Gesichter sind ganz nah beieinander, unser Atem vermischt sich, und ich muss mich anstrengen, nicht in Panik zu verfallen.

»Ich kenn da eine Methode, mit der du sofort warm wirst«, flüstert er und nähert sich mit seinem verführerischen Lächeln langsam meinen Lippen.

Er ist so schön, dass jeder Widerstand in mir bricht. Ich rühre mich nicht und warte, dass seine Lippen sich ganz zart auf meine legen.

»Cam! Simon schlägt vor … Ups!« Nash bleibt in der Tür stehen.

Mit gespielter Gleichgültigkeit stelle ich mich wieder an den Herd.

»Was willst du?«, fragt Cameron genervt.

»Da wir nur Männer sind, die rausgehen, schlägt Simon vor, dass wir in einer Bar was trinken. Er will wissen, ob das für dich okay ist«, erklärt Nash, wobei er vor Verlegenheit etwas stottert.

Cam atmet tief ein. »Bist du etwa nur hier reingeplatzt, um mir diesen Schei–« Er verstummt, atmet tief durch, und seine Wut verfliegt. »Ist gut, ich bin dabei«, sagt er schließlich.

Sein Handy klingelt und zerreißt die peinliche Stille. Mit schnellen Schritten verlässt Cameron die Küche und geht ran.

Susan lässt ihn also wirklich nicht in Ruhe.

»Er wird ihr keine zweite Chance geben«, sagt Nash, als ob er meine Gedanken gelesen hätte.

Ich nicke nur und starre auf den Wasserkessel.

»Es tut mir leid … wegen eben, meine ich«, flüstert Nash.

»Ist schon gut. Es war nichts«, sage ich. Sein Blick verrät mir, dass er alles verstanden hat.

»Lüg nicht, Cris. Alle haben kapiert, dass zwischen euch was läuft. Ich persönlich denke ja, dass ihr wie geschaffen füreinander seid.«

»Mag ja sein, dass wir füreinander geschaffen sind, aber das heißt noch lange nicht, dass wir auch zusammen sind. Er liebt immer noch Susan. Und solange sie zwischen uns steht, kann aus uns nie was werden«, erkläre ich.

»Hm, meinst du wirklich? Ich wäre mir da nicht so sicher. Du solltest viel eher mal einen Schritt auf ihn zumachen und ihm sagen, was du wirklich für ihn empfindest.«

Ich öffne den Mund und will antworten, doch Cameron kommt in die Küche zurück, tritt zu mir und gibt mir einen schnellen Kuss auf die Wange. Nanu? Sicher, das ist nicht das erste Mal, dass er das gemacht hat, aber jetzt … ist irgendetwas anders.

»Wir müssen los«, sagt er zu seinem Freund.

»Denk drüber nach«, ermahnt mich Nash, während er die Küche verlässt.

Und so denke ich den restlichen Nachmittag nur an Cam, an das, was ich für ihn empfinde, und an das, was zwischen uns entstanden ist.

»Neeeein!!!«, kreischt Sam plötzlich.

Ich zucke zusammen.

Seit wir *The Calling* in den DVD-Spieler geschoben haben, kreischen sie und Kate die ganze Zeit und spekulieren über das Ende.

»O Gott, Cris, ich glaub es nicht! Hättest du das gedacht?«

Als ich hochblicke, läuft gerade der Abspann. Ich schweige, ich habe so gut wie nichts mitbekommen.

»Aber warum frage ich dich überhaupt! Du weißt ja gar nicht, wovon ich rede! Cris, was ist los?«, fragt Sam besorgt.

»Nichts.«

»Klar, *nichts*. Nash hat mich gebeten, für dich da zu sein, weil es dir nicht gutgeht. Ich weiß, dass Matt dir weh getan hat, aber jetzt vergiss ihn endlich. Je eher du aufhörst, an ihn zu denken, umso besser ist es.«

Sie meint es gut, liegt aber leider völlig falsch.

»Ich weiß, es ist schwierig«, fährt sie fort, »aber du solltest dich lieber auf die Menschen besinnen, die dich wirklich glücklich machen. Du weißt genau, von wem ich rede.«

Jeder würde wissen, dass sie von ihrem Bruder spricht. Dieser Typ ist mein Problem. Er schafft es seit dem ersten Tag, an dem ich ihn getroffen habe, mir den Kopf zu verdrehen. Vielleicht hat Nash recht. Ich sollte ihm sagen, was ich empfinde.

Die Tür geht auf, und endlich sind die Männer von ihrer Erkundungstour wieder da. Nur Cameron fehlt.

»Schatz! Alles okay? Hattet ihr Spaß?«, fragt Papa und zieht sich die Jacke aus.

»Ja, wir haben einen Film gekuckt«, sage ich und starre weiter auf die Eingangstür in der Hoffnung, dass sie noch mal aufgeht.

»Er kommt nicht. Er ist in der Bar geblieben mit einer Blondine, die er anscheinend ziemlich gut kennt«, klärt Nash mich auf, kaum dass Papa aus dem Raum ist.

»Mit einer Blondine? Noch eine? Er scheint immer blonde Freundinnen zu haben … Wer kann das jetzt sein?« Sam verdreht die Augen.

»Charly war nicht blond«, korrigiert sie Nash.

»Und sie war auch nicht seine Freundin«, erwidert Sam ungeduldig.

Den Namen des Mädchens höre ich nicht zum ersten Mal. Camerons Geschichte macht mich ziemlich neugierig. »Wer ist Charly?«

»Ein Mädchen, das Cameron nie vergessen wird«, sagt Nash, wobei er Sam einen beschwörenden Blick zuwirft und damit das Gespräch sofort beendet.

So wie Sam die Augen senkt, ahne ich nichts Gutes. Cameron ist also immer noch da draußen mit einem anderen Mädchen. Der Gedanke will mir nicht aus dem Kopf. Ich gehe in mein Zimmer, schlüpfe unter die Bettdecke und versuche, mich mit Musik abzulenken. Als ich mein Phone in die Hand nehme, entdecke ich ein Update von Lexy:

Weihnachtsnews

Die Ferien haben gerade begonnen, und schon gibt es jede Menge neuen Gossip. Wie es scheint, ist die Beziehung zwischen Matt und Cris endgültig Geschichte, doch unser Neuzugang aus L.A. hat keine Gelegenheit ausgelassen, weitere Eroberungen zu machen. Sie wurde in Begleitung des attraktiven Austin Miller gesehen, und darüber hinaus verbringt sie einen spektakulären Skiurlaub mit Cameron Dearing in den Bergen.
Liebe Leser, was haltet ihr davon? Findet ihr es nicht merkwürdig, dass Miller und Dearing sich zum zweiten Mal dasselbe Mädchen teilen? Wiederholt sich vielleicht die Geschichte unserer armen Charly? In Kürze mehr.
Lexy

Da Lexy mit Sicherheit alle Kommentare liest, tippe ich rasch eine Erwiderung unter den Artikel: ›KÜMMER DICH UM DEINEN KRAM!‹

Ich stelle den Flugmodus an und lege das Phone auf den Nachttisch.

Geräusche aus dem Erdgeschoss dringen durch die Musik zu mir. Vermutlich ist Cameron zurück. Lange ist er also nicht weggeblieben. Ich kuschele mich in die warme Decke und schließe die Augen. Hoffentlich schlafe ich bald ein. Morgen wird ein seeeeehr langer Tag werden. Leider löst sich dieser fromme Wunsch mit einem Satz in Luft auf.

»Schläfst du?« Cameron steht in meinem Zimmer.

Ich tauche unter der Decke hervor und schiebe den Kopfhörer runter. Er schließt die Tür hinter sich und setzt sich auf mein Bett. »Hast du die News gelesen?«

Ich nicke. »Warum quält sie uns immer noch so? Was geht es sie an, mit wem ich auf eine Party gehe oder dass unsere Familien zusammen Urlaub machen?«

»Anscheinend ist ihr eigenes Leben so was von langweilig, dass sie allen auf die Nerven gehen muss, um wenigstens ein bisschen Spaß zu haben.«

»Mag sein. Nur eins verstehe ich nicht: am Ende der News, dieser Satz über dich, Austin und Charly. Was …«

»Das war völlig unwichtig«, unterbricht er mich. »Das ist eine uralte Geschichte, die alle längst vergessen haben.«

Ich lächle, und er lächelt zurück.

»Susan hat mich angerufen und um Verzeihung gebeten.«

Der Ton in seiner Stimme sagt mir, dass das kein Scherz ist. Und er sagt mir, dass seine Antwort darauf war: ›Ich verzeihe dir. Lass uns wieder zusammen sein, denn ich liebe dich.‹

»Das freut mich für dich«, sage ich und schaue weg.

»Ich habe ihr gesagt, dass ich darüber nachdenken muss. Die Beziehung mit ihr macht mich ganz mürbe, und ich will so nicht weitermachen.«

»Du triffst bestimmt die richtige Entscheidung.«

Für ein paar Sekunden starrt er ins Leere, als würde er darüber nachgrübeln, was er tun soll. Dann greift er nach meiner Hand, drückt sie und sagt: »Ja, das glaube ich auch.«

Er steht auf, beugt sich über mich und gibt mir einen Kuss auf die Wange. »Gute Nacht«, flüstert er.

»Wieso warst du länger in der Bar?«, frage ich, als er schon an der Tür ist.

»Wir haben meine Cousine Cara getroffen. Ich hab sie ewig nicht gesehen und hab etwas länger mit ihr geplaudert. Warum?« Er lächelt verschmitzt.

»Du bist nicht mit den anderen zurückgekommen, und da wollte ich nur wissen, warum«, sage ich so gleichgültig wie möglich.

»Na, das war ja klar.« Er kichert.

»Geh schlafen, Cameron«, sage ich belustigt.

»Gute Nacht, du Eifersüchtige.«

Ich schnappe mir ein Kissen und werfe damit nach ihm. Er weicht aus und verschwindet aus dem Zimmer.

Als ich mich wieder unter die Decke kuschle, muss ich bis über beide Ohren grinsen und schlafe mit einem unerklärlichen Glücksgefühl ein.

46

Strahlendes Sonnenlicht scheint durch die Gardinen und weckt mich sanft. Ein Blick aufs Handy sagt mir, dass ich mich besser fertigmachen sollte. Nur zehn Minuten später gehe ich nach unten zum Frühstück.

In der Küche sitzen Nash, Sam und Cam. Sie essen und quatschen.

»Guten Morgen«, sagt Nash mit einem Lächeln.

»Hey«, sage ich.

»Es gibt warmen Kakao.« Sam zeigt auf eine Kanne auf der Arbeitsplatte.

Ich nicke, hole mir eine Tasse und gieße ein. Dann setze ich mich neben sie und ihren Bruder.

»Gut geschlafen?«, fragt mich Cam.

Ich nicke und puste in die Tasse.

Sein Handy liegt auf dem Tisch und vibriert. Ich kann nicht anders und lese den Namen der Person, die ihm gerade eine SMS geschickt hat.

»Susan?«, fragt Nash und sieht ihn an.

»Ja, sie hört einfach nicht auf. Ständig fragt sie, wie ich mich entschieden habe.«

»Offensichtlich hat sie nicht kapiert, dass du mit dem

Satz ›Ich brauch etwas Zeit zum Nachdenken‹ nicht nur ein paar Stunden gemeint hast.« Sam kichert, und ich stimme ein.

Cameron sperrt das Display und legt den Arm auf die Lehne meines Stuhls. Dann fasst er mich an der Schulter und zieht mich leicht zu sich.

Der Tag fängt gut an.

»Alle schon wach?«, fragt Papa, als er in die Küche tritt.

»Also, seid ihr bereit für einen herrlichen Tag auf der Piste?«, fragt Mr Dearing hinter ihm.

Ich verschlucke mich am Kakao und huste los. Skifahren mag ich gar nicht, besser gesagt, nicht mehr. Als kleines Mädchen bin ich mal schlimm gestürzt und habe seitdem nicht mehr auf den Brettern gestanden. Heute werde ich ganz bestimmt nicht wieder damit anfangen.

»Ja, ich freu mich schon das ganze Jahr aufs Snowboarden!«, ruft Cameron aufgeregt.

»Jaaa!!!« Nash klatscht mit ihm ab.

»Ich mach Fotos von euch«, sage ich.

Cameron dreht sich ruckartig zu mir um. »Nein. Du wirst mit uns Ski fahren.«

»Ausgeschlossen.«

»Macht euch fertig!«, ruft Mama.

Wenig später steigen wir in die Autos. Ich, Sam und Nash setzen uns auf unsere Plätze. Von Cameron fehlt jede Spur.

Als er endlich auftaucht, grinst er mich verschmitzt an.

»Was ist?«, frage ich.

»Du siehst niedlich aus, so wie du angezogen bist«, erwidert er und mustert mich von oben bis unten.

»Ich möchte ja nicht unhöflich sein, aber eure Eltern sind schon losgefahren«, bemerkt Nash und wedelt mit einer Hand vor Camerons Augen, damit er ins Hier und Jetzt zurückkehrt.

»Also, bereit für die Abfahrt?«, fragt Cam und startet den Motor.

»Jaaa!!«, kreischen Sam und Nash.

Ich hole den Fotoapparat heraus und drehe mich nach hinten zu den beiden. »Lächelt mal!« Ich schieße die ersten Bilder.

»Sag jetzt nicht, dass du das den ganzen Tag machen willst«, bemerkt Cam, während er auf die Straße blickt.

Ich setze mich wieder richtig hin. »Ja, wenn ich schon nicht Ski fahre, muss ich doch was anderes tun.« Ich richte das Objektiv auf ihn.

»Ach, komm schon, das wird lustig«, drängt er.

Camerons Profil hat etwas ganz Besonderes und Faszinierendes. Ich mache eine Reihe Fotos von ihm, während er fährt.

»Nee, nicht für mich. Ich amüsiere mich lieber mit der Kamera. Oder mit einem Schlitten, wenn's sein muss«, sage ich lachend.

»Schlitten sind was für Babys«, erwidert er.

»Tja, dann also nur Fotos.«

Er lächelt und schüttelt den Kopf.

Die Piste ist nicht weit entfernt, nach wenigen Minuten sind wir da. Als wir aussteigen, überwältigt mich die Schönheit der Berge. »Wow«, flüstere ich.

»Die ist ja riesig!« Sam zeigt auf eine gigantische Tanne, gleich neben dem Parkplatz.

Plötzlich fällt es mir ein! Heute ist Heiligabend, und ich habe es fast vergessen.

»Los, komm!«, ruft Nash Sam zu.

Während die anderen die Abfahrt hinuntersausen, verewige ich die Landschaft, die Weihnachtsdekoration und alles, was mir als interessantes Motiv vor die Linse kommt. Ich schieße auch Fotos von Kate. Sie hat mich gebeten, ein paar schöne Aufnahmen von ihr zu machen, die sie in den sozialen Netzwerken hochladen und ihren Freunden schicken kann.

Zwischen zwei Abfahrten kommt Cameron zu mir. »Willst du es wirklich nicht mal probieren?«

»Nein, lieber nicht.«

»Na gut, aber dann gehst du wenigstens mit mir Schlittschuh laufen«, sagt er.

»Schlittschuh laufen?«

»Glaubst du etwa, ich lasse dich den ganzen Tag Fotos knipsen, ohne dass ich dich wenigstens einmal hinfallen sehe?« Und schon verschwindet er wieder zum Lift.

Kaum dass ich mich über seine kranke Idee aufregen kann, da rutsche ich auch schon über die Eisbahn und zähle die Minuten … Sie vergehen total langsam, fast wie in den Unterrichtsstunden in der Schule.

Ich stehe zum ersten Mal auf Schlittschuhen. Die anderen sind irgendwie alle Experten darin und flitzen sicher und gekonnt über das Eis. Ich habe in den ersten Minuten bereits zweimal das Gleichgewicht verloren und bin auf dem Hintern gelandet.

Am meisten nerven mich die Leute, die hemmungslos über meine Ungeschicklichkeit lachen. Mir tut alles weh, und ich sterbe gleich vor Scham! Ich will die Wärme und den Strand von Miami Beach zurück!

Als Mrs Dearing endlich verkündet, dass es Zeit ist, nach Hause zu fahren, jubiliere ich innerlich wie ein Engelschor. Halleluja.

»So schlecht war das doch gar nicht«, sagt Cam, wobei er und Nash ein Lachen unterdrücken. Seit wir wieder im Auto sitzen, ziehen sie mich unablässig auf.

»Leute, hört auf. Ihr seid überhaupt nicht nett«, kommt Sam mir zu Hilfe und boxt Nash sanft in den Arm.

»Zu eurer Information, die letzten fünf Minuten bin ich richtig gut gelaufen«, bemerke ich.

Die beiden Poser brechen in lautes Gelächter aus, als hätte ich den besten Witz des Tages gerissen.

»Seit wann nennt man es ›Schlittschuhlaufen‹, wenn man die Kufen ins Eis rammt und wie ein Pinguin darauf langwackelt?«

Es ist sinnlos. Sie werden mich für den Rest der Ferien nur noch veräppeln.

»Ihr seid unmöglich.« Ich tue beleidigt und betrachte die bunten Lichter, die an den Türen und Dächern der Häuser funkeln.

47

Während der restlichen Heimfahrt schweigen wir. Im Hintergrund läuft *Heart Like Yours* von Willamette Stone.

Nash und Sam sind eingeschlafen, und diesen Moment muss ich einfach im Bild festhalten.

Wir kommen als Erste zu Hause an, weil unsere Eltern noch im Supermarkt ein paar Lebensmittel einkaufen. Ich betrete die Hütte und bin irgendwie erleichtert. Aus der Kälte in diese kuschelige Wärme zurückzukommen ist einfach wunderbar.

Als ich mir in den vergangenen Wochen diese Ferien vorgestellt habe, hätte ich schwören können, dass alles schiefgehen und eine einzige Katastrophe werden würde. Aber ich habe mich geirrt. In Gesellschaft meiner Freunde fliegt die Zeit nur so dahin, und selbst Cameron bringt mich immer wieder zum Lachen. Schon lange habe ich mich nicht mehr so unbeschwert gefühlt.

Ich lege mich aufs Sofa und klicke die Bilder auf der Kamera durch. Bei manchen Schnappschüssen muss ich lachen. Der schönste Moment war, als Sam und Kate für ein Foto posiert haben: Cameron und Nash haben um uns herum eine Schneeballschlacht veranstaltet, und plötzlich hat Nash sich hinter Sam versteckt. Der nächste Schneeball ist genau in ihrem Gesicht gelandet, und ich habe diesen Moment fotografiert.

Es ist Heiligabend, doch zum ersten Mal, seit ich denken kann, verzichten wir auf das üppige Weihnachtsmenü, so wie es bei der italienischen Familie meiner Mutter üblich ist, und essen nur eine Kleinigkeit. Wie gut, dass wir das Feiern auf morgen verschoben haben, denn der Tag heute war wirklich anstrengend.

Als ich endlich im Bett liege, in der Stille der riesigen Hütte, kommen alte Erinnerungen an Cass und Trevor in mir hoch, aber auch Gedanken an Cameron, die ich während des Tages nicht zugelassen hatte.

Eins ist mal klar: Ich bin total von ihm besessen. Lange wälze ich mich unter der Decke und suche nach einer bequemen Position, aber ich kann nicht einschlafen. Seine Worte, sein Gesicht, sein Lächeln, seine Grimassen und seine ernste Miene halten mich wach.

Nach einer Weile stehe ich auf und gehe langsam die Treppe nach unten. In der Küche mache ich mir einen Kamillentee und schleiche mit dem vollen Becher zum Kamin. Die Dielen knarzen. Im Wohnzimmer bemerke ich, dass jemand anderes die gleiche Idee hatte wie ich: Cam sitzt vor dem Kamin auf einem Kissen.

»Äh, entschuldige, ich wollte nicht stören. Ich geh schon wieder«, sage ich.

»Nein, bleib.«

Langsam lasse ich mich neben ihm nieder. Ich puste in den Becher, damit der Tee abkühlt, und wie heute Morgen fällt mein Blick auf sein Handy. Auf dem Display ist ein Chat offen.

»Susan hat mir geschrieben«, gesteht er.

»Worüber habt ihr geredet?« Mit zitternder Hand stelle ich den Becher ab.

»Über alles Mögliche.« Er schaut auf das Telefon. »Zuerst hat sie mich beschimpft und mich beschuldigt, Sachen gemacht zu haben, die ich nie getan habe. Dann hat sie sich entschuldigt und fing krass an zu flirten. Bis sie dann mit der eigentlichen Frage rausrückte: Ob ich bereit wäre, es wieder mit ihr zu versuchen.«

»Und? Wie hast du dich entschieden?« Noch während ich das frage, verzehrt mich die Angst. Ich hoffe aus tiefstem Herzen, dass er Susan den Laufpass gibt, weil sie ihn einfach nicht verdient hat.

»Sie weiß es noch nicht. Aber ich will das mit ihr nicht mehr. Ich will ein neues Kapitel aufschlagen, zusammen mit einem Menschen, der besser zu mir passt.« Er sieht mich liebevoll an.

»Das ist gut«, sage ich und fasse mutig seine Hand. Nach ein paar Sekunden lasse ich ihn los und greife nach meiner Tasse.

»Wie war dein Leben in Los Angeles?«, fragt er unvermittelt.

Allein bei dem Gedanken an mein altes Leben tut sich eine riesige Leere in mir auf.

»Wenn ich es mit einem Wort beschreiben sollte, würde ich ›perfekt‹ sagen. Das war es wirklich. Ich war immer gut drauf, musste mir keine Sorgen machen, ich hatte Spaß, und vor allem hatte ich zwei richtig gute Freunde.« Ich berühre den Anhänger, den Cass mir geschenkt hat.

»Nein, Cris. Das sind nicht mehr deine Freunde, wenn sie sich nicht um dich kümmern und dir nicht antworten, nur weil du viele Kilometer entfernt bist«, flüstert Cam und starrt in die knisternden Flammen im Kamin.

Ich schweige und hoffe, dass wir über etwas anderes reden können. Es tut mir weh, wenn jemand so von Cass und Trevor spricht.

»Vielleicht müssen wir alle neu anfangen, nach diesen Weihnachtsferien. Also, ich glaube, ich muss ins Bett«, sagt er. Leicht lehnt er sich zu mir und gibt mir einen Kuss auf die Wange.

Kaum dass sich seine Lippen von mir lösen, atme ich schneller, und mein Herz rast, als er wenige Zentimeter von meinem Mund verharrt. Seine Lippen sind wie Magneten, die mich auf die Probe stellen. Ich kann nicht widerstehen, die Versuchung ist zu groß, und er weiß das. Ich bin in einer verdammten Zwickmühle, denn ein Kuss von ihm würde reichen, und ich würde komplett die Kontrolle verlieren.

In einem Winkel meines Kopfs macht sich die Angst breit, dass morgen alles wieder so ist wie vorher, dass dieser Kuss, so wie alle anderen, überhaupt keine Bedeutung hätte.

Doch schon suchen sich unsere Münder zärtlich, immer und immer wieder. Cameron streicht von meinem Gesicht hinunter zu meiner Taille und zieht mich rittlings auf seinen Schoß.

Ich lege die Arme um seinen Hals und vergrabe die Finger in seinen Haaren. Wir küssen uns immer leidenschaftlicher, unser Atem geht schneller, es wird immer wärmer im Raum.

Cameron legt die Hände auf meine Schenkel. Ich erzittere.

In diesem Augenblick stimmt alles: Unsere Lippen vereinen sich, unsere Köper finden sich … und Camerons Handy vibriert.

Der Bann ist gebrochen. Cam streckt die Hand aus und schaut nach, wer geschrieben hat.

Ich sitze immer noch auf ihm und fühle mich plötzlich total fehl am Platz. Als ich aufstehen will, hält er mich zurück. »Warte, es dauert nur eine Sekunde«, flüstert er.

»Wer ist es?«

Er schreibt konzentriert eine Nachricht. »Susan.«

Sofort bin ich auf den Beinen und rücke von ihm ab.

»Wo willst du hin?«, fragt er und steht ebenfalls auf.

»Es ist spät. Ich muss schlafen.«

»Ja, du hast recht.« Er checkt die Uhrzeit auf dem Handy und folgt mir nach oben.

Vor meinem Zimmer ergreife ich den Türknauf und will mich so schnell wie möglich zurückziehen, aber Cam packt mich sanft am Arm und dreht mich zu sich. Einen

Sekundenbruchteil später vereinen sich unsere Lippen zu einem langen und einfach perfekten Kuss.

»Frohe Weihnachten, Kleines«, flüstert er und streicht mir sanft über die Wange.

»Frohe Weihnachten, Cam«, antworte ich lächelnd.

48

Heute Nacht habe ich von all den schönen Momenten mit Cameron geträumt. Ich sollte eigentlich auf Wolke sieben schweben, aber während ich die Treppe zum Frühstück hinuntergehe, überkommt mich eine schlimme Ahnung, so als wäre etwas Schreckliches passiert. Da ich es nicht näher bestimmen kann, atme ich tief durch und lausche den Stimmen, die von unten zu mir dringen.

»Was wollt ihr heute machen?«, fragt Mama.

Ich betrete die Küche.

»Criiisss!«, kreischt Sam, rennt auf mich zu und drückt mich an sich. »Frohe Weihnachten!«

»Dir auch!«, sage ich und wünsche es allen anderen in der Runde.

»Wir haben gedacht, dass ihr heute mal machen könnt, was ihr wollt. Wir Erwachsenen machen einen Ausflug in die Umgebung. Wenn ihr Lust habt, könnt ihr aber auch mitkommen«, schlägt Mama vor.

Sam und Nash scheinen nicht besonders begeistert davon zu sein.

»Ich glaube, wir finden schon was Nettes, was wir in Aspen machen können«, erwidere ich.

Cameron tritt mit einem strahlenden Lächeln ein. »Frohe Weihnachten!«, sagt er laut.

Sam läuft zu ihm und umarmt ihn. »Unser erstes gemeinsames Weihnachten, großer Bruder.«

So wie er sie gerade ansieht, ist er anscheinend echt glücklich, dass er die Sache mit ihr ins Reine gebracht hat. Da kann er mir noch eine Million Mal sagen, dass ihm nichts an seiner Schwester liegt, ich glaube ihm kein Wort.

Allerdings ist das, was gestern Nacht passiert ist, mir doch irgendwie unangenehm. Ich weiß ja genau, dass es für ihn keine Bedeutung hat. Aber warum hoffe ich dann so sehr, dass das Gegenteil der Fall ist?

Als sich unsere Blicke treffen, löst er sich von Sam und kommt zu mir. »Frohe Weihnachten noch mal«, flüstert er, nimmt mich fest in den Arm und drückt mir einen Kuss auf die Lippen.

Sam, Nash, Kate und Mama starren uns mit großen Augen an. Und würde sich auf meinem Gesicht nicht dieses blöde Lächeln ausbreiten, würde ich vermutlich genauso verdattert schauen.

Ich tue so, als wäre nichts. Cam lehnt sich an den Tresen und umfasst meine Taille. Rasch kneife ich mich, ob ich auch nicht träume: Es ist alles real, und ich stehe total unter Schock. So etwas hätte ich von ihm nie erwartet.

»Warum seid ihr alle so still?«, fragt er plötzlich.

Wie von einem Zauber befreit, schauen alle rasch woandershin, als würden sie etwas suchen.

»Wenn ich so drüber nachdenke, wäre es vielleicht das

Beste, wir würden alle zusammen einen Bummel durch die Stadt machen. Wir könnten doch … in der Nähe bleiben, oder? Wir könnten über den Weihnachtsmarkt gehen oder einen Spaziergang machen«, stottert Mama vor Aufregung.

Wortlos nicken alle.

»Wunderbar, dann brechen wir nach dem Frühstück auf.«

Später, als ich hoffe, noch einen Moment für mich zu haben, um den Frühstückskuss zu verdauen, verschwinde ich auf mein Zimmer. Unglücklicherweise folgt Cameron mir und schließt die Tür hinter sich.

»Was hast du?«, fragt er und setzt sich auf den Rand des Bettes.

»Äh, ich weiß nicht. Kannst du mir kurz erklären, was das eben, also, was war das?« Ich bin so verwirrt, dass ich nicht mal einen Satz klar herausbekomme.

»Was eben? Der Kuss?«

Da ist es wieder! Sein unwiderstehliches Lächeln! Mit einem Kopfschütteln verscheuche ich die Versuchung.

»Nicht? Also, was dann?«

»Nein, deshalb habe ich nicht den Kopf geschüttelt. Ja, ich meine den Kuss.« Verdammt, ich bin so was von nervös.

»Ich dachte nach gestern Nacht … Aber wenn es dir nicht passt, okay, ist auch gut.«

Anscheinend bin ich nicht die Einzige, die keine klaren Sätze mehr hinbekommt.

Moment, kurz mal nachdenken: Cameron will mir also wirklich sagen, dass er nach dem Kuss gestern meint, dass wir jetzt etwas anderes sind als normale Freunde? Nach all dem Chaos, das zwischen uns abgelaufen ist?

»Dachtest du etwa, dass du und ich jetzt zusammen sind?«, frage ich mit zitternder Stimme.

Er schweigt und starrt auf den Fußboden, während er über meine Frage nachzudenken scheint.

»Blöd, oder?« Mit einem Ruck steht er vom Bett auf.

»Nein, das ist nicht blöd.« Ich falle ihm ins Wort, bevor er alles kaputtmachen kann.

»Doch. Da habe ich unten in der Küche ganz schönen Mist gebaut. Ich werde den anderen alles erklären, mach dir keine Sorgen.«

»Du brauchst niemandem etwas erklären«, flüstere ich, wobei ich zu ihm trete und ihn küsse.

»Ich nehm das als ein ›Du hast nichts falsch gemacht, ich hab dich auch lieb‹.«

»Kinder, beeilt euch, wenn ihr mitkommen wollt!«, ruft Mama von unten.

»Kann ich dir was sagen?«, fragt er da.

Wenn er mir jetzt was Liebes zuflüstert, falle ich sofort in Ohnmacht, das schwöre ich.

»Die Stimme deiner Mutter ist echt etwas nervig.«

Oh, Mann! Unvorhersehbar und völlig unangebracht. Mal wieder. Dafür liebe ich ihn!

»Das stimmt doch gar nicht«, verteidige ich Mama und boxe ihm in den Arm.

Er huscht aus dem Zimmer, so dass ich mich endlich umziehen kann.

Gerade als ich ins Auto steigen will, verhakt sich der Reißverschluss meiner Winterjacke. Ich hasse das.

»Zu spät wie immer«, neckt mich Cam, der neben mir steht. »Warte, ich helfe dir«, flüstert er. Geschickt zieht er den Reißverschluss runter und wieder rauf. »So, fertig. Du hast echt zwei linke Hände.« Er küsst mich auf die Stirn.

»Wir beide reden später«, zischt Sam mir von hinten zu.

»Wir hätten natürlich auch zu Hause bleiben können. Da hätten wir viel mehr Spaß gehabt«, sagt Cameron und startet den Wagen.

»Ach, komm, ist doch nett, ein bisschen über den Weihnachtsmarkt zu ziehen.« Ich will das Beste daraus machen.

»Solange du bei mir bist, ist alles gut«, flüstert er, drückt meine Hand und küsst sie.

Auf der Fahrt drehen wir das Radio auf. Sam und ich singen die Lieder aus vollem Hals mit. Irgendwann parken wir und machen uns auf in die Stadt.

»Gleich seht ihr den schönsten Weihnachtsbaum der Vereinigten Staaten!«, sagt Mama, während wir durch die Straßen laufen.

Ich bleibe etwas zurück, weil ich mit Schal und Handschuhen rumhantiere. Sam gesellt sich zu mir.

»Erzähl, erzähl. Wie seid ihr zusammengekommen? Hat

er dich gefragt? Bitte, versprich mir, dass du ihn nie verlässt. Ich könnte eine andere Susan nicht noch mal ertragen!«

»Ehrlich gesagt, ich weiß gar nicht richtig, was eigentlich passiert ist. Gestern Abend haben wir uns geküsst, aber ich dachte, es würde ihm nichts bedeuten … genau wie all die anderen Male.«

»Warte! Die anderen Male? Ihr habt euch schon mal geküsst, und du hast mir nichts davon erzählt?« Sie ist schockiert.

»Ich hielt das nicht für wichtig! Und er auch nicht. Gestern ist es wieder passiert, und wie schon gesagt, ich dachte, das wär's. Als er mich heute Morgen dann vor allen geküsst hat, war ich selbst ganz überrascht.«

Sam fasst sich mit der Hand ans Kinn und schweigt, als würde sie jedes einzelne Wort analysieren.

»Hm, das erklärt seine gute Laune«, sagt sie.

Jetzt bin ich verwirrt. »Wovon redest du?«

»In letzter Zeit hat Cameron sich ab und zu so merkwürdig benommen. Er kam nach Hause, hat gekocht oder sein Zimmer aufgeräumt. Er hat sogar mit mir geredet, ohne mich zu beschimpfen. Jetzt verstehe ich auch, warum.«

Dass sein angeblich ›merkwürdiges‹ Verhalten irgendetwas mit mir zu tun haben soll, glaube ich ja keine Sekunde. Jeder hat doch mal einen guten Tag, an dem alles perfekt läuft und man einfach netter zu anderen ist oder Dinge tut, die man normalerweise hasst.

»Auf jeden Fall bin ich sauer auf dich!«, scherzt sie.

»Ach, Sam, sei doch nicht so.«

Sie zieht die Augenbrauen hoch und hebt das Kinn, dann dreht sie sich auf dem Absatz um und läuft zu Nash. Na, die ist mir eine!

Wir bummeln weiter durch die Straßen und kommen an immer mehr Ständen vorbei. Ich liebe Weihnachtsmärkte! Wir schauen uns die Auslagen an.

»Hat Sam dich schon verhört?«, fragt Cameron und tritt neben mich.

»Ja.« Ich greife nach seiner Hand und verschränke meine Finger mit seinen.

Er lächelt und wird ein ganz bisschen rot.

Wir bleiben vor einem Stand stehen und betrachten die winzigen handgemachten Ohrringe aus Kokosnuss. Cams Handy klingelt. Er zieht es heraus und drückt den nächsten Anruf von Susan weg. Weltweit gibt es wohl keine hartnäckigere Person als sie. Er starrt allerdings weiter auf das Display, so als wünschte er, Susan wäre hier. Da ich nicht mal den Gedanken daran ertrage, drehe ich mich weg und gehe zu den anderen.

Wir schlendern weiter, bis wir vor einem riesigen Weihnachtsbaum stehen, der sich in der Mitte eines Platzes erhebt.

Während alle anderen Fotos machen, setze ich mich auf eine Bank, um ein bisschen für mich zu sein. Lange bleibe ich nicht allein, denn Cameron setzt sich neben mich.

»Was ist passiert?«, fragt er, ohne mich anzusehen.

Ich habe keine Lust, ihn anzulügen, also rede ich gar nicht erst drum herum. »Vorhin, als wir bei den Ohrringen waren, hast du so sehnsuchtsvoll auf das Bild von Susan gestarrt. Cameron, sei einfach ehrlich zu mir. Mehr will ich gar nicht. Empfindest du wirklich was für mich? Oder ist das nur eine spezielle Taktik, um Susan zu vergessen oder sie eifersüchtig zu machen? Bitte, sag's mir. Ich könnte es nicht ertragen, wenn du wieder Spielchen mit mir treibst.«

Sollte zwischen uns wirklich etwas entstehen, muss es eine solide Basis haben. Vor allem sollten wir ehrlich zueinander sein.

Er schweigt, schaut zu unseren Familien, die immer noch lachen und Fotos schießen, als wäre dieser Baum das achte Weltwunder.

»Erinnerst du dich, was ich dir gestern Nacht gesagt habe? Dass wir beide mit der Vergangenheit abschließen und neu anfangen müssen. Und genau das werde ich tun«, sagt er in einem Atemzug. »Das hört sich für dich vielleicht merkwürdig an, denn in den vergangenen Monaten habe ich dich echt oft mies behandelt oder provoziert. Aber die Wahrheit ist, dass ich immer nur eine Entschuldigung gesucht habe, um in deiner Nähe zu sein. Ich wollte verstehen, was mit mir gerade passiert. Du hast so starke Gefühle in mir ausgelöst, dass ich zum ersten Mal nach langer Zeit ein trauriges Kapitel in meinem Leben vergessen konnte. Das hat mich für immer verändert.«

Er steckt die Hand in seine Jackentasche und zieht ein Gazebeutelchen hervor, in dem zwei Kokosohrringe stecken. Genau die, die wir eben bewundert haben, bevor er nach seinem Handy schaute.

»Ich dachte, sie gefallen dir«, sagt er. Vorsichtig holt er sie aus dem Beutel und steckt mir einen davon ins Ohrläppchen. »Ich ahnte schon, dass du wegen Susan abgehauen bist. Mir ist auch klar, dass es nicht einfach wird, dich davon zu überzeugen, dass ich es ehrlich meine.« Den zweiten Ohrring steckt er sich selbst ins rechte Ohr. Ich hatte das Loch in seinem Ohrläppchen noch nie bemerkt. Wie cool. Ein merkwürdiger Traum kommt mir wieder in den Sinn. Ich war auf dem Weg zu meinem neuen Leben in Florida, was nun schon mehr als zwei Monate her ist. Die Erinnerungen an den Traum sind nur noch verschwommen, aber es gab da einen Jungen mit einem Loch im rechten Ohrläppchen, der eine Art Halbmond trug. Ich bekomme Herzklopfen.

»Daher habe ich gedacht, dass ich dich überzeugen muss, dass ich es ernst meine. Ich will die Vergangenheit vergessen und alle Probleme auch. Ich will nach vorne schauen, mit dir an meiner Seite. Vom ersten Moment, als ich dich gesehen habe, hast du meine Gedanken beherrscht, und seitdem ist mein Leben nicht mehr dasselbe. Cris, ich will von vorne anfangen. Und ich will es mit dir.«

Jedes seiner Worte lässt mein Herz höher schlagen.

»Die hier«, er streicht über mein Ohrläppchen, »werden uns immer an diesen Tag heute erinnern. An unseren Anfang. Denn genau das bist du für mich: der Anfang meines neuen Lebens.«

Mir fehlen die Worte, also rutsche ich noch dichter zu ihm und küsse ihn.

Wie von Zauberhand hat Cameron dieses Weihnachtsfest in den schönsten Tag meines Lebens verwandelt.

In großer Runde essen wir in einem Sterne-Restaurant im Zentrum zu Mittag, dann fahren wir in unsere Hütte zurück. Der Tag neigt sich dem Ende zu. Wir müssen nur noch die Geschenke vor dem Kamin auspacken, und dann ist auch dieses Weihnachten schon wieder vorbei.

Zu Hause ziehen Cameron und ich uns in mein Zimmer zurück.

»Ich fühle mich etwas einsam hier.« Er liegt auf meinem Bett und klopft neben sich auf die Decke.

Ich sitze mit dem Computer auf dem Schoß am Boden und surfe durchs Netz.

»Was machst du da? Zeitung lesen? Echt jetzt?« Er kichert und berührt meine Wange.

»Das ist so ein Gewohnheitsding. Jeden Abend schaue ich nach, was in Los Angeles und Miami passiert ist«, erkläre ich ihm, während er mir die Wange und das Ohr küsst.

»Ich wusste nicht, dass du ein Ohrloch hast«, sage ich.

»Das stammt noch aus meiner Zeit als Bad Boy.« Er legt mir einen Arm um die Hüfte. »Oh, sieh mal! Da ist schon wieder so eine Junkie-Braut an einer Überdosis gestorben.«

Neugierig klicke ich auf die Nachricht, die er mir zeigt. Als ich den Namen des Mädchens lese, bleibt mein Herz stehen: Cassandra Patcher. Cass!

49

Mit einem Kloß im Hals überfliege ich die Zeilen des Artikels, unfähig, die eigentliche Bedeutung zu begreifen. Mein Gehirn ist plötzlich ganz vernebelt, mein Herz verkrampft sich, und als ich das Foto von Cass unten auf der Seite sehe, breche ich zusammen.

Tränen laufen mir über das Gesicht, ich zittere am ganzen Körper, kann kaum noch atmen.

Wie Blitze tauchen die Momente mit Cass vor meinen Augen auf: unsere erste Begegnung, der erste Schultag, den wir Hand in Hand verbrachten, aus Angst, es könnte etwas Schlimmes geschehen, die Versprechen, die wir nie halten konnten, die Nächte, in denen wir uns getröstet oder uns Geheimnisse anvertraut haben, die wir bis heute noch niemand anderem erzählt haben.

Sie war meine zweite Schwester. Ich habe sie vergöttert. Ich schluchze laut.

»Cris?« Cameron drückt mich fest an sich.

Es ist alles meine Schuld! Wäre ich nicht aus Los Angeles fortgegangen, würde sie noch leben!

›Es geht ihr dreckig! Und du hast nichts gemerkt!‹, hat Trevor in unserem letzten Telefonat gesagt.

Das Handy! Ich springe auf, ich muss Trevor anrufen. Er muss mir endlich sagen, was zum Teufel passiert ist, während ich nicht da war, und warum er mir nicht erzählt hat, dass Cass Drogen nimmt. Das Schluchzen schüttelt mich, die Tränen rinnen weiter über meine Wangen.

Mit zitternden Fingern drücke ich auf seine Nummer und warte, dass er rangeht.

Nichts.

Ich versuche es wieder. Irgendwann muss er doch rangehen! Cass war meine beste Freundin, verdammt!

Keine Antwort. Der Anrufbeantworter springt an. »Trevor! Wie konntest du nur?«, schreie ich ins Telefon. »Warum hast du mir nichts gesagt? Ich dachte, wir wären Freunde! Ich weiß, dass du mich für den Tod von Cass verantwortlich machst, aber ich habe es mir nicht ausgesucht, wegzugehen, das weißt du genau. Du konntest dableiben. Und was hast du gemacht? Nichts! Du hast ihr nicht geholfen! Es ist auch deine Schuld, dass sie jetzt tot ist! Hörst du? Ich hasse dich!«

Ich kappe die Verbindung und breche wieder in Tränen aus. Jetzt habe ich auch noch all meine Wut an ihm ausgelassen!

Ich werfe das Handy auf den Boden, meine Hände zittern, mein Gesicht ist ganz verkrampft. Ich atme tief ein und aus, aber ich bekomme gar nicht richtig Luft.

»Cameron, lass mich allein!«

Er steht vom Bett auf, kommt zu mir und nimmt mein Gesicht in beide Hände. »Ich lass dich auf keinen Fall allein. Gerade jetzt brauchst du jemand, der bei dir ist! Und das bin ich«, sagt er leise.

Ich schlage die Hände vors Gesicht, und er drückt mich fest an sich. Ich zittere, mir ist so kalt.

»Schschsch«, macht er und streichelt über meinen Rücken.

»Es … ist … alles … meine Schuld«, schluchze ich.

»Nein, ist es nicht. Du hast mit dieser Geschichte nichts zu tun.«

»Doch, habe ich. Wenn ich nicht gegangen wäre, dann würde sie noch leben.« Die Kälte zieht sich durch meinen ganzen Körper.

Cam schaut mir direkt in die Augen.

»Hör auf, so einen Unsinn zu reden. Wenn du nicht gegangen wärst, wären die Dinge vielleicht anders gelaufen, aber das heißt nicht, dass Cass nichts zugestoßen wäre. Du weißt doch nicht, was in der Zwischenzeit alles passiert ist, was für Probleme sie gehabt hat. Und außerdem ist es ja nicht gesagt, dass du sie hättest retten können, selbst wenn du bei ihr gewesen wärst.«

Irgendwie hat er recht, aber trotzdem denke ich, dass ich zum Teil schuld bin.

»Beruhige dich, du kannst jetzt nichts mehr für sie tun.«

Ich schniefe und zittere am ganzen Körper.

»Doch. Ich muss mich von ihr verabschieden, ein letztes Mal wenigstens. Ich muss nach Los Angeles und ihr adieu sagen.«

Cam sieht mich an, in seinem Blick lese ich, dass er dagegen ist. Doch ob es ihm nun gefällt oder nicht, ich muss Cass sehen. Und mit Trevor reden.

»Wenn du meinst, dass du das tun musst, dann tu es«, flüstert er.

Ich atme tief ein. Jetzt muss ich nur noch meine Eltern überreden, dass sie mich nach Los Angeles fliegen lassen.

»Und was ist hier so los …? Oh, Schatz! Geht es dir nicht gut?«, fragt Mama, die genau in diesem Moment den Kopf zur Tür reinsteckt.

»Nein«, schluchze ich, und das Zittern setzt wieder ein.

Cameron huscht wortlos aus dem Zimmer und lässt uns allein.

»Cass ist tot«, sage ich, kaum dass er durch die Tür ist.

»Was?« Entsetzt nimmt sie mich in den Arm.

»Ja, ich habe eine Meldung im Netz gelesen. Sie ist an einer Überdosis gestorben. Mama, ich muss nach Los Angeles!« Ich drücke mich an ihre Brust, bestimmt kann sie es verstehen.

»O mein Gott, wie schrecklich! Wie kann das sein? Sie war so ein ruhiges Mädchen! So etwas hätte ich von Cassandra nie gedacht.«

»Mama, ihre Beerdigung … ich muss da hin! Bitte!« Meine Tränen tropfen auf ihren Pullover.

»Cris, lass uns nichts überstürzen! Wir alle mochten Cassandra, und wir fahren zusammen nach L.A., sobald wir eine Gelegenheit finden. Aber ich glaube nicht, dass das noch in dieser Woche geht«, erwidert sie ernst.

»Aber ich muss da hin!«

»Cris! Cass ist nicht mehr da. Es ist ganz normal, dass du traurig bist, meine Kleine. Ich rede mit Papa, und dann sehen wir, was wir machen können! Aber bis dahin, bitte, beruhige dich erst mal! Du musst dein Leben weiterleben.«

Sie will mich mit ihren Worten beruhigen und einlullen, dass ich nicht fahre, aber sie erreicht genau das Gegenteil.

»Du verstehst gar nichts! Lass mich in Ruhe!«, schreie ich und schiebe sie aus dem Zimmer.

Sie kann doch meinen Schmerz nicht einfach so wegreden! Ich werde noch heute Nacht nach Kalifornien fliegen, ich kaufe mir ein Ticket von dem Geld, das ich in den vergangenen Jahren gespart habe. Die Kreditkarte für dieses Konto habe ich zum Glück immer bei mir. Zitternd setze ich mich auf den Boden und googele hektisch die Fluggesellschaften. Es gibt einen Nachtflug, den kann ich schaffen.

Ich verlasse mein Zimmer, um mit den anderen zu sprechen. Nachher aber, wenn alle im Bett sind, fahre ich irgendwie zum Flughafen und besteige den Flieger nach L.A.

Ich gehe die Treppe hinunter. Sam kommt mir entgegen und umarmt mich. »Es tut mir so leid!«, flüstert sie.

Fest drücke ich sie an mich und halte die Tränen zurück. Mir ist immer noch ganz kalt.

Im Wohnzimmer unterhalten sich die Dearings mit meiner Familie, und Cameron sitzt bei ihnen.

»Cris, wir haben erfahren, was passiert ist. Wie schrecklich! Es tut uns so leid um deine Freundin«, sagt Mr Dearing mit betroffener Miene.

Ich erwidere nichts, weil ich sonst wieder zusammenbrechen würde. Meine Hände zittern.

»Geht es dir besser?«, fragt Mrs Dearing.

Ich nicke und gehe in die Küche. Ich kann doch noch nicht mit ihnen sprechen und will lieber allein sein.

»Was hat deine Mutter gesagt?«, fragt Cameron, als ich mich auf einen Hocker setze und den Fernseher anschalte.

Ich atme tief ein. »Sie lässt mich nicht fahren. Und dass ich mich damit abfinden muss«, sage ich abwesend.

Er setzt sich vor mich und schaut mich erstaunt an.

»Und das nimmst du einfach so hin?«, fragt er.

Ich sehe an ihm vorbei, nicke und schalte MTV ein.

Er starrt mich immer noch an. Hoffentlich merkt er nicht, dass ich eine Flucht plane.

Der Abend vergeht ruhig, doch die Bescherung wird für mich zu einer Qual. Ich zwinge mich, heiter zu wirken, aber in Wirklichkeit will ich einfach nur heulen. Kate scheint es irgendwann begriffen zu haben. Sie beobachtet mich aus dem Augenwinkel und ist immer in meiner Nähe. Sie mochte Cass auch sehr gern und ist von ihrem Tod genauso erschüttert.

Schließlich liegen wir in unseren Betten. Kate schläft. Zum Glück wacht sie nicht so leicht auf. Ich versuche, ein paar Sachen zu packen, ohne sie zu wecken.

Doch irgendjemand muss mich gehört haben, denn die Zimmertür geht auf.

»Was geht ab?«, sagt Cameron laut.

»Psst! Willst du alle aufwecken?«, zische ich, springe auf und schließe die Tür.

Kate dreht sich auf die andere Seite und schnarcht leise vor sich hin.

»Was machst du da?«, flüstert er.

»Das geht dich nichts an. Wieso bist du um diese Uhrzeit noch wach? Du kannst doch nicht einfach hier reinschleichen? Was, wenn ich nackt geschlafen hätte?«

Er zuckt mit den Schultern. »Ich hätte mich gefreut.«

»O bitte, sei still!«

»Was ist so schlimm daran? Ich bin ein Mann. Da ist das doch normal, dass …«

»Still, habe ich gesagt!« Ich halte ihm mit einer Hand den Mund zu.

Er kichert und setzt sich auf mein Bett. Als er sieht, dass ich packe, runzelt er die Stirn.

»Was willst du denn damit? Das Land verlassen und auswandern?« Er grinst.

»So ähnlich. Ich muss nach Los Angeles.«

Als ihm klarwird, dass ich es ernst meine, verschwindet sein Lächeln. »Das geht nicht.«

»Natürlich geht das.«

»Und wie willst du zum Flughafen kommen, ein Ticket kaufen und alles andere?«

»Das schaffe ich schon. Du deckst mich in der Zwischenzeit, sagst, dass du nichts gesehen und gehört hast.«

»Äh, ich decke hier gar niemanden.«

Ich werfe ihm einen bösen Blick zu und hoffe, dass er kapiert, dass ich seine Hilfe dringend gebrauchen kann. »Solltest du nicht alles tun, damit ich glücklich bin, wenn du schon mein Freund bist?«

»Ja, aber ich muss dich auch beschützen«, erwidert er und drückt mir einen Kuss auf die Wange. »Deshalb komme ich mit nach L.A.«

»Wie? Nein! Was?«

»Ich komme mit. Sonst geht bestimmt alles schief.« Er zwinkert mir zu. »Los, pack schnell fertig, wenn du heute Nacht noch wegwillst.« Er küsst mich auf die Stirn und verschwindet.

Heimlich weglaufen ist zwar absolut verboten, aber das ist mir gerade völlig egal. Ich muss mich ein letztes Mal von Cass verabschieden. Sie hätte es umgekehrt genauso gemacht.

Rasch schmeiße ich die letzten Sachen in den Rucksack. Cam macht in seinem Zimmer vermutlich das Gleiche. Ich bin so erleichtert, dass er mich begleitet.

»Fertig?« Es sind nur ein paar Minuten vergangen, als er wieder vor der Tür steht.

So leise wie möglich schleiche ich aus dem Zimmer. Würde Kate aufwachen, wäre die Reise hier zu Ende. Bevor wir die Hütte verlassen, schreibe ich Mama und Papa noch eine Nachricht und lege sie auf den Küchentisch.

Liebe Mama, lieber Papa,
ich fliege nach Los Angeles. Ich kann Cass so nicht gehenlassen. Sie war meine beste Freundin. Wenn ich sie gebraucht habe, war sie immer für mich da, und jetzt muss ich für sie da sein, um ihr noch einmal auf Wiedersehen zu sagen. Verzeiht mir!
Ich hab euch lieb
Cris

Leise ziehen wir die Tür hinter uns zu, verstauen das Gepäck und steigen ins Auto.

»Meine kleine Chaotin«, flüstert Cameron und drückt meine Hand. »Alles wird gut.«

Er will mir Mut machen, und für ein paar Sekunden gelingt es ihm sogar.

»Willst du wirklich mitkommen? Das gibt richtig Ärger!«

»Das überstehen wir zusammen«, sagt er und dreht den Zündschlüssel. »Und jetzt los.«

Er programmiert den Flughafen Denver als Ziel in das Navi, dann starten wir. Ich darf nicht an das Gesicht von Mama denken, wenn sie morgen früh den Zettel findet.

50

Gerade noch rechtzeitig ergattern wir zwei Tickets. Nur noch drei Plätze im Flieger sind frei. Wenigstens einmal im Leben habe ich wirklich Glück. Selbst die Kontrollen verlaufen ohne Probleme: Niemand wundert sich.

Nach zweieinhalb Stunden Flug landen wir in Los Angeles. Wie merkwürdig, wieder hier zu sein, und dann auch noch zusammen mit Cameron.

»Okay, wohin jetzt?« Er sieht sich um.

Seit Wochen trage ich immer noch meinen Schlüssel von unserem alten Haus mit mir herum. Meine Eltern haben noch keinen Käufer für das Haus gefunden, also können wir dort übernachten. »Wir nehmen ein Taxi«, sage ich und stürme zum Ausgang.

Draußen umfängt uns milde Nachtluft. Tief atme ich den vertrauten Duft ein. Diese wunderbare Stadt liebe ich einfach auch für ihr Klima. Es ist ganz egal, ob es Ende Dezember ist und man anderswo vor Kälte stirbt, in Los Angeles ist es zwölf Monate im Jahr angenehm warm. Noch ein Grund, warum es mir hier immer so gutging.

Während wir durch die Straßen fahren, tauchen die Erinnerungen an Cass und Trevor wieder auf. Wie traurig, dass keiner der beiden vor meinem Haus sein wird, um mich zu empfangen. So gesehen ist Los Angeles doch nicht mehr mein Zuhause.

»Da wären wir«, sagt der Taxifahrer nach einer Weile.

Ich zahle die Fahrt, und wir steigen aus.

»Wir schlafen also auf dem Fußboden wie arme Straßenhunde?«, sagt Cam. Er will der ganzen Situation vermutlich nur die Dramatik nehmen.

»Nein. Wir haben das Haus möbliert zurückgelassen und nur unsere persönlichen Dinge mitgenommen.« Ich wühle im Rucksack nach dem Schlüssel.

Als wir drinnen sind, steigen mir die Tränen auf: Alles ist genauso, wie ich es in Erinnerung habe.

»Wenn du nichts dagegen hast, würde ich gern eine Runde schlafen. Es ist sechs Uhr morgens«, sagt Cam.

»Hast du im Flugzeug nicht schlafen können?«, frage ich.

»Nee, mit einem Kind, das einem ständig in den Rücken tritt und der Frau neben mir, die höllisch nach Knoblauch stank, war das nicht so richtig möglich«, erklärt er.

Ich muss lächeln. Da wir die Tickets auf den letzten Drücker gekauft haben, saßen wir nicht nebeneinander.

»Komm mit.« Ich gehe die Treppe hinauf ins Zimmer meiner Eltern, in dem das größte und bequemste Bett steht.

Er wirft sich auf die Matratze.

»Nach den engen Flugzeugsitzen gibt es wirklich nichts Besseres als ein bequemes Bett.«

Dann steht er noch mal auf, zieht sich aus und behält nur die Boxershorts an.

Ich tue so, als wäre nichts, trete ans Bett und schlüpfe unter die Decke.

Cam kriecht zu mir und legt mir den Arm um die Taille. Er kuschelt sich so eng an mich, bis seine Brust meinen Rücken berührt. Dann küsst er meinen Nacken. »Gute Nacht, Kleines«, flüstert er.

Ich atme tief durch. »Gute Nacht, Cam.«

Aber ich finde keinen Schlaf: Ich wälze mich herum und kann die Gedanken nicht abschalten. Cass im Park, dort, wo ihre Leiche gefunden wurde, Cass, die mit Unbekannten tanzt und Drogen nimmt. All das schwirrt durch meinen Kopf. Irgendwann stehe ich auf, um Cam nicht zu wecken.

Im Bad spritze ich mir kaltes Wasser ins Gesicht, dann gehe ich runter und hole aus meinem Rucksack ein paar Teebeutel und Kekse, die ich in einem Moment der Klarheit in der Küche in Aspen noch eingepackt habe.

Ich schalte das Handy an. Vielleicht hat ja jemand angerufen oder gesimst. Aber zum Glück finde ich nichts. Mama und Papa müssten wegen der Zeitverschiebung schon längst wach sein.

»Wo wolltest du denn hin?«, fragt Cameron.

»Seit wann bist du wach?«

»Seit du aus dem Bett gestiegen bist. Ich hab gehofft, dass du gleich zurückkommst.« Er lächelt und kommt mit ausgebreiteten Armen auf mich zu.

»Ich konnte nicht schlafen, und außerdem hab ich Hunger bekommen«, flüstere ich, während er mich mit einer

Flut kleiner Küsse auf Nacken und Hals bedeckt. Seine weichen Lippen auf meiner Haut fühlen sich warm an. Er hebt den Kopf und küsst mich leidenschaftlich. So möchte ich bitte jeden Morgen geweckt werden!

»Also, was machen wir heute?«, fragt er und öffnet die Kekspackung, die auf der Küchenablage liegt.

»Zuerst will ich zu Cass und ihre Mutter sehen. Ich muss fragen, wann die Beerdigung ist, damit wir die Rückreise planen können.«

Am besten wäre es, nach Aspen zurückzufliegen, bevor die Skiwoche um ist, damit unser Rückflug nach Miami nicht verfällt.

Während des Frühstücks starren wir ständig auf unsere Handys: Noch haben sich unsere Eltern nicht gemeldet, dabei sind sie in Denver eine Stunde voraus.

Wir ziehen uns an, bringen im Haus alles wieder in Ordnung und schließen die Tür ab.

»Ist das Haus von Cass weit entfernt?«, fragt Cam.

»Nein, sie wohnt gleich um die Ecke«, erkläre ich leise. ›Wohnte‹, denke ich, und schon steigen neue Tränen in mir auf.

Cameron nimmt meine Hand und lächelt mir zu. Doch plötzlich runzelt er die Stirn.

»He, der Typ da, ist das nicht der Junge vom Foto in deinem Zimmer? Wie heißt er noch?« Er zeigt auf die andere Straßenseite.

Ich drehe mich in die Richtung.

»Trevor!«

51

Seelenruhig geht Trevor den Bürgersteig entlang. Nach allem, was passiert ist, sollte er eigentlich viel trauriger aussehen oder geknickter. Nicht so fröhlich und mit einem Lächeln auf den Lippen.

Ich will zu ihm hinüberlaufen, aber Cameron hält mich fest.

»Lass mich«, sage ich.

»Ich lass dich erst, wenn du dich beruhigst und mir versprichst, bis zehn zu zählen, bevor du mit ihm redest. So aufgeregt, wie du bist, sagst du ihm womöglich Sachen, die du hinterher bitter bereust. Und ich will nicht, dass es dir seinetwegen noch schlechter geht.« Er sieht mir direkt in die Augen.

»Okay, ich bin ganz ruhig.«

Er lässt mich los.

Rasch laufe ich Trevor hinterher. Im gleichen Moment merke ich, dass ich das Versprechen, das ich Cam gegeben habe, nicht halten kann. »He, wie konntest du mir das antun?«, schreie ich.

Trevor bleibt stehen und dreht sich langsam um. In seinem Gesicht spiegeln sich Angst, Wut und Besorgnis. »Was machst du hier? Warum amüsierst du dich nicht in Miami?«

»Mich amüsieren? Tickst du noch ganz richtig?«

»Schon gut. Was machst du hier? Cass ist tot, es nützt nichts, dass du da bist«, sagt er und zuckt mit den Schultern.

Er will weitergehen, doch ich halte ihn am Arm fest. So kommt er mir nicht davon.

»Ich will Cass auf Wiedersehen sagen und ein paar Dinge mit dir klären.«

»Seit wann interessierst du dich für Cass?«

»Schon immer! Sie war meine beste Freundin, ich kann nicht glauben, dass du an meinen Gefühlen für sie zweifelst. Ich bin gegangen, okay, aber du weißt genau, dass das nicht meine Entscheidung war. Wäre es nach mir gegangen, wäre ich für immer hiergeblieben. Meinst du, es ist einfach für mich, ganz von vorne anzufangen? Glaubst du etwa, dass mein Leben in Miami perfekt ist? Tja, da irrst du dich aber gewaltig. Ich habe auch meine Probleme, so wie alle. Ich dachte, dass Cass es auch ohne mich schaffen würde, dass sie ihr Leben wie immer weiterführen würde. Mag ja sein, dass ich sie öfter hätte anrufen müssen, aber du kannst mir nicht die ganze Schuld für alles geben! Was hast du denn gemacht, außer mich zu beschimpfen? Erklär's mir, Trevor, was hast du gemacht? Warst du immer für sie da? Du hast nicht mal Bescheid gesagt, dass sie Probleme hat. Und als ich dich sprechen wollte, hast du mich einfach links liegenlassen.« Ich breche in Tränen aus.

Er sieht mich an. »Du brauchst hier gar nicht das Opfer zu spielen. Wir wissen beide, wie wichtig du für sie warst. Ich war immer für sie da, Cris. Ich habe alles versucht. Aber ich konnte ja nicht die ganze Zeit auf sie aufpassen.« Er steckt die Hände in die Hosentaschen.

»Und wie sollte ich davon erfahren, wenn keiner von euch ans Telefon geht? Ich dachte, bei euch wäre alles in Ordnung.«

»Nein, Cris. Bei dir war alles in Ordnung. Hier nicht. Aber das ist jetzt nicht mehr wichtig. Cass ist tot, und wir können nichts mehr tun.« Er sagt es, als wäre es die normalste Sache der Welt.

»Nicht mehr wichtig? Trevor, Cass ist tot. Begreifst du das überhaupt? Unsere beste Freundin ist tot! Wie kannst du da so leicht drüber weggehen?« Die Tränen laufen mir heiß über die Wangen.

»Tu ich nicht, Cris. Ich finde mich bloß damit ab, dass ich sie nie wiedersehen werde. Ich habe alles getan, um sie zu beschützen. Du weißt nicht, was sie in diesen letzten Monaten durchgemacht hat. Du hast kein Recht, herzukommen und mir zu sagen, wie das Leben funktioniert!«

»Wie kannst du so mit mir reden? Trevor, wir kennen uns, seit wir Kinder waren«, schluchze ich.

»Ich dachte, ich kenne dich, aber jetzt weiß ich, dass ich dich überhaupt nicht verstehe. Ruf mich nicht noch mal an und schreib mir auch nicht, ich werde nicht antworten.«

Habe ich wirklich geglaubt, ich könnte irgendetwas klarstellen? Er wird sich nie ändern.

»Du hast kein Recht, so mit ihr zu reden«, mischt sich Cameron plötzlich ein.

»Ach, du hast also gleich einen von deinen neuen Freunden mitgebracht?« Trevor grinst verächtlich.

»Zu deiner Information, ich bin mit ihr zusammen, und du hast drei Sekunden, hier zu verschwinden, bevor ich dir die Nase breche.«

Cam scheint richtig wütend zu sein. Es macht mir Angst, ihn so zu erleben.

»Wer zum Teufel glaubst du, wer du bist? Du weißt ja gar nicht, wovon wir hier reden«, erwidert Trevor und verschränkt die Arme vor der Brust.

»Das interessiert mich auch nicht. Ich will nur nicht, dass du meine Freundin so behandelst.« Cam drückt die Brust raus und wird noch einen Zentimeter größer.

»Ach, verpisst euch doch alle beide«, zischt Trevor und geht davon.

Schweigend sehen wir ihm nach, wie er die Straße überquert. Ich wische mir die Tränen aus dem Gesicht und muss noch einmal schluchzen.

»Kopf hoch, Kleines«, sagt Cam und legt mir einen Arm um die Schultern. »Wegen so eines Losers lohnt es sich nicht, zu weinen.«

Doch es ist stärker als ich. Wieder rollen die Tränen über meine Wangen. Trevors Worte hallen in meinem Kopf, als würde mein Hirn sie als Folterinstrument nutzen.

Cameron streichelt zärtlich mein Gesicht. »He, denk nicht mehr an ihn! Er ist ein Idiot. Vergiss ihn und denk nur noch an die Zukunft.«

Ich versuche es und schlucke die letzten Tränen herunter.

»Komm, gehen wir.«

Am Haus von Cass klingle ich und hoffe inständig, dass wenigstens ihre Mutter mich nicht für alles verantwortlich macht.

»Vielleicht ist sie nicht da«, sagt Cam, als keiner aufmacht.

»Sie muss da sein. Ihr Auto steht in der Auffahrt«, sage ich.

Endlich nähern sich Schritte.

Mrs Patcher öffnet die Tür. Als sie mich sieht, schlägt sie die Hand vor den Mund. »Kind, was machst du denn hier? Bist du nicht in Miami?« Sie umarmt mich.

»Ich habe das von Cass erfahren. Ich musste einfach kommen.« Meine Stimme zittert, und wieder kann ich die Tränen nicht zurückhalten.

Sie drückt mich fest an sich und zieht mich ins Haus. Cass' Zuhause wiederzusehen tut wahnsinnig weh. So viele Nachmittage habe ich mit meiner Freundin hier verbracht.

»Gehen wir ins Wohnzimmer«, sagt sie.

Cam ergreift meine Hand. Mit einem Lächeln versucht er, mich zu beruhigen. Wir setzen uns auf das Sofa. Mein Herz rast in einer absurden Geschwindigkeit.

»Wie hast du davon erfahren? Ich hatte Trevor gebeten, dir nichts zu erzählen«, sagt Mrs Patcher.

»Was? Warum nicht?« Mein Herz krampft sich zusammen.

»Weil ich geahnt habe, dass du dann herkommen würdest, und ich wollte nicht, dass du dir Sorgen machst.«

»Ich habe alles viel zu spät erfahren. Trevor hat damit nichts zu tun. Aber was ist denn genau passiert?«

»Cass fing irgendwann an, sich merkwürdig zu benehmen: Sie kam spät in der Nacht nach Hause, war oft betrunken und hat zwielichtige Leute getroffen.«

»Seit wann ging das so?«, frage ich und schaue sie mitfühlend an. Die Augen von Mrs Patcher sind leer, und ihre Stimme ist ganz dünn.

»Noch bevor du weggezogen bist. Es entwickelte sich ganz allmählich, doch in letzter Zeit wurde es immer schlimmer.«

Ich kann nicht glauben, dass ich von den Problemen meiner besten Freundin nichts mitbekommen habe.

»Anfangs wusste nur Trevor Bescheid. Als er uns informiert hat, haben wir alles versucht, aber es war aussichtslos. Sie hat uns nicht zugehört. Dann bist du umgezogen, und es wurde schlimmer. Kurz darauf hat Cass sich mit Trevor gestritten und sich dann nicht mehr mit ihm getroffen.«

O Gott, ich fühle mich so schuldig! Ich habe von all dem nichts gemerkt. Aber warum hat Cass denn nicht mit mir geredet? Sie wusste doch, dass ich ihr helfen würde.

»Wann ist die Beerdigung?«, fragt Cam.

»Dienstagmorgen. Die Umstände ihres Todes sind immer noch nicht geklärt. Wir hoffen, dass die Autopsie uns Gewissheit bringt ... was immer das dann heißt. Wo wohnt ihr, Cris?«, fragt sie.

»Ich habe noch die Schlüssel von unserem alten Haus, also sind wir dort untergekommen.«

»Warum hast du mich nicht angerufen? Ihr könnt auch bei uns wohnen. Das ist überhaupt kein Problem, es würde mich sogar freuen. Und auch mein Mann wäre glücklich. Du weißt, du bist für mich wie eine Tochter, und das Haus ist jetzt so schrecklich leer ...« Sie schluchzt leise.

»Ist gut. Vielen Dank«, sage ich und umarme sie.

»Ich hole dann mal unsere Sachen rüber«, bietet sich Cameron an und steht auf.

»Bist du sicher?«, frage ich.

»Natürlich! Ich muss außerdem mal Nash und Sam anrufen, dass es mir gutgeht. Wir sehen uns gleich, Kleines.« Er gibt mir einen Kuss und geht.

»Komm, Liebes. Ich zeig euch euer Zimmer«, sagt Mrs Patcher.

Ich greife nach dem Anhänger, den Cass mir geschenkt hat: Ich werde immer an dich denken, meine Freundin.

52

Heute ist die Beerdigung von Cass. Und ich bin überhaupt nicht bereit dafür.

Die Tage in Los Angeles sind langsam vergangen. Ich habe viel Zeit im Zimmer von Cass verbracht. Zwischen all ihren Sachen kam es mir vor, als wäre sie immer noch da und ich könnte mit ihr reden. Mrs Patcher hat mir alte Fotos gezeigt, auf denen Cass und ich zu sehen sind, Bilder, die wir im Kindergarten gemalt haben, und ein paar Dinge, an denen Cass besonders hing.

In meinem ganzen Leben habe ich noch nie so viel geweint.

»Ist alles okay, Kleines?«, fragt Cameron und tritt zu mir.

Ich stehe vor dem Spiegel und binde mir die Kette um, auf die ich nun auch die zweite Hälfte von Cass' Herzen gefädelt habe. ›Dann erinnern wir uns immer daran, dass wir für die andere da sind.‹ Ihr Worte klingen in meinem Kopf. Ich schließe die Augen, eine Träne läuft mir über die Wange.

Mrs Patcher meinte, dass Cass gewollt hätte, dass ich den Anhänger behalte, und sie sich freuen würde, wenn ich ihn heute trage.

»Nein«, flüstere ich Cam zu.

»Ganz ruhig, es wird alles gut«, sagt er und streicht mir eine Haarsträhne hinter das Ohr. »Sie wäre bestimmt stolz auf dich.«

»Danke, Cameron.«

Wäre er nicht gewesen, wäre ich nicht einmal hier. In diesen Tagen war er so wundervoll. Er hat alles getan, damit ich wieder lächle.

Ich schaue auf die Uhr an der Wand. »Wir müssen gehen.«

Cass' Eltern sind schon früh aus dem Haus, als Cameron und ich noch gefrühstückt haben.

Wir ordnen die letzten Sachen, dann machen wir uns auf zur Kapelle, wo die Trauerfeier stattfindet. Auf dem Weg dorthin kommen wir an Trevors Zuhause vorbei, das nicht weit von Cass' Haus entfernt liegt. Ich bleibe stehen und schaue es an. Einst war es mein Rückzugsort, wohin ich mich flüchten konnte, wenn meine Eltern stritten oder ich aus irgendeinem Grund traurig war. Trevor war immer für mich da und hat mich getröstet. Er war der Bruder, den ich nie hatte. Er war mein Held.

Ich atme tief durch, und noch bevor ich es recht merke, stehe ich schon vor seiner Tür. Das Auto seiner Eltern ist nicht da. Aber ich bin sicher, dass er nicht zur Beerdigung geht.

Cam will mich aufhalten, aber ich bitte ihn, mich machen zu lassen. Nach dem, was Cass' Mutter mir erzählt hat, muss ich noch einmal allein mit meinem Freund sprechen. Cam nickt und entfernt sich ein Stück.

Ich klingle. Trevor öffnet und reißt die Augen auf. Er hat nicht erwartet, mich hier zu sehen.

»Cris, was …«

»Ich weiß, warum du mir nichts erzählt hast«, unterbreche ich ihn. »Cass' Mutter hat mir alles gesagt. Warum hast du es vor mir verheimlicht? Du hast mich über alles im Dunkeln gelassen, und hinterher beschuldigst du mich, nichts verstanden zu haben. Das kannst du mit mir nicht machen! Erinnerst du dich an die Armbänder mit unseren Initialen, die Cass uns geschenkt hat? ›Das erinnert uns daran, dass wir die drei Musketiere sind, jetzt und für immer.‹ Das waren wir nämlich: drei Freunde, die für den anderen einstanden. Du hast mich aus dieser Geschichte ausgeschlossen, und auch wenn du es gut gemeint hast, dann darf ich trotzdem sauer auf dich sein, aber du nicht auf mich.«

Schweigend sieht er mich an.

»Rede mit mir, Trevor! Warum hast du mich so aus deinem Leben ausgeschlossen?«, sage ich mit zitternder Stimme.

»Cris, hast du es in all den Jahren wirklich nie gemerkt? Ich dachte, ich hätte es dir klar gezeigt, aber anscheinend war das wohl nicht so.«

Mein Kopf platzt gleich. Ich versteh kein Wort. »Trevor, erklär es mir bitte.«

Er senkt den Blick und holt tief Luft. Anscheinend wird das, was er mir sagen will, alles für immer verändern.

»Ich habe mit aller Kraft versucht, Cass zu helfen, und

ich habe es auch für dich getan. Aber ich habe es nicht geschafft! Es tut mir schrecklich leid, aber mir geht es total mies damit! Mir ging es dreckig, weil du so weit weg warst, weil ich wusste, dass ich dich für immer verloren habe. Ich habe dich nämlich geliebt, Cris, schon seit wir klein waren. Auch wenn du dich mehr für alle anderen Jungs auf der Welt interessiert hast als für mich, habe ich doch immer gehofft, dass sich unsere Freundschaft irgendwann in mehr verwandeln würde. Und dass du mich dann mit anderen Augen sehen würdest. Aber dann bist du weggezogen, und alles war zu Ende. Ich habe begriffen, dass du nur eine Illusion warst, und ich habe irre gelitten. Mir war es lieber, dich nie mehr zu sehen und zu hören. Denn es tat mir viel zu sehr weh, zu wissen, dass du jetzt ein Leben führst, in dem ich keine Rolle mehr spiele.«

Das alles geht über meine Vorstellungskraft hinaus … In all den Jahren habe ich Trevor für einen Bruder gehalten. Nie hätte ich gedacht, dass er etwas anderes für mich empfinden könnte. Er war doch in Cass verliebt. Davon war ich jedenfalls immer felsenfest überzeugt. Ich weiß nicht, was ich sagen soll.

»Bitte, sag doch etwas.« Er tritt zu mir.

Ich mache einen Schritt zurück. »Was erwartest du von mir? Trevor, das hättest du mir vor Jahren sagen sollen! Und du hättest mir auch von Cass erzählen müssen. Sie war meine beste Freundin. Ich hätte das wissen müssen. Egal, wie sehr ich mich anstrenge, ich verstehe deine Gründe einfach nicht.« Ich bin wütend und enttäuscht, ich kann ihm nicht mal in die Augen sehen, während ich mit ihm rede.

»Du hast mich nie verstanden. Und unserer Verhältnis … tja, das war ein riesiger Fehler. Mach's gut, Cris.« Er schlägt mir die Tür vor der Nase zu.

Mein Herz zerspringt in tausend Splitter. Schockiert kehre ich zu Cameron zurück.

Er nimmt mich in die Arme. »Was hat er gesagt?«

»Ich will nicht darüber reden«, sage ich nur.

Dann gehen wir endlich zur Kapelle.

Wie ich befürchtet habe, ist die Trauerfeier schrecklich. Ich weine die ganze Zeit. Neben Cass' Eltern sind auch unsere Freunde und Mitschüler gekommen. Alle, außer Trevor.

Nach den Reden der Angehörigen soll ich etwas sagen. Ich schüttle den Kopf, aber Mrs Patcher sieht mich bittend an. Es liegt ihr viel daran. Für sie nehme ich also all meine Kraft zusammen, stehe auf, gehe zum Rednerpult und beginne zu sprechen.

»Für mich war Cass viel mehr als eine Freundin. Sie war eine Schwester. Eine, die ich mir ausgesucht habe und mit der ich alles geteilt habe, Freude und Schmerz, Entdeckungen und Enttäuschungen. Ich erinnere mich genau, wie sie mir beigestanden hat, als ich mit zwölf einen schlimmen Unfall in den Bergen hatte und lange im Bett liegen musste. Sie hat die Nachmittage mit mir verbracht und hatte Angst, dass ich jeden Moment sterben könnte. So war Cass: sensibel, großzügig und beschützend. Sie war ein ganz besonderer Mensch …« Ich atme tief ein. »Wir hatten uns ein Versprechen gegeben: Wir würden immer zusammenbleiben, nichts und niemand sollte uns trennen, nicht mal der Tod. Und so wird es sein, Cass, denn ich trage dich für immer in meinem Herzen und werde dich nie vergessen. Das schwöre ich dir.« Ich presse unsere Anhänger an mich und stelle mir vor, sie wäre bei mir.

Da sehe ich Cameron, der anerkennend nickt. Ich bin froh, dass er bei mir ist. Keine Ahnung, wie ich das alles ohne ihn ertragen hätte.

Ich schaue zu Cass' Mutter und lächle, und in diesem Moment entdecke ich Trevor hinter allen anderen Gästen.

Er steht allein ganz hinten in der Kapelle. Unsere Blicke treffen sich: Seine Augen glänzen. Wir schauen uns ein paar Sekunden an, dann gehe ich zurück auf meinen Platz zu Cameron.

Er ist angespannt, denn er hat alles genau beobachtet. »Was hat er dir vorhin gesagt?«, fragt er.

»Nichts. Das Übliche«, lüge ich. Es ist jetzt nicht angebracht, darüber zu reden.

Nach der Trauerfeier kehren wir ins Haus der Patchers zurück. Niemand spricht, so groß ist der Schmerz.

Schweigend packen Cameron und ich unsere Sachen, denn morgen früh geht unser Flug.

Nachdem die Wut unserer Eltern über unsere ›Flucht‹ verflogen war, haben sie uns Rückflugtickets besorgt. Aber wenn ich erst mal wieder in Miami bin, gibt das auf jeden

Fall noch mal Ärger. Trotzdem habe ich das Richtige getan und bin glücklich, dass ich mich von Cass verabschiedet habe.

Das war ich ihr und mir einfach schuldig.

53

»Grüß mir deine Mutter. Sag ihr, dass sie nicht zu streng mit dir sein soll«, flüstert Mrs Patcher mir zu, bevor wir durch die Sicherheitskontrollen gehen. »Cass wäre stolz auf dich. Und ich bin es auch«, fügt sie lächelnd hinzu. Dann geht sie.

Ich bin ihr dankbar für dieses Lächeln, das sie viel Kraft gekostet haben muss. Ich winke ihr noch mal zu, dann folge ich Cameron zu unserem Gate.

Es ist Zeit, Los Angeles Lebewohl zu sagen. Miami ist nun wirklich mein neues Zuhause.

Das Flugzeug ist fast leer. Merkwürdig, dass am Ende des Jahres so wenige Menschen verreisen. Cam und ich setzen uns. Zum Glück sind unsere Plätze dieses Mal nebeneinander.

Am Nachmittag sollen wir in Miami ankommen, also haben wir genügend Zeit, um noch mit unseren Eltern zu reden, bevor wir auf das neue Jahr anstoßen.

Ich weiß nicht, was es für uns bereithält, aber das vergangene Jahr werde ich nie vergessen. Mein Leben hat sich vollständig verändert. Vor etwas mehr als drei Monaten bin ich diese Strecke zum ersten Mal geflogen, voll unbeschreiblichem Kummer wegen allem, was ich zurücklassen musste und für immer verloren glaubte.

Ein paar Menschen habe ich tatsächlich verloren … und niemand kann sie mir zurückbringen.

Was ich damals allerdings noch nicht wusste, war, dass viele neue hinzukommen würden. Ich hätte mir nie vorstellen können, dass in so kurzer Zeit so viele Menschen, Orte, Geschichten, Erinnerungen und Wünsche mein Leben bereichern würden. Es ist wirklich atemberaubend, wie schnell so etwas manchmal passiert, und fast macht es mir ein bisschen Angst. Was erwartet mich wohl noch so alles im Leben?

Cameron drückt meine Hand. »Alles in Ordnung?«, fragt er besorgt.

»Ja, alles gut. Ich habe nur ein bisschen Angst.« Ich zucke mit den Schultern.

»Vor dem Flug?«

»Nein, vor dem, was noch alles passiert«, sage ich mit einem Lächeln.

»Deine Eltern werden es verstehen. Keine Sorge. Sie werden nicht böse sein, denn wir haben etwas Gutes getan.«

»Das hoffe ich.« Ich seufze. »Aber darum geht es gar nicht. Ich meine so allgemein. Wie wird es zu Hause sein? Wie wird es mit uns weitergehen? Wie werden die anderen reagieren, wenn sie erfahren, dass wir zusammen sind? Ich stelle sie mir schon vor: Susan, Matt, ihre Kommentare.«

»Tja, sie werden behaupten, dass sie es ja gesagt haben.

Und so ist es nun eben. Sie müssen sich an den Gedanken gewöhnen. Schluss. Aus. Letztendlich ist das allein unsere Sache.«

Er hat auf der ganzen Linie recht. Er hat immer recht gehabt. Ich nehme seine Hand und drücke sie. Er küsst meine Finger.

»Ich hätte darauf wetten sollen.« Er kichert.

»Auf was?«

»Ich wusste schon seit einiger Zeit, dass du mich magst. Wenn ich darauf gewettet hätte, wäre ich jetzt steinreich«, erklärt er.

So ein Blödi! Trotzdem muss ich lachen.

Er meint also zu wissen, dass ich auf ihn stand, noch bevor ich es selbst gemerkt habe. »Und du, wann hast du gewusst, dass du etwas für mich empfindest?«, frage ich ihn ernst.

»Hm … Seit dem Tag, an dem du mich im Korridor umgerannt und mir in die Augen geschaut hast. Seitdem habe ich nicht mehr aufgehört, an dich zu denken«, sagt er.

An diesen Moment erinnere ich mich, ehrlich gesagt, nur sehr vage. Ich habe mich in ihn verliebt, als er zum ersten Mal mit mir geredet hat, am ersten Schultag.

»Ich wusste, dass ich dir nicht gleichgültig war, aber ich hatte so meine Zweifel«, fährt er fort. »Die Tatsache, dass du immer wieder zu Matt zurückgekehrt bist, hat mich auf eine falsche Fährte gelockt. Jedes Mal, wenn ich dich mit ihm gesehen habe, musste ich denken: ›Was geht bloß in meinem Kopf vor? Ich sehe doch, dass sie ihn liebt.‹ Und so wollte ich mich damit abfinden. Aber es hat gereicht, dir nahe zu sein oder dich zu berühren, da habe ich jedes Mal gemerkt, dass du auch etwas für mich empfindest.«

»Stimmt. Aber ich habe lange gebraucht, um mir über meine Gefühle klarzuwerden.«

»Macht nichts. Wichtig ist nur, dass wir jetzt zusammen sind, oder?«

Ich fasse an mein Ohrläppchen mit dem Kokosohrring, den er mir geschenkt hat. »Ja, Cam, das ist das Einzige, was zählt.«

Lies schon jetzt,
wie es mit Cris und Cameron weitergeht …

Mein Dilemma bist du!

Aber du bist meine Welt

Aus dem Italienischen
von Ulrike Schimming

Leseprobe

Wir drehen uns um, und mit einem Schlag bekomme ich eine Gänsehaut. Susans Gesichtsausdruck ist furchterregend: Sollte sie je die Gelegenheit finden, mich umzubringen, sie würde es tun. Ganz sicher.

»Sag mir, dass das ein Scherz ist, Cameron! Du willst mich doch nur eifersüchtig machen, oder?«, bestürmt ihn Susan, während sie näher kommt. »Komm, gib's zu, dass das nicht dein Ernst ist?«

Cam stöhnt genervt. »Doch.«

»Was?! Du ... mit der? Wo ist der Junge, der mich liebt und sich nie mit einer wie der einlassen würde?«

Er macht einen Schritt auf Susan zu. »Der ist verschwunden, als du zu dieser Zicke mutiert bist, die glaubt, wer-weiß-was zu sein.«

»Ich war immer nur ich selbst.«

»Nein. Die Susan, in die ich mich verliebt habe, war nicht so egoistisch und hat andere Leute nicht so behandelt.«

Susan lässt die Schultern hängen, eine Träne rollt über ihre Wange. Dann sieht sie mich an, und ihr Blick wird wieder so eiskalt wie vor ein paar Sekunden, als sie mich in den Armen von Cameron entdeckt hat. »Das wirst du mir bezahlen. Das schwöre ich dir.« Sie kommt auf mich zu. »Warum nimmst du mir das Einzige weg, das mich glücklich macht?«, zischt sie unter Tränen.

Ich habe es so satt, Susans Anschuldigungen still zu ertragen. Ganz egal, wie verzweifelt sie ist. »Ich nehme dir gar nichts weg! Cameron wollte schon lange mit dir Schluss machen. Er wollte nur sicher sein, dass ich dasselbe für ihn empfinde wie er für mich. Außerdem ist das hier nicht im Geringsten mit dem zu vergleichen, was du mir angetan hast.«

»Was laberst du denn da? Ich habe dir nichts angetan!« Sie stemmt die Hände in die Hüften.

»Nichts?! Du spinnst wohl?! Du hast Matt beeinflusst und ihm einen Haufen Müll über mich erzählt. Du hast ihn überredet, dass er mit Tamara geht und mich komplett verarscht, während ich dabei war, mich richtig in ihn zu verlieben … Das ist also nichts?! Du weißt nicht, wie schlecht es mir ging. Aber ich hätte es wissen müssen: Von hinterhältigen Leuten können auch nur hinterhältige Aktionen kommen!«

Ich mache einen Schritt auf sie zu, doch Cam stellt sich zwischen uns, damit wir nicht über einander herfallen. Er zwingt sich zu einem Lächeln und drückt mir einen Kuss auf die Stirn.

»Kleines, du gehst besser. Lass mich mit ihr reden. Ich bring das in Ordnung, du wirst sehen.«

Er hat recht, denn ich verliere langsam die Beherrschung. Also nicke ich und mache mich auf den Weg in den Unterrichtsraum.

»Das wirst du mir teuer bezahlen! Du wirst schon sehen! Du wirst wie Charly enden!«, ruft Susan mir nach.

Bei diesen Worten laufe ich schneller. Ich will mir nicht noch mehr von ihr anhören. Seit ich auf diese Schule gehe, hat Susan mir ständig nur gesagt, dass sie sich rächen würde für das, was ich ihr angeblich antue. Aber zum Glück ist bis auf einige wenige fiese Pranks und ihre miese Intrige mit Matt, mit der sie mich von Cam fortlocken wollte, nicht viel passiert. Es waren alles nur leere Worte. Bis jetzt. Heute aber schwingt ein anderer Ton in ihrer Stimme mit, als ob sie wirklich vorhätte, es mir heimzuzahlen.

Ich verscheuche diesen Gedanken, als der Blitz einer Kamera mich blendet. Ich blinzle ein paarmal, bis ich wieder klar sehen kann.

Lexy steht wenige Schritte von mir entfernt mit der Kamera in der Hand. Hinter ihr lauert Lindsay Constancio, ihre Assistentin und rechte Hand, ausgestattet mit Stift und Block.

»Willst du was dazu sagen, was da gerade mit Susan vorgefallen ist? Sie sieht echt fertig aus … Wie läuft es zwischen dir und Cameron? Glaubst du, er ist mit dir zusammen, um Susan eifersüchtig zu machen?«, fragt Lexy in einem Atemzug.

Was sind das bitte für Fragen? Erwartet sie echt eine Antwort darauf? Ohne ein Wort gehe ich an ihnen vorbei und betrete die Klasse.

Cameron kommt wenig später zu mir.

»Und?«, frage ich.

»Susan hat sich beruhigt und aufs Klo verzogen.«

Hm. Für den Moment ist also erst mal meinen Frieden. Doch was macht Susan wohl, wenn ich mal allein mit ihr bin? Das wird irgendwann der Fall sein, denn Cameron kann ja nicht immer bei mir sein und mich verteidigen.

»He, sie wird dir schon nichts tun«, flüstert er, als könne er meine Gedanken lesen, und streichelt meine Wange.

Kurz darauf kommt Susan zusammen mit ihrem Fanclub in den Raum. Ihr Make-up ist verlaufen, ihre Augen sind gerötet. Ich stelle mir vor, wie sie sich fühlt, und ein bisschen tut sie mir leid. Aber das ist nun echt nicht meine Schuld.

Sie wirft mir einen bösen Blick zu und setzt sich an ihren Platz. Da tritt Matt zu ihr und legt ihr eine Hand auf die Schulter. Die Verbindung zwischen den beiden ist also wirklich tief. Wieso habe ich das eigentlich nicht gleich bemerkt?

Den größten Teil des Vormittags kämpfe ich gegen die Müdigkeit und die Langeweile. Die Stunden kriechen im Schneckentempo dahin und wollen einfach nicht vergehen. Am ersten Schultag nach den Ferien ist das aber immer so: Alles läuft langsamer, niemand hat Lust, sich schon voll in die Erklärungen der Lehrer, die Tests und Prüfungen zu stürzen, vor allem, wenn man mit den Gedanken noch bei den vergangenen Ferien ist … oder schon bei den nächsten.

Wir haben nämlich eine großartige Nachricht erhalten. Der Englischlehrer hat uns verraten, wohin wir unsere nächste Jahrgangsfahrt machen: Anfang März fliegen wir für eine Woche nach London! Das wird so mega!

Als es zur Mittagspause läutet, kommt Sam zu mir. »Was war mit Susan?«

»Sie hat Cam und mich zusammen gesehen und sich tierisch aufgeregt. Ich wette, morgen stehe ich auf der ersten Seite der Schülerzeitung als die Bitch, die ihr den Freund geklaut hat.«

»Ach Cris, beachte sie gar nicht. Du und Cameron, ihr seid zusammen und glücklich, oder?«

Ich nicke.

»Das ist das Einzige, was zählt.« Sam strahlt.

Sie hat recht.

Während Sam zu den anderen in den Hof geht, stelle ich mich in die Schlange vor den Getränkeautomaten. Ich habe keinen Hunger, aber mit einem Kakao werde ich den zweiten Teil dieses endlosen Tages besser überstehen.

»Hey!«, sagt jemand hinter mir.

Als ich mich umdrehe, schaue ich in die urwaldgrünen Augen von Austin.

»Hallo! Wie geht's dir?« Wir umarmen uns.

Der Automat gibt ein merkwürdiges Geräusch von sich. Ich nehme mein heißes Getränk.

»Also ... ich habe gehört, du bist jetzt mit Dearing zusammen«, sagt er und drückt auf die Taste für einen Tee.

»Äh, ja.«

»Dann stimmt es also wirklich! Wow!« Selbst Austin scheint erstaunt zu sein. Irgendwie reagieren alle gleich, wenn sie das von mir und Cameron erfahren. Warum nur?

»Wow?«

»Ja, also … Es ist irgendwie merkwürdig, dass ihr ein Paar seid. Mehr nicht. Ich hatte mich so daran gewöhnt, dass ihr ständig streitet.« Er holt den Becher mit dem heißen Tee aus dem Automaten.

Ich zucke mit den Schultern. »Jetzt müsst ihr euch eben daran gewöhnen, dass wir zusammen sind.«

Wir gehen in den Hof.

»Ich bitte dich nur um eins.« Er bleibt stehen und schaut mir in die Augen. »Pass auf dich auf, ja? In der Vergangenheit hat Cameron ziemlichen Mist gebaut, und ich möchte nicht, dass du leidest.«

Ich weiß genau, was er meint. »Cam hat sich geändert«, erwidere ich und nippe an meinem Kakao.

»Pass trotzdem auf. Bis jetzt hat nur Susan ihn im Zaum halten können, denn in sie war er wirklich verliebt. Ich wünsche mir nur, dass er nicht wieder so ein Arsch wird wie früher.«

Bei diesen Worten klappt mir der Mund auf. Dass Cam so starke Gefühle für Susan hatte, gefällt mir nicht, und im Vergleich zu ihr komme ich mir wie ein Nichts vor. »Ist gut, Austin. Ich hab's verstanden. Aber ich vertraue ihm und weiß, dass er sich geändert hat.«

»Okay, wie du meinst. Du bist für mich eine Freundin,

und da hielt ich es für meine Pflicht, dich zu warnen. Jetzt muss ich zu Camila. Wir sehen uns dann.«

Ich bleibe allein zurück und denke über Austins Worte nach. Warum erregt meine Geschichte mit Cameron so viel Aufsehen? Alle scheinen sich Sorgen um mich zu machen, aber ich verstehe gar nicht, warum.

Ich möchte nicht, dass du leidest … Bis jetzt hat nur Susan ihn im Zaum halten können, denn in sie war er wirklich verliebt.

Ich schüttle den Kopf, damit Austins Worte wieder verschwinden. Nein. Der Junge, von dem er geredet hat, war doch ein ganz anderer Mensch. Cameron hat sich verändert, und ich vertraue ihm.

Erscheint bei FISCHER KJB
In Italien erschienen unter dem Originaltitel
›My Dilemma is you 2‹

ISBN 978-3-7373-4100-4